H.G. WELLS
Edition

H. G. WELLS-EDITION

Bisher erschienen in dieser Reihe:

Die Riesen kommen!

Das Kristall-Ei

Menschen, Göttern gleich

Die ersten Menschen auf dem Mond

Die Zeitmaschine
und
Von kommenden Tagen

Der Apfel vom Baum der Erkenntnis

Tono-Bungay

H. G. WELLS

Mr. Blettsworthy auf der Insel Rampole

ROMAN

PAUL ZSOLNAY VERLAG
WIEN · HAMBURG

Berechtigte Übersetzung aus dem Englischen von
Helene Maria Reiff

Originaltitel: Mister Blettsworthy on Rampole Island
Umschlag und Einband: Doris Byer
Fotosatz: Typostudio Wien
Druck: Wiener Verlag
Printed in Austria
ISBN 3-552-03315-7

CIP-Kurztitelaufnahme der Deutschen Bibliothek
Wells, Herbert G.:
H.-G.-Wells-Edition. – Wien, Hamburg: Zsolnay.
NE: Wells, Herbert G.: (Sammlung [dt.])
→ Wells, Herbert G.: M(iste)r Blettsworthy auf der
Insel Rampole
Wells, Herbert G.:
M(iste)r Blettsworthy auf der Insel Rampole:
Roman / H. G. Wells. (Berechtigte Übers. aus d.
Engl. von Helene Maria Reiff.) –
Wien, Hamburg: Zsolnay, 1981.
(H.-G.-Wells-Edition)
Einheitssacht.: Mister Blettsworthy on
Rampole Island (dt.)
ISBN 3-552-03315-7

Dem unvergänglichen Andenken

CANDIDES

gewidmet

DAS ERSTE KAPITEL

berichtet, wie Mr. Blettsworthy auf eine Seereise geschickt wird, um den Stand seiner Gesundheit zu verbessern, und gibt einigen Aufschluß über seinen damaligen Geisteszustand.

INHALT DES ERSTEN KAPITELS

§ 1. Die Familie Blettsworthy
§ 2. Der gütige, weitherzige geistliche Herr
§ 3. Der Rektor erkrankt und stirbt
§ 4. Liebe und Olive Slaughter
§ 5. Zwischenspiel mit Mrs. Slaughter
§ 6. Zusammenstoß im Dunklen
§ 7. Mr. Blettsworthy vergißt sich vollkommen

DAS ERSTE KAPITEL

§ 1
Die Familie Blettsworthy

Die Blettsworthys, meine Familie, sind allezeit sehr gewissenhafte und vornehme Leute gewesen, die Blettsworthys aus Wiltshire vielleicht sogar in noch höherem Maße als die aus Sussex. Man möge es mir verzeihen, wenn ich einiges über sie sage, ehe ich meine eigene Geschichte beginne. Ich bin stolz auf meine Ahnen und auf die guten Sitten und die heitere Lebensart, die sie mir vererbt haben. Der Gedanke an sie hat mich, wie ich erzählen werde, in so mancher schwierigen Lage gestützt und aufrecht erhalten. „Was", so habe ich mich stets gefragt, „soll ein Blettsworthy tun?" Und ich habe es zumindest versucht, mich durch meine Haltung meiner Familie würdig zu zeigen.

Es hat allezeit Blettsworthys in England gegeben, und zwar im Süden und im Westen des Landes, und sie sind stets so ziemlich dieselbe Art von Menschen gewesen. Zahlreiche Grabschriften und ähnliche Aufzeichnungen, die weit hinter die Zeit der Tudors zurückreichen, legen Zeugnis für ihre Tugenden ab, für ihr Wohlwollen, ihre Rechtschaffenheit und ihren unaufdringlichen Reichtum. Es soll auch im Languedoc einen Zweig der Familie geben, doch weiß ich darüber nichts Bestimmtes. Einige Blettsworthys sind nach Amerika, insbesondere nach Virginia ausgewandert, scheinen aber dort verschluckt worden zu sein und sind verlorengegangen. Doch zeichnet sich meine Familie durch eine zähe Eigenart aus, die nicht so leicht verschwindet. Vielleicht weiß irgendein amerikanischer

Leser etwas über das Schicksal dieses Zweiges der Blettsworthys. Dergleichen Zufälle gibt es. In der Kathedrale von Salisbury steht die Alabaster-Statue eines Bischofs Blettsworthy; sie wurde aus der Kirche des alten Sarum dahingebracht, als man dieses Städtchen dem Erdboden gleichmachte und Salisbury errichtete; das Marmorantlitz könnte als ein Bildnis meines Oheims, des Rektors von Harrow Hoeward, gelten, und die feinen Hände gleichen völlig den seinen. Es muß Blettsworthys in Amerika geben, und ich kann es kaum begreifen, daß man nichts von ihnen hört. Gewisse Züge ihrer Wesensart zeigen sich, wie man mir sagt, in der Landschaft Virginias, die weit, warm und freundlich sein soll, gleich unserem englischen Downland an sonnigen Tagen.

Die Blettsworthys sind eine Familie der Bodenkultur. Mit dem Handel haben sie sehr wenig zu tun gehabt, weder en gros noch en detail, auch haben sie in der unmittelbaren Entwicklung dessen, was man Industrialismus nennt, keine Rolle gespielt. Sie haben die Theologie der Jurisprudenz vorgezogen, noch lieber aber sich klassischen, botanischen und archäologischen Studien gewidmet; doch haben sie, wie das Domesday Book, jenes alte, unter Wilhelm dem Eroberer angelegte große Reichsgrundbuch Englands, beweist, ihre Pflicht dem Lande gegenüber wohl erfüllt, und Blettsworthy's Bank ist in unserem Zeitalter der Verschmelzung eine der letzten bedeutenden Privatbanken. Sie spielt im Leben Westenglands immer noch eine wichtige Rolle. Die Blettsworthys wandten sich, dessen mag der Leser sicher sein, nicht aus Gier nach Wuchergewinn dem Bankwesen zu, sondern einfach nur, um den Bedürfnissen und Forderungen der weniger vertrauenswürdigen Nachbarn in Gloucestershire und Wiltshire entgegenzukommen. Der Zweig in Sussex ist vielleicht nicht ganz so frei von kaufmännischem Geist wie der in Wiltshire; während der Kriege mit Frankreich übte er „Freihandel", was damals genau genommen ungesetzlich und überdies ein recht gefährliches Abenteuer war. Doch trotz des gewaltsamen Endes von Sir Carew Blettsworthy und seines Neffen Ralph infolge einer Meinungsverschiedenheit mit einigen Zollbeamten, die zu einem Blutvergießen in den Straßen von Rye führte, erwarb dieser Zweig durch seine Tätigkeit beträchtlichen Reichtum und örtlichen Einfluß und hat seine Beziehungen zur Einfuhr von Seidenstoffen und Branntwein bis auf den heutigen Tag nicht völlig gelöst.

Mein Vater war ein Mann von echtem Wert, aber exzentrischem Handeln. Viele seiner Taten bedurften der Erläuterung, ehe die Stichhältigkeit seiner Beweggründe klar zutage trat, und manche konnten infolge der räumlichen Entfernung von der Heimat und aus gewohnheitsmäßiger Nachlässigkeit oder aus anderen Gründen niemals völlig geklärt werden. Es liegt den Blettsworthys nicht, Erklärungen abzugeben. Sie verlassen sich in der Regel auf ihr Ansehen. Da mein Vater der fünfte Sohn seiner Eltern war, keinerlei Aussichten auf ein Vermögen hatte und auch keinerlei leicht in Geld umzusetzende Fähigkeiten besaß, rieten ihm Freunde und Verwandte, sein Glück im Auslande zu versuchen; er verließ Wiltshire in jungen Jahren, um, wie er sagte, Gold zu suchen; er suchte es, das muß ich zugeben, ohne jedwede Gier und überdies zumeist an völlig ungeeigneten Plätzen. Gold kommt, wie ich höre, nur in ganz wenigen bestimmten Erdstrichen vor und wird in der Regel nicht von einzelnen, sondern im Rahmen eines „Goldrausches" gefunden; mein Vater aber hatte eine Abneigung gegen Menschenmengen und deren Verhalten; er zog es vor, das seltene und edle Metall in einer angenehmen Umgebung zu suchen, in der ihm der häßliche Wettkampf mit unkultivierten Menschen erspart blieb; inzwischen lebte er von den sehr bescheidenen Mitteln, die ihm seine wohlhabenderen Freunde und

Verwandten zur Verfügung stellten. Seine Aussichten, eine Goldmine zu entdecken, wurden, das wußte er, durch sein Verhalten kaum gefördert, doch meinte er, daß es ihm die Hoffnung gewährte, irgendeinen anderen glücklichen Fund, den er machen mochte, für sich allein auszunützen. Bezüglich der Ehe war er leichtsinniger, als es unter den Blettsworthys üblich ist: er ging mehrere Heiraten ein, einige davon in ziemlich formloser Weise – doch sind wir Blettsworthys alle ziemlich unvorsichtig im Abschließen von Verträgen. Meine Mutter war halb portugiesischer, halb syrischer Abstammung und hatte auch einen Tropfen madeirischen Blutes in den Adern. Madeira ist auch mein Geburtsort.

Meine Geburt war durchaus legitim; gewisse Verwirrungen in den ehelichen Verhältnissen meines Vaters entstanden erst später, und zwar als eine Folge der außerordentlich wandelbaren Natur der Ehe in tropischen und subtropischen Landstrichen.

Meine Mutter war, das schließe ich aus Briefen meines Vaters, eine Frau von leidenschaftlicher Selbstvergessenheit, in meiner Veranlagung aber scheint ihre Wesensart keineswegs völlig ausgemerzt. Ihr ist es, wie ich glaube, zuzuschreiben, daß ich mehr zu umfassenden als zu knappen Aussagen neige und unter gleichen Umständen die Realität dem reizvollen und ausgiebigen Gebrauch der Sprache unterzuordnen vermag. „Sie spricht viel", schrieb mein Vater, als sie noch lebte, an meinen Onkel. „Kein Thema gelangt jemals zu einem Abschluß." Sie empfand die Dinge so fein und scharf, daß sie instinktiv zu schützenden Worten Zuflucht nahm; ihr Gemüt konnte sich nicht zufrieden geben, solange eine Feststellung in irgendwelcher Hinsicht unvollkommen blieb. Sie feilte aus, sie retouchierte. Wie gut ich das verstehe! Auch ich weiß, daß Gedanken und Gefühle, die man unausgesprochen läßt, unerträglich werden können. Überdies ist ihr ohne Zweifel etwas dem Blettsworthyschen Blute noch Fremderes in mir zuzuschreiben: mein Gefühl für den inneren moralischen Konflikt. Ich bin mit mir selbst uneins – in welchem Maße, muß dies Buch erweisen. Ich habe keine innere Harmonie, lebe nicht in Frieden mit mir selbst, wie die richtigen Blettsworthys es tun. Ich kämpfe gegen den Blettsworthy in mir. Neben der vom Vater ererbten Vielfältigkeit des Wesens habe ich auch noch die Neigung zur Selbstbetrachtung. Wie der Leser wohl bemerken wird, betone ich immer wieder, daß ich ein Blettsworthy bin. Kein vierundzwanzigkarätiger Blettsworthy würde das tun. Ich bin bewußt ein Blettsworthy, weil ich mir dessen nicht völlig sicher bin. Wesentliche Teile meines Wesens stehen in keinem rechten Zusammenhang mit mir selbst. Vielleicht bin ich den Traditionen meiner Familie um so treuer ergeben, weil ich ihnen auf eine objektive Art treu sein kann.

Meine Mutter starb, als ich fünf Jahre alt war, und meine wenigen Erinnerungen an sie sind hoffnungslos verquickt mit einem Wirbelsturm, der die Insel verheerte. Zwei Wolken der Furcht vermischten sich miteinander und barsten, um schreckliche Wandlungen hervorzubringen. Ich erinnere mich an den Anblick entwurzelter Bäume und eingestürzter Häuser und weiß auch noch, daß ich verwundert eine Menge roter Blumenblätter in einem Straßengraben schwimmen sah; diese Bilder verknüpfen sich auf verworrene Art mit der Mitteilung, daß meine Mutter im Sterben liege, und schließlich mit der, daß sie tot sei. Wenn ich nicht irre, empfand ich damals weniger Kummer als basses Erstaunen.

Mein Vater schrieb an Verwandte meiner Mutter in Portugal und an einen reichen Onkel in Aleppo, doch brachte dieser Briefwechsel keinen Nutzen; schließlich gelang es ihm, einen unerfahrenen jungen Priester ausfindig zu machen, der von Madeira nach England reiste:

diesem vertraute er mich an und bat ihn, mich bei meiner Tante in Cheltenham, Miss Constance Blettsworthy, abzuliefern, die auf solche Art zum erstenmal von meiner Existenz erfuhr. Mein Vater hatte seinen Boten mit Schriftstücken versehen, die keinen Zweifel an meiner Identität zuließen. Ich entsinne mich dunkel, in Funchal ein Dampfschiff bestiegen zu haben, meine Erinnerungen an die darauf folgende Seereise jedoch sind glücklicherweise aus dem Gedächtnis entschwunden. Vom Wohnzimmer meiner Tante in Cheltenham habe ich eine genauere Vorstellung.

Sie war eine würdige Dame, die entweder eine blonde Perücke trug oder ihr Haar auf so kunstvolle Weise ordnete, daß es einer solchen glich; ihre Gesellschafterin ähnelte ihr, war jedoch größer, umfangreicher, war überhaupt eine außerordentlich umfangreiche Person, deren Büste auf mein kindliches Gemüt großen Eindruck machte. Ich erinnere mich, daß die beiden mich hoch überragten, während ich auf einer Matte vor dem Feuer saß, und daß das Gespräch mit dem jungen Geistlichen bedeutsam genug war, um einen starken Eindruck in mir zu hinterlassen. Die beiden Damen waren offenbar der Meinung, daß er schlecht beraten worden sei, mich nach Cheltenham zu bringen, und legten ihm nahe, noch etwa eine Stunde Bahnfahrt auf sich zu nehmen, um mich im Hause meines Onkels, des Rektors von Harrow Hoeward, abzuliefern.

Meine Tante bemerkte wiederholt, sie sei durch das Vertrauen meines Vaters gerührt, ihr Gesundheitszustand mache jedoch meine Aufnahme unmöglich. Sie und ihre Gesellschafterin unterrichteten den jungen Geistlichen über ihren Gesundheitszustand, soweit das schicklich war, ja sie ließen sich, wie ich glaube, sogar auf die Schilderung heikler Einzelheiten ein. Sie mochten wohl fühlen, daß die Lage der Dinge ein so entschlossenes Vorgehen erfordere.

Trotz des Mitleids, das der Geistliche von Berufs wegen empfinden mußte, war er offenkundig bemüht, diesen Geständnissen auszuweichen, zumindest insoweit, als sie die betreffende Angelegenheit beeinflussen konnten. Mein Vater habe ihm über diesen Bruder in Harrow Hoeward nichts gesagt, habe vielmehr nur von meiner Tante Constance gesprochen, seiner älteren Schwester, die ihm als ein Fels in der Brandung in Erinnerung sei. Er fühle sich, so erklärte der junge Geistliche, nicht berechtigt, von seinen Instruktionen abzuweichen. Seine Aufgabe sei erfüllt, behauptete er, da er mich in die Obhut meiner Tante gebracht habe; und er wünsche nur noch die Regelung gewisser kleinerer Ausgaben während der Reise, für die mein Vater nicht vorgesehen habe.

Ich für meinen Teil saß gleichmütig auf meiner Matte und betrachtete mit vorgetäuschter Aufmerksamkeit den Kamin, der von anderer Art war als die mir bekannten von Madeira, hörte dabei aber dem Gespräch aufmerksam zu. Ich war nicht sehr begierig, bei meiner Tante zu bleiben, doch wünschte ich sehnlichst, den jungen Geistlichen loszuwerden, so daß ich seinen Bemühungen, mich nunmehr verlassen zu können, guten Erfolg wünschte, und erfreut war, als er sein Ziel schließlich erreichte.

Er war ein dicker junger Geistlicher mit einem weißen runden Gesicht und einer gepreßten hohen Tenorstimme, die besser zu lautem Beten als zu Alltagsgesprächen taugte. Unsere Bekanntschaft hatte mit warmen und sehr gewinnenden Versicherungen der Zuneigung seinerseits begonnen, und ich hatte auf seinen Vorschlag hin an Bord des Dampfers eine Kabine mit ihm geteilt; als ich dann aber nicht imstande war, die Bewegungen des Schiffes mit Zurückhaltung zu ertragen und betreffs des Ergebnisses meines Verhaltens wenig Einsicht an den Tag legte, verschlimmerte sich unsere Beziehung zueinander, die eine so schöne zu werden versprochen hatte. Als wir Southampton erreichten, hatten wir eine gegenseitige Abneigung gefaßt, die nur durch die Aussicht auf eine baldige und dauernde Trennung gemildert wurde.

Kurz, er wollte nichts mehr mit mir zu tun haben . . .

Ich blieb bei meiner Tante.

Cheltenham war kein sehr glücklicher Zufluchtsort für mich. Ein kleiner Junge von fünf Jahren sucht emsig nach Beschäftigung, ist taktlos in der Wahl seiner Unterhaltungen und destruktiv, wenn er versucht, die gebrechlicheren unter den vielen interessanten Gegenständen rings um ihn zu erforschen und kennen zu lernen. Meine Tante sammelte mit Begeisterung Figürchen aus Chelsea und anderes altenglisches Porzellan. Sie liebte diese sonderbaren alten Dinge. Trotzdem vermochte sie eine verwandte Leidenschaft in mir nicht zu begreifen, als ich mit reger junger Einbildungskraft Kämpfe und Dramen unter ihren Schätzen in Szene zu setzen begann. Auch meine Versuche, mit zwei großen, blauschwarzen Perserkatzen, die das Haus schmückten, zu spielen und ihr Leben etwas bewegter zu gestalten, mißfielen ihrer reiferen Einsicht. Ich konnte nicht begreifen, daß eine Katze, mit der man spielen möchte, nicht allzu heftig verfolgt werden darf und auch durch die bestgezielten Schläge nur selten fröhlich gestimmt wird. Meine Heldentaten im Garten, wo ich die Dahlien und Astern als wohlbewaffnete feindliche Scharen auffaßte und behandelte, trugen mir auch nicht einen Funken Beifall von seiten meiner Tante ein.

Die beiden ältlichen Dienstmädchen und der bucklige Gärtner, die Behaglichkeit und Würde meiner Tante und deren stattlicher Gesellschafterin förderten, teilten die Ansicht ihrer Arbeitgeberin, daß die Kindererziehung vollkommen repressiv gestaltet werden müsse. So blieb mir nichts anderes übrig, als ein möglichst wenig aufdringliches Dasein zu fristen. Wenn ich mich recht entsinne, wurde ein junger Erzieher aufgenommen, der möglichst lange Spaziergänge mit mir unternahm und mir möglichst unhörbare Unterweisungen erteilte. Mein Gedächtnis bewahrt kein klares Bild von ihm, ich weiß eigentlich nur, daß er abnehmbare Manschetten trug, die ich bis dahin noch an niemandem gesehen hatte. Cheltenham erschien mir als ein Wirrsal endloser, ziemlich breiter Straßen mit blaßgrauen Häusern unter einem blaßblauen Himmel. Den größten Eindruck machten auf mich die Trinkhalle, die zahlreichen Liegestühle und das Fehlen jedweden lebhaften Farbtons, sowie jedweden erheiternden Vorfalls, wodurch sich der Ort von Madeira stark unterschied.

Ich verzeichne diese Monate in Cheltenham – vielleicht waren es nur Wochen, in meiner Erinnerung aber sind es endlose Monate – als eine Art Interregnum in der Leere vor dem Beginn meines wirklichen Lebens. Ober- und außerhalb des Bereiches meiner Aufmerksamkeit müssen meine Tante und ihre Gesellschafterin sehr angestrengt bemüht gewesen sein, mich in eine andere Umgebung zu versetzen, denn von dem trüben Hintergrund meiner Cheltenhamer Erinnerungen hebt sich eine Anzahl noch verschwommener Gestalten ab, lauter Blettsworthys, die kamen, mich weder liebevoll noch feindselig betrachteten, wobei sich aber sehr rasch der Entschluß in ihnen auszubilden schien, daß sie nichts weiter mit mir zu tun haben wollten, und wieder verschwanden. Ihre Bemerkungen lassen sich, glaube ich, in drei Hauptgruppen einteilen: erstens wurde gesagt, daß ich meiner Tante *gut* tue, weil sie durch mich aus sich selbst herausgerissen werde – aber sie wollte offenkundig nicht aus sich selbst herausgerissen werden. Wer will das schon? Zweitens, daß man mich meinem Vater zurückschicken solle, was aber unmöglich war, da er Madeira mit unbekannter Adresse in Rhodesia verlassen hatte und die englische Post kleine Buben, die man postlagernd nach entfernten Kolonien schicken will, nicht annimmt; und drittens, daß die ganze Angelegenheit meinem Onkel unterbreitet werden solle, dem Reverend Rupert Blettsworthy, Rektor von Harrow Hoeward. Alle stimmten darin überein, daß ich für einen Blettsworthy von sehr kleiner Statur sein würde.

Mein Onkel war damals gerade in Rußland, wo er im Verein mit etlichen anglikanischen Bischöfen eine mögliche Wiedervereinigung der anglikanischen und der orthodoxen Kirche diskutierte – es war lange vor dem Weltkrieg und dem Aufkommen des Bolschewismus. Briefe, die meine Tante ihm schrieb, erreichten ihn nicht. Da, mit einem Male, als ich mich eben in ein rein negatives Leben im Hause meiner Tante zu Cheltenham unter der Leitung eines Erziehers mit abnehmbaren Manschetten zu ergeben begann, erschien mein Onkel.

Im allgemeinen ähnelte er meinem Vater, war aber kleiner, rosiger und runder, auch kleidete er sich, wie es einem wohlhabenden und glücklichen Rektor ziemt, während ich meinen Vater stets in zu weitem und verwaschenem Flanell gesehen hatte. Auch an ihm gab es vieles, was der Erklärung bedurfte, doch trat diese Notwendigkeit in seinem Fall nicht so deutlich zutage. Sein Haar war silbergrau. Er trat mit einem Mal und in vertrauenerweckender und angenehmer Weise aus dem verschwommenen Hintergrunde hervor. Er setzte seine randlosen Brillen auf die Nase und betrachtete mich mit einem sanften Lächeln, das mir außerordentlich anziehend dünkte.

„Nun, mein Junge“, sagte er mit einer Stimme, die mir fast die meines Vaters schien, „sie wissen offenbar nicht recht, was sie mit dir anfangen sollen. Würdest du denn gerne zu mir kommen?“

„Ja, bitte“, sagte ich, sobald ich den Sinn seiner Frage verstanden hatte.

Meine Tante und ihre Gesellschafterin begannen mir ein Loblied zu singen. Sie ließen plötzlich jede Verstellung beiseite. Ich hatte nicht im entferntesten geahnt, wie viel

Gutes sie von mir hielten. „Er ist so lebhaft und so klug", sagten sie; „er hat Interesse für alles und jedes. Wohlversorgt und gut genährt, wird er ein netter kleiner Junge werden."

Und somit war mein Schicksal entschieden.

§ 2

Der gütige, weitherzige geistliche Herr

Mit meiner Niederlassung in Harrow Hoeward hob, so glaube ich, mein Leben erst richtig an. Von den vorhergehenden Jahren bewahrt mein Gedächtnis nur flüchtige Bilder und Bruchstücke; vom Tage meiner Ankunft aber in jenem so traulichen Heim gelangt meine Erinnerung zu einer Kontinuität. Ich könnte, so scheint mir, vom Haus des Rektors und ganz gewiß vom Garten Karten in genauem Größenverhältnis zeichnen, ich vermag mir den ganz bestimmten dumpfigen Geruch des Brunnens im Hofe jenseits des Hintergebäudes in Erinnerung zu rufen und sehe die neun Ringelblumen, die in gleichen Abständen voneinander vor der grauen Steinmauer standen, deutlich vor mir. Jahr für Jahr ersetzte sie Blackwell, der alte Gärtner, durch neue. Ich könnte eine Chronik der Katzen schreiben und darin den Charakter jeder einzelnen schildern. Hinter der Pferdekoppel lag ein Graben, und dahinter der steile offene Hügel, der sich zum Himmel erhob. Ich pflegte sowohl an schneeigen Wintertagen wie auch im heißen Sommer auf einem Brett den Hügel hinunter zu rutschen, denn das trockene Gras des Sommers war noch schlüpfriger als Eis. Vor dem Pfarrhaus befanden sich ein sauberer Rasenplatz und eine Taxushecke, zu unserer Linken die Häuser der Pferdehändler, dann bei der Straßenbiegung das Postamt und der Gemischtwarenhändler. Auf der anderen Seite grenzten wir an Kirche und Kirchhof.

Mein Onkel nahm mich als ein noch unbestimmtes und bildsames Geschöpf bei sich auf, aus dem alles mögliche hätte werden können. In seinem Hause aber wurde ich unvermeidlich der Blettsworthy, der ich heute bin.

Vom ersten Augenblicke unserer Bekanntschaft an war er für mich das wirklichste und beruhigendste Wesen der Welt. Ihn nur zu sehen, war, als ob man an einem hellen Morgen erwachte. Bis zu seinem Erscheinen war alles in meinem Leben verschwommen, bedrohlich und noch ohne Überzeugungskraft gewesen; ich hatte das Gefühl, daß ich mich nicht richtig verhielt, unsicher war, daß ich von schattenhaften und doch zerstörenden Mächten umgeben war und von Triebkräften gelenkt wurde, die ebenso unheilvoll werden konnten, wie sie unkontrollierbar waren. Hinter dem Alltagsleben tobte ein Wirbelsturm. Ich hatte schon in der Kindheit das Gefühl, als ob der Tagtraum, in dem ich lebte, sich jederzeit in böses Alpdrücken verwandeln könnte, trotz des stoischen Widerstandes, den ich ihm entgegensetzte; diese Gefahr war für viele Jahre gebannt. „Alles rings um dich scheint ein wenig in Unordnung geraten", sagte mein Onkel im Cheltenhamer Wohnzimmer zu mir, „in Wirklichkeit aber, und grundsätzlich, ist alles in bester Ordnung."

Und solange er lebte, war entweder wirklich alles grundsätzlich in bester Ordnung, oder er vermochte durch einen besonderen Zauber seines Wesens alles in Ordnung scheinen zu lassen. Ich kann heute noch nicht sagen, wie es sich wirklich verhielt.

An meine Tante Dorcas habe ich keine so lebendige Erinnerung wie an meinen Onkel. Ich erinnere mich tatsächlich weniger deutlich an sie als an den alten Blackwell oder die Köchin. Das ist sonderbar, denn sie muß sich ziemlich viel mit mir beschäftigt haben. Aber sie war eine emsige, zurückhaltende Frau, die ihre Obliegenheiten mit solchem Nachdruck verrichtete, daß sie nicht so sehr als ihr Tun, sondern vielmehr als etwas Notwendiges im Gang des Weltalls erschienen. Ich glaube, sie hatte sich stets eigene Kinder gewünscht und mag betrübt gewesen sein, als ihr klar wurde, daß ihre Familie aus einem einzigen, halb fremden Neffen bestehen sollte, einem zweifelhaften, vom Forscherdrang besessenen Wesen, das über das Babyalter schon hinaus war und seinen begrenzten englischen Wortschatz durch dunkle portugiesische Brocken ergänzte. Eine gewisse geistige Fremdheit blieb wohl immer zwischen ihr und mir bestehen. Sie verriet niemals irgendwelchen Mangel an Zuneigung; sie erfüllte in jeder Weise ihre Pflicht mir gegenüber, doch ist es mir, wenn ich heute auf jene Tage zurückblicke, völlig klar, daß wir nicht wie Mutter und Sohn zueinander standen. Ihr eigentliches Innenleben hatte überhaupt nichts mit mir zu tun. Um so mehr wandte sich mein Herz meinem Onkel zu, der rings um sich Güte zu verbreiten schien, so wie eine Wiese bei gutem Wetter Duft verbreitet; in meiner kindlichen Vorstellung herrschte er nicht nur über das Haus, die Kirche und alle Seelen von Harrow Hoeward, sondern auch über das weite kahle Hügelland, ja sogar über den Sonnenschein. Es ist erstaunlich, in welchem Maße er meinen Vater aus meinem Gemüt verdrängt hat.

Meine Vorstellung von Gott ist noch heute mit ihm vermengt. In Madeira hatte ich viel von Dios gehört, wenn man ihn verfluchte oder beschwor, von einem subtropischen, leidenschaftlichen Dios, einem hitzigen und donnernden Gott. Doch erst als ich alt genug geworden war, um Vergleiche anzustellen, verband ich die beiden Gottheiten miteinander. In England nun zeigte sich mir Gott als der verbündete Schatten meines Onkels, ein lieber englischer Gentleman, ein alles beherrschender Super-Blettsworthy, ein Gott des Taues und der sonnigen Morgenfröste, hilfreich und ohne Groll, dessen besondere Feiertage Ostern, Weihnachten und das Erntedankfest waren. Er war der Gott einer Welt, die sich auf dem rechten Wege befand, ernst nur, um gleich wieder zu lächeln; selbst durch die feierliche Strenge des Karfreitags hindurch leuchtete die Versicherung meines Onkels, daß der junge Gentleman am Sonntag wohlbehalten und gesund zurückkehren werde. Eine ernste Zeit selbstverständlich, ein Anlaß zu tiefgründigen Betrachtungen, der uns aber auch die heißen Kreuzsemmeln bescherte.

Es gab Kreuze in der Kirche meines Onkels, aber kein Kruzifix, keine Dornenkrone, keine Nägel.

Mein Onkel schüttelte die Ärmel seines Chorrocks von seinen wohlgeformten Händen zurück, neigte sich über die Kanzel und sprach freundlich zu uns von der freundlichen Macht, die die Welt regiert, zwanzig Minuten höchstens, denn Gott darf den schwächeren Brüdern nicht langweilig werden. Er bedurfte zuweilen der Rechtfertigung, dieser Gott der Blettsworthys, sein Tun und Lassen mußte den Menschen erklärt werden, aber beileibe nicht auf langweilige Art. Mein Onkel sprach in seinen Predigten besonders gern vom Regenbogen, von der Arche und von dem Bunde Gottes mit den Menschen. Er war schrecklich anständig und ehrbar, dieser Gott, wie mein Onkel ihn schilderte, und Er und mein Onkel erweckten den Wunsch in mir, ebenfalls anständig und ehrbar zu sein. In einer Welt, in der es immerzu hieß: „ganz recht“, „alles in bester Ordnung“ und „sehr wohl, Sir“. Ich lebte in dieser Welt und fühlte mich all die Jahre sicher. War es nichts weiter als ein Traum?

Das Böse lag fernab, die Hölle war vergessen. „So etwas tut man nicht“, sagte mein Onkel, und man tat es nicht. „Vorwärts, los“, sagte mein Onkel, und man machte sich ans Werk. „Nur immer gerecht sein“, sagte mein Onkel; „man darf nicht *hart* gegen die Leute sein. Geduld mit den

Unbegabten! Wie können wir *wissen,* ob sich der Bursche nicht nach Kräften bemüht?" Selbst die Zigeuner, die durch das ruhige Hügelland zogen und mitunter meinem Onkel kraft seiner weltlichen Richtermacht über nebensächlichere Fragen des Betragens Rede stehen mußten, waren tiefgläubige Anglikaner; wenn sie auch gelegentlich eine Kleinigkeit entwendeten, so waren sie doch weder Räuber noch gewalttätig. Liebes England! Soll ich dich niemals mehr wiedersehen, wie ich dich in jenen unversehrten und glücklichen Tagen sah? Auch das Languedoc und die Provence sollen milde Landstriche sein, ebenso Sachsen; und es heißt, daß man in Skandinavien da und dort gesegnete Gebiete findet, die man ohne Vorbehalt liebt. Ich kenne diese Gegenden nicht. Mein Herz wendet sich immer wieder dem englischen Downland zu.

Mein Onkel schüttelte die Ärmel seines Chorrocks zurück, lehnte sich mit überzeugendem Lächeln über sein Kanzelpult und ließ alles so klar und milde erscheinen wie die englische Luft. Mir war immer wieder, als würde ich, wenn mir nur durchdringende Sehkraft gegeben wäre, hoch über dem blauen Äther noch einen so gütigen Vater erblicken, der seine glückliche Welt belehrt. Unter ihm saßen gleichsam in Kirchenbänken, das Antlitz zu ihm emporgerichtet, Fürsten, Herrscher und Machthaber, denen man allen die besten Absichten zuzugestehen hatte, solange es keinen sicheren Beweis für das Gegenteil gab. Die Königin Victoria, einfach, gut und weise, einem runden Laib Brot mit einer Krone darauf gleichend, nahm den höchsten Platz unter ihnen ein und war meinem Gefühle nach nicht so sehr eine Königin oder Kaiserin, als vielmehr die Stellvertreterin Gottes auf Erden. An Sonntagen hatte sie den großen kaiserlichen Kirchenstuhl direkt unter Gottes Kanzel inne und lud Ihn ohne Zweifel zum Mittagessen ein. Sie pflegte dunkelhäutigen Potentaten, die sie meist besser kannten und höher achteten als Gott, ein

Exemplar der autorisierten Ausgabe der englischen Bibel zu schenken und verwies sie allezeit großmütig an ihren Freund und Oberherrn. Sie schrieb ihm ganz gewiß sehr ernste Briefe, in denen sie ihre besonderen Wünsche unterstrich, just wie sie ja auch Lord Beaconsfield und dem Deutschen Kaiser mitteilte, was ihr feiner Instinkt, ein wenig belehrt durch Baron Stockmar, als nützlich für das Königreich, für Gottes Welt und für ihre Familienverbindungen erkannt hatte. Unter ihr bestand ein System hierarchischen Wohlwollens. Unser örtlicher Magnat war Sir Willoughby Denby, der für die Bewässerung subtropischer Landstriche, für den Anbau von Baumwolle, die in den Webereien von Manchester benötigt wurde, und für die Bedürfnisse der Menschheit im allgemeinen aufs trefflichste wirkte. Ein Mann von rötlicher Gesichtsfarbe und recht wohlbeleibt, pflegte er auf einem kräftigen kleinen Pferd durch das Dorf zu reiten. Mehr gegen Devizes zu, lagen die Besitztümer und die Einflußsphäre des Lord Penhartingdon, eines Bankiers und Archäologen, mütterlicherseits ein Blettsworthy. Von Downton bis Shaftesbury und nach der andern Seite hin bis Wincanton saßen Blettsworthys auf ihren Erbgütern.

In dieser wohlwollenden Welt, die der Gott meines Onkels und seine eigene Güte im Hochland von Wiltshire aufgebaut hatten, wuchs ich vom Kind zum Jüngling heran, und der dunkle Einschlag des mütterlichen Blutes in mir, eines zu Traurigkeit neigenden und doch abenteuerlichen Blutes, floß unbemerkt durch meine Adern. Vielleicht war ich für einen Blettsworthy ein wenig zu geschwätzig und sprachbegabt. Anfänglich hatte ich eine Gouvernante, eine Miss Duffield aus Boars Hill bei Oxford; sie war die Tochter eines Freundes meines Onkels, ein blondes junges Mädchen, das ihn innig verehrte und mich mit gutem Erfolg im Französischen und im Deutschen unterrichtete. Dann kam ich als Wochenpensionär in die ausgezeichnete Schule zu Imfield, für die Sir Willoughby Denby so viel getan hatte: er hatte sie mit Gottes und des Kirchenverwaltungsrates Hilfe neu aufleben lassen und reich dotiert. Sie war außerordentlich modern für jene Tage: Wir hatten Zimmerhandwerkskurse, trieben an Pflanzen und Froschlaich experimentelle Biologie und lernten babylonische und griechische Geschichte, anstatt griechischer Grammatik. Mein Onkel gehörte dem dieser Schule vorstehenden Kollegium an und kam von Zeit zu Zeit, um uns einen Vortrag zu halten.

Er sprach etwa fünf bis zehn Minuten zu uns, sagte uns ohne vorherige Vorbereitung, was ihm bei unserem Anblick in den Sinn kam; er war dabei kaum bestrebt, uns Respekt vor irgendeiner höheren Macht einzuflößen, er wollte vielmehr unserer Jugend und erwartungsvollen Strebsamkeit ein aufmunterndes Wort sagen, das uns über Schwierigkeiten hinweghelfen sollte.

„Zivilisation", pflegte er zu uns zu sagen. „Werdet hier tüchtig und kräftig und geht dann hinaus, um die Welt zu zivilisieren."

Das war der Zweck der Imfielder Schule. „Zivilisation" war sein Lieblingswort; ich glaube, ich habe es sechsmal so oft aus seinem Munde gehört wie „Christentum". Die Theologie war seinem Geiste ein Spiel, ein ziemlich müßiges Spiel. Er war für die Wiedervereinigung der ganzen Christenheit im Interesse der Zivilisation, und setzte große Hoffnungen auf die heiligen Männer, die in der Troitzko-Sergijevskaja Lavra bei Moskau hausten und niemals zur gemeinen Wirklichkeit herabstiegen. Er wünschte einen Austausch orthodoxer und anglikanischer Priester. Seine Neigung, eingebildete Ähnlichkeiten zu sehen, war weit größer als seine Fähigkeit, Unterschiede zu erkennen. Unter dem langen Haar und Bart eines russischen Priesters vermochte er sich sehr gut die Mentalität eines sanftmütigen englischen Hilfsgeistlichen vorzustellen.

Er glaubte, daß der russische Landadel binnen kurzem dem englischen gleichen und ein Parlament in St. Petersburg errichten werde. Er stand mit mehreren Kadetten in Briefwechsel. Und der Streitpunkt zwischen dem lateinischen und dem griechischen Glaubensbekenntnis, die sehr wesentliche Meinungsverschiedenheit nämlich betreffs Filioque, galt ihm, so fürchte ich, nur als Wortklauberei.

„Im Grunde sind wir alle gleich", sagte er, als er mich zur Konfirmation vorbereitete. „Man darf Formen und Formeln nicht zu wichtig nehmen. Es gibt nur eine Wahrheit auf der Welt, und alle guten Menschen kennen sie."

„Darwin und Huxley?" wandte ich ein.

„Sind beide gute Christen im wahren Sinne des Wortes", erwiderte er. „Das heißt nämlich, ehrliche Menschen. Kein Glaube ist gesund, wenn er sich nicht in die frische Luft wagt, sich Bewegung verschafft, sich um und um dreht und gelegentlich auch einmal auf dem Kopfe steht."

An Huxley, diesem Athleten des Geistes und durch und durch rechtschaffenen Mann, haben die Bischöfe im Oberhaus viel verloren, versicherte er mir. Jedermann würde sein Wort vor dem so manchen Bischofs gelten lassen. Aus der Tatsache, daß Wissenschaft und Religion zwei Seiten der Medaille der Wahrheit seien, folge keineswegs, daß sie in Gegensatz zueinander stünden, und unbewußt ein Christ zu sein, bedeute vielleicht die Quintessenz des wahren Christentums.

„Wer da meint, er stehe", zitierte mein Onkel, „sei auf der Hut, daß er nicht falle."

Alle Menschen meinten im Grunde dasselbe, und jeder sei im innersten Herzen gut. Manchmal aber vergäßen sich die Leute. Oder verstünden nicht recht, wie die Schwierigkeiten des Daseins zu erklären seien. Wenn der Ursprung des Bösen meinem Onkel nicht viel Kopfzerbrechen bereitete, so brachte ihn die sittliche Lässigkeit seiner

Mitmenschen doch mitunter aus der Fassung, glaube ich. Er pflegte beim Frühstück mit seiner Frau, Miss Duffield und mir Zeitungsnachrichten zu besprechen, und unterhielt sich mit den Tischgästen, die wir häufig hatten, über Verbrechen, über das unbegreifliche Verhalten kläglich gottloser Individuen, Mörder, Betrüger und dergleichen.

„Ach, ach", pflegte er beim Frühstück auszurufen. „Das ist nun wirklich schimpflich."

„Was ist denn schon wieder geschehen?" fragte Tante Dorcas.

„Was ich nicht begreifen kann, ist die gottlose Torheit solch eines Menschen", meinte er.

Miss Duffield lehnte sich in Bewunderung auf ihrem Stuhl zurück und wartete, die Tante jedoch frühstückte weiter.

„Muß da dieser arme, alberne, wirrköpfige Kerl seine Frau vergiften. Versichert sie auf eine ansehnliche Summe – wodurch man auf die ganze Sache aufmerksam wurde – und gibt ihr dann Gift. Noch dazu sind drei nette kleine Kinder da. Als bei der Gerichtsverhandlung davon die Rede ist, wie sehr die Frau litt und daß sie ihr Schicksal beklagte, bricht der arme Teufel in Tränen aus. Der bedauernswerte Narr! Blödheit! Er steckte sein Lebtag in Geldsorgen . . . Ein Jammer!"

„Die Frau aber hat sterben müssen", meinte Tante Dorcas.

„Wenn einer in solche Not gerät, verliert er jeden Sinn für das wahre Wertverhältnis. Ich habe das als Richter so oft mit eigenen Augen angesehen. Keinerlei Zuversicht mehr, kein Lebensmut, und schließlich ein moralischer Zusammenbruch. Höchstwahrscheinlich wollte er ursprünglich nur zu Geld kommen, weil er es nicht ertragen konnte, seine Frau darben zu sehen. Und dann wurde das Verlangen nach Geld übermächtig in ihm. Er mußte sich um jeden Preis Geld verschaffen und vergaß darüber seine

Frau und Kinder."

Miss Duffield nickte zum Zeichen des Verständnisses und der Erbauung heftig mit dem Kopfe, Tante Dorcas aber schien noch nicht überzeugt.

„Was aber willst du mit dem Mann anfangen, mein Lieber?" meinte sie. „Man kann ihn doch nicht freisprechen, damit er hingeht und jemanden anderen vergiftet."

„Du kannst ja nicht *wissen,* ob er das tun würde", erwiderte mein Onkel.

„Christus würde ihm verziehen haben", sagte Miss Duffield leise – die Stimme versagte ihr fast.

„Er müßte wohl gehängt werden", meinte der Onkel, der sich intensiv mit der Frage meiner Tante auseinandersetzte. „Ja, er muß gehängt werden. (Dieser Bückling ist ausgezeichnet. Ich glaube, das sind die besten Bücklinge, die wir seit langem gehabt haben.)"

Er betrachtete die Sache von allen Seiten. „Ich würde ihm wohl seine Sünde verzeihen, nicht aber die Strafe erlassen. Nein. Um der Schwachen willen, die so leicht der Versuchung erliegen, muß er gehängt werden, ich gebe es zu. Ja. Er muß gehängt werden." Er seufzte tief. „Jedoch im Geiste der Zivilisation. Verstehst du, es sollte jemand zu ihm gehen und ihm klar machen, daß es eine Strafe ohne Gehässigkeit ist, daß wir erkennen, welch arme, sündige, der Versuchung ausgesetzte Wesen wir alle sind, kein bißchen besser als er, kein bißchen, Sünder einer wie der andere; daß er aber gerade deshalb sterben muß. Denn der Gedanke an die unvermeidliche Strafe rettet so manche. Daher stirbt er trotz des schmählichen Todes, den er nun auf sich nehmen muß, ebenso sehr zum Heil der Welt wie ein Soldat auf dem Schlachtfeld. Das sollte man ihm klar machen . . . Ich wünschte, es stünde nicht der Tod durch den Strang auf seinem Verbrechen. Der Henker ist barbarisch. Ein Schierlingsbecher wäre weit zivilisierter, ein besonnener Zeuge, der dabei sitzt, und eine freundliche

Stimme, die tröstenden und stärkenden Zuspruch leistet."

„Wir werden so weit kommen", sagte mein Onkel. „Fälle dieser Art werden immer seltener – in dem Maße eben, als wir toleranter werden und unser System sich bessert. Je zivilisierter wir werden, desto weniger Sorge, Kummer und Hoffnungslosigkeit wird es geben – desto weniger Ärmlichkeit, aus der solche Krisen entstehen. Aber auch weniger Strafen, wie wir sie jetzt verhängen. Es wird alles besser. Wenn du erst so alt sein wirst wie ich, Arnold, wirst du erkennen, daß alles stetig besser wird."

Er blickte auf seine Zeitung, schüttelte traurig den Kopf und schien unentschlossen, ob er weiter lesen sollte.

Nein, er hatte einstweilen genug von der Zeitung. Er stand zerstreut auf, schritt zum Büfett und nahm sich noch einen Bückling . . .

Er behauptete immer wieder, daß er während der ganzen Zeit seiner richterlichen Tätigkeit niemals einen wirklich schlechten Mann noch eine wirklich schlechte Frau verhört habe, sondern nur unwissende, in moralischer Hinsicht beschränkte und hoffnungslos verwirrte Geschöpfe. Der innere Widerspruch in seinem Wesen ist mir heute klar. Die Theologie, zu der er sich von Berufs wegen bekannte, war auf die Lehre vom Sündenfall aufgebaut, und er leugnete diesen Sündenfall jeden Tag. Was bedeutete Sünde für ihn? Die Sünde wich seiner Meinung nach vor der Zivilisation. In der Vergangenheit mochte es wirklich gottlose Sünden gegeben haben, doch war solches Unkraut so lange niedergehalten worden, daß es jetzt nur mehr sehr selten, wirklich nur mehr ganz selten vorkam. Die praktischen Belehrungen, die er erteilte, waren nicht vom Gedanken der Sünde, sondern von dem des unabsichtlichen Irrtums durchdrungen. Deshalb predigte er nicht. Die Menschen aufzuklären, dünkte ihn weit besser.

Er lehrte mich, das Leben nicht zu fürchten. Furchtlos, ja völlig unbekümmert um die dunkelsten Ecken zu biegen. Die Wahrheit zu sagen und den Teufel zu beschämen. Den verlangten Preis wortlos und ohne Feilschen zu bezahlen. Man mochte dann und wann betrogen werden, mochte da und dort auf Roheit stoßen, im großen und ganzen aber würde man nicht verraten werden, wenn man den Menschen traute, sich ihnen anvertraute. Auch ein Hund beißt einen ja nur, wenn man ihm droht, ein Pferd schlägt nur dann aus, wenn man es erschreckt. Nur wer herausforderndes Mißtrauen oder einladende Furcht an den Tag legt, wird angegriffen. Solange die Bewegungen eines Menschen klar und selbstverständlich sind, wird selbst ein Hund ihn nicht beißen. Hätte man meinem Onkel vorgehalten, daß es nicht nur Hunde, sondern auch Tiger und Wölfe auf der Welt gebe, so würde er erwidert haben, man treffe diese letzteren in einer zivilisierten Welt so selten an, daß man ihnen keine Beachtung zu schenken brauche. Wir lebten in einer zivilisierten Welt, die täglich zivilisierter werde. Praktisch betrachtet, seien Übel, die man nicht beachtet, so gut wie ausgerottet. Es geschähen wohl Unglücksfälle, und zwar nicht nur solche materieller, sondern auch solche moralischer Art, doch gebe es genug anständige Menschen und genug guten Willen, daß man die bösen Zufälle außer acht lassen und unbewaffnet umhergehen könne. Ein Mensch, der eine Waffe bei sich trug, galt meinem Onkel als Raufbold oder als Feigling. Er konnte es nicht leiden, wenn einer Vorsichtsmaßregeln irgendwelcher Art gegen seine Mitmenschen gebrauchte. Deshalb haßte er Kassenregister. Er haßte es, wenn einer die Leute aushorchte, haßte Geheimnistuerei und Irreführung. Jedes Geheimnis war ihm eine Verdunkelung des Daseins, jede Lüge eine Sünde.

Die Menschen sind gut, solange sie nicht bedrängt, gereizt, hintergangen, bedrückt, erschreckt oder in Furcht versetzt werden. Die Menschen sind wirklich Brüder. Dies klarzulegen und überzeugend zu lehren, und vor allem es selbst zu glauben und danach zu handeln, galt meinem lieben Onkel als Zivilisation. Man müsse die ganze Welt zivilisieren, dann werde jeder glücklich sein.

Dank seinen Lehren und seinem überzeugendem Beispiel wurde ich, was ich, wie ich hoffe, trotz der entsetzlichen Abenteuer, die ich erlebt habe, und trotz der Furchtsamkeit und anderer niedriger Züge meines Wesens heute noch bin: ein wirklich zivilisierter Mensch.

Ich hörte in jenen glücklichen Tagen des Victorianischen Zeitalters, die ich im Hügellande von Wiltshire verlebte, nur wenig von den Kriegen und sozialen Konflikten, die drohend über uns schwebten. Der letzte große Krieg war der deutsch-französische gewesen, und mein Onkel behauptete, daß die aus ihm entsprungenen Feindseligkeiten mit jedem Jahre geringer werden. Daß Deutschland und England jemals gegeneinander Krieg führen würden, war seiner Meinung nach in Anbetracht der Gesetze der Blutsverwandtschaft ausgeschlossen. Es heiratet keiner seine Großmutter, noch weniger aber wird er es sich einfallen lassen, gegen sie zu kämpfen, und unsere Königin war die Großmutter der Welt im allgemeinen und die des deutschen Kaisers im besonderen.

Revolutionen dünkten meinen Onkel noch unwahrscheinlicher als Kriege. Der Sozialismus galt ihm als ein sehr nützliches Mittel, um einer gewissen Härte, einer gewissen arithmetischen Voreingenommenheit von Fabrikanten und Geschäftsleuten entgegenzuwirken, die ihre Ursache in der sozialen Unerfahrenheit dieser Menschen hatten. Aus Unwissenheit taten sie Unrecht. Er gab mir Ruskins „Unto this Last“ zu lesen, später auch „News from Nowhere“ von William Morris. Ich stimmte den Ideen dieser Bücher begeistert zu und blickte in gelassener Zuversicht einer Zeit entgegen, da jedermann sie verstehen und gelten lassen würde.

§ 3
Der Rektor erkrankt und stirbt

In der Schule trat mir kaum Schlimmeres entgegen als im Heime meines Onkels. Ich habe seither oft sagen gehört, daß Schuljungen zuweilen besonders bösartige Geschöpfe und die Public-Schools in Großbritannien mitunter wahre Lasterhöhlen seien. Ein gut Teil dieses Geredes ist, dessen bin ich sicher, aufgebauschter Unsinn; in Imfield gab es jedenfalls nur sehr wenig oder gar keine Verderbtheit. Wir hatten die Wißbegier, die unserem Alter entsprach und befriedigten sie, ohne viel Aufhebens davon zu machen; gleich allen Knaben scherzten wir zuweilen über gewisse Dinge, die, spröde und aufreizend, hinter unseren gesellschaftlichen Konventionen lauern. Gott hat es in seiner unerforschlichen Weisheit für richtig befunden, gewisse Seiten des Lebens zu einem fortlaufenden Kommentar menschlicher Würde zu machen, und jedes jugendliche Gemüt erlebt in seinem Bestreben, das Weltall zu erfassen, eine Phase des entsetzten Staunens und des heilsamen Gelächters.

Von einigen solchen durchaus erklärlichen Schrullen und Zerknitterungen des Gemüts abgesehen, wuchs ich einfach, sauber und gesund heran. Ich erwarb mir die gute Kenntnis dreier Sprachen, die ich seither kaum verwertet habe, und auch sonst ein ausreichendes Wissen und wurde ein tüchtiger Cricketspieler. Ich ritt ein bißchen und versuchte mich im primitiven Tennis jener Zeit. Meine Glieder streckten sich, mein Haar und meine Haut wurden heller. Wer mich im weißen Flanellanzug auf dem Wege zum Tennisplatz in Sir Willoughby Denby's Park getroffen hätte, würde ebenso wenig vermutet haben, daß meine Mutter halb portugiesischer, halb syrischer Abstammung mit einem Spritzer Madeirablut gewesen war, wie er daran gedacht hätte, daß die Urahnen der Blettsworthys ein Fell und einen Schwanz besaßen. In so starkem Maße hatte die Assimilationskraft des Heimatlandes der Blettsworthys auf mich eingewirkt und mich zivilisiert.

Ich wuchs sauber, zuversichtlich und vertrauensvoll zum jungen Manne heran, und wenn ich den unangenehmen Tatsachen nicht ins Auge blickte, so lag das hauptsächlich daran, daß es in jenem lieblich grünen und friedlichen Teile von Wiltshire keine so unangenehmen Tatsachen gab, die sich meinem Blicke aufgedrängt hätten. Auch als ich schließlich nach Oxford in das Lattmeer College kam, erlebte ich weder dort noch auf dem Wege dahin eine bedeutsame Erschütterung. Meine Tante Constance hatte sich erbötig gemacht, die Kosten meines Universitätsstudiums zu tragen. Sie starb bald darauf und hinterließ mir ihr ganzes kleines Vermögen; allerdings mußte ich ihrer Gesellschafterin eine jährliche Rente auszahlen, die den größten Teil der Zinsen verschlang. Aus dem bestürzten Mißtrauen der beiden Damen gegen mich war eine ehrliche und offen eingestandene Zuneigung geworden, da ich mich unter meines Onkels Sorgfalt gleich einer Blume im Sonnenschein entfaltet hatte. Das Testament wurde gemacht, nachdem mein Vater im Betschuanaland getötet worden und ich als völlig unbemittelte Waise zurückgeblieben war. Er fiel in einer ziemlich verwickelten und niemals völlig aufgeklärten Affäre, in der der Burenkrieg, seine umstrittene Heirat mit der Tochter eines angesehenen Betschuanen und die Schürfrechte in gewissen, seinem angeblichen Schwiegervater gehörigen Gebieten eine Rolle spielten. Er hat weder seine Anwesenheit innerhalb der Kampflinie der Buren, wohin ihn eine mit seinem stets komplizierten, aber, wie ich glaube, niemals unehrenhaften Privatleben verbundene Mission geführt hatte, noch seine allezeit dunkle Suche nach Gold klarzulegen vermocht. Wir jedoch glaubten damals, daß er für König und

Vaterland auf die zu Kriegszeiten übliche Weise sein Leben verloren hätte.

Der Burenkrieg hinterließ keinen schmerzlichen Eindruck in meinem knabenhaften Gemüt. Er war ohne Zweifel der zivilisierteste Krieg der Geschichte, wurde mit Zurückhaltung und auf ritterliche Art ausgefochten, war ein Krieg der weißen Rasse, der in gegenseitiger Hochachtung und allgemeinem Händeschütteln endete. Früher oder später werden die meisten Menschen Waisen, und wenn ein übrigens schon lange vergessener Vater, wie wir meinten, in ehrlichem Kampfe den Heldentod erleidet, so stellt das eine recht zufriedenstellende Form des herkömmlichen Verlustes dar.

Auch der Heimgang der Königin Victoria warf keinen dauernden Schatten auf mein Gemüt. Eine große Epoche schien damit zum Abschluß gelangt zu sein und ich war nur wenig darüber erstaunt, daß sowohl der *Punch* als auch die Anglikanische Kirche unverändert bestehen blieben. Aber sie blieben bestehen; allmählich erkannte jedermann, daß fast alles unverändert weiter ging, ein wenig traurig vielleicht, aber nicht hoffnungslos verwitwet; König Edward trat an Victorias Stelle, ein nun schon gesetzter, aber immer noch sehr liebenswürdiger Mann, und das Gefühl der Beständigkeit aller Dinge wurde durch den Tod der Königin nur gestärkt.

Das Leben in Lattmeer festigte meinen Glauben an die Zivilisation des Weltalls. Ich fühlte mich nicht nur sicher, sondern auch privilegiert. Ich gewann Interesse am Wassersport und ruderte als Vierter im College-Boot. Ich schwamm ausgezeichnet. Ich glättete mein Haar mit Pomade und trug einen Mittelscheitel. Ich schmückte mich mit fröhlichen Farben. Meine purpurrot und blaßgelb gestreifte Strickjacke wurde nur von wenigen übertroffen. Ich lernte Weine voneinander unterscheiden. Ich schloß Freundschaften, unter denen sich einige durch Vertraulichkeit und Innigkeit auszeichneten. Ich verliebte mich in die Tochter einer Trafikantin, einer Witwe, deren Laden in nächster Nähe des Lattmeer College lag. Ich eignete mir sogar das nicht sehr große Ausmaß an klassischer Bildung an, dessen man zur Erlangung eines akademischen Grades bedarf. Auch nahm ich, ohne mich jedoch besonders hervorzutun, an den Bestrebungen der Oxford University Dramatic Society teil.

Ich hatte in jenen Tagen allen Grund, glücklich zu sein, und blicke heute auf sie zurück wie ein lebenslänglich Gefangener an die Zeit denken mag, da er als freier und unbescholtener Mensch fröhliche Ferientage genoß. Das Erbe meiner Tante, deren Vermögen nicht sehr groß, aber doch ganz ansehnlich gewesen war, ersparte mir den pekuniären Druck, unter dem die meisten jungen Männer zu leiden haben. Ich ertrug den Tod ihrer ehemaligen Gesellschafterin, durch den der gesamte Zinsenertrag des Geldes für meinen persönlichen Gebrauch frei wurde, mit mannhafter Seelenstärke, und genoß die guten Gaben Gottes voll des Vertrauens auf ihren Bestand. Es wäre mir nicht im Traum eingefallen, daß all dies hoffnungsreiche Glück nur eine glänzende Folie der dunklen Erfahrungen sein sollte, die sich nunmehr über mich herabsenkten.

Der erste große Schatten fiel über mein junges Leben, als meine Tante und mein Onkel kurz nacheinander starben. Mein Onkel begann früher als seine Frau zu kränkeln, starb aber nach ihr. Ich weiß nichts über die wahre Natur seiner Krankheit und glaube auch nicht, daß sie jemals klar erkannt worden ist. Die Berufsausbildung und Organisation der englischen Ärzte bewirken zwar, daß sie Würde an den Tag legen, ein bequemes Leben führen und anständig auftreten, scheinen sie aber nicht zu guten Diagnostikern zu machen. Eine Erkrankung des Blinddarms, der Niere, der Leber, der Milz, des Magens, des Nervensystems oder der Muskeln, sowie irgendwelche geheimnisvolle Infektionen wurden von dem behandelnden Arzt als mögliche Ursachen des Unbehagens und der Krankheit meines Onkels erwähnt, doch hütete sich der Mann vor einer allzu genauen Feststellung, die ihn hätte kompromittieren können. Der Totenschein nannte Herzschwäche in der Folge einer Erkältung als Todesursache. Spezialisten wurden nicht zugezogen; wahrscheinlich wären zu viele gleichzeitig vonnöten gewesen, so daß das Reisegeld für die ganze Schar die Mittel meines Onkels überschritten hätte. Die Behandlung eines Kranken in solcher Entfernung von London wurde in der Hauptsache davon bestimmt, wie weit sich der Arzt an offenkundig ähnliche Fälle in seiner Praxis erinnerte; im übrigen waren die vorhandenen Hilfsmittel der Ortsapotheke maßgebend.

Mein Onkel ertrug erhebliche Leiden mit Mut; die Hoffnung auf Genesung erhielt ihn lange Zeit aufrecht. Als er einmal nachts von heftigen Schmerzen befallen wurde, war er sehr gerührt darüber, daß der Arzt, den wir herbeiriefen, aus seinem warmen Bette aufstand und nicht weniger als zwei Meilen im Regen zurücklegte; er entschuldigte sich, daß sein Leiden so unerklärlich sei und sich noch dazu zu so ungünstiger Zeit äußere. Er empfand es, glaube ich, als ein Unrecht, daß er keine einfache, leicht erkennbare und zu einer bestimmten Tageszeit auftretende Krankheit hatte und einen ehrlichen Freund in eine schwierige Lage brachte. „Ihr Ärzte", sagte er, „seid das Salz der Erde. Was würden wir ohne euch anfangen?"

Meine Tante starb an einer Lungenentzündung, der Folge einer Erkältung, die sie bei der Pflege ihres Gatten übergangen hatte; er wurde seines Verlustes zwei oder drei Tage lang nicht gewahr.

Fast bis zuletzt glaubte er, daß er durchkommen würde. „Ich bin ein zäher alter Kerl", sagte er immer wieder; so erteilte er mir keinerlei letzte Lehren über die Welt; und als er schließlich begriff – wenn er es überhaupt wirklich begriff –, daß seine Frau tot war, verfiel er in Stillschweigen. „Fort“, wiederholte er leise, als man ihm auf seine Frage, wo sie sei, taktvoll mit diesem Worte geantwortet hatte. „Fort, Dorcas *fort*“, seufzte er und sagte nichts mehr über sie. Er schien sich in sich selbst zurückzuziehen und nachzudenken. Er starb die dritte Nacht darauf unter dem Beistand der Pflegerin unseres Dorfes.

Gegen das Ende vergaß er alle Schmerzen, die ihn in einem sanften Delirium noch quälen mochten. Er schien mit dem Gotte, dem er stets gedient hatte, in der Welt umher zu wandern und dabei noch klarer zu sehen als jemals zuvor.

„Das Wunder der Blumen, das Wunder der Sterne“, flüsterte er, „das Wunder des menschlichen Herzens. Warum sollte ich auch nur einen Augenblick lang daran zweifeln, daß all das zum Guten beiträgt? Warum sollte ich zweifeln?“

Dann sagte er plötzlich, ohne irgendwelchen Anlaß: „Mein ganzes Leben lang bin ich umhergegangen und habe niemals über die Schönheit von Kristallen und Edelsteinen gestaunt. Blinde Undankbarkeit. Hab das alles als selbstverständlich hingenommen. Alles Gute als selbstverständlich und jede notwendige kleine Prüfung als Last.“

Es verging geraume Zeit, bis er wieder zu sprechen begann. Da hatte er Edelsteine und Kristalle bereits vergessen. Er verfiel in ausgesprochen einseitige Betrachtungen. „Es gibt keine Bürde, die man nicht ertragen könnte. Manchmal ist es vielleicht schwer . . . Keine *wirkliche* Ungerechtigkeit.“

Seine Stimme erstarb, etwas später hörte ich ihn jedoch wieder flüstern.

Meine letzte Erinnerung an ihn ist, daß inmitten der Stille des von einer Lampe erleuchteten Zimmers plötzlich seine Stimme erklang und meinen Namen nannte. Er muß meiner gewahr geworden sein, während ich in der Tür stand. Die Fenster seines Schlafzimmers waren so weit wie möglich offen, trotzdem verlangte es ihn nach mehr Luft. „Frische Luft", wiederholte er. „Viel frische Luft. Bring alle Menschen in die frische Luft hinaus; alles in die frische Luft. Dann wird alles gut sein."

„Laß die Fenster offen. Laß immer die Fenster offen. Ganz weit offen – ganz weit . . ."

„Und fürchte dich vor nichts, denn Gott ist hinter allem, wie seltsam es auch sein mag."

„Hinter allem . . ."

Sein Ausdruck wurde gespannt. Gleich darauf sanken seine Augenlider herab, und er beachtete mich nicht mehr. Sein Atem wurde schwer, wurde langsamer, trocken und rasselnd.

Sehr lange war dieses geräuschvolle Atmen zu hören. Nie werde ich es vergessen. Es setzte aus, hob wieder an, und hörte dann auf. Der gespannte Gesichtsausdruck verschwand. Die Augen öffneten sich langsam und betrachteten die Welt ruhig, aber sehr starr.

Ich wartete, den Blick starr auf ihn gerichtet, daß er spreche, aber er sprach nicht. Scheu befiel mich.

„*Onkel*!" flüsterte ich.

Die Pflegerin zupfte mich am Ärmel.

Als ich am Morgen zu ihm gerufen wurde, war sein Antlitz schon eine heitere Maske, deren Augen für immer vor der Welt verschlossen blieben; gütig noch, aber nunmehr mit unaussprechlichen Dingen befaßt. Das Marmorbildnis im Mittelschiff der Kirche zu Salisbury ist das getreue Ebenbild des Toten, selbst in den gefalteten Händen.

Ich hatte ein heftiges Verlangen, zu ihm zu sprechen und vieles zu sagen, was ich hatte sagen wollen, aber ich sah nun, daß zwischen ihm und mir keine Worte mehr gewechselt werden konnten.

Niemals ist etwas so sehr von Abwesenheit durchtränkt

gewesen wie seine Anwesenheit an jenem sonnenhellen Morgen. Ich saß an seinem Bett und betrachtete die teure Maske, die mir so vertraut gewesen und nun schon so fremd geworden war, betrachtete sie lange Zeit und dachte dabei an zehntausend Dinge, die ganze Stufenleiter des Lebens hinauf und hinab. Ich empfand Schmerz über meinen Verlust und war doch auch, ich erinnere mich dessen, niederträchtig froh, selbst am Leben zu sein.

Allmählich aber begann eine ungewohnte Kälte in der Herzgegend, zu ruhig und zu tief, um Furcht zu sein – alle anderen Eindrücke zu überragen. Ich versuchte ihr zu entrinnen. Ich ging ans Fenster, und der Sonnenschein auf dem Rasen des Hügellandes schien etwas von dem frohen Zauber, den er bis dahin besessen hatte, verloren zu haben. Da war das vertraute Dach des Hintergebäudes, die graue Steinmauer des Hofes, die Pferdekoppel mit dem alten, ausgedienten Pony, die Hecke und der steile Abhang des Hügels. Alles war da, aber es war nicht dasselbe.

Die Kälte, die ich beim Anblick des toten Antlitzes empfunden hatte, wurde nicht geringer, sondern größer, als ich aus dem Fenster auf die gewohnte Landschaft blickte; sie war offenbar keine physische Empfindung; war nicht eine Kälte des Herzens, sondern der Seele, war ein ganz neues Gefühl, das Gefühl, allein und ohne Hilfe in einer Welt zu stehen, die ganz anders sein mochte, als sie mir schien.

Ich wandte mich wieder meinem Onkel zu: ein unbestimmtes Gefühl, etwas wie der Wunsch, gegen die Möglichkeit solch einer Veränderung Einspruch zu erheben, regte sich in mir.

Noch einmal ergriff mich das Verlangen, zu ihm zu sprechen, doch ich erkannte, daß ich nichts zu sagen hatte.

§ 4
Liebe und Olive Slaughter

Einige Zeit hindurch setzte ich mein gewohntes Leben ohne wesentliche Veränderung fort. Die erste Empfindung der Einsamkeit, die mich am Totenbette meines Onkels überkommen hatte, blieb um mich schweben und verdichtete sich, anstatt zu verschwinden, doch bemühte ich mich eifrig, sie aus meinem Bewußtsein zu bannen, welches Bestreben er gewiß gutgeheißen haben würde.

Ich hatte mir gleich nach meiner Graduierung eine Wohnung von bescheidenem Komfort gemietet, und zwar in Carew Fossetts, einem außerhalb von Oxford Richtung Boars Hill gelegenen Dörfchen. Dort blieb ich. Einige Freunde und Bekannte an der Universität und in deren Umkreis waren meine Welt, und so konnte ich mir keinen besseren Wohnort vorstellen. Ich versprach mir lange Ferien in den Alpen, in Skandinavien, Afrika und dem Nahen Osten, hoffte, daß ich vielleicht auf irgendwelche Art in der ernsteren und allerdings auch schwerfälligeren Welt Londons Fuß fassen würde, und zählte die künstlerische Anregung des Pariser Lebens zu meinen glücklichen Möglichkeiten. In Paris, so meinte ich nach der Mode der damaligen Zeit, konnte man Amerika und Rußland in einer zwar verdünnten, aber doch hinlänglich klaren Form kennenlernen. Also wandte ich Rußland selbst den Rücken zu: war es doch eine Wildnis mit einem pervertierten Alphabet und einer unsprechbaren Sprache; auch den aufreizenden Glanz New Yorks, seine Vergnügungen und sein buntbewegtes Leben schob ich als unangenehme, aber vermeidliche Tatsache von mir weg. Wenn Leute da hinüber gingen, Amerikaner wurden und sich eine eigene Welt aufbauten, so sah ich nicht ein, warum mich das interessieren sollte.

Ich besaß, das durfte ich mir eingestehen, eine gewisse geistige Regheit und war auch begabt, war mir aber über die Art dieser Begabung nicht im klaren; und ich war ängstlich bemüht, meine Fähigkeiten gut zu verwerten. Ich fühlte, daß mir ein ganz besonders glückliches Los zugefallen war, und hielt es für meine Pflicht, mich dieser Gunst des Schicksals würdig zu erweisen. Dafür schien mir eine künstlerische Betätigung sehr geeignet zu sein, und ich spielte mit dem Gedanken, der Welt eine Romantrilogie zu schenken – in jenen Tagen wurde ein Romanschriftsteller erst dann hochgeschätzt, wenn er eine Trilogie geschrieben hatte –, nach der Art Ruskins in den Galerien Europas Kunststudien zu betreiben und meine Eindrücke aufzuzeichnen, einen Kunstverlag zu gründen, der bibliophile Ausgaben verdienstvoller Werke herausbringen sollte, oder meine Erfahrungen in der Oxford University Dramatic Society als dramatischer Dichter zu verwerten. Auch andere Formen der Dichtkunst zog ich in Betracht: eine Zeitlang beschäftigte mich der Plan zu einem Epos, doch fand ich schließlich, daß der Erwerb der notwendigen technischen Fertigkeiten meine schöpferische Kraft lähme. Bei alledem ließ ich die sozialen Fragen der Zeit keineswegs außer acht, sondern war mir wohl bewußt, daß dem vollendet künstlerischen Ausdruck meiner Bestrebungen ein moralischer und humanitärer Zweck zugrunde liegen müsse.

Außerdem hatte ich mich dazu überreden lassen, die Angelegenheiten eines sterbenden Bogenschützen-Klubs in die Hand zu nehmen, und ich errang als Ehrensekretär dieser Gesellschaft beträchtliche Erfolge.

Ich besprach die Frage meiner Lebenspläne mit fast jedermann, der mir zuzuhören geneigt war; insbesondere erörterte ich das Thema mit meinem Freund Lyulph Graves, in dessen Gesellschaft ich lange Spaziergänge zu machen pflegte, und mit Olive Slaughter, dem lieblichen jungen Mädchen, das ich bereits erwähnt habe. Die

Bewunderung und Freundschaft, die ich diesem Geschöpf in meinen Studententagen entgegengebracht hatte, verwandelte sich nunmehr rasch in eine große und ideale Liebe. Wie strahlend war sie doch, wie blond und hübsch! Noch heute könnte ich mir tausenderlei reizende Einzelheiten ihrer Erscheinung ins Gedächtnis zurückrufen, wenn ich mich mit solchen Erinnerungen quälen wollte. Sie hatte goldblondes Haar. Der Glanz, der von ihr ausging, schimmerte durch die Tabakpäckchen und Zigarettenschachteln des Schaufensters hindurch, so wie die Sonne durch das Laub eines Baumes scheint. Schon in den Tagen, da ich noch Student war, pflegte sie in die Tür zu treten und mir zuzulächeln, sooft mich mein Weg an dem Laden vorbei führte – und es ist erstaunlich, wie oft das der Fall war. Sie lächelte auch mit der Stirn und den Augen, so daß sich die linke Seite der Oberlippe beim Lächeln ein wenig stärker emporzog und einen Schimmer der Zähne sehen ließ.

Anlässe zu kurzen heimlichen Gesprächen ergaben sich immer wieder; sie schienen sich im dritten Jahr meiner Studienzeit zu vermehren. Eines Tages trafen wir uns nach Schluß der Vorlesungen auf unseren Rädern bei Abingdon und verbrachten einen entzückenden Nachmittag miteinander. Wir tranken in einem ländlichen kleinen Restaurant Tee, und als wir dann durch einen Obstgarten zum Fluß hinunter gingen, küßten wir einander, zitternd unter dem Zauber von Kräften, die stärker waren als wir. Ich küßte sie, küßte den Mundwinkel, der die kleinen Zähne sehen ließ, schloß sie dann in die Arme, zog sie dicht an mich und küßte ihren schönen schlanken Nacken, indes ihr weiches Haar meine Wange liebkoste. Dann fuhren wir, so weit wir es wagten, gemeinsam gegen Oxford zurück, ehe wir uns trennten; den ganzen Rückweg sprachen wir kaum ein Wort miteinander. Mir war, als sei uns beiden das Wunderbarste im Leben widerfahren, und ich glaubte, daß sie ebenso empfand.

Der Sonnenuntergang war warm, sanft und goldig, und Olive war warm, sanft und goldig; ich wußte nicht, was wunderbarer war, das Mädchen oder das Naturschauspiel, und meine Seele glich einem Stäubchen, das unter einem Sonnenstrahle gleich einem Stern leuchtete.

Von da ab entwickelten wir beide große Freude am Küssen, und da ich gut erzogen worden war, deutete ich unsere Umarmungen auf eine schöne und edle Art. Zwischen unseren Küssen sprach ich von den hohen Zielen, denen unsere Leidenschaft geweiht sein sollte; und alle meine Gedanken umgaben die Geliebte mit schützendem Besitzergefühl, gleichsam als wäre ich eine ihr geweihte Kirche und sie der heilige Altar darin. Und dann küßten wir uns wieder. Sie küßte mit solcher Hingabe und liebkoste mich so zärtlich, daß nur mein Glaube an ihre vollkommene Unschuld die Inbrunst meiner Umarmungen milderte. Und ich war über alle Maßen glücklich.

Da mein Herz nach den ersten heiligen Zärtlichkeiten zwischen uns von ihr überfloß, erzählte ich trotz meiner zurückhaltenden Wesensart meinem Freunde Lyulph Graves immer wieder von ihr. Nach langen Gesprächen über unsere Lebensaufgabe hatten er und ich einen sehr hoffnungsfrohen Plan zu einem neuartigen buchhändlerischen Unternehmen entwickelt, welches nicht nur großen erzieherischen Wert für unser Land haben, sondern auch für uns selbst eine Quelle des Wohlstands und des Einflusses werden sollte. Man sprach damals in England allenthalben über die Mängel und Auswüchse des Buchhandels, und wir wollten diesen Klagen durch die Firma Blettsworthy & Graves abhelfen. Wir gedachten in mehreren und schließlich in einer großen Anzahl von Städten Läden aufzumachen, die durch einen einheitlichen Farbanstrich von künstlerischem Blau in die Augen fallen und alle miteinander in Verbindung stehen sollten. Wir wollten sie höchst behaglich einrichten, sie mit Lehnstühlen und Leselampen versehen, und unsere Kunden sollten nicht so sehr zu Einkäufen genötigt, als vielmehr belehrt und zum Lesen eingeladen werden. Sooft es zu regnen begann, wollten wir ein Schild aushängen: ‚Tritt ein und lies, bis der Regen vorüber ist.' Wir planten eine ganze Reihe solcher erfreulicher Verbesserungen der damaligen Buchhandlung.

Auf unseren Spaziergängen unterhielten wir uns darüber – jeder wartete voll Ungeduld darauf, daß der andere mit seiner Rede zu Ende komme –, welch große Vorteile unser Unternehmen uns sowie der ganzen Menschheit bringen sollte. Wir gedachten unser Lager stetig zu vergrößern, bis wir die Verleger in der Hand haben würden; wir wollten die Achtung und die Zuneigung der gesamten intellektuellen Welt gewinnen. „Wir wollen die öffentliche Meinung *organisieren*", sagte Lyulph Graves. Gute, junge Verlagsfirmen gedachten wir aufzumuntern und zu fördern, schlechte sollten entmutigt oder gebessert werden. Ich hegte den Gedanken an einen wachsenden kritischen Einfluß durch eine literarische Zeitschrift, deren Umschlag dasselbe gefällige Blau wie die Fassaden unserer Läden aufweisen sollte. Beiträge zu dieser Zeitschrift liefern zu dürfen, sollte, so beschloß ich, eine begehrte Ehre werden. Wir verbrachten glücklich einen ganzen Nachmittag damit, einander die Leute aufzuzählen, die *keine* Beiträge würden liefern dürfen.

Schließlich gründeten wir in aller Form eine Gesellschaft. Zu dem Kapital von viertausend Pfund stellte jeder von uns die Hälfte. Da Graves kein Geld besaß, lieh ich ihm die notwendigen zweitausend zu einem mäßigen Zinssatz. Ich wollte mir eigentlich gar keine Zinsen zahlen lassen; Graves aber, der in Gelddingen höchst ehrenhaft war, zwang mich, es doch zu tun. Wir ernannten uns zu Geschäftsführern mit einem Gehalt von je fünfhundert Pfund jährlich, so daß meine Einkünfte durch die erfolgte

Überweisung nicht verringert, sondern vergrößert wurden. Wir beschlossen, unseren ersten Laden in Oxford aufzumachen. Wir mieteten ein zwar ziemlich verfallenes, aber bequemes Haus mit Geschäftsräumen zwischen einem Metzgerladen und einer Leichenbestattungsfirma; die Miete war nicht hoch, doch mußten wir das ganze Haus neu instandsetzen lassen; hinter dem Laden richteten wir ein Büro ein, das sehr bequeme und teure Schreibtische und Schränke aufwies, im ersten Stock eine hübsche Wohnung für Graves, der sich im Hause selbst einquartieren wollte, um das Geschäft aufs beste überwachen zu können. Er bestand darauf, daß er im Hause wohnen müsse. Tag und Nacht wollte er sich unserem Unternehmen widmen.

Wir ließen die Ladenfront dreimal streichen, bis wir endlich überzeugt waren, daß die nunmehr gewählte Blauschattierung Erfolg verspreche, und ich habe wohl kaum jemals einen prächtiger angestrichenen Laden gesehen. Unglücklicherweise schätzte der Maler unseren Geschmack so hoch, daß er sich mehr Farbe verschaffte, als für uns nötig war, und um sie aufzubrauchen, überredete er den Besitzer eines Teegeschäfts und einer Bäckerei in derselben Straße, sich einen Anstrich zuzulegen, von dem wir gehofft hatten, daß er das einzigartige Kennzeichen unserer Firma sein würde. Diesem Umstand verdankten wir etliche Anfragen nach chinesischem Tee und Hafermehlkuchen, und ohne Zweifel wurde dadurch auch das Geld einiger lesewilliger Leute auf den Pfad rein körperlicher Erfrischung gelenkt. Wir zogen betreffs der Frage des Urheberrechtes in bezug auf die Farbe einen Anwalt zu Rate, mußten aber erfahren, daß die Rechtslage für einen Prozeß zu unbestimmt war.

Von diesem geringfügigen Ärgernis abgesehen, begann unser Unternehmen ganz ordentlich. Ich erinnere mich an jene Phase meines Lebens als an eine besonders glückliche. Die Blettsworthys haben sich seit jeher keineswegs über

Handelsgeschäfte erhaben gedünkt, sondern sind stets bemüht gewesen, einen veredelnden Einfluß auf diesem Gebiete auszuüben, und ich sah bereits, wie sich die Blettsworthy-Buchhandlungen (Blettsworthy & Graves) über das Land ausbreiten und in der geistigen Welt eine ebenso nützliche und ehrenhafte Aufgabe des Austausches und der Anregung leisten würden, wie die Blettsworthy-Bank im Westen Englands. Ich sah mich das Unternehmen in ideeller Hinsicht leiten und fördern, ohne dabei in allzu starkem Maße in die praktisch geschäftlichen Unternehmungen eines emsigen, zielbewußten und vielleicht energischeren Partners verwickelt zu werden. Mein Leben sollte durch die strahlende Anwesenheit meiner Olive Glanz gewinnen, und die zahlreichen Mußestunden, die mir zuteil werden mußten, sobald das Geschäft erst in Gang gekommen sein und von selber laufen würde, sollten der Pflege meiner ästhetischen und geistigen Gaben gewidmet werden, an deren Vorhandensein ich nicht zweifelte, wiewohl ich ihre besondere Art erst noch ausfindig zu machen hatte.

Ich berichte hier von den geheimen Gedanken eines jungen Mannes, von den hochfliegenden und umfassenden Plänen, mit denen die Jugend dem Leben begegnet. Nach außen hin betrug ich mich mit geziemender Bescheidenheit, ließ anderen ihren Vorrang und ihre Vorteile, machte höflich Platz und bestritt die Ansprüche derer, die mit mir zu wetteifern schienen, niemals. Mein Herz aber war von Selbstsicherheit erfüllt. Ich hielt mich für einzigartig und außerordentlich und meinte, daß meine Umgebung, eben weil es meine Umgebung war, ebenfalls außerordentlich sei. Ich sah einen Lebensweg voll hoher Verantwortlichkeit vor mir liegen. Graves galt mir als vortrefflicher Partner und erstaunlich fähiger Kopf, wenn auch die besten Teile unseres Planes meinem Hirn entsprungen waren. Und meine Olive Slaughter mit den blassen Lippen und den amethystfarbenen Augen war ein glühender Topas, ein feuriger Opal; keusch und leidenschaftlich zugleich, ehrlich und doch geheimnisvoll, war sie ein Geschöpf von außergewöhnlicher Lieblichkeit, dessen man dereinst im Zusammenhang mit mir gedenken sollte; sie sollte, auf ähnliche wenn auch legitimere Art mit mir verknüpft, gleich der Gioconda neben Leonardo späteren Geschlechtern ein leuchtender Stern sein.

Ich besitze kein Porträt, das mich in jener letzten vollkommen glücklichen Phase meines Lebens darstellte. Ich glaube nicht, daß sich meine Selbstzufriedenheit und mein ungeheurer Ehrgeiz in meiner äußeren Erscheinung verrieten. Höchstwahrscheinlich sah ich nicht anders aus als irgendeiner von den erfreulich jungen Jünglingen, die es damals in England gab. Jedenfalls dachte ich nicht nur von mir und den Meinen gut, sondern von der ganzen Welt. Und die Blase meiner Selbstgefälligkeit sollte so bald und so grausam angestochen werden, daß es niemand nötig hat, an meinem damaligen Glück Anstoß zu nehmen.

Ich mußte für einige Tage nach London fahren, um verschiedene geschäftliche Angelegenheiten zu regeln. Meine Rechtsanwälte, eine altmodische Firma, die schon meinen Onkel beraten hatte, waren in der Kritik meines neuen Unternehmens über ihre beruflichen Rechte ein wenig hinausgegangen, und ich gedachte sie in bezug auf Graves zu beruhigen. Überdies hatte ich es mir in den Kopf gesetzt, Olive eine Halskette aus grünen, in Gold gefaßten Jadesteinen zu schenken, die ich nach genauen Angaben arbeiten lassen wollte. Auch war einer der Blettsworthys aus Sussex im Begriff zu heiraten, und ich wollte bei seiner Hochzeit nicht fehlen. Ich hatte mir vorgenommen, im ganzen vier Tage auszubleiben, als ich jedoch am dritten Tage der Hochzeit meines Vetters beigewohnt hatte, erfaßte mich plötzlich die Lust, einen Tag früher nach Oxford zurückzukehren und Olive durch mein unerwartetes Erscheinen am nächsten Morgen zu erfreuen. Wir waren nunmehr offiziell verlobt; ihre Mutter hatte mich mit großer Freude und einem Kusse als künftigen Schwiegersohn aufgenommen; ich konnte Olive nun unverhohlen Geschenke machen, und so nahm ich einen wunderschönen Blumenstrauß mit, der meine kleine Überraschung festlicher gestalten sollte.

Ich fuhr am späten Nachmittag von London ab, aß im Zug mein Abendbrot und begab mich, in Oxford angekommen, zu unserem neuen Laden, zu dessen Straßentür ich einen Schlüssel hatte, um dort mein Rad zu holen. Oben in Graves Wohnzimmer war kein Licht, woraus ich schloß, daß er ausgegangen sei. Ich betrat den Laden, vermutlich geräuschlos, und anstatt einfach nur mein Rad zu nehmen, verweilte ich einige Minuten und betrachtete die unübertrefflich schöne Ausstattung des Geschäftes. Nur wenige Läden hatten damals Armstühle und einen großen mit Büchern belegten Tisch aufzuweisen, wie eine Klubbibliothek. Schließlich bemerkte ich, daß hinten im Bureau eine der grün beschirmten Lampen brannte; ich dachte, daß Graves sie vergessen habe, und ging hinein, um sie auszulöschen.

Das Büro war leer, doch auf dem großen, Graves gehörigen Schreibtisch lag ein aus mehreren Bogen bestehender, unvollendeter Brief. Ich warf einen Blick darauf und sah die Worte: „Mein lieber Arnold.“ Warum um alles in der Welt hatte er mir einen Brief geschrieben? Wo er mich doch täglich sah. Ich empfand es in keiner Weise als Unrecht, mich auf seinen drehbaren Armstuhl zu setzen und den Brief zu lesen.

Erst las ich flüchtig, bald aber mit angestrengter Aufmerksamkeit.

„Gewisse Dinge werden am besten brieflich erörtert“, hob das Schriftstück an; „und ganz besonders Fragen, die Zahlen betreffen. Du wirst stets ein wenig ungeduldig, wenn es sich um Zahlen handelt . . ."

Was sollte da kommen?

Ich hatte den Tag zuvor zwei recht unangenehme Stunden in Lincoln's Inn verbracht, um die Finanzierung unserer neuen Gesellschaft gegen Angriffe zu verteidigen, die mir als altmodische Verdächtigungen erschienen waren. Der alte Ferndyke (Ferndyke, Pantoufle, Hobson, Stark, Ferndyke & Ferndyke), der ein Schulkamerad meines Onkels gewesen und mütterlicherseits ein Blettsworthy war, hatte Ansichten über Graves vorgebracht, die mir die Erwiderung: „Aber Sir, das kommt ja geradezu einer Einflüsterung gleich" abzwangen. Darauf hatte er geantwortet: „Keineswegs! Es ist noch immer üblich, solche Fragen zu stellen."

„Im Falle meines Freundes Graves ist es überflüssig", hatte ich gesagt, und der alte Herr hatte die Achseln gezuckt.

Merkwürdigerweise hatte ich mir dieses Gespräch während der folgenden Nacht, in der ich ungewöhnlich schlecht schlief, etliche Male wiederholt, und im Zuge war es mir nach dem Abendbrot wieder in den Sinn gekommen. Als ich nun den nächsten Satz des Briefes las, klang es mir aufs neue deutlich in den Ohren.

„Mein lieber Arnold", ging der Brief weiter, „wir sind auf einem toten Punkt angelangt."

Der Kern des Briefes war, daß wir unser Geschäft in zu großem Maßstab geplant hätten. Er wolle mir das mit allem Nachdruck klarmachen. Schließlich werde das vielleicht ganz gut sein, für den Augenblick aber bedeute es Geldverlegenheit. „Du erinnerst dich wohl, daß ich anfänglich sagte, es sei ein Zehntausend-Pfund-Unternehmen", schrieb er. „Und das ist es."

Wir hatten nahezu das gesamte uns zur Verfügung stehende Geld auf Ausstattung, Einrichtung, Vorausgaben, Bürobedarf und Direktorengehälter verwendet. Mit dem

Einkauf des Bücherbestandes hatten wir eben erst begonnen. „Noch dazu habe ich", hieß es in dem Brief weiter, „bis zu dem Limit, das du garantiert hast, Geld behoben." Ich überlegte – ich hatte eintausend garantiert und das in einem außerordentlich gewundenen und langatmigen Dokument. Wir bezahlten bereits zwei Hilfskräfte, einen Laufburschen und eine Stenotypistin, die Lyulphs Korrespondenz erledigte, und hatten vorläufig offiziell mit dem Verkauf noch nicht begonnen. Wir hielten den Laden zwar offen und bedienten gelegentlich Kunden, wollten jedoch erst nach Beginn des Semesters das Geschäft in aller Form eröffnen. Zu diesem Anlaß gedachten wir, tüchtig Propaganda zu machen, was beträchtliche weitere Ausgaben bedeutete. Der größte Teil der Bücher, die wir auf Lager haben wollten, mußte erst angeschafft werden, und wir mochten noch Monate ohne Verdienst vor uns haben. Besonders in Oxford hat man stets eine Anzahl unvermeidlicher Kreditgeschäfte zu tätigen. Der junge Student kauft sehr viel, aber nicht gegen bares Geld. „Es bleibt uns nichts anderes übrig", schrieb Graves, „als neues Kapital aufzunehmen und weiterzuarbeiten. Zurück können wir jetzt nicht mehr."

Hier brach das Schriftstück ab. Der Schreiber schien unterbrochen worden zu sein.

Ich hielt den Brief in der Hand und starrte in die dunklen Schatten meines neuen Büros. Noch mehr Kapital? Ich hatte es, aber ich näherte mich bereits dem, was Ferndyke meine Sicherheitsgrenze nannte. Bisher hatte ich nichts weiter riskiert als eine Einschränkung meiner Lebensweise; der Vorschlag von Graves konnte leicht den Verlust der Unabhängigkeit, die mir so angenehm war, bedeuten. Im Schatten tauchte sehr lebhaft das Antlitz des alten Ferndyke auf, und ich hörte seine Frage: „Fehlt es Ihrem Freunde nicht ein wenig an – wie soll ich es nennen? – an *Grundsätzen*, ebenso wie auch an Erfahrung?"

Ich betrachtete das so sehr gediegene und vornehme Büro. Es einzurichten, hatte mir viel Freude gemacht. Was aber, wenn es sich nun als zu groß und zu kostspielig für das Geschäft erweisen sollte?

Und war Graves, mein kluger und erfinderischer Freund, vielleicht wirklich ein klein bißchen weniger solide als etwa dieser unser wunderbarer Büroschrank, der vierzigtausend Briefe zu fassen vermochte?

Mitten in diesen Überlegungen kamen mir verschiedene Geräusche zu Bewußtsein: über meinem Kopfe krachte es, regte sich etwas. Ich wurde mir alsbald darüber klar, daß Graves oben in seinem Schlafzimmer sein müsse. Da konnte ich ja die ganze Angelegenheit gleich mit ihm besprechen. Jawohl, ich wollte sie sofort mit ihm besprechen. Seine Wohnung hatte einen Privateingang von der Straße her, und ich ging zu der Tür, die von dem Laden in den Korridor und zur Treppe führte. Laden und Treppe waren mit ausgezeichnetem, aber teurem blauen Axminster belegt, und ich stand in dem unbeleuchteten Wohnzimmer, ehe Graves meine Anwesenheit bemerkte. Die Schlafzimmertür war ein wenig offen und das Gas war angezündet.

Ich war eben im Begriffe zu sprechen, als mich das Geräusch eines Kusses, ein heftiges Geknarre und ein lauter Seufzer innehalten ließen.

Dann erklang zu meinem grenzenlosen Staunen die Stimme Olive Slaughters in Tönen, die ich nur zu gut kannte. „*Ach*", seufzte sie entzückt, „wenn du nicht am allerbesten küssen kannst!"

Dann flüsterte Graves, und es schien so etwas wie ein Ringkampf stattzufinden.

„*Laß* mich!" sagte Olive Slaughter ohne Überzeugung, dann wiederholte sie schärfer: „*Laß* mich, sage ich dir."

Hier versagte meine Erinnerung für eine kleine Weile. Ich weiß nicht, welche schwarzen oder dunklen Ewigkeiten ich in den nächsten Augenblicken durchlebte. Das folgende Bild sehe ich von der Tür des Schlafzimmers aus, die ich weit aufgerissen hatte. Graves und Olive liegen auf dem Bett und starren mich an. Graves hat sich halb aufgerichtet und stützt sich auf einen Ellbogen. Er hat eine weiße Sporthose an und ein Seidenhemd, das vorne aufgeknöpft ist. Olive liegt ausgestreckt auf dem Bauch und blickt über ihre Schulter nach mir herüber, ihre Bluse ist in Unordnung und zeigt mehr von ihrem lieblichen Oberkörper, als ich jemals gesehen habe, ihr nackter Arm ruht auf seiner nackten Brust. Beide sind erhitzt und zerzaust. Erst starren mich die beiden Gesichter dumm an, dann werden sie allmählich lebendig und munter. Langsam, ganz außerordentlich langsam und den Blick immerfort auf mich gerichtet, setzen sie sich auf.

Ich erinnere mich dunkel, daß ich mich fragte, was ich tun sollte; ich kam zu dem Schlusse, dessen entsinne ich mich deutlicher, daß ich, zunächst wenigstens, Gewalttätigkeit an den Tag zu legen hätte.

Graves besaß guten Geschmack und hatte auf Kosten unserer Gesellschaft das Kaminsims in seinem Zimmer mit zwei alten schlanken Chianti-Flaschen geschmückt. Sie waren schwerer als ich dachte, denn er hatte sie mit Wasser angefüllt, damit sie fester stünden. Ich schleuderte ihm die eine an den Kopf, sie traf ihn, zerbrach mit einem glucksenden Laut, Wasser und Scherben fielen an ihm herunter. Die zweite verfehlte ihn und ergoß ihr Wasser auf das Bett. Dann muß ich auf der Suche nach weiteren Gegenständen, die meiner Gewalttätigkeit dienen könnten, zum Waschtische gegangen sein, denn ich erinnere mich, daß die volle Wasserkanne am Bettpfosten zerbrach und daß sich die Waschschüssel störenderweise in meiner Hand als zu leicht erwies, um wirksam verwendet zu werden. Dann scheint mein Gedächtnis noch eine Lücke aufzuweisen. Graves stand schließlich dicht vor mir, einen schmalen roten Streifen quer über der Stirn, der noch nicht zu bluten begonnen hatte. Sein Gesicht war weiß, schien zu leuchten und zeigte den Ausdruck gespannter Beobachtung. Ich erinnere mich, daß ich die Waschschüssel beinahe sorgfältig wieder hinstellte, ehe ich Hand an ihn legte. Ich war ihm an Gewicht und Muskelkraft überlegen und hatte ihn in kürzester Frist aus dem Schlafzimmer und durch das Wohnzimmer auf die Treppe hinausbefördert. Dann ging ich zu Olive zurück.

Die Göttin meines bisherigen Daseins war verschwunden. An ihre Stelle war eine gewöhnliche junge Frau mit zerzaustem strohblondem Haar getreten, die zu besitzen ich heftig gewünscht hatte und die immer noch eine übergroße Wirkung auf meine Sinne ausübte. Sie bemühte sich, die Brosche festzustecken, die ihre Bluse am Halse zusammenhielt. Ihre Hände zitterten so sehr, daß sie es nicht vermochte. Der Ausdruck ihres Gesichtes verriet angsterfüllten Zorn.

„Ihr zwei dreckigen Kerle habt mich in diese Lage gebracht", sagte sie. „Du und dein Partner. Meinst du, ich bin mir nicht klar darüber? Du und unsere Verlobung! Ihr ekelhaften Kriecher!"

Ich stand und beachtete nicht, was sie sagte, obgleich ich mich später ganz genau daran erinnerte. Ich überlegte, mit welcher unerhörten Schreckenstat ich sie niederschmettern könnte. Ich kann die Fülle der Impulse, die auf mich einstürmten, nicht mehr entwirren. Eines aber weiß ich noch klar: daß ich sie plötzlich packte und ihr die Kleider vom Leibe zu reißen begann. Sie wehrte sich erst wild, dann erlahmte ihr Widerstand fast völlig. Sie hielt den Blick auf mein Gesicht gerichtet. Ich riß an den Hüllen ihres Körpers, bis sie fast nackt war, und warf sie auf das Bett. Dann traf mein Blick den ihren. Entsetzen erfaßte mich: ihre Feindseligkeit war verschwunden! Gott weiß, über welchen Abgründen ich in jenen Augenblicken schwebte. Dann schlug der Wirbelwind meiner Gefühle mit einem Male um. „Hinaus mit dir!“ schrie ich, packte sie und stieß sie hinter Graves her.

Einen Augenblick lang beherrschte mich sinnloser Schrecken vor der Tat, die ich beinahe begangen hätte. Ich verachtete mich sowohl wegen meiner Begierde als auch wegen des Rückzuges vor der Begierde.

Ich wußte nicht, was ich weiter tun sollte. Unentschlossen ging ich im Zimmer auf und ab und rief: „Mein Gott! Mein Gott!“

Dann zeigte sich das furchterfüllte, aber immer noch gefaßte Antlitz von Graves in der Tür. Er blutete jetzt ziemlich heftig. Und er sagte: „Gib ihre Kleider her, du Idiot. Die Leute werden sagen, daß wir das miteinander abgekartet hätten.“

Das war vernünftig. Das war sehr vernünftig. Trotz heftigen Widerstandes kehrte mir die Vernunft zurück. Aber ich glaubte immer noch, erstaunlich handeln zu müssen. Einen Augenblick lang überlegte ich, dann raffte ich ihre zerrissenen und zerdrückten Kleidungsstücke zusammen und warf sie Graves plötzlich ins Gesicht. „Verschwindet alle beide!“ schrie ich.

Sein Kopf tauchte zwischen den Kleidungsstücken auf. Er hielt das Zeug fest und drehte sich um.

Ich hörte ihn die Treppe hinunterstolpern. „Du kannst so nicht auf die Straße gehen“, hörte ich ihn sagen.

Weder das Schlaf- noch das Wohnzimmer schienen mir mehr der richtige Aufenthaltsort zu sein. Es fiel mir ein, daß mein Rad im Laden stand. Ich versuchte, eine würdevolle Haltung anzunehmen, ging zu der Tür hinunter, die zum Laden führte, und schloß sie hinter mir. Ich war nunmehr sehr ruhig und handelte planmäßig. Ich tastete mich nach dem Rad hin, strich ein Streichholz an und entzündete die Lampe. Ich dachte an den Brief, den ich gelesen hatte. Er war verschwunden, und ich fühlte, daß ich nun nicht noch einmal hinaufgehen konnte, um ihn zu suchen. Mein Blumenstrauß lag auf dem Ladentisch dicht neben der Lenkstange meines Rades. Ich hatte die Blumen vergessen. Ich hob sie auf, roch an ihnen und legte sie wieder hin. Dann verließ ich den Laden durch die Vordertür, bestieg mein Rad und fuhr davon, durch die beleuchteten Straßen, über die Brücke und dann hinaus auf die stille Landstraße, die nach Carew Fossetts führt.

Ich ging sofort zu Bett und schlief während des größten Teiles der Nacht. Um die Morgendämmerung erwachte ich plötzlich und fragte mich, was denn geschehen sei.

Es störte mich, als bald darauf die Vögel zu singen begannen. Sie hinderten mich am klaren Denken.

§ 5
Zwischenspiel mit Mrs. Slaughter

Die Phasen, die ich in den Tagen nach meiner Entdekkung durchlebte, sind für meine Geschichte gewiß von Wichtigkeit – ich fühle das und will sie so eingehend wie möglich schildern. Es fällt mir aber durchaus nicht leicht. Meine Erinnerungen sind außerordentlich ungleichmäßig: bald klar, detailliert und so scharf, als beträfen sie Dinge von gestern und nicht solche, die mehr als zwanzig Jahre zurückliegen; bald verschwommen, verzerrt, unbestimmt und von Gedächtnislücken unterbrochen. Ich kann in der Auswahl, die mein Gehirn da getroffen hat, weder einen Sinn noch ein System entdecken. Ich kann nicht erklären, warum ich mich meines Erwachens an dem erwähnten Morgen in allen Einzelheiten entsinne. Ich möchte, wenn das nicht zu spitzfindig ist, geradezu sagen, daß in die Erinnerung an jenen Morgen auch das Bild der Ereignisse vom Vorabend eingebettet ist. Ich erinnere mich also nicht unmittelbar daran, daß ich Graves eine Glasflasche an den Kopf geworfen habe, sondern ich entsinne mich der Erinnerung an diese Tat und der Verwunderung darüberr, die mich am folgenden Morgen befiel.

Vielleicht haben sich mir jene Stunden des Wachseins deshalb so stark eingeprägt, weil sie der erste in einer langen Reihe ähnlicher Gemütszustände waren. Es war, als ob das ganze Weltall, mich inbegriffen, sich verändert hätte, als ob das Selbst, das ich bis dahin gekannt hatte, ein Traum in einer Traumwelt gewesen wäre und nun die Wirklichkeit begonnen hätte. Die Morgendämmerung kam, aber sie brachte einen neuartigen, einen freudelosen Tag. Die emporsteigende Sonne ergoß ihr warmes Licht in mein Zimmer, doch dieses Licht hatte keine Seele. Die Vögel sangen, bald darauf ratterte ein Karren durch die Straße, und ein Junge pfiff, ich aber wußte, daß die Vögel nichts weiter waren als zwitschernde Maschinen, daß der Karren eine nutzlose Fahrt unternahm und der Junge trotz aller ahnungslosen Unbekümmertheit dem Tode und der Verdammnis verfallen mußte.

Ich brütete über der unlöslichen Frage, warum ich den Sinn meines erwachenden Lebens an eine geistlose und gewöhnliche Halbjungfrau gekettet hatte und an einen Gefährten, der sich als Schurke erwiesen haben würde, wenn er nicht, ehe seine Schurkerei sich hatte voll betätigen können, ein eitler und genußsüchtiger Narr gewesen wäre. Noch größeres Kopfzerbrechen bereitete mir die Frage, wie ich mein kopfloses Selbst von diesen beiden schlecht gewählten Gefährten loslösen sollte.

Völlig unvereinbar jedoch mit dem Hauptstrom meiner Gedanken war etwas enger Begrenztes und dabei Machtvolleres. Ohne Beziehung zu den anderen Erinnerungen schwebte mir der Körper Olive Slaughters vor, wie ich ihn halb entblößt auf das Bett geworfen hatte, und ich sah den seltsamen Ausdruck ihres Gesichtes wieder, das mich anstarrte, während ihr Widerstand erlahmte. Ich verachtete sie, haßte sie auf eine gewisse Art, doch rief dieses Bild zugleich ein so heftiges Verlangen in mir wach, wie ich es noch nie empfunden hatte. Welch ein Idiot war ich doch gewesen, von ihr abzustehen und wegzugehen! Wie soll ich den Zusammenhang zwischen den verschiedenen Gedankenströmen schildern, die gleichzeitig und äußerst lebhaft mein Gehirn durchfluteten? Es war, als ob ich, ein junger Wilder, stillschweigend vor mich hinbrütete, indes ein alter Herr von Zeit und Raum, Vorherbestimmung und freiem Willen sprach.

Ein Teil meines Gehirnes schmiedete Pläne, wie ich nach Oxford zurückkehren und mich der munteren Olive Slaughter bemächtigen könnte, und dachte nicht im geringsten an die möglichen Folgen eines solchen Beginnens; mein ganzes übriges Wesen fragte immer wieder, ich weiß nicht mehr in welcher Form, was mit meiner Seele geschehen sei und warum meine Welt zusammengestürzt war. An Graves dachte ich nur wenig und voll verächtlichen Hasses. Ich dachte nicht so sehr daran, daß er mich mit Olive Slaughter, sondern daß Olive Slaughter mich mit ihm betrogen hatte. Daneben regte sich unklar, aber lebhaft ein heftiger Vorwurf in mir: daß irgendwie ich selbst der Betrüger war, daß ich mit den beiden – ob vor oder nach meiner Entdeckung, wußte ich nicht recht – mich selbst betrogen hatte.

Welches Selbst aber?

Mein Gemüt unterlag seltsamen Schwankungen. Ich erhob mich und schleuderte ihr Bild, das auf meiner Kommode stand, gegen das Kamingitter. Das Glas krachte, zerbrach aber nicht. Dann hob ich das Bild wieder auf und stellte es auf seinen Platz zurück. „Wart nur, du", sagte ich und teilte ihr in den gemeinsten Ausdrücken mit, was ich ihr antun wollte.

Dann erinnere ich mich daran, daß ich auf meinem Rad

in der warmen Morgenluft nach Oxford fuhr. Offenbar hatte ich gefrühstückt, mit meiner Hauswirtin gesprochen und die Zeit bis halb elf oder elf irgendwie hingebracht, doch sind all diese Einzelheiten aus meinem Gedächtnis gelöscht. Wahrscheinlich hatte ich auch eine bestimmte Absicht im Sinn, als ich nach Oxford fuhr, doch erinnere ich mich nur an eines klar: es fiel mir beim Fahren auf, daß das Laub der Bäume sich ein wenig rot und gelb zu färben begann, und ich fragte mich, ob das einen frühzeitigen Herbst bedeute oder die Folge einer langen Reihe heißer, trockener Tage sei.

Graves hatte gepackt und war verschwunden. Unsere Raumpflegerin hatte ihn, als sie am Morgen gekommen war, nicht mehr angetroffen. Sie wunderte sich sehr, und zwar ganz besonders über das zerbrochene Geschirr, das nasse Bett, in dem niemand geschlafen hatte, und drei Haarnadeln, die sie auf dem Fußboden gefunden hatte. Ich legte ein nicht allzu heftiges Interesse an den Tag. Mochte das die Frau mit Graves ins reine bringen.

„Wenn er zurückkommt, wird uns das Mr. Graves wohl erklären", sagte ich.

Dann befahl ich – wenn ich nicht irre – unserem Botenjungen, die Läden der Schaufenster wieder herunterzulassen. Unser Personal hatte sich nämlich wie allmorgendlich versammelt. Ich zahlte die Leute aus. Was mir unter den Eindrücken dieser Stunde am deutlichsten vor Augen schwebt, ist die Tatsache, daß die Blumen, die ich im Laden zurückgelassen hatte, in einer großen Vase auf den Mitteltisch des Lesezimmers gestellt worden waren. Ich überlegte flüchtig, wer das getan haben mochte. Die Auszahlung des Personals zeigt wohl, daß ich mich bereits entschlossen hatte, den Plan mit den Buchläden völlig aufzugeben. Vermutlich gingen die Leute sehr verwundert weg. Ich kann mich nach so langer Zeit weder an ihre Gesichter noch ihre Namen erinnern. Ich muß etwas wie eine düstere Würde zur Schau getragen haben, die weder Fragen noch Gespräche zuläßt. Schließlich waren alle fort. Ich ließ die Blumen in der Vase – mochten sie darin verwelken –, trat aus dem Laden, blieb einen Augenblick stehen, um die Passanten in der sonnenhellen Straße zu betrachten, und warf dann die Tür hinter mir zu. Mein Rad stand mit dem Pedal auf den Randstein gestützt.

Plötzlich gewahrte ich Mrs. Slaughter weit unten in der Straße: sie eilte unter Gebärden, die meine Aufmerksamkeit fesseln sollten, auf mich zu.

Noch heute kann ich das Gefühl des Abscheus nachempfinden, das ihr Anblick in mir erweckte. Ein Gefühl des Abscheus und der Bestürzung war es. Mrs. Slaughter hatte ich vergessen.

Mein Rad stand da, aber eine Flucht wäre unwürdig gewesen.

„Auf ein Wort nur, Mr. Blettsworthy, auf ein Wort nur", sagte sie, als sie vor mir stand.

Sie war kleiner als Olive und hatte eine ganz andere Hautfarbe. Olives Goldblond zeigte in ihrem Haar einen rötlichen Stich, und die helle Farbe des sommersprossigen Gesichtes stand in stärkstem Gegensatz zu dem warmen Elfenbeinton, der Olives Teint auszeichnete. Sie hatte kleine braune Augen anstatt der blauen Olives und war erhitzt und ein wenig atemlos. Sie trug ihr schwarzes Ladenkleid und hatte sich offenbar in großer Hast einen Hut aufgesetzt. Vielleicht hatte ihr einer meiner entlassenen Angestellten im Vorübergehen von meiner Anwesenheit erzählt. Vielleicht hatte sie schon früher am Tage, ehe ich noch zurückgekehrt war, im Laden vorgesprochen.

Ich betrachtete sie einen Augenblick lang, ohne zu sprechen, und ließ sie dann stillschweigend in den verdunkelten Laden treten.

Sie hatte sich etwas wie eine Rede zurechtgelegt und sprach im Tone einer freundlichen und vernünftigen

Ermahnung. „Was ist denn nur zwischen Ihnen und Olive los?“ fragte sie. „Was soll all das Gerede, daß ihr die Verlobung lösen und euch nie mehr wiedersehen wollt? Worüber habt ihr euch denn gestritten? Ich kann kein Wort aus ihr herauskriegen, nur daß Sie böse auf sie sind und die Hand gegen sie erhoben haben. Die Hand gegen sie erhoben haben! Und sie weint sich die Augen aus dem Kopfe! Weint zum Herzzerbrechen! Ich habe nicht einmal gewußt, daß sie gestern abend hier war. Sie ist wie eine Maus zur Haustür hinein und die Treppe hinaufgeschlüpft. Und wie ich heute früh zu ihr ins Zimmer komme, liegt sie im Bett – schluchzend. Sie hat die ganze Nacht geweint.“

Mit solchen Worten offenbarte mir Mrs. Slaughter ihre mütterlichen Sorgen.

Ich tat zum ersten Male den Mund auf: „Ich habe von einer Lösung unserer Verlobung nichts gesagt.“

„Sie behauptet, daß zwischen euch alles aus ist“, erwiderte Mrs. Slaughter mit einer Gebärde des ratlosen Staunens.

Ich lehnte mich gegen den Ladentisch und betrachtete die unschuldige Pracht meiner Blumen, die sozusagen den Sarg meiner toten Wahnvorstellungen schmückten. „Ich glaube nicht“, sagte ich langsam, „daß alles zwischen uns vorbei *ist.*“

„Das klingt schon besser!“ sagte Mrs. Slaughter herzlich. Ich richtete den Blick auf ihr dummes Gesicht und entdeckte zum ersten Male die unendliche Beschränktheit, deren Mütter von Töchtern fähig sind.

„Dann brauchen wir ja von irgendwelchen Schritten wegen Nichterfüllung des Eheversprechens und dergleichen mehr gar nicht zu reden“, fuhr sie fort, indem sie mir ein wohl zurechtgelegtes Gespräch, das ihr nun nicht mehr vonnöten schien, in einem einzigen Satz an den Kopf warf. Ich hatte an die Möglichkeit einer Klage wegen Nichterfüllung des Eheversprechens noch weniger gedacht als an Mrs. Slaughter. Nun betrachtete ich die beiden gemeinsam, und sie schienen mir sehr gut zueinander zu passen. „Nein“, stimmte ich zu, „darüber brauchen wir nicht zu reden.“

„Was bedeutet denn das Ganze dann eigentlich?“ fragte Mrs. Slaughter.

„Das betrifft nur Olive und mich“, antwortete ich.

Mrs. Slaughter betrachtete mich einige Augenblicke lang, und ihr Gesicht nahm einen kampflustigen Ausdruck an. Sie verschränkte die Arme und warf den Kopf zurück. „Ei, sieh da!“ rief sie. „Das geht mich wohl nichts an?“

„Ich glaube nicht.“

„Das Glück meiner Tochter geht mich also nichts an, wie? Ich habe mich abseits zu halten? Während Sie ihr das Herz brechen? Da irren Sie sich, junger Mann!“

Mrs. Slaughter wartete auf eine Antwort. Ich gab aber keine. Ich unterließ es, ihr zu erklären, daß mir das Glück ihrer Tochter nicht am Herzen lag. Mein Stillschweigen verwirrte sie, glaube ich, denn ihre Redegewandtheit beschränkte sich vorwiegend auf die schlagfertige Antwort.

Die Pause zog sich in die Länge. Ich blieb höflich und geduldig. Mrs. Slaughter ordnete ihre äußere Erscheinung durch ein paar rasche Handgriffe und trat dichter an mich heran.

„Nun seien Sie einmal vernünftig, Arnold“, sagte sie in einem Tone salbungsvoller Mütterlichkeit, der es mich als Glück empfinden ließ, eine Waise zu sein. „Wenn Sie und Olive um nichts und wieder nichts streiten, so macht ihr euch ja lächerlich. Sie lieben sie doch. Das wissen Sie ganz genau, und Sie wissen auch, daß sie an niemanden auf der Welt denkt als nur an Sie. Ich weiß ja nicht, um was es geht, aber ich bin überzeugt, daß es nicht der Rede wert ist. Wahrscheinlich handelt es sich um Eifersucht oder so was Ähnliches. Ich kenne solche Geschichten. Habe ich sie doch vor Jahren mit meinem Seligen erlebt. Machen Sie einen Strich durch das Ganze. Denken Sie nicht mehr daran. Da sitzt das Mädel zu Hause und weint sich krank! Gehen Sie zu ihr. Geben Sie ihr einen Kuß und sagen Sie ihr, daß alles gut ist, und in zehn Minuten werdet ihr wieder wie zwei Turteltauben miteinander schnäbeln. Hören Sie auf zu schmollen. Ein Griesgram ist etwas Unausstehliches. Kommen Sie gleich mit mir und bringen Sie die Geschichte in Ordnung, dann haben Sie es hinter sich. Es wird bald Mittag, und ich habe ein Stück Hammelfleisch auf dem Herd. Sie haben mir noch nie die Ehre angetan, in meinem bescheidenen Heim eine Mahlzeit einzunehmen. Tun Sie es heute, und lassen Sie Ihren bösen Trotz fahren. Versöhnen Sie sich mit Olive, und bleiben Sie den Nachmittag bei uns. Oder machen Sie einen kleinen Ausflug mit ihr. Das ist mein wohlgemeinter Rat, Arnold. Ich kann Ihnen keinen besseren geben."

Sie hielt inne. Hinter ihrer Herzlichkeit war Angst zu erraten.

Schon wollte ich sie mit der Anrede „Meine liebe Frau" tödlich beleidigen, doch ich antwortete wie einer, der sich seine Worte wohl überlegt hat. „Mrs. Slaughter", sagte ich, „ich kann nur wiederholen, daß die Angelegenheit Olive und mich betrifft. Ich möchte sie mit ihr allein ins reine bringen."

Mrs. Slaughter wollte mich unterbrechen, ich aber erhob die Stimme. „Und zwar nicht heute. Nicht heute. Es gibt Dinge, die ihre Zeit brauchen, um auszureifen."

Ihre Miene verdüsterte sich; sie fühlte sich zurückgestoßen. Und sie wurde nun eines Umstandes gewahr, den sie bisher außer acht gelassen hatte. „Warum ist der Laden wieder ganz geschlossen?"

„Er ist aus Geschäftsgründen geschlossen", erwiderte ich. „Aber auch das ist eine Angelegenheit, die zu besprechen ich jetzt außerstande bin."

„Und Mr. Graves?"

„Ist nicht hier."

Das war jedenfalls der wesentliche Inhalt unseres Gesprächs. Sie sagte noch manches andere, aber nichts von Bedeutung, wiederholte manche ihrer Sätze einige Male, und schließlich kehrte sie zu dem Hammelfleisch auf ihrem Herde zurück. Ich scheine danach noch eine lange Zeit untätig im Laden geblieben zu sein.

Dann sehe ich mich vor dem Hause stehen, einen Fuß auf dem Pflaster, das andere Bein über mein Rad geschwungen, bereit aufzusteigen. Ich fragte mich: „Und wohin zum Teufel soll ich nun fahren?"

§ 6

Zusammenstoß im Dunkeln

Ich saß Tee trinkend in dem dunklen, aber von Sauberkeit glänzenden Speisesaal des „Spread Eagle" in Thame, der trotz seiner Kleinheit zu den vorzüglichsten Gasthöfen Englands gerechnet wird. Der Wirt, der immer einen flaschengrünen Anzug mit Messingknöpfen trug, ehrte mich durch sein Gespräch.

„Haben Sie sich jemals verloren?" fragte ich ihn.

„Und einen anderen wiedergefunden?"

„Ich suche einen gewissen Arnold Blettsworthy, der vor etwa sechzehn Stunden verschwunden ist."

„Wir spielen alle mit uns selbst Verstecken. War Arnold Blettsworthy ein junger Mann voll der Hoffnungen und des Ehrgeizes?"

Ich nickte.

„Solche verschwinden ganz plötzlich."

„Und kehren sie jemals wieder?"

„Manchmal wohl. Nach längerer Zeit."

Er seufzte, blickte aus dem langen, tief liegenden Fenster und sah plötzlich etwas, was seiner Fürsorge bedurfte. Er verließ mich mit einer undeutlich gemurmelten Entschuldigung. Er kam nicht wieder, und nach einer Weile zahlte ich der Kellnerin und fuhr auf meinem Rad in Richtung Amersham davon. Schüchternheit hinderte mich daran, allzu lange auf ihn zu warten. Ich war traurig, daß er unser Gespräch nicht wieder aufgenommen hatte, denn seine Stimme und sein ganzes Wesen hatten mich angezogen, und er schien meine Sorge zu begreifen. Wäre er aber zu mir zurückgekommen, so hätte ich wahrscheinlich von anderen Dingen gesprochen.

Ich fuhr in die Einsamkeit hinaus.

Ich fuhr ziellos durch den warmen Abend eines Spätsommertages und wandte mich ostwärts, um meine Augen vor dem Sonnenuntergang zu schützen. Ich brütete über einem dunklen Problem, das meine eigene Identität betraf. War Arnold Blettsworthy nichts mehr als der Name und die Hülle mehrerer Wesenheiten, die miteinander in Widerstreit lagen? Ich kannte die Blettsworthyschen Grundsätze von Ehre und gutem Willen, die mir in meinen Schwierigkeiten als Richtschnur hätten dienen sollen. Ich kannte sie genau. Was mich verwirrte, war der Sturm von Begierde in mir, von tierischer Lust, die mit Zorn vermengt sich als das Recht auf Selbstbehauptung aufzuspielen versuchte und alle jene Grundsätze und Vorschriften beiseite schob, als ob sie nichts bedeuteten. Wer war der zornige und lüsterne Egoist, der meinen Willen zu vergewaltigen suchte und ganz erfüllt schien von dem Bilde der entblößten, erschreckten und widerstandslosen Olive? Nicht ich. Ganz gewiß nicht ich. In früherer Zeit nannte man ihn den Teufel – oder einen Teufel. Einen Eindringling, der Macht über uns gewinnt. Verändert es ihn wesentlich, wenn man ihn auf moderne Art als ein zweites Ich bezeichnet? Aber war ich nun

Arnold Blettsworthy oder jener andere? Neben dieser Leidenschaft, die mir die Gewalt über mein Tun zu entwinden suchte, drängte sich noch ein schmählicher und verächtlicher fremder Geist in das Wirrsal, der zynische Beobachter, und blies mir bösen Rat ein. „Ein Narr warst du", hielt er mir vor, „und ein Narr bist du. Ein Narr und Schwächling. Wozu all diese gespielte Empörung? Wenn du das Mädchen haben willst, nimm sie, und wenn du sie haßt, dann laß sie fahren, jedenfalls aber geh so mit ihr um, daß du dabei nicht zu Schaden kommst. Du kannst es so einrichten, daß die Schuld auf sie und nicht auf dich fällt. Ihre Augen haben dir deine Macht über sie verraten. Richte sie zugrunde, und such dann das Weite. Warum sie aber deinen Willen auf solche Art zu versklaven und über dich Schmach und Gefahr zu bringen vermag, kann ich wahrhaftig nicht sagen. Dieser erste flüchtige Blick auf einen warmen und geschmeidigen Körper war offenbar zu viel für dich, mein Junge. Das kommt davon, wenn man eine erregbare Jungfer ist. Was ist daran so wunderbar? Und gibt es keine anderen Weiber auf der Welt? Ich frage dich, gibt es keine anderen Weiber auf der Welt?"

Nicht Landstraßen und Feldpfade entlang, sondern durch das Wirrsal meiner Triebe steuerte ich an jenem Nachmittage. Unter anderem entsinne ich mich einer heftigen Sehnsucht nach meinem Onkel: hätte ich nur noch einmal mit seinem Geiste Zwiesprache halten können! Hätte ich mir nur seine körperliche Erscheinung und seine Stimme vergegenwärtigen können, dann wären die bösen Gewalten in meiner Brust nur halb so mächtig gewesen. Vielleicht schwebte etwas von ihm noch über den Hügeln von Wiltshire. Doch als ich das Antlitz westwärts wandte, warf mir die untergehende Sonne goldene Speere in die Augen und ließ mich wieder umkehren.

Ob ich betete, fragt ihr mich? Ob mir die Religion meiner Welt eine Hilfe war? Nicht einen Augenblick lang.

Ich erkannte klarer als je zuvor, daß ich nur an meinen Onkel glaubte und nicht an den hilfreichen Gott, den seine Güte auf den gleichgültigen Himmel gemalt hatte. Dem Gott meines Glaubensbekenntnisses weihte ich in meiner Not nicht einen Gedanken. Ich hätte mich ebensogut an Sirius wenden können.

Schließlich wurde es dunkel, und meine Radlampe war noch nicht angezündet. Ich fuhr um eine Ecke und entdeckte, etwa einen Meter von mir entfernt, die Rückseite eines Rollwagens, die im Zwielicht matt schimmerte. Er schien zu fahren, und ich wollte ihn überholen, doch dann verkürzte sich seine Rückwand mit verblüffender Schnelligkeit und ich erkannte zu spät, daß er wendete: ein Zusammenstoß war nicht mehr zu vermeiden. Ich sehe noch heute, wie meine Lenkstange sich rasch den hölzernen Wagenrädern näherte, fühle, wie ich das Gleichgewicht verlor und einen verspäteten Versuch machte, umzudrehen.

Bis zu diesem Punkte ist meine Erinnerung vollkommen klar. Das Folgende ist aus meinem Gedächtnis völlig verschwunden. Wahrscheinlich prallte ich gegen den Wagen und wurde von ihm umgestoßen. Ich habe darüber niemals Genaueres erfahren können. Jedenfalls verlor ich das Bewußtsein, aber es ist sonderbar, daß meine Erinnerung nicht bis zu dem Augenblicke reicht, da ich bewußtlos wurde. Das Licht geht aus, sozusagen, während ich eben erst mit den Rädern und der Seitenwand des Wagens in Berührung komme.

§ 7
Mr. Blettsworthy vergißt sich vollkommen

Meine eingehende, persönliche Erzählung muß nun einem unbestimmten Bericht Platz machen. Die Ereignisse der folgenden sechs Wochen haben so gut wie gar keine Spuren in meinem Gedächtnis zurückgelassen. Ich konnte niemals feststellen, was aus meinem Rad wurde, noch wie ich nach Oxford gelangte. Ich kam nämlich spät am Abend in meine Wohnung in Carew Fossetts zurück, und zwar in einer Droschke, den Kopf sachgemäß verbunden.

Dann scheine ich eine Woche oder sogar noch länger in Oxford verblieben zu sein. Ich oblag meinen geschäftlichen Angelegenheiten auf eine sehr unzulängliche Art. Ich erfuhr, daß Graves die gesamte ihm von mir zur Verfügung gestellte Summe behoben und einen Posten bei einer Handelsgesellschaft an der Goldküste angenommen hatte. Er schrieb mir, wenn ich nicht irre, einen Brief, in dem er Entschädigung und Rückzahlung versprach und etwas wie Bedauern ausdrückte. Höchstwahrscheinlich schrieb er mir, aber ich glaube nicht, daß ich den Brief noch habe. Mr. Ferndyke scheine ich von dem Treubruch meines Partners und meinen geschäftlichen Nöten nicht in Kenntnis gesetzt zu haben. Das Eingeständnis war mir wohl zu demütigend, nachdem ich kurz vorher so große Zuversicht an den Tag gelegt hatte. Ich zog vielmehr einen schäbigen kleinen Oxforder Anwalt ins Vertrauen, der sich hauptsächlich mit den Wettrennangelegenheiten der Studenten befaßte. Er traf etliche recht voreilige und unvorteilhafte Verfügungen betreffs der Aktiva unserer Gesellschaft. All dies ist völlig aus meinem Gedächtnis entschwunden. Zweimal oder auch noch öfter versuchte ich, wenn ich nicht irre, Olive Slaughter allein zu sehen; sie mochte ihrer

Mutter gesagt haben, daß sie sich vor mir fürchte, jedenfalls schlugen meine Versuche fehl. Ein schrecklicher Verband über dem einen Auge mag meiner äußeren Erscheinung etwas Bedrohliches gegeben haben. Ich bilde mir ein, daß mich etliche Anfälle heftiger Wut überkamen, doch zweifle ich, daß das in Anwesenheit von Menschen geschah. Ich habe nur eine ganz schwache Erinnerung daran. Zu einer Klage wegen Nichterfüllung des Eheversprechens kam es nicht.

Niemand wußte genau, wie und wann ich Oxford verließ. Ich beschritt meinen einsamen Weg, und nur meine Wirtin vermißte mich. Mr. Ferndyke beglich später meine Mietschuld und holte auch meine Sachen. Drei Wochen lang lassen sich meine Unternehmungen nicht verfolgen. Am Ende dieses Zeitabschnittes wurde ich in einer Hinterstraße eines der äußeren Bezirke von Norwich gefunden, und zwar um drei Uhr früh von einem Polizisten. Ich war von Straßenschmutz bedeckt, hatte keinen Hut und keinen Penny in der Tasche und fieberte stark. Ich hatte wohl unmäßig viel getrunken, Narkotika zu mir genommen und mich offenbar in schlechter Gesellschaft befunden. Ich roch intensiv nach Äther. Ich hatte meinen Namen völlig vergessen, wußte nicht im geringsten wer ich war, und trug keinerlei Papier bei mir, wodurch meine Identität hätte festgestellt werden können. Von der Polizeiwache brachte man mich ins Armenhospital; dort fiel es einer klugen Schwester auf, daß meine Kleider maßgeschneidert waren, sie untersuchte die innere Rocktasche und fand das Etikett eines Oxforder Schneiders, das meinen Namen und den meines College trug; durch diesen engen Kanal eröffnete sich aufs neue eine Verbindung mit meinen verlorenen und vergessenen Lebensumständen. Inzwischen blieb ich im Bette liegen, hörte nicht auf meinen Namen, war krank und zu apathisch, um zu genesen.

Langsam, aber stetig gelangte ich wieder zum Bewußtsein meiner selbst. Wann das war, weiß ich nicht mehr zu sagen. Ich bewahre den unbestimmten Eindruck, daß ich in eine höhere Klasse des Hospitals verlegt wurde, wo ich es bequemer hatte, und daß ich mich freute, als mir der Besuch Mr. Ferndykes angekündigt wurde. Ich erinnerte mich seines Namens als zu einem liebenswürdigen Menschen gehörig, meines eigenen jedoch konnte ich mich noch immer nicht entsinnen. Die erste Äußerung der wiederkehrenden Lebenskraft in mir war eine Welle der Abneigung gegen die mich betreuende Krankenschwester, ein geschwätziges Geschöpf mit dünnem flachsblondem Haar, das von Feindseligkeit gegen zwei bestimmte Männer erfüllt war und die Namen dieser beiden in einem aufreizenden Kehrreim zu ihren Reden unablässig wiederholte; „Hall Dane" und „Hall Caine" klang es immer wieder von ihren Lippen, während sie ihren Pflichten nachging. Hall Caine war, wie ich schließlich feststellte, der bekannte Romanschriftsteller; eine seiner Heldinnen hatte Anstoß bei ihr erregt, und zwar Gloria Storm, die von Leidenschaft zerrissene Krankenschwester. Hall Dane erkannte ich mit größerer Schwierigkeit als Lord Haldane, der den Status der Militärkrankenschwestern abgeändert hatte. Ich lag da und haßte sie, und plötzlich fiel mir ein Besuch des Lord Haldane in der „Union" ein. Dabei erinnerte ich mich einiger Sätze in einer Rede, die Lyulph Graves gehalten hatte – ich sah Lyulph Graves, wie er sich von dem Sitze neben mir erhob, um zu sprechen.

Ich war Arnold Blettsworthy vom Lattmeer College! Nun sammelten sich die Erinnerungen, den Schülern einer Klasse vergleichbar. Sie begaben sich auf ihre Plätze, nickten, schrien Namen, riefen einander zu . . .

Am nächsten Tag kam der alte Ferndyke, rosig, die Brille auf der Nase und besorgt. Sein rundes, glattrasiertes Gesicht ist in meiner Erinnerung überlebensgroß und wirkt überpersönlich.

Es ist, als ob ich ihn durch ein Vergrößerungsglas gesehen hätte. Das Gesicht ist ebenso gütig wie das meines Onkels, zeigt aber einen weltlichen Sinn, der meinem Onkel völlig fremd war. Eine Falte über dem einen Augenlid geht ein bißchen abwärts und läßt die randlosen Augengläser etwas schief scheinen. Sein Haar ist oberhalb des einen Ohres ein wenig angegraut und so glatt und ordentlich wie das Fell einer Katze. Er betrachtet mich, während er spricht, wie einer, der an schwierige Verhandlungen mit Menschen gewöhnt ist.

„Neurasthenie", sagt er tröstend. „Eine Reihe von Mißgeschicken. Das kann jedermann geschehen. Sie haben sich unterkriegen lassen. Daran ist nichts, was Sie bedauern, nichts, dessen Sie sich schämen müßten."

Er schien seine rosige linke Hand zu Rate zu ziehen. „Ich könnte Ihnen allerlei aus meiner eigenen Jugend erzählen", fuhr er fort, als wollte er mir ganz außerordentliche Eröffnungen machen. „Zufälligerweise verschwor sich das Glück aber nicht wider mich. Die Hoffnung trügt nur zu leicht . . . In irgendeiner Form machen wir alle solche Erfahrungen, mein lieber Mr. Blettsworthy. Gewöhnlich auf eine etwas weniger heftige Art. Sie hat es ganz unversehens getroffen, aber es bleibt uns Menschen in einem solchen Falle nichts anderes übrig, als uns zusammenzureißen und unseren besten Traditionen und unserem wahren Selbst gemäß weiterzuleben."

„Das will ich tun", sagte ich.

„Ich möchte gern Ihre Weisungen entgegennehmen. Was soll nun geschehen?"

„Wollen Sie mich nicht beraten?" bat ich.

„Gewiß, sehr gerne", erwiderte er. „Vor allem machen Sie sich keine Sorge über den Stand Ihrer Angelegenheiten in Oxford. Überlassen Sie es uns, darin Ordnung zu schaffen. Das wird sich alles regeln lassen. Mr. Graves und der überzogene Betrag sind weg. Schreiben Sie das ab. Der Mann wird nicht gut enden, auf welche Art, das sei Gott überlassen. Was die andere Schwierigkeit anbelangt – nun ja, die Mutter scheint Vernunft annehmen zu wollen, besonders jetzt, da sie denkt, Sie seien bankrott. Machen Sie sich auch über diese Geschichte keine Sorge. Sie sind aber für den Augenblick entwurzelt. Sie hängen in der Luft. Das Leben wird Ihnen leer und zwecklos vorkommen, wenn Sie nach Oxford oder nach London zurückgehen. *Ergo* dessen: gehen Sie nicht nach Oxford oder nach London. Gehen Sie ins Ausland, und kommen Sie mit neuen Perspektiven nach England zurück. Reisen Sie. Das scheint mir der beste Rat, den ich Ihnen geben kann. Machen Sie eine Reise um die Welt. Nicht mit einem großen Passagierdampfer und ohne in Luxushotels zu wohnen, sondern auf eine menschlichere Art und Weise. Auf Frachtdampfern und auf dem Rücken eines Maultieres. Ich glaube, daß Ihnen eine solche Reise sehr gut tun wird – sehr gut tun wird. Denken Sie an die Fülle von Reisemöglichkeiten, die Ihnen, wenn Sie sich ostwärts wenden, von hier bis Kalifornien zur Verfügung stehen. Das wäre doch ein sehr interessantes Unternehmen, und vielleicht könnten Sie später sogar darüber schreiben."

„Wie Conrad", meinte ich.

„Warum nicht?" entgegnete Mr. Ferndyke, ohne Freude darüber zu verraten, daß ich an seinem Köder anbiß; auch schien er nicht daran zu zweifeln, daß ich ebenso gut wie Conrad schreiben können würde. „Sie werden ein sehr gesundes Leben führen. Ihre Nerven werden sich erholen. Sie werden Ihre harmlose Krankheit überwinden. Und ich glaube, ein gut Teil der notwendigen Vorbereitungen kann Ihnen erspart werden. Romer von der Schiffsreederei Romer & Godden ist Ihr Vetter zweiten Grades. Sie haben ihn auf einer Hochzeit kennengelernt, und er hat Sie gerne gehabt. Die Schiffe fahren da- und dorthin, fahren so gut wie überall hin, und wenn auch nur wenige davon Passagiere aufnehmen, so kann die Firma Sie doch auf irgendeinem als Sekretär oder Zahlmeister oder meinetwegen auch als Frachtaufseher unterbringen. Sie kann Sie nach allen Ecken und Enden der Welt schicken. Sie werden Handel und Wandel kennenlernen, werden Abenteuer, *wirkliche* Abenteuer erleben, etwas vom britischen Weltreich und viel von der ganzen Welt sehen. Den Oberlauf der Themse kennen Sie nun schon lange genug – dort ist sie ein Fluß für Knaben. Nun müssen Sie zum Unterlauf, der in die weite Welt hinausführt. Dort müssen Sie von neuem beginnen. Ihre Jugend ist vorbei. Was liegt aber weiter daran, Mr. Blettsworthy? Ziehen Sie aus, und werden Sie ein Mann."

Mr. Ferndyke hielt plötzlich inne, hustete und wurde rot. Er hatte sich von der Rhetorik hinreißen lassen. Seine Augen waren ein wenig feucht, zumindest bildete er es sich ein. Er nahm seine Augengläser ab, putzte sie und setzte sie genauso schief wie vorher wieder auf.

„Mit einem Wort, Mr. Blettsworthy", fuhr er munter fort, „ich rate Ihnen zunächst zu einer schönen und recht langen Seereise. Ihre Angelegenheiten sind in Unordnung geraten. Aber es bleibt Ihnen immer noch so viel übrig, um unabhängig leben zu können. Es wird alles seine Ordnung finden."

DAS ZWEITE KAPITEL

erzählt, wie Mr. Blettsworthy in See sticht, schildert seine Reise und berichtet ferner, wie er Schiffbruch erleidet und auf einem treibenden Wrack zurückbleibt, wie Wilde erscheinen und ihn gefangennehmen.

INHALT DES ZWEITEN KAPITELS

§ 1. Mr. Blettsworthy wählt ein Schiff
§ 2. Mr. Blettsworthy sticht in See
§ 3. Landung in Pernambuco
§ 4. Villa Elseneur
§ 5. Überfahrt nach Rio
§ 6. Die Maschinen sind kaputt
§ 7. Der Revolver des Ingenieurs
§ 8. Der Schrei im Dunkeln
§ 9. Bestattung auf hoher See
§ 10. Der Sturm
§ 11. Meuterei und Mord
§ 12. Verlassen des Schiffes
§ 13. Betrachtungen eines Schiffbrüchigen
§ 14. Der geduldige Gefährte
§ 15. Die unchristlichen Sterne
§ 16. Haie und Gespenster
§ 17. Die Insel Rampole kommt an Bord

DAS ZWEITE KAPITEL

§ 1

Mr. Blettsworthy wählt ein Schiff

In Mr. Ferndykes Anwesenheit war ich fast wieder der Blettsworthy, der ich vor meiner Enttäuschung gewesen war; als ich aber nach einer zweiten Unterredung in London, während welcher sein Vorschlag weiter ausgeführt und schließlich von mir angenommen wurde, aus seinem Büro durch die hübsche Gegend von Lincoln's Inn in die belebte Chancery Lane hinausschritt, fühlte ich mich als ein höchst unsicheres und schwankendes Wesen, das nur zu sehr des Trostes bedurfte. Der Widerhall harten Gelächters und andere häßliche Erinnerungen aus den Tagen meiner anonymen Lasterhaftigkeit lagen mir im Sinn; ich hatte etwas von der Niedrigkeit meiner Mitmenschen erfahren und etwas auch von den dunklen Abgründen in meiner eigenen Brust. Mr. Ferndyke hatte mir bei dieser zweiten Unterredung genau zwanzig Minuten seiner Zeit geschenkt, dann hatte er nach der Uhr gesehen und mich höflich verabschiedet. Er war hilfsbereit, aber er konnte mir nur vorübergehend helfen. Ich brauchte einen Freund. Ich brauchte einen Freund, der der Darlegung meiner Nöte unermüdlich und mit tröstenden Erklärungen gelauscht hätte.

„Das Meer! Die weite Welt! Die Menschheit!" Das waren schöne Worte, aber ich wünschte, daß ich eine bessere Antwort darauf gegeben hätte, wünschte, daß ich imstande gewesen wäre, eine bessere Antwort darauf zu geben.

Ich hätte zum Beispiel sagen können: „Sie haben recht, Sir. Und Sie können sich auf einen Blettsworthy verlassen: er wird sich bewähren."

Seltsam, wie man so treffliche Antworten zu ersinnen vermag, ohne sie in Wirklichkeit geben zu können.

Der junge Romer, der kaum zehn Jahre älter war als ich selbst, gefiel mir gut. Auch er half mir, soviel es die ihm zur Verfügung stehende Zeit erlaubte. In seinem Fall war das nahezu ein halber Tag. Er sprach von Schiffen, die da- und dorthin fuhren, sprach von ihrem Ruf und ihren Leistungen. Er fragte mich, ob er mir Empfehlungsbriefe an Leute in den Anlegehäfen geben solle. Es würden zumeist nur Geschäftspartner sein, sagte er, doch würde ich vielleicht an dem einen oder dem andern Gefallen finden. Er ging eine Liste mit mir durch. Ob ich etwa den Amazonasstrom aufwärts bis Manaos fahren wolle? Das könnte ich sehr bald tun. Sehr interessant sei auch die Linie nach den Kanarischen Inseln und dann nach Brasilien hinüber und hinunter nach Rio. Oder – ja – wir können uns die Kanarischen Inseln auch schenken. Oder ich könnte ostwärts reisen. Eine große Ladung von Glasflaschen, billigen Nähmaschinen, Zelluloidpuppen, Bronzefiguren, Petroleumlampen, Nähgarn, patentierten Medikamenten, Kindernahrung und deutschen Uhren gehe nach Burma. Wie ich über Burma dächte? Vielleicht wolle ich in seinem Vorzimmer anhand der Liste einen Atlas studieren?

Die ganze Welt sich vorzunehmen und sie wie eine Speisekarte durchzugehen, war herzerfrischend, gab einem ein herrliches Überlegenheitsgefühl.

Schließlich einigten wir uns auf den *Golden Lion,* der zunächst nach Pernambuco und Rio gehen sollte.

§ 2

Mr. Blettsworthy sticht in See

Wie viele Tausende von Menschen müssen das Gefühl der Befreiung mit mir geteilt haben, das mich befiel, als ich auf dem zitternden Deck des „Golden Lion" stand und nach den Ufern von Kent und Essex blickte, die an mir vorüberglitten und sich ferne bis gegen das große London hinzogen, das ich nunmehr hinter mir gelassen hatte. Mir war an jenem Abend, als ob ich aus einem engbegrenzten Leben in die Freiheit und das Abenteuer hinausträte, und ich vermeinte, daß der Mann, den ich in mir entdecken sollte, durch die salzige Flut, auf der ich ihn suchte, nur um so tüchtiger werden müsse.

Das weite flache Gebiet der belebten Hafendocks zu beiden Seiten, in welchem Häuser, Gasthöfe und Kirchen zwischen Schiffen und Barken auf dem Wasser zu schwimmen scheinen, war verschwunden; wo die Fähre von Tilbury nach Gravesend hinüberkeucht, tauchten vereinzelt kleine gelbe Lichter auf, die bald sehr zahlreich wurden; nun war die große Stadt selbst nichts weiter mehr als ein rußiger Fleck unterhalb des Abendrots; an der einen Seite zogen die Sandbänke der Canvey-Inseln vorbei, auf der anderen die sanft gewellten Hügel von Kent. Die Bläue des Zwielichts wurde immer düsterer. Glitzernd erschienen die zur See gerichteten Häuser von Southend, sein langer Pier zeigte auf uns und bald danach gegen London hin. Die Badeorte von Kent, Lichtpunkte am Saum des Nachthimmels, kamen heran und zogen vorbei. Funkelnde Leuchtaugen, gelb und rot, die in bedeutungsvollem Rhythmus aufblinkten, verloschen und wieder aufblinkten, und weit ausgreifende weiße Strahlen wiesen uns den Weg, schlossen sich hinter uns zusammen, wichen zurück und versanken. Dann waren nur mehr in weiter Ferne einige unmittelsam vor sich hinsinnende Schiffe sichtbar, die ohne Rücksicht auf uns, selbstsüchtig nur zu eigenem Schutze, ihre Lichter angesteckt hatten. Wir waren allein auf hoher See.

Ich hatte an jenem Abend das Gefühl, daß ich ins Weite hinausgelangt sei, während ich in Wahrheit zum ersten Mal im Leben ein Gefangener war.

Die Literatur aller Völker, insbesondere aber die englische, geht von der Annahme aus, daß In-See-Stechen ins „Freie" hinausgelangen heißt. In Wirklichkeit aber ist man nirgends auf der Welt im „Freien", außer auf den Straßen und Wegen eines Landes, in dem wohlwollende Menschen wohnen. Man läßt nicht nur die Lichter und die Menge hinter sich, sondern auch den weiten Raum, in dem man sich bewegen kann, die Ereignisse und die wechselnde Umgebung. Nichts bleibt einem zuletzt als die Nacht – die leere Nacht. Man geht nach unten, kommt wieder herauf, schreitet auf dem engbegrenzten Deck auf und ab und vermeint die Unendlichkeit auszukosten. Dann sucht man die Kajüte auf und legt sich schlafen. Die beginnende Morgendämmerung sickert in die Dunkelheit und gibt dem Licht der schaukelnden Öllampe eine trüb gelbliche Farbe.

Man starrt rings um sich, ehe man sich seiner neuen Umstände bewußt wird. Man erkennt seine erst halb ausgepackten Sachen. Alles befindet sich in einer geheimnisvoll schwankenden Bewegung und neigt sich langsam bald zu einem herüber, bald wieder von einem weg. Der Himmel draußen und der Horizont nehmen an diesem langsamen und endlosen Tanz teil. Man steht auf und zieht sich taumelnd an, dann stolpert man die Treppe hinauf auf das Deck und hält sich an der Reling fest. Wasser. Unermeßliche Wasserflächen um und unter einem, und droben feuchte, bewegte Luft; das sind die riesenhaften unsichtbaren Mauern, die dich – du weißt es nur noch nicht –

einkerkern. Jedes Gefängnis auf dem Festlande hat zumindest doch eine, wenn auch verschlossene Pforte in die Welt hinaus; dieses Gefängnis aber bedarf keiner Schlösser, um dich völlig gefangenzuhalten.

Mr. Ferndyke hatte es gewiß gut gemeint, als er mich aufs Meer hinausschickte. Er hatte sich, davon bin ich überzeugt, ein sehr richtiges Urteil über mich gebildet, vom Meer aber wußte er nichts. Er glaubte der Gewohnheit und der Überlieferung gemäß, daß eine Seereise, insbesondere auf einem eigentlich nicht für Passagiere bestimmten Schiffe, an und für sich ein schönes und erhebendes Erlebnis sei. Auch mein Onkel wäre dieser Meinung gewesen. Britannien beherrscht die Wogen und wird von den Wogen beherrscht, und die verwundete Seele eines Briten, der Böses erlebt hat, flüchtet zum Meer wie ein Kind zur Mutter. Meereswinde streichen über unsere Insel hin, und es ist ein besonderer Vorzug Englands, nirgends hundert Meilen von den erlösenden Fluten entfernt zu sein. Alle Blettsworthys, heißt es, kehren instinktiv immer wieder zum Meere zurück. Sobald wir bei Sturm auf Deck stehen, fühlen wir uns glücklich und zu Hause. Ich gab mir alle Mühe, mich glücklich und zu Hause zu fühlen, aber ich mußte erst seefest werden. Immerhin hielt ich mich an der Reling fest, wiegte den Kopf von einer Seite zur andern und summte den Kehrreim eines Seemannsliedes vor mich hin – des einzigen Seemannsliedes, das ich kannte. Ich erinnere mich der Worte noch heute, denn ich merkte plötzlich, wie ganz besonders schlecht sie zu meinen Umständen paßten, und brach inmitten des Kehrreims ab.

„Seht, da steht sie und winkt ihrem Hans am Meer,
Und jeden Tag, wenn ich fort bin, wird sie schaun nach mir
Die Liebste eines Seemanns muß ihm leuchten wie ein Stern,

Ho hoi, ihr Jungens, ho hoi!“

Ich brummte dieses für meinen Zustand so unpassende Lied vor mich hin, um meine Zweifel zu verscheuchen. Denn Zweifel hatten mich bereits befallen. Auch wollte ich mich der Art und Weise meiner neuen Gefährten anpassen, die, wie ich aus Büchern wußte, ganz gewiß besonders männliche Männer sein mußten; abgebrühte Männer; äußerlich hart und zähe, im Inneren aber zart und gemütvoll. Der nicht sehr liebenswürdige Empfang, den mir der Kapitän am Abend vorher hatte zuteil werden lassen, eine gewisse Gemeinheit und Heftigkeit seiner Rede – es hatte sich zwischen ihm und dem Steuermann ein Wortwechsel entsponnen, als das Schiff den Fluß hinuntermanövrierte – waren ohne Zweifel nur die rauhe Schale dieser prächtigen menschlichen Frucht.

Unser Kielwasser zog als ein langer Streifen hinter uns her und verlor sich in der Ferne, und der Rauch strömte weit leewärts. Am Steuerrad im Brückenhaus war ein Mensch teilweise sichtbar, auf dem Vorderdeck konnte ich Kopf und Rücken eines anderen unterscheiden; sonst war weit und breit keiner von meinen Schiffskameraden zu entdecken. Auf- und niederwogendes Wasser, ein graublauer Himmel, und nichts außer uns.

So also sieht es, überlegte ich, mit einigen wenigen Veränderungen des Himmels und der Gewässer auf drei Vierteln der Erdkugel aus. Das ist das wahre Gesicht des Planeten Erde. Landschaft ist die Ausnahme. Es war gut, sich darüber klarzuwerden. Die armen zusammengepferchten Menschen auf dem Festlande wenden drei Vierteln unserer Welt den Rücken. Ich glaubte dieses Verhalten tadeln zu müssen.

Ich bemühte mich, die aufrechte Männlichkeit meiner fünf Genossen auf diesem losgelösten Bruchstück der Menschenwelt voll zu schätzen. Denn fünf Seelen waren nun rings um mich für unbestimmte Zeit die einzigen

Lebewesen meiner Art. Von der übrigen Schiffsmannschaft sah ich, Vett, unseren flinken kleinen Steward, ausgenommen, bis zu unserer Landung in Pernambuco so gut wie nichts.

Manchmal begegnete ich einem Heizer, wenn er frische Luft schöpfte, manchmal sah ich einige Leute, die unter der Aufsicht des Zweiten Offiziers irgendeine mir unverständliche Arbeit verrichteten; zuweilen hörte ich, wie eine Konzertina emsig, aber vergeblich bemüht war, die Melodie eines Schlagerliedchens zu spielen und alsbald plötzlich und offenbar gewaltsam unterbrochen wurde; und an schönen Abenden beobachtete ich die Matrosen, die in kleinen Gruppen auf dem Vorderdeck saßen und dabei plauderten oder nähten; das war alles, was mich in unserer kleinen Musterauswahl der menschlichen Gesellschaft an die unteren Klassen gemahnte. Zwischen ihnen und uns war eine strenge Scheidewand. Es galt als selbstverständlich, daß ihre Gefühle und Gedanken durchaus anders seien als unsere. Wir sechs waren aus edlerem Holz geschnitzt und standen auf einer höheren Ebene. Wir sprachen nur wenig und zurückhaltend mit ihnen. Es war, als ob irgendein heftiger Streit bloß oberflächlich beigelegt worden wäre und jederzeit wieder aufflammen könnte, falls jener Druck geringer würde. Wenn ich im Mittelschiff umherspazierte, hatte ich das Gefühl, daß die dunkle Pforte des Vorderdecks mich beobachtete und schlau abschätzte; und ich empfand es in meiner damaligen Verfassung als unangenehm, beobachtet und abgeschätzt zu werden.

Mein besonderer Gemütszustand zu jener Zeit bewirkte ohne Zweifel, daß ich den fünfen, denen man meine Gesellschaft aufgezwungen hatte, ein überkritischer und schwieriger Gefährte war. Meine heitere und unerfahrene Jugend, die mit der besten Meinung von den Menschen ins Leben hinausgestürmt war, hatte eine niederschmetternde Enttäuschung erlebt. Nun war ich nur schlecht imstande, meine Mitmenschen gelten zu lassen. Ich hatte das Vertrauen zu ihnen verloren. Ich mißtraute ihnen und fürchtete sie auch ein wenig. Ich wollte den Mut nicht verlieren, wollte mich nicht in mich selbst zurückziehen, aber ich fühlte mich im Zusammensein mit anderen bedrückt, und deshalb hatten meine Versuche, mich herzlich und kameradschaftlich zu geben, etwas Gekünsteltes. Und der Alte war mir von allem Anfang an nicht wohlgesinnt, wahrscheinlich, weil ich mich der äußeren Form nach nicht ganz richtig gegen ihn benahm, möglicherweise auch, weil er meine Anwesenheit auf seinem Schiffe als Last empfand.

Er war ein untersetzter Mensch mit breitem Gesicht, rötlichem Haar, hellen Augenbrauen und einem bitteren Zug um den Mund. Seine kleinen grau-grünen Augen blickten mich giftig an.

„Das ist das drittemal, daß ich einen blinden Passagier auf diesen verdammten Kasten kriege", sagte er, als Midborough, der Zweite Offizier, dessen Fürsorge mich der junge Romer im Dock anvertraut hatte, mich ihm vorstellte. Und er wandte sich ab und beachtete mich nicht weiter.

Auch als er das zweitemal von mir Notiz nahm, wandte er sich nicht unmittelbar an mich. „Vett", hörte ich ihn plärren, als sich meine Gedanken eben dem Kaffee gewidmet hatten – Vett war der Steward. „Haben Sie unseren *Supergentleman* gerufen?"

Ziemlich bestürzt über diese Anfänge, machte ich mich daran, meine neuen Beziehungen so angenehm wie möglich zu gestalten. Es drehte sich offenbar alles um den Kapitän. Der Ingenieur hätte von Rechts wegen ein Schotte sein müssen, war jedoch in Wirklichkeit ein Riese von ausgesprochen semitischem Typus, mit krausem, schwarzem Haar, einer dicken Unterlippe und einem Akzent, den er offenbar am Unterlauf der Themse gelernt hatte. Der Erste Offizier war ein mageres, kleines, nachdenklich und grau aussehendes Individuum; man hörte ihn nur selten knappe Bemerkungen äußern; er stocherte häufig in den Zähnen herum und stimmte dem Kapitän in allem und jedem zu, meist noch ehe dieser seinen Satz zu Ende gesprochen hatte. Midborough, der Zweite Offizier, war nordischen Typs, blondhaarig, grobknochig und blaß; gegen den Kapitän verhielt er sich sehr vorsichtig, eine Vorsicht, die bei Rudge, dem jungen Dritten Offizier, an Angst grenzte. Da ich sah, welche hervorragende Rolle der Kapitän spielte, beging ich den Fehler, mich zu häufig und zu ausschließlich an ihn zu wenden; man muß nämlich einen Kapitän ebenso wie eine Majestät die Gesprächsthemen selbst wählen lassen. Angst vor meiner eigenen Schüchternheit mag meinem Benehmen etwas Unehrerbietiges gegeben haben. Ich hätte das Verhalten der anderen beobachten und es ihnen dann gleichtun sollen.

Da ich überdies sehr jung war und außer Wiltshire und Oxford kaum etwas von der Welt kannte – meine unseligen Tage der Lasterhaftigkeit hatte ich bereits aus meinem Gedächtnis verbannt –, mußte ich, wenn ich überhaupt sprechen wollte, meine eigene Person, Oxforder Angelegenheiten und das wenige, was ich über Bücher, Sport und Theaterstücke wußte, zum Gegenstand meiner Mitteilungen machen. Oder ich mußte über die Blettsworthys reden. Meine Absicht war, mich selbst darzustellen, um dadurch meine Gefährten zu ähnlichen Geständnissen zu veranlassen; heute sehe ich ein, daß ihnen vieles, was ich sagte, beschränkt und egoistisch vorgekommen sein muß.

„Haben Sie sich jemals fürs Bogenschießen interessiert, Kapitän?“ fragte ich.

Der Kapitän hielt einen Augenblick im Essen inne und gab dann einen Laut von sich, der halb wie ein kurzes, scharfes Jappen, halb wie das Wort *„was?“* klang.

„Bogenschießen“, wiederholte ich.

Der Kapitän legte Messer und Gabel hin und betrachtete mich sehr ernst. Die Pause, die, wie ich zu fühlen begann, einen fragenden Charakter hatte, zog sich in die Länge.

Endlich brach der Steuermann das Stillschweigen. „Das gibt es wirklich“, sagte er. „Ich habe einmal ein Bogenschießen in Folkestone gesehen. Die Kerle haben riesenhafte Schießscheiben, aber nicht einmal die treffen sie. Es ist rätselhaft, wie sie da danebenschießen können.“

„Es ist ein Riesenspaß“, meinte ich, „auf einem grünen Rasen an einem sonnigen Tage.“

„Wenn man nichts anderes zu tun hat, vielleicht“, sagte der Ingenieur.

„Man wird in die Tage Robin Hoods und seiner fröhlichen Gefährten zurückversetzt“, führte ich weiter aus, „in das alte England und das goldene Zeitalter.“ Dann ging ich zu persönlichen Erinnerungen über. „Einige Professorenfrauen in Oxford schießen außerordentlich gut.“

Daraufhin hatte niemand mehr etwas über die Kunst des Bogenschießens zu sagen, und es entstand wieder eine lange Pause. Ich wollte eben den Kapitän fragen, ob er sich für Liebhaberaufführungen von Theaterstücken interessiere, als er selbst das Stillschweigen brach, indem er eine die Schiffsladung betreffende technische Frage an den Steuermann stellte. In der Hoffnung, ich würde an dem Gespräch teilnehmen können, hörte ich aufmerksam zu, doch wenn das Thema in der besonderen Absicht, mich auszuschließen, gewählt worden wäre, hätte es mich nicht besser zum Stillschweigen zu bringen vermocht.

„Was sind die Schotte, von denen Sie sprechen?“ warf ich schließlich ein.

Niemand antwortete mir.

Ich war einige Tage lang heftig bemüht, annehmbare Gesprächsthemen zu finden und mich zu einer vernünftigen Vertraulichkeit durchzuringen, schließlich verließ mich aber der Mut. Ich mochte tun, was ich wollte, die fünf Männer wollten nichts von mir wissen. Meine linkischen Versuche wurden immer schwächer, und am Ende gab ich sie ganz auf. Ich wurde in immer stärkerem Maße ein stummer Zuhörer, der den weisen Aussprüchen des Kapitäns, der Meinung des Steuermanns, den Äußerungen des Ingenieurs und den zustimmenden Sätzen der beiden jüngeren Offiziere lauschte. Doch waren die fünf von einer so tiefen Verachtung gegen mich erfüllt, und meine Gesellschaft war ihnen so lästig, daß sie mich nicht einfach still dasitzen ließen, sondern sarkastische Bemerkungen, Anspielungen und Sticheleien ersannen, die mich verletzten und in Verlegenheit brachten. Der Ingenieur erfand eine herrliche Beleidigung. Er hatte mich zuerst „Mister" genannt; dann verschluckte er die zweite Silbe des Wortes immer mehr und sprach mich schließlich ganz deutlich als „Miss" an. Der Kapitän entwickelte in seinen freundlicheren Augenblicken, das heißt gewöhnlich gegen das Ende einer Mahlzeit, eine Neigung zu zotigen Bemerkungen, die den Ingenieur offenkundig entzückten und zur Nachahmung reizten, während die jüngeren Männer ehrerbietigen Beifall zollten. Der Steuermann hingegen saß steif da und ließ weder Billigung noch Mißbilligung merken. „Ich fürchte, wir schockieren Sie, Miss Blettsworthy", sagte der Ingenieur als Kehrreim nach jedem guten Witz.

Ich nahm einen Anlauf.

„Nicht im geringsten", versicherte ich, als der Techniker seinen Satz zum hundertsten Male wiederholte. „Ich kannte einen schmutzigen alten Kerl in einem Oxforder Wirtshaus, der es sehr wohl mit dem Kapitän aufgenommen, ja, ihn sogar noch übertroffen hätte."

Daraufhin verstummte der ganze Kreis. „Das kann ich nicht glauben", sagte der Steuermann schließlich, als wollte er den Grund sondieren.

„Dieser alte Knabe kannte eine Unmenge Limericks“, berichtete ich. „Das waren Limericks.“

Ich hatte seinerzeit wirklich verschiedene unanständige Witze gehört und gab nun einige der übelsten zum besten. Niemand wagte zu lachen, und der Kapitän blickte mich über seine Serviette hinweg starr an.

„Das hätte ich Ihnen nicht zugetraut, Miss“, sagte der Ingenieur vorwurfsvoll.

Dann schlug der Kapitän dröhnend auf den Tisch.

„Wenn Sie sich bei Tisch nicht anständig benehmen können, Miss Blettsworthy, müssen Sie künftig in Ihrer Kajüte essen“, sagte er, und ich fand keine passende Erwiderung. „Ich dachte, Sie hätten solche Geschichten gern“, meinte ich schließlich und fügte meinem Satz zum erstenmal das ehrerbietige „Sir“ hinzu, das die andern stets verwendeten.

Der Kapitän knurrte bedrohlich.

Doch wurde seine Rede von da an höflicher, und die Furcht des Ingenieurs, mein sittliches Gefühl könnte verletzt werden, verschwand aus unseren Gesprächen. Trotzdem empfand ich stets, daß meine Anwesenheit Feindseligkeit und Mißtrauen erweckte und vielleicht sogar noch mehr Verlegenheit als früher. Zwischen den Mahlzeiten mußte ich allein vor mich hinbrüten oder schlafen. Näherte ich mich einem meiner Gefährten, so versuchte er, mir zu entkommen. Die Tage schienen bei beständig gutem Wetter und gleichmäßiger Fahrt unermeßlich lang und gingen nach Stunden der Dämmerung in endlose Nächte über. Die Zeit schien stillzustehen. Die jüngeren Offiziere spielten Karten, was ihre Laune bald hob, bald niederdrückte. Der Ingenieur las in einem fort, und der Steuermann gab sich einer trägen Stumpfheit hin. Der Kapitän war gewöhnlich nicht sichtbar.

Ich borgte mir vom Ingenieur etliche Bücher; er lieh sie

mir widerwillig, immer nur eines, und sagte mir nachdrücklichst, daß ich sie gut behandeln und zurückgeben müsse. Er lieh mir einen sehr abgegriffenen Band der „Weltgeschichte" von Helmholtz, der die tatarischen Dynastien und China behandelte, ein Buch übers Schilaufen und Stanleys Bericht über die Befreiung Livingstones. Er selbst vertiefte sich hauptsächlich in Kirkes „Lehrbuch der Physiologie"; er versuchte, durch Beschreibungen und Tafeln Klarheit über den Bau des Gehirns zu gewinnen, fand sich nicht zurecht und verlor die Geduld. Ich bemühte mich, mit ihm über die Bücher zu sprechen, doch konnte ich ihm nur Vermutungen und persönliche Auslegungen bieten, er aber wollte einzig und allein Tatsachen hören.

Er erzählte mir, daß er alle seine Bücher antiquarisch bei Londoner Straßenhändlern kaufe und niemals mehr als einen Schilling für eines bezahle. Er liebte *dicke* Bücher über Reales. Dichtung verachtete er als irreführendes Zeug. Er las mit offenem Munde und kratzte sich gewöhnlich die Wangen dabei. Was er las, schien tief in ihn hineinzusinken, nichts blieb an der Oberfläche, und wenn man ihn nach dem Gelesenen fragte, wurde er ärgerlich. Er fuhr zusammen, starrte einem ins Gesicht und antwortete abwehrend und ausweichend. Er bestand darauf, daß ich jedes Buch zu Ende lesen müsse, ehe er mir ein anderes leihe. Die Tataren machten mich fertig. Ich nahm mir vor, in Pernambuco sämtliche englischen und französischen Romane zu kaufen, die da aufzutreiben sein würden.

Meine Sehnsucht nach Pernambuco wurde immer heftiger. Langsam verliefen die Tage, und einer unterschied sich kaum vom andern. Manchmal war der Wogengang stärker, manchmal wieder schwächer; etliche Tage hindurch wehte gar kein Wind, doch war das Wasser bewegt, die Maschinen stampften, das Schiff zitterte und krachte, alles war mißmutig, das Deck schien ohne Unterlaß, aber vergeblich den richtigen Winkel zum Horizont zu suchen, der Mann mit der Ziehharmonika bemühte sich verzweifelt, seine Melodie zu Ende zu spielen, und wurde immer wieder unterbrochen, und ich konnte keinen Augenblick lang die gleichmäßige, endlose, unmenschliche Wasserwüste vergessen, die uns umschloß.

Die Sterne dünkten mich geselliger als alles andere in meiner engbegrenzten Welt; allabendlich erwartete ich ihr Erscheinen gleich der Rückkehr eines Freundes. Sie glänzten heller und schienen größer zu werden, je weiter wir südwärts in die Tropen gelangten. Die Milchstraße wurde ein immer stärker leuchtender Streifen glänzenden Staubes. Ich freute mich, daß ich einige Sternbilder mit Namen kannte. Den Orion und den Sirius erkannte ich mit Sicherheit, den Canopus, den Arktur und den Rigel am Fuße des Orion glaubte ich ebenfalls zu erkennen. Sie galten mir als Freunde, ich nickte ihnen zu. Der Große Bär glitt gleich dem Polarstern immer weiter gegen den Horizont hinunter; ich begann nach dem Kreuz des Südens Ausschau zu halten und war enttäuscht und ungläubig, als ich es schließlich fand. Bald darauf tauchte jeden Abend Nacht für Nacht ein zunehmender Mond aus der Abendröte empor, wurde anmaßend, indem er wuchs, und ergoß ein leuchtendes Blau über den Himmel, den er erobert hatte, so daß nur die hellsten Sterne neben ihm bestehen konnten. Ich pflegte bis weit in die Nacht hinein auf Deck zu bleiben und den Himmel zu betrachten und schlief dann weit in den Tag hinein; denn die Nacht war weniger langweilig, einsam und bedrückend.

Allmählich bildete sich über den offenen Wunden meiner Seele eine schützende Schicht Byronscher Verachtung, die mir einige Zeit hindurch ein Trost war. Ich war ein Verächter der Verderbnis und ein Freund der schönsten Gestirne. Ich hielt mich nicht mehr so viel an der Reling und den Stiepern fest, sondern stand zumeist mit verschränkten Armen. Anstelle der schüchternen Bereitschaft, meinen Gefährten Achtung zu zollen, trat kalte Schweigsamkeit. Ich brütete über meinen Enttäuschungen und meinen Lastern und fand nunmehr in beiden einen düstern Trost. Wie wenig kannten mich die Leute, die mich *Miss* Blettsworthy nannten! Aber, o Gott! Die Länge der Tage und die Hoffnungen, die ich auf Pernambuco setzte!

§ 3
Landung in Pernambuco

Als wir in den äußeren Hafen von Recife einliefen – dies ist der eigentliche Name der Stadt, die man gewöhnlich Pernambuco nennt –, empfand ich dasselbe täuschende Gefühl der bevorstehenden Befreiung, das mich erfüllt hatte, als wir die Themse hinuntergefahren waren. Die Stadt schien mir mit vielen und mannigfachen Lockungen zu winken. Wir waren der einsamen Wildnis entronnen, und jeder Kai, jede Straße, jedes Gebäude bedeutete Rettung vor dem schaukelnden Gebilde aus rostigem Eisen, in welchem wir den Atlantischen Ozean überquert hatten. Erwartungsvolle Menschenhaufen drängten sich auf dem Vorderdeck; auch sie erfüllte der trügerische Glaube an Befreiung, was in ihrer Haltung deutlich zum Ausdruck kam. Ich erzähle das heute mit tieferer Einsicht – damals wurde ich von der allgemeinen Täuschung fortgerissen. Ich war so froh, daß ich dem Kapitän muntere Worte hätte zurufen können, wenn sein Gehaben mich nur im geringsten dazu aufgefordert hätte. Ich verzieh dem Ingenieur von ganzem Herzen. Und es fiel mir schwer, die Arme verschränkt zu lassen und wenigstens äußerlich Byron nachzuahmen.

Doch wer sich der See gefangen gibt, entrinnt ihr nicht

so leicht. Jedes der lockenden Häuser, die den ankommenden Seefahrer so freundlich einzuladen scheinen, ist in Wirklichkeit mit Schloß und Riegel versehen. Die wenigen offenen Türen auf den Kais sind Fallen, die man seiner durstigen, sehnsüchtigen, einsamen Seele stellt. Das Zollhaus mustert sein armseliges Gepäck und scheint ihn dann in die Weite des neuen Landes hinauszuweisen, gleich hinter dem Zollhaus und dem Hafenamt aber stößt er auf ein Spalier von Menschen, die sich seine Bedürfnisse und Schwächen zunutze machen wollen. Man bietet ihm offenkundig falsche Liebe, falsche Kameradschaft und schale, unzüchtige Vergnügungen. Sollte er durch ein starkes Aufgebot seiner Willenskraft diesen Versuchungen widerstehen können, so wandert er in fremde Straßen hinaus: die Läden zeigen ihm Dinge, die zu kaufen für ihn nutzlos wären, die Menschen, zwischen denen er schreitet, haben in Gewohnheiten, Denkweise und Sprache nichts mit ihm gemein. Straßenbahnen und Omnibusse laden ihn zum Besuch von Vororten und Stadtteilen ein, deren Namen er nie gehört hat und die ihm, wenn er sie erreicht, völlig gleichgültig bleiben.

Die Hoffnung stirbt erst mit dem Leben, denn leben und hoffen sind eins. So geht der Seefahrer seines Weges weiter durch die Stadt und sucht ohne Unterlaß, an dem ungezwungenen, freien menschlichen Verkehr teilzuhaben, der sich rings um ihn so natürlich zu vollziehen scheint, ihm aber trotzdem unzugänglich bleibt. Wird ein Seemann ausbezahlt, so ist er in noch stärkerem Maße ein Heimatloser auf dem Festland, denn dann wird ihm auch der tröstliche Gedanke an eine Rückkehr auf das Schiff genommen. Als ich meine Schiffskameraden bereit sah, die Nacht über an Land zu gehen, alle mehr oder minder für das Abenteuer herausgeputzt, dünkte es mich höchst unwahrscheinlich, daß wir jemals wieder zusammentreffen würden. Aber wir trafen uns dennoch wieder. Der Kapitän verwandelte sich in einen feinen Herrn mit Filzhut, einen Zipfel des Taschentuches sorgfältig aus der Brusttasche herausgezogen. Der Ingenieur trug einen fabelhaften gelblichbraunen Anzug und eine schillernde Krawatte. Midborough und Rudge bekamen durch blaue Anzüge und steife Hüte ein merkwürdig gewöhnliches Aussehen und ähnelten einander wie Zwillinge. Auch die Matrosen waren verwandelt. „Seht doch, wie hübsch wir sind!" sprach es aus diesem angestrengten Bemühen, sich zu schmücken. „Wollt ihr solche Herren hier nicht freudig willkommen heißen?" So wandten wir, Söhne der Hoffnung, einer nach dem andern, der *Golden Lion* den Rücken zu und gingen an Land; der Erste Offizier, der als Wache auf dem Schiffe blieb, blickte uns nach. Pernambuco zeigte weder Bestürzung noch Freude über unsere Invasion.

Würde einer von uns das Glück haben, sich durch all die mannigfachen Verteidigungsanlagen hindurchzuschlagen und schließlich bis zu den Menschen vorzudringen? Die Lichter der Stadt flammten eben auf, als wir an Land gingen, aber es geschah nicht zu unserem Empfang – man erwartete uns nicht.

Ich habe noch manche andere Häfen gesehen, doch ist mir jene Landung in Pernambuco noch heute lebhaft in Erinnerung: sie bedeutet den stärksten Eindruck, den ich vom Seeleben empfangen habe. Das Meer ist ein Teil des großen Draußen, und seine weite Öde in die Welt des Menschen einzubeziehen, ist eitles Gerede. Wir senden schwimmende Gebilde über die Wasserwüste hin, und auf ihnen müssen Menschen der Küste ihr Leben fristen, weil sie die Bindung an das Festland verloren haben.

Vielleicht sind meine Erinnerungen von dem Gefühle der Enttäuschung gefärbt, das mich in immer stärkerem Maß beherrschte. Nahezu jeder an Bord der *Golden Lion* war offensichtlich froh, sich von seinen Gefährten zu trennen – so schien es mir zumindest, aber vielleicht hat sich dieser erste Eindruck später verschärft und verallgemeinert. Ich gebe zu, daß meine Stimmung in jenen Tagen immer pessimistischer wurde. Trotzdem gilt mir der Matrose noch heute als ein Mann, der ohne Unterlaß und verzweifelt danach strebt, auf dem Festland Wurzeln zu schlagen: er geht an Land, sooft er nur kann, und bleibt dort, bis der Hunger und seine schlechte Eignung zu irgendwelchem anderen Verdienst ihn recht unsanft wieder aufs Meer hinausstoßen. Dort muß er neuerlich als ein eingepferchter Gefangener seiner Stellung gemäß auf einer der stampfenden und taumelnden, vom Wasser umspülten eisernen Kisten leben, die mit Gütern beladen sind, die er niemals verbrauchen wird, mit Waren, deren Zweck er zumeist gar nicht kennt. Und sooft er sich dem Lande wieder nähert, lebt seine Hoffnung, in den Hauptstrom des menschlichen Lebens zurückzugelangen, neuerlich auf.

Ich ging allein in die Stadt.

Der junge Romer hatte mir einen Brief an einen Geschäftsfreund der Firma mitgegeben. Er war Däne, verstand aber, so hieß es, Englisch. An jenem Abend hatte er sein Büro bereits verlassen und war nach Hause gegangen, ich stieß auf verschlossene Türen, mußte mir also, ohne einen Rat einholen zu können, ein Hotel suchen und war, was die Auswahl an Vergnügungen anbelangt, ebenfalls auf mich selbst angewiesen. Ich fand nur wenig Unterhaltung. Ich aß in dem Restaurant eines Schweizers aus dem Tessin, der ein wenig Englisch sprach und mir bei der Bestellung der Mahlzeit behilflich war. Dann wanderte ich aufs neue in den Straßen umher. Sie waren entweder breit und gut beleuchtet oder mörderisch dunkel und eng. Ich wollte ein Theater besuchen, kam aber offenbar zu spät: jedenfalls wollte man mir aus irgendeinem Grund keinen Einlaß gewähren. Die Erklärungen, die man mir diesbezüglich gab, konnte ich nicht verstehen. Um die Gesellschaft irgendeines Menschen zu haben, wäre ich mit einer der Prostituierten gegangen, die mich ansprachen, doch fand ich keine, deren Kenntnis des Englischen über einige zotige Wörter hinausgereicht hätte. Als ich endlich, müde und enttäuscht, vor dem Eingang meines Hotels stand und einzutreten zögerte, sah ich Midborough und Rudge mit geröteten und lebhaften Gesichtern vorbeigehen; sie befanden sich in Gesellschaft eines riesigen Negers, der im Gehen auf sie einsprach. Also hatten wenigstens sie einen Führer gefunden und gingen irgendwohin. Ich empfand Lust, ihnen zu folgen, unterließ es aber.

Ich erinnere mich, daß ich lange Zeit auf meinem Bett saß, ehe ich mich auszog. „Bin ich eine verlorene Seele?" fragte ich mich. „Hasse ich die Menschheit? Was ist mit meiner Welt oder mit mir? Was läßt mich inmitten einer Viertelmillion von menschlichen Wesen hier einsam an Körper und Seele sitzen?"

§ 4
Villa Elseneur

Mr. Andersen, dem ich am folgenden Tage meinen Brief brachte, vermochte mir nicht aus meinen Nöten zu helfen, obgleich er den besten Willen zur Gastfreundschaft zeigte. Er sprach schnell und mit Begeisterung, aber nicht sehr gut englisch – er hatte es hauptsächlich durch Lesen erlernt, und wenn man ihn nicht dauernd unterbrechen wollte, blieb einem ein gut Teil seiner Rede dunkel. Da er offenkundig bestürzt war, als er merkte, daß ich viele seiner Sätze nicht verstand, mußte ich eine leichte Schwerhörigkeit vorschützen. Daraufhin gestand er mir, daß er seine Laufbahn als Student der Medizin in Kopenhagen begonnen hatte und immer noch gerne ein wenig dokterte. Er verbrachte nahezu eine halbe Stunde mit einer Untersuchung meiner Ohren. Sein Urteil lautete, daß ich keinerlei organischen Gehörfehler hätte, jedoch wie manche, auf egoistische Art stark mit sich selbst befaßte junge Menschen an seelischer Taubheit litte. Dann führte er mich, immer noch sehr schnell auf mich einredend, zum Mittagessen in genau dasselbe Schweizer Restaurant, in welchem ich am Abend vorher gegessen hatte. Es sei ein ganz besonders gutes Restaurant, sagte er, und Fremde entdeckten es niemals.

Bei einem ausgezeichneten brasilianischen Rotwein, einem wirklich edlen Getränk, dessen Namen ich leider vergessen habe, wurde er warm, und indem seine Laune stieg, ging sein Englisch immer mehr in ein von französischen und anderen romanischen, vermutlich portugiesischen Brocken durchsetztes Dänisch über. Doch sprach er nunmehr langsamer, und ich verstand ihn besser. Er schilderte mir das Land mit der Feindseligkeit eines Fremden von anderer Rasse und Religion, dessen Hauptbeschäftigung darin besteht, Landesprodukte billig aufzukaufen, sie zu verschiffen und dem widerwilligen einheimischen Käufer aufzudrängen. Trotzdem hatte er eine Brasilianerin geheiratet. Er erzählte schreckliche Geschichten über Unpünktlichkeit und Unehrlichkeit der Bevölkerung und berichtete, daß sie ihre wenigen Arbeitsstunden mit der Herstellung von Zucker verbringe, die Feiertage sowie die übrige freie Zeit hingegen mit Tanz, Wettrennen, Hasardspiel, Trinken, Ehebruch, Mord, und der Mattigkeit, den Nöten und Kämpfen, die sich aus einer derartigen Lebensführung ergeben. Schließlich lud er mich für den folgenden Tag zum Mittagessen in sein Haus außerhalb der Stadt. Es war ein Sonntag. Ich sollte mit seiner Familie Tennis spielen.

Er hatte mir stolz erzählt, daß seine Töchter Englisch könnten, doch wenn sie es konnten, so vermieden sie jedenfalls, es zu sprechen, und ich unterhielt mich mit ihnen und ihrer Mutter in einem einfachen, aber konventionellen Französisch. Die Mutter war hübsch, dunkelhaarig, von stattlicher Gestalt und stand unverkennbar in mittleren Jahren; die Töchter waren groß und schlank, ebenfalls hübsch und hatten flachsblondes Haar, einen dunklen Teint und sehr schöne dunkelgraue Augen. Sie wetteiferten fröhlich miteinander in ihren Bemühungen um mich, bis zwei junge Brasilianer auftauchten, die Eigentumsrechte zu haben schienen und über meine Anwesenheit nicht besonders erfreut waren. Die Unterhaltung wurde nunmehr in sehr rasch gesprochenem Portugiesisch geführt. Man hatte mir das Racket des einen jungen Brasilianers geliehen, und ich merkte, daß ihm die Art und Weise, in der ich damit die Bälle aufhob, nicht recht war; ich hielt es aber für bequemer, nichts zu verstehen, und fuhr fort, die Bälle aufzuschaufeln, allerdings nun mit etwas mehr Sorgfalt. Wir spielten allesamt recht mangelhaft Tennis, der Platz war schlecht und das Spiel reich an Überraschungen. Als die beiden jungen Brasilianer bereits völlig verärgert waren, gab es Tee.

Mr. Andersen, der sich zu einem Mittagsschläfchen zurückgezogen hatte, tauchte erfrischt wieder auf und sprach sein synkopiertes Englisch schneller als je zuvor, während Frau Andersen mir französische Sätze zuschnurrte. Die jungen Herren wollten nur portugiesisch sprechen und lauschten auch keinem Wort in einer anderen Sprache, und die jungen Damen entwickelten so viel Lebhaftigkeit, daß man von einem Augenblick zum andern nicht wußte, ob sie portugiesisch redeten oder nur dem Französischen eine besondere Note gaben. Ich sprach zu einer Hälfte englisch, zur anderen französisch. Auf diese Art tauschten wir unsere Ansichten über Wagner, Nizza und die Monroe-Doktrin aus, ferner über die Moral Eduards VII., den besonderen Reiz der Stadt Paris und ihre Ähnlichkeiten mit Recife, über die Üppigkeit der Vegetation in den

Tropen, über Nachtfalter, Wespen, Schlangen und das damals neue Bridge-Spiel. Zumindest glaube ich, daß dies die Themen waren, die wir besprachen. Die Familie Andersen mag einer etwas anderen Meinung gewesen sein. Es war angenehm, nach dem eingeengten Leben auf der *Golden Lion* meinen Geist so frei zu betätigen. Binnen kurzem aber befiel mich eine gewisse Müdigkeit. Meinen Gastgebern dürfte es ebenso ergangen sein. Da wir fürchteten, daß diese Müdigkeit bemerkt und ungünstig gedeutet werden könnte, verdoppelten wir unsere Anstrengungen, das Gespräch in Gang zu halten. Nur die beiden jungen Herren begaben sich alsbald auf den Tennisplatz und brachten durch Zeichen und Laute, von denen man annahm, daß ich sie nicht verstünde, ihr Verlangen nach der Gesellschaft der beiden Töchter zum Ausdruck.

Um das Verhalten der beiden zu bemänteln, ließ sich Frau Andersen auf eine sehr lebhafte, aber nicht enden wollende Beschreibung ein, deren Gegenstand entweder der Reiz der südamerikanischen Kolibris war oder die Pracht der einheimischen Blumen, vielleicht aber auch die wunderbare Färbung gewisser Fische, die man in den tropischen Gewässern fängt, oder die Pracht der Dekorationen und Kostüme beim Karneval; möglicherweise behandelte sie auch alle vier Themen oder etwas ganz anderes. Jedenfalls war es eine sehr schöne Schilderung, und Gebärden sowie Tonfall der Sprecherin waren reizend. „Mais oui“, sagte ich, „mais oui.“

Als ich endlich ging, kämpfte die Familie Andersen immer noch tapfer gegen ihre niedrigeren Triebe und überhäufte mich mit Einladungen für den folgenden Tag, für den nächstfolgenden oder einen beliebigen anderen. Ich wollte ihnen nicht nachstehen und nahm die Einladungen mit wortreichem Danke an. Da brachte die schweigsamere der beiden Töchter etwas Neues in das Gespräch: sie bemerkte im letzten Augenblicke ruhig, den Blick in die

Ferne gerichtet: „An Wochentagen sind wir ganz allein."

Es wäre mir unfreundlich erschienen, wenn ich nicht nochmals vorgesprochen hätte.

Ich sprach noch mehrere Male vor.

Wenn ich an die faden Besuche in der Villa Elseneur zurückdenke, so ist mir, als wäre ich dort bemüht gewesen, hinter Vorhängen aus dunkler Gaze einen Mitmenschen zu entdecken, der vielleicht da sein mochte. Das jüngere Fräulein Andersen hatte mir einzig und allein durch einen Tonfall in ihrer Stimme jenes geheimnisvolle Versprechen weiblicher Kameradschaft übermittelt, nach dem die Seele des Mannes beständig hungert und dürstet. Sie löste dieses Versprechen niemals ein, wiederholte es niemals, hatte wahrscheinlich niemals die Absicht gehabt, es mir zu geben. Mich aber hielt dieses vermeintliche Versprechen während meines Aufenthaltes in Recife am Leben. Ich erschien in der Villa Elseneur, um, wie ich betonte, den Vierten beim Tennis mit der Mutter und den beiden Töchtern abzugeben. Denn an Wochentagen wurden die beiden brasilianischen Verlobten durch ihre beruflichen Angelegenheiten in der Stadt festgehalten. Andersen war ein Bewunderer englischer Sitten und Gebräuche und sehr fortschrittlich gesinnt, und so genossen seine Töchter eine Freiheit, die in jenen Vorkriegstagen in Brasilien noch ungewöhnlich war. Sie fuhren auf ihren Rädern in den sichereren Teilen des Bezirks umher, ihre Röcke ließen die Knöchel sehen, die Blusen zeigten ihre Hälse. Und sie wußten über das wunderbare englische Wort „Flirt" Bescheid. Ich galt binnen kurzem als „der Flirt" der jüngeren Tochter – etwas Englischeres als das konnte es doch wohl nicht geben!

Darüber hinaus gelangte ich nicht. Ich vermochte nicht, die dunklen Schleier zu lüften. Als wir einmal im Garten allein miteinander waren, schien es mir von ferne her möglich, daß sie geküßt zu werden wünschte, aber die

Gelegenheit ging vorbei, ehe ich ihre Absicht auf die Probe stellen konnte. Sie mag daraufhin gedacht haben, daß ein so wenig unternehmungslustiger Mann weiterer Chancen unwürdig sei. Ich weiß heute nicht mehr genau, was mich auf jenen Gedanken brachte und warum ich zögerte. Ich konnte mir wohl auch nicht recht vorstellen, welche Art von Dreieck ich mit ihrem Verlobten gebildet haben würde, wenn jener Kuß gegeben und erwidert worden wäre. Ich kaufte ihr und ihrer Schwester Schokolade und der Mutter riesenhafte Blumensträuße. Wir schleuderten die Tennisbälle hin und her, sprachen ein mangelhaftes Französisch und wandten uns wieder dem Tennis zu, um der Mühseligkeit dieses Beginnens zu entgehen. Wir sprachen nicht, um einander etwas mitzuteilen, sondern um die Tatsache zu verschleiern, daß wir einander nicht das geringste mitzuteilen hatten. Jenes Phantom von einem Versprechen verblaßte zu nichts, und als die *Golden Lion* ihre Ladung gelöscht und neue Waren verladen hatte und wieder in See stechen sollte, war ich, wie der Rest der Mannschaft, bereit, Pernambuco zu verlassen.

Ein Hauch von Freundlichkeit, wie ich es bis dahin in dieser Umgebung noch nicht erfahren hatte, herrschte auf dem Dampfer, als die Stadt im Sonnenuntergang verschwand. Es war ein schöner, heiterer Abend; unser Wetterglück hielt an. Ich fragte den Zweiten Offizier, wie es ihm ergangen sei, und er erwiderte, daß er viel zuviel Arbeit und Verantwortung gehabt und nur drei Abende an Land habe gehen können; ganz freundschaftlich klagte er mir über die Gleichgültigkeit des Steuermannes und die Untauglichkeit des Dritten Offiziers; und als ich dem Ingenieur die Bücher zeigte, die ich eingekauft hatte, erklärte er sie für wertloses Zeug, verlieh aber seiner Mißbilligung ohne persönliche Feindseligkeit Ausdruck. Der Steuermann stimmte mir zu, als ich bemerkte, daß Recife der Mittelpunkt eines wachsenden Eisenbahnnetzes sei, und der Dritte Offizier reichte mir bei Tisch unaufgefordert das Salzfaß. Der Kapitän aber blieb unversöhnlich.

Das reizte mich. Er schlürfte beim Abendbrot seine Suppe geräuschvoll, und mir kam plötzlich der Gedanke, es ihm nachzutun. Die ganze Tischrunde war bestürzt, und der Kapitän sah mich über seinen Löffel hinweg mit neu erwachtem, aber böswilligem Interesse an.

Ich aß meine Suppe langsam und laut schlürfend zu Ende. Dann legte ich in größter Ruhe den Löffel hin und wartete geduldig und mit dem Ausdrucke gelassenen Interesses, bis der Kapitän ebenfalls fertig war. Er leerte seinen Teller mit verhaltener Miene und rotem Kopf. Der Steuermann und der Ingenieur begannen ein schallgedämpftes Gespräch, das durch das Gehuste des Steuermanns noch unverständlicher wurde. Midborough war bleich vor Entsetzen, in dem Blick aber, den er mir zuwarf, mischte sich Respekt mit Bestürzung.

Ich war zunächst entzückt über meinen Einfall, in den nächtlichen Stunden des Zweifels aber war ich mit mir unzufrieden. Ich hatte etwas Würdeloses und Beleidigendes getan und schämte mich dessen. Ich hatte den Kapitän gehaßt und verachtet, um ihn nicht fürchten zu müssen, nun hatte ich mich zu ihm herabziehen lassen. Und ich fürchtete ihn immer noch. Ich war kein Blettsworthy.

§ 5
Überfahrt nach Rio

Ich habe diese anfänglichen Erlebnisse während meiner Weltreise recht eingehend geschildert, weil ich dem Leser so klar wie nur möglich vermitteln möchte, unter welchen Umständen sich meine seelische Verstörung entwickelte. Denn die Geschichte, die ich zu erzählen habe, behandelt ja im Grunde ein seelisches Problem.

Nach dem ersten Zusammenbruch meines Willens und meines Gedächtnisses hatte ich geglaubt, daß es sich um nichts anderes als um die Folgen eines bösen Erlebnisses handle, von denen ich mich erholen müsse. Ich war der Meinung gewesen, daß ich einfach nur mit einer bestimmten Reihe von Assoziationen in Oxford und London brechen und ein neues Leben anfangen müsse; dann werde alles gut werden. Nun aber gelangte mein von Zweifeln erfülltes Gemüt in endlosen Nachtstunden zu einer viel verwickelteren und weiterreichenden Auslegung meiner Nöte.

Mein Zustand verschlechterte sich beträchtlich durch die Tatsache, daß sich das Wetter nach der Abfahrt von Pernambuco verschlechterte; infolge eines zunehmenden körperlichen Unbehagens mischten sich physische Angstzustände in das Aufbegehren meines Gemüts. Neben den Menschen war nun auch die blinde Materie daran, mein Selbstvertrauen und meinen Mut zu untergraben. Wurde ich seekrank? Inmitten meiner hohnerfüllten Feinde. Der Gedanke war unerträglich. Ich kämpfte vergeblich dagegen an. Ich versuchte es mit der Christian Science, um mein Zwerchfell zu bändigen. Coué vorwegnehmend, wiederholte ich mir ohne Unterlaß: „Ich bin nicht seekrank. Ich bin nicht seekrank.“ Eines Abends mußte ich während des Essens erkennen, daß ich es doch war, und verließ den schaukelnden Tisch plötzlich und unrühmlich.

Während der Nacht nahm der Sturm zu, und meine Kabine, die immer stärker geschwankt, geschaukelt und gekracht hatte, verlor allen Sinn für ihren einstigen Zusammenhang mit dem nüchternen Festlande. Sie hüpfte und sprang, sie stieg empor, stieg und stieg, und wenn man sich mit dem Gedanken vertraut gemacht hatte, daß es nun immerfort aufwärts gehen solle, stellte sie sich auf den Kopf, überlegte einen Augenblick und stürzte dann abwärts. Sie legte sich plötzlich zur Seite, gab vor, ein Korkenzieher zu sein, der ins Wasser geschraubt wird. Sie betrug sich wie eine Riesenschaukel auf einem Jahrmarkt. Dann wurde sie andern Sinnes: sie war ein defekter Fahrstuhl, der einen endlosen Schacht hinunterfiel. Bald war sie eine Berg- und Talbahn, die ihre Passagiere sachte zu einem gähnenden Abgrund führte. Mein Unbehagen wurde zu Angst. Entsetzliche Stöße ließen das ganze Schiff tanzen und beben. Schäumendes Wasser drang in die Kabine: einem verlaufenen Hunde, der seinen Herrn sucht, vergleichbar, lief die Woge umher, benetzte ihn reichlich und verschwand wieder. Alles, was in meiner Kabine nicht niet- und nagelfest war, flog durcheinander; ein Paar Stiefel verschwand mit einer Welle und kehrte nicht wieder; ich verstauchte mir das Handgelenk und zog mir eine Wunde am Knie zu. Meine Wasserflasche wurde lebendig und gefährlich, zerbrach und hinterließ Scherben, die auf der Suche nach einer Hand oder einem Fuß wild von einer Seite zur anderen jagten. Fünf Tage lang hatte ich solche Erlebnisse. Nach einiger Zeit begann ich wieder zu essen, obgleich ich immer neue Anfälle von Seekrankheit hatte. Ich trank mit zunehmendem Behagen heißen Kaffee und verschlang die Brote, die Vett mir brachte.

Ich blieb die vier oder fünf Tage, die dieser Sturm andauerte, in meiner Kabine. Vett erschien dann und wann, einmal kam der Zweite Offizier für kurze Zeit, einmal auch der Ingenieur, der nach meinem Befinden fragte, als ich eben durchaus nicht imstande war, eine Antwort zu geben. Diese vier oder fünf Tage bilden in meinem Geiste den Rahmen zu einem wahren Wirbelsturm an unklaren Fragen und Zweifeln, die mich jedoch in Wahrheit schon vorher bedrückt hatten und auch weiterhin quälten. Ich dachte eigentlich nicht über diese Rätsel nach: sie wirbelten, Grimassen schneidend, um mich herum, indes ich auf meinem Bett hin und her und auf und ab geworfen wurde. Sie wichen nicht von mir, einerlei ob ich Hunger empfand oder aufs neue unter der Seekrankheit litt. Nur indem ich jene Fragen ohne Zusammenhang und formlos hierher setze, kann ich dem Leser etwas von ihrer eigentlichen Bedeutung vermitteln.

Als wichtigster, als sozusagen grundlegender Faktor meiner Lage trat die Tatsache hervor, daß ich mit dem vollsten Vertrauen in mich selbst, in die Menschheit und in die Natur ins Leben hinausgetreten war und dieses Vertrauen verloren hatte. Ich hatte den Glauben an meinen eigenen Charakter verloren. Ich hatte mich meinen Mitmenschen entfremdet und fürchtete mich vor ihnen. Und nun war auch mein Körper auf fürchterlichste Art mit der völlig ungastlichen Welt entzweit, in die er geraten war. Ich hatte mir niemals träumen lassen, daß er so wenig Kraft der Anpassung und des Selbstschutzes haben werde, sobald Materie und Zufall in ihrer unbegreiflichen Voreingenommenheit sich gegen ihn wendeten. Und diese unselige, einsame und endlose Reise, auf der ich mich befand, war die allergrößte Torheit, zu der mich meine im Grunde hoffnungslos törichte Wesensart verleitet hatte. Warum, warum hatte ich meiner angestammten Umgebung den Rücken gekehrt? Warum hatte ich mich von dem alten Ferndyke fortschicken lassen? Ich war glücklich gewesen, oder wenn ich mich auch schließlich nicht eben glücklich gefühlt hatte, so hatte ich mich doch zurechtfinden können.

Das war mir der erstaunlichste Gedanke, während ich in durchnäßtem und elendem Zustand auf meinem auf- und niederschwankenden Bette kauerte, mich nur mühsam festhielt und mich gegen frevelhafte Stöße meines eigenen Gepäcks und der Einrichtungsgegenstände wehrte: daß ich einmal glücklich gewesen war und auf festen Füßen gestanden hatte. Zuversichtlichen Schrittes war ich über die widerhallende Erde geschritten und hatte den Sternen zugelächelt, als wäre ich ihr Freund. Ich gedachte des Eindrucks, den die sonnigen Hügel von Wiltshire und die abendlichen Straßen Oxfords einst auf mich gemacht hatten, und er dünkte mich von unglaubhafter Schönheit, von einer in sich gefestigten Schönheit. War er jemals wirklich gewesen? Jener Welt, dem Leben der wohlhabenden Stände in Mittel- und Südengland vermochte ich mich anzupassen. Ich konnte ihre Gewohnheiten verstehen, ihnen vertrauen, ehrlich gegen sie sein und mich unter ihnen leicht und sicher bewegen. Als ich nur einen Schritt aus dieser bestimmten gesellschaftlichen Gruppe herausgetreten war, hatten meine Leiden begonnen. Und nun entfernte ich mich immer weiter von jener Welt!

Ja, war aber mein außerordentlicher Mangel an Anpassungsfähigkeit nicht anormal?

Ich erinnere mich, daß es mir in schaukelndem Rhythmus durch den Kopf summte: „Anormal, normal, normal, anormal, normal?“

Ich litt zum Beispiel unter allen Leuten an Bord am heftigsten unter der Seekrankheit. Hatte einer von den andern an Erbrechen und dauernder Übelkeit zu leiden? Hatten sie früher einmal solche Qualen ausgestanden? Fühlten sie sich vielleicht auch jetzt elend? Ich beobachtete Vett genau. War er wirklich ganz gesund? Sein Gang war ziemlich unsicher. Er sah blaß und durchnäßt aus. Aber er arbeitete weiter und brachte mir Kaffee. Wie erging es den andern, während ich mich immer tiefer in die Überzeugung verstrickte, daß ich völlig lebensuntüchtig sei? Wurden sie nicht von ähnlichen niederdrückenden Gewalten bedrängt, vermochten sich ihrer aber zu erwehren?

Sie waren wohl zäher als ich.

Und dann, keinen Freund zu haben – woran lag das nur? War ich auf außergewöhnliche Art unfähig, mich anderen anzuschließen? Oder war ich nur überempfindlich gegen einen allgemeinen Mangel? Schlossen sich die anderen leicht an? Oder waren sie in Wahrheit alle ebenso einsam wie ich – ohne sich dessen voll bewußt zu werden? Merkten sie, wie wenig sie miteinander gemein hatten? Wenn aber alle allein durchs Leben schritten, was wurde dann aus dem Begriff der menschlichen Gesellschaft? In Oxford sagte man „Wie gehts?" und „Hallo!" und hatte dabei das Gefühl, daß diese Worte zahllose Erwiderungen möglich machten. War dem wirklich so? Oder bildete man sich das nur ein? Wurden jene möglichen Entgegnungen jemals ausgesprochen? Wenn ich nun, da meine Jugend entschwunden war, zurückkehrte, würde ich Oxford, Wiltshire und die Freundschaft von ehedem wiederfinden?

Schließlich hatte sich die Freundschaft in der Person Lyulph Graves' wider mich gewendet und sich als ebenso hohl erwiesen wie die Liebe. Und wenn jene ganze geliebte Welt nichts weiter war als ein Traum, wenn dies fürchterliche Auf und Ab inmitten schäumender Gewässer ein Erwachen aus so schönen Träumen bedeutete, in welcher Wirklichkeit sollte ich dann erwachen?

Während einiger Tage fieberte ich, wie ich glaube, und die Reden, die ich an Vett richtete, waren irr. Dann ließ der Wind ganz plötzlich nach, eine strahlend heiße Sonne trocknete die Verdecke unserer kleinen gußeisernen Welt, das Krachen und Ächzen des Schiffes nahm einen vertrauteren Rhythmus an, die gewaltigen Sprünge der Wogen wurden zu einem regelmäßigen und würdevollen Tanz und dann allmählich zu einem geruhsamen Auf- und Abschwellen. Ich fühlte mich hungrig und guten Mutes. Vett half mir, meine Kabine in Ordnung zu bringen, ich rasierte mir unter Schmerzen den Stoppelbart vom Gesicht, zog etliche getrocknete Wäschestücke an, versah mich mit Kragen und Krawatte und ging zum Essen.

„Wieder zum Leben erwacht?" sagte der Ingenieur in einem nahezu freundschaftlichen Tone und mit vollem Mund. „Jetzt haben Sie das Meer ein bißchen besser und aus einer anderen Sicht kennengelernt."

„Am Kap Horn erlebt man noch viel Schlimmeres", meinte der Steuermann. „Jedesmal."

„Bohnen", bot Vett an. Bohnen aus einer Konservendose. „O ja." Wie gut und sättigend schmeckten sie.

„Ich hatte einmal ein Buch", berichtete der Ingenieur, „das einen über die Kraft der Flut und der Wogen belehrte. Es ist ungeheuerlich. Das Buch enthielt Berechnungen; ich verstand sie nicht ganz, aber sie waren erstaunlich. Man könnte mit der Kraft einer solchen Sturmböe einen riesigen Turm erbauen, alle Züge Europas antreiben und fast die ganze Welt mit Licht versehen. Und all diese Kraft geht verloren. Ist das nicht wunderbar?"

„Wer weiß, ob es stimmt", meinte der Steuermann.

„Gegen die Mathematik läßt sich nichts vorbringen", erwiderte der Ingenieur.

„Wir leben an der Oberfläche der Dinge", sagte ich, mit welcher Bemerkung jedoch niemand etwas anzufangen wußte.

„Ich habe bei Newhaven eine Anlage gesehen, in der man die Kraft der Fluten nutzbar zu machen versuchte", sagte der Dritte Offizier schüchtern.

„Und der Versuch mißlang?" fragte der Steuermann.

„Das ganze Unternehmen ist wieder eingegangen."

„Das dachte ich mir", sagte der Steuermann. „Wozu sollte denn die Flut nach der Meinung jener Herren nutzbar gemacht werden?"

„Das weiß ich nicht."

„Die haben es sicher auch nicht gewußt", meinte der Steuermann voll der tiefsten Verachtung.

Der Kapitän sagte nichts zu alledem. Er saß und starrte ins Leere. Sein Gesicht schien blässer, härter und voll böserer Entschlossenheit als je zuvor. Die hellen Augenwimpern verhüllten seinen Blick. Woran dachte er bloß? „Rio", sagte er plötzlich in außerordentlich bitterem Ton.

„Rio.“ Keiner antwortete – was hätte man darauf auch antworten sollen? – und er sagte nichts weiter. Der Steuermann warf seinem Nachbarn einen bedeutungsvollen Blick zu und richtete seine Aufmerksamkeit dann wieder auf seinen Teller.

„In Rio werden Sie genug bessere Leute finden“, sagte der Ingenieur, indem er plötzlich die Gedanken des Kapitäns erriet.

§ 6

Die Maschinen sind kaputt

Wir kamen nach Rio, und Rio stieß mich und meine Schiffskameraden ebenso gleichgültig wie Pernambuco wieder aufs Meer hinaus. Die *Golden Lion* roch danach stark nach Kaffee und auch nach Rum und verfaulendem Gemüse, und dampfte dem Unglück und bösen Taten entgegen.

Ich fühlte mich bei der Abreise aus Rio sehr bedrückt. Ich war dort noch einsamer und noch unzufriedener mit mir gewesen als in Recife. Ich hatte nicht einmal eine Empfehlung an Leute wie die Andersens, ließ mich also ganz alleine in einem Hotel zweiten Ranges nieder und unterhielt mich so gut ich konnte, das heißt recht schlecht. Ich staunte über die Größe und die Lebendigkeit der Stadt, über die tropische Vegetation, den Sonnenschein, die Schönheit der großen Avenue – ich weiß nicht mehr, wie sie heißt –, die Champs Elysées von Rio, auch über die zahllosen Hotels, Restaurants und hübschen Strandplätze an der Meeresküste. Es war erstaunlich, feststellen zu müssen, daß diese Südamerikaner Badeorte besaßen, in denen es weit munterer zuging als in Brighton oder Bournemouth. Ein neues Kunstmuseum war eben eröffnet worden, es enthielt zahlreiche gute moderne Bilder, und ich verbrachte viele Stunden darin; auch die Kinotheater, die großen, guten nämlich, waren mir ein Trost. Die Filme Charlie Chaplins wurden damals häufig und ohne viel Aufhebens gezeigt, es war die gute alte Zeit des Kinos. Die Bevölkerung kam mir weit wohlhabender und glücklicher vor als unsere Leute daheim. Ich hätte mich in Rio gemeinsam mit einem angenehmen Gefährten recht gut unterhalten können, doch befand ich mich im Zustande einer derartigen Ungeselligkeit, daß ich mit niemandem Bekanntschaft zu schließen vermochte. Ein- oder zweimal war ich mit einer Prostituierten zusammen, doch scheint es mir besser, über diese Begegnungen zu schweigen. Welch ausgezeichneter und barmherziger Beruf könnte doch der der Kurtisane sein, wenn sie durch die Achtung der Menschen gestützt würde und es verstünde, die Herzen der Einsamen, die bei ihr Zuflucht suchen, zu rühren und zu trösten! Ich konnte mir nur rohes Gelächter und plumpeste Stillung der körperlichen Begierde erkaufen. Ich versuchte zu trinken, doch hatten meine Abenteuer in Norwich einen unbestimmten Widerwillen gegen Alkohol in mir zurückgelassen. Mein ganzes Wesen schrie nach Freundschaft und Vertraulichkeit. Ich streifte durch die glänzenden Straßen der Stadt und fragte mich, ob die Menge, die sich so zufrieden und fröhlich in ihnen bewegte, wirklich menschlich sein und dabei mein verzweifeltes Verlangen nach Menschlichkeit nicht erkennen könne. Oder hatte sich hier nur eine Schar belebter Masken versammelt, die nur äußerlich einer freundlichen Gemeinde glichen? Derartige Phantasien beschäftigten mich in immer stärkerem Maße.

Ich konnte ja zum einen nicht Portugiesisch. Es gibt gewiß schon ohne die vielfältige Entfremdung durch die Sprache Schranken genug zwischen den Menschen! Aber ich hörte recht oft Englisch sprechen, und zweimal stieß ich auf so reizend aussehende Landsleute –, eine fünfköpfige Familie in dem einen, ein reisendes Paar, das ich für jung verheiratet hielt, in dem andern Fall – so daß ich ihnen folgte, bis ich offensichtlich ihre Aufmerksamkeit, wenn nicht gar ihren Argwohn erregte. Ich folgte ihnen völlig blöde, ohne irgendeine Möglichkeit zu ersinnen, wie ich sie ansprechen oder ihr Interesse auf mich lenken könnte. Meine Isolation wurde zu einer lähmenden Zwangsvorstellung.

Und was hätte ich ihnen, so fragte ich mich, denn schließlich geben können? War ich nicht auch nur eine Maske? Ich mußte das Menschentum ja erst entdecken und zwar nicht nur in der Welt rings um mich, sondern auch in der eigenen Brust. Angenommen, diese nett aussehenden Leute hätten sich in einer gütigen Aufwallung plötzlich mir zugewandt, hätten mich aufgefordert, mit ihnen zu essen und einen Ausflug in ihrer Gesellschaft zu unternehmen, hätten mich zum Sprechen gebracht – was hätte ich ihnen erzählen sollen? Wie hätte ich sie unterhalten, auf welche Art mich ihnen angenehm machen können?

Alsbald versammelte sich die Schiffsgesellschaft aufs neue. Wir wurden wieder auf die Fluten hinausgetrieben, so wie am Montag Morgen der Arbeiter wieder in seine Fabrik, der Bergmann wieder in sein Flöz geht, weil er nirgends sonst hingehen und nichts anderes tun kann. Wir kehrten in unser rasselndes Gefängnis zurück und arbeiteten uns durch den riesigen Hafen hindurch aufs Meer hinaus.

„Rasselndes Gefängnis“ schien an jenem Abend eine sehr treffende Bezeichnung für die *Golden Lion.*

„Mr. Midborough“, wagte ich zu dem Zweiten Offizier, der zufällig neben mir stand, zu sagen, „das Ticken dieser alten Uhr ist anders geworden.“

Und er gab mir eine Antwort. „Sogar Sie“, sagte er,

„sogar Sie bemerken es.“

Ich sprach weiter: „Hat der Sturm irgendwelchen Schaden angerichtet? Ich hatte schon vor Rio den Eindruck, daß etwas nicht in Ordnung sei. Das Schlagen der Maschinen klang irgendwie unregelmäßig, wenn auch lange nicht so schlimm wie jetzt.“

Er trat einen Schritt näher an mich heran. Mit leiser, nachdenklicher Stimme, die Zähne fast geschlossen, sprach er gegen die brasilianischen Hügel hin: „Der Alte ist eigensinnig wie ein störrisches Maultier. Wenn er sagt, daß die Maschinen bis Buenos Aires aushalten werden, so gilt das, was der Ingenieur sagt, nichts – einfach nichts.“

„Es scheint ihm nichts auszumachen“, bemerkte ich.

Wir wandten beide Brasilien den Rücken zu und lauschten der häßlichen Melodie.

„Das Schiff ist nahe daran, in Trümmer zu gehen. Jeder Schlag der Maschinen kann der letzte sein. Hören Sie einmal! Die Maschinenlager schwimmen in Öl, aber Öl allein tut's nicht. Und der Ingenieur sitzt und liest.“

Ich wartete auf weitere vertrauliche Mitteilungen.

„Es sind Telegramme nach London abgegangen“, fuhr er fort. „Der Kapitän sagte dies, der Ingenieur etwas anderes. Das Schiff soll in Buenos Aires überholt werden. Darauf besteht der Kapitän. Und wenn das Wetter gut bleibt, warum auch nicht?“

Mr. Midborough blickte mit prüfendem Blick auf das offene Meer hinaus.

„Es gibt eine Art Menschen“, meinte er, „die niemals einsehen lernen, daß sie keine Götter sind. Niemals. Was so einer sagt, hat zu gelten. Und wenn es sich herausstellt, daß die Sache doch nicht so ist, wie er gesagt hat, dann wehe allen anderen. Er spielt den Gott trotzdem weiter und sucht sich jemanden, an dem er seinen heiligen Zorn auslassen kann.“

§ 7
Der Revolver des Ingenieurs

Ich hatte schon, ehe wir nach Rio kamen, geahnt, daß es zwischen dem Kapitän und der Bemannung Schwierigkeiten gab. Doch hatte die nachhaltige und krankhafte Beschäftigung mit meiner eigenen Person meinen Blick getrübt. In Rio kam es zu einem Streit über Disziplin und Löhnung, welcher einen Besuch beim britischen Konsulat zur Folge hatte. Es gab Geschrei auf der Straße, und ein Polizist mußte eingreifen. „Der Alte hat nicht nachgegeben“, sagte Rudge zu Midborough, als er an Bord kam; „aber vielleicht werden wir jetzt Ruhe haben.“

Wenn ich schon keine Fragen über eine Bemerkung stellen konnte, so war es jedenfalls nicht meine Pflicht, sie zu überhören.

Midborough hatte etwas über allzu viele Dagos oder Ähnliches gesagt.

Ich schenkte der Mannschaft einige Aufmerksamkeit, bemerkte ein paar neue Gesichter und vermißte etliche von den früheren Leuten. Der Mann mit der Ziehharmonika war in Rio an Land gegangen und nicht mehr zurückgekehrt.

Ich machte mir Gedanken über den Zusammenhang zwischen den Schwierigkeiten mit dem Vorderdeck und der gespannten Stimmung, die am Speisetisch herrschte. Wahrscheinlich lebte der Kapitän gewohnheitsmäßig im Kriegszustand mit seinen Leuten. Das Leben war für ihn eine harte Sache, und die einzigen Menschen, denen gegenüber er seinen Gefühlen Luft machen konnte, waren seine Matrosen. Wahrscheinlich herrscht zwischen den beiden Verdecken jedes Frachtdampfers eine Neigung zum

Klassenkampf, und der Klassenkampf ist ein zweischneidiges Ding. Aber erst nach Rio begann ich zu ahnen, welche böse Möglichkeiten hinter den finsteren Blicken und dem trotzigen Stillschweigen verborgen lagen, die meine Bemühungen um ein freundschaftlich geselliges Zusammenleben auf so unglückselige Art vereitelt hatten.

Der Ingenieur hatte mir ein Buch über Genossenschaftsmeiereien in Dänemark geliehen, ein Werk mit statistischen Zusammenstellungen und Tafeln, das er mir als leichte Lektüre anempfohlen hatte; als ich es ihm zurückbrachte, fand ich ihn, einen eben geputzten Revolver in der sehnigen Hand, und ein sauberes Patronenpäckchen neben ihm auf dem Bettkasten.

„Das ist kein gutes Spielzeug", meinte ich.

„Es ist kein Spielzeug", entgegnete der Ingenieur.

„Wozu wollen Sie das Ding hier laden? – Hier, wo wir zweihundert Seemeilen vom Lande und allem übrigen entfernt sind?"

„Gerade deshalb", sagte der Ingenieur und schien zu überlegen, ob es weise sei, mir weitere Geständnisse zu machen. Er entschied sich gegen mich.

„Haben Sie das Buch *ganz* durchgelesen?" fragte er nach einer Pause. „Ich bezweifle es. Sie gleiten zu flüchtig über das Leben hinweg, junger Mann. Sie überspringen alles. Sie kommen mir wie ein Schmetterling vor."

Er hielt inne, und als er sah, daß ich immer noch die gedrungene, bläulich-schwarze Waffe in seiner Hand betrachtete, gestaltete er seine Bemerkung allgemeiner.

„Ihr Oxford", sagte er, „schickt meiner Ansicht nach nur Schmetterlinge und Kleidermotten in die Welt hinaus. Die flitzen umher, knabbern da und dort ein wenig, und fressen schäbige kleine Löcher in die Sachen. Festen Halt aber gewinnen sie nirgends. Oxford ist eine Insektenbrutstätte, weiter nichts."

„Ich habe das Buch durchgelesen."

Ein grunzender Laut verriet mir, daß er mich für einen Lügner hielt. „Was ich Ihnen jetzt noch zu leihen habe, ist ein Buch über funktionelle Erkrankungen der Gedärme. Sie haben ja wohl Gedärme, aber wird Sie das veranlassen, das Buch zu lesen? Gewiß nicht!"

„Haben Sie es mit meinen Romanen versucht?"

„Dostojewski ist nicht so schlecht. Alles übrige ist Dreck. Aber Dostojewski ist irgendwie ganz interessant. Ich hab mir die Rubel und Kopeken in dem Buche in Shillinge und Pence umgerechnet. Manches kostet zweimal so viel wie in London, anderes nicht einmal die Hälfte."

Er ließ die letzte Patrone in das Magazin gleiten und klappte den rätselhaften Revolver zu. Dann lauschte er einige Augenblicke lang dem unregelmäßig ratternden Geräusch der Maschinen und wandte sich schließlich mit der Miene eines Menschen, der unangenehmen Dingen entfliehen will, seinem Schränkchen voll antiquarischer Bücher zu.

§ 8
Der Schrei im Dunkeln

Ich weiß nicht, was in der Dunkelheit geschah, und werfe mir vor, daß ich es nicht weiß. Ich hätte mich in jene Angelegenheiten einmischen sollen. Ich habe, wie ich glaube, schon berichtet, daß ich in zunehmendem Maße an Schlaflosigkeit litt und mir angewöhnt hatte, nachts auf dem Deck umherzuspazieren. In jener besonderen Nacht aber wurde ich aus dem Schlafe geweckt, und es war mir, als hätte ich einen Schuß gehört. Vielleicht hatte ich jedoch nur geträumt. Der Revolver des Ingenieurs mag den Traum angeregt, ein aufschlagendes Seil den notwendigen Laut abgegeben haben. Aber ich war beunruhigt. Ich setzte mich im Bett auf und horchte eine Weile, dann zog ich etliche Kleidungsstücke an und ging auf das Deck.

Das Schiff glitt auf- und niederschaukelnd durch ölige Wasserwogen, die an den Seiten leicht schillerten; der Himmel war von zerrissenem Gewölk bedeckt, dann und wann schien ein abnehmender Mond. Ich schritt gegen das Vorderdeck. Eine Weile hörte ich nichts. Hoch über mir zeigten sich undeutlich die Umrisse eines Mannes, der im schwach vom Mond beschienenen Deckhaus das Steuerrad hielt; er stand unberührt wie Gott selbst. Auf dem Vorderdeck sah ich eine dunkle Gestalt unter einer schaukelnden Laterne, die, den Blick nach vorn gerichtet, ebenso unbeweglich war. Dann bemerkte ich, daß sich in der Dunkelheit zwischen dem Tauwerk bei den Vorderdecksluken etwas regte. Ich konnte es nicht genau sehen, glaubte aber eine Gruppe von Leuten zu erkennen, die sich unruhig oder streitend zusammendrängten; gleichzeitig entdeckte ich, daß im Schatten des unbeleuchteten Eingangs zum Vorderdeck zwei unbewegliche Wachen standen. Dann plötzlich ein gellender Schrei, fast ein Kreischen, und eine Stimme, eine jugendliche Stimme, die wie im Todeskampfe keuchte: „Oh! Oh, um Gottes willen!“

Darauf erklang die harte Stimme des Kapitäns. „Wirst du morgen deine Arbeit tun – anständig?“

„Ja. Ja, wenn ich kann. Oh! Oh, um Gottes willen! Ich will arbeiten. Ich kann es.“

Dann trat Stillschweigen ein; es dünkte mich lange.

„Lassen Sie ihn laufen“, hörte ich die Stimme des Steuermanns sagen. „Er hat genug.“

„Laufen lassen“, sagte der Kapitän. „Kann ein arbeitsscheuer Schweinehund wie der jemals genug kriegen?“

Die Stimme des Steuermanns wurde leiser. „Ich denke nicht nur an ihn.“

Der Kapitän antwortete heftig. „Sie sollen nur alle kommen“, knurrte er.

„Ich bin der Meinung des Steuermanns", sagte der Ingenieur, und der Kapitän fluchte aufs neue.

Es klang, als ob ein Haufen geknoteter Seile auf das Verdeck geworfen werde, und dann drang ein Klagelaut durch die Dunkelheit, dem Wimmern eines erschreckten Kindes vergleichbar, das sich weh getan hat. Ich wollte hinübergehen und mich einmengen, aber ich hatte Angst. Ich stand unbeweglich im Mondenschein. Es wurde wieder still. Dann sagte der Steuermann etwas, was ich nicht verstand.

„Er simuliert", sagte der Kapitän; und dann: „Faßt an, ihr da, und bringt ihn in seine Koje."

Dann der dumpfe Klang eines Stoßes.

Ein Licht tauchte am Vorderdeck auf, und ich konnte Gestalten sehen, die sich bewegten. Murmelndes Sprechen. „Was ich sage, hat zu geschehen", ertönte die Stimme des Kapitäns. „Solange wir auf See sind, bin ich Herr des Schiffes . . . Den britischen Konsul soll der Teufel holen!" Etwas Unbewegliches wurde herbeigetragen und verschwand am Vorderdeck. Die Gestalten des Kapitäns, des Steuermanns und des Ingenieurs erschienen vor dem rosafarbenen Lichtschein: sie standen ganz still, den Rükken mir zugekehrt, und blickten nach vorn. Der Ingenieur sprach leise und, wie mir schien, in vorwurfsvollem Ton.

„Verdammt!" schrie der Kapitän voll Zorn; „ich weiß selbst, was ich zu tun habe."

Sie kamen auf mich zu.

„Hallo!" rief der Ingenieur, als er mich entdeckte.

„Nun, Mr. Schnüffler", sagte der Kapitän, indem er in mein vom Monde beschienenes Gesicht blickte. „Sie passen hier wohl auf, was?"

Ich gab keine Antwort, denn ich wußte nicht, was ich sagen sollte, und die drei Männer gingen an mir vorbei dem Hinterdeck zu.

Vorne begann eine rauhe Stimme aus der Tiefe herauf

eine endlose Rede. Andere Stimmen warfen hier und da ein Wort ein. Die ganze Mannschaft schien wach zu sein.

Über mir steuerte der Mann am Rad immer noch wie im Traum. Der Mann am Ausguck war auf seinen Platz zurückgekehrt, wenn er ihn überhaupt verlassen hatte. Die wankenden Maschinen arbeiteten weiter. Der Mond aber, inmitten eines blassen Halos und dahinziehender Wolkenfetzen, und die lautlos wogende See, die den unsteten Mondenschein träge widerspiegelte, glichen nunmehr Verschwörern, die einer furchtbaren Tat gelassen zustimmen. Was war geschehen? Aus jenem Schrei war entsetzliche Todesangst zu hören.

Ich ging in tiefster Niedergeschlagenheit in meine einsame Kabine zurück und lag wach, bis der Morgen graute.

Läßt sich das Getriebe der Welt nicht in Gang halten, ohne daß Menschen mißhandelt werden?

§ 9

Bestattung auf hoher See

Am nächsten Morgen bemerkte Vett, daß einer der Matrosen sich überanstrengt habe; man fürchtete, daß er sterben werde. Und nach dem Mittagessen, bei dem eine noch trübere und gezwungenere Stimmung herrschte als sonst, sagte mir Rudge, daß der Mann tot sei. Der Ingenieur war nicht zu sehen; er befand sich unten bei seinen schadhaften Maschinen. Sonst würde ich etliche Fragen an ihn gerichtet haben. Rudge behauptete, nicht zu wissen, was den Tod des Matrosen verursacht haben könne. Sollte ich nichts erfahren?

Vorne sah ich etwas Langes, Weißes auf einer Luke liegen, und als ich mich näherte, erkannte ich die starren

Umrisse eines Leichnams. Er war in ein weißes Laken gehüllt. Ich betrachtete ihn eine Weile, und die vier oder fünf Leute, die ringsum standen oder saßen, hörten zu sprechen auf und beobachteten mich mit rätselhaftem Stillschweigen. Ich war nahe daran, Fragen an sie zu stellen, unterließ es aber aus Furcht vor den Antworten, die sie mir hätten geben, und vor der Erregung, die meine Fragen hätten auslösen können.

Ich fühlte mich irgendwie herausgefordert und war darauf nicht vorbereitet. Ich blickte auf: der Kapitän stand über das Geländer der Brücke gelehnt und beobachtete mich aufmerksam und feindselig. Ich trat zur Seite, stützte das Gesicht in die Hände und überlegte. Sollte ich jene Männer dort befragen? Konnte ich es wagen, das zu tun? Ich beschloß, zuerst mit Vett zu sprechen.

Vett blieb hartnäckig bei dem unbestimmten Wort „Überanstrengung".

Am folgenden Tage begann sich das Wetter, das trüb und warm gewesen war, zu ändern. Der Wogengang nahm zu, und das Schiff rollte immer stärker. Die Schraube, die sich langsam gedreht hatte, stand still, drehte sich wieder weiter und blieb aufs neue stehen.

Am Nachmittag wurde der Tote ins Meer gesenkt. Nahezu alle an Bord, ausgenommen die Heizer, der Ingenieur und die drei Leute, die mit ihm an den Maschinen arbeiteten und immer wieder ein dröhnendes Hämmern ertönen ließen, nahmen an der Bestattungsfeier teil – soweit von einer Bestattungsfeier die Rede sein konnte. Der Leichnam war in grobes Sackleinen genäht worden, man legte ihn, die Füße gegen Backbord gerichtet, auf zwei eingefettete Bretter und bedeckte ihn mit einer schmutzigen roten Fahne. Entgegen dem herrschenden Brauch las nicht der Kapitän, sondern der Erste Offizier die Totenmesse. Der Kapitän hatte die Rollen vertauscht, behielt das Kommando über das Schiff und blieb oben auf

Deck. Der Steuermann zögerte eine Weile, prüfte die Lage des Leichnams, zog plötzlich ein Gebetbuch aus der Tasche, blickte zu dem unheilschwangeren Himmel empor, als sei von dorther eine Stimme erklungen, und begann dann die Totenmesse zu lesen. Er las mürrisch und sozusagen ablehnend, als ob er mit der ganzen Sache nichts zu tun haben wolle. Ich hatte mich neben Midborough an die Reling gestellt und hielt den Hut in der Hand. Fast alle waren unbedeckt. Der Kapitän stand auf der Brücke, geduckt und unbeweglich, und blickte herab wie eine Eule von ihrem Baum. Die Leute standen oder hockten in trüben Gruppen herum und sagten sehr wenig. Zwei von ihnen hielten sich bereit, den Leichnam über Bord gleiten zu lassen.

Ich war anfänglich so sehr mit den bedrückten Menschen rings um mich beschäftigt, daß ich einer seltsamen Spannung in der Atmosphäre wenig Aufmerksamkeit schenkte. Eine Weile vergaß ich das Wetter völlig. Ich bemerkte, daß in der Haltung jedes einzelnen etwas wie unruhige Vorahnung zum Ausdruck kam; es war, als ob sie alle ein drohendes Unheil fürchteten, und ich brachte das begreiflicherweise mit den geheimen Ursachen des traurigen Ereignisses, das uns zu dieser Zeremonie versammelt hatte, in Zusammenhang. Jeder, so meinte ich, müsse an ungesagt gebliebenen Worten würgen. Beschuldigungen schienen mir aus jedem Gesicht zu sprechen, Drohungen nur den richtigen Augenblick abzuwarten. Nach der gegenwärtigen Allgewalt unseres grimmig blickenden Kapitäns erwarteten uns das Festland und das Gesetz mit seinen unsicheren und schwerfälligen Versuchen, Gerechtigkeit walten zu lassen. Vor uns lagen Anklagen, Behauptungen, Zeugnis und falsches Zeugnis und ein noch zweifelhaftes Urteil. Was würde der Steuermann, der da eilig die Totenmesse las, zu bezeugen, was der Ingenieur vorzubringen haben? Würden sie lügen, um den Kapitän und sich selbst zu retten? Würde, was in der Dunkelheit geschehen war, für alle Zeit im Dunkeln bleiben? Was hatte die Mannschaft gesehen? Was wußten und was konnten sie erraten? Würden sie einheitliche Angaben machen? Wie hatte sich diese bittere Leidensgeschichte in der Dunkelheit abgespielt? Wie lautete die Wahrheit darüber? Wenn ich vor Gericht gerufen werden sollte, was würde ich aussagen? Würde mein Bericht einem Kreuzverhör standhalten können?

Der Steuermann las weiter. Allmählich kam mir das physische Ungewitter zu Bewußtsein, das sich rings um das geistige zusammenzog. Als er las – er las schlecht und schenkte der Interpunktion nur geringe Beachtung –, hob sich das Meer hinter ihm langsam aber stetig, bis es ihn weit zu überragen schien, sank dann wieder, verschwand, so daß sich seine Gestalt nunmehr gegen den Himmel abhob.

Dieser Himmel war, ich gewahrte es plötzlich, von ungewöhnlicher Helle, und dabei fast weiß. Sein gewohntes Blau war grell geworden. Und von nun ab war mein Bewußtsein nur mehr von dem raschen Herannahen eines Unwetters durchdrungen. Ich starrte zu der riesigen Hemisphäre empor, in deren Mittelpunkt wir wogten und schwankten. Da! Die Hälfte des Himmels war von einer rasch emporsteigenden bläulichschwarzen Wolke mit zerrissenen, wirbelnden Rändern bedeckt. Während ich hinaufschaute, wurden diese Ränder eine zupackende Klaue, die die Sonne ergriff, und die ganze Wasserfläche rings um uns überzog sich mit einer dunkelkupferfarbigen Glut. Ein kalter Schatten fiel über das Verdeck, und jede Gestalt, jeder Gegenstand darauf nahm eine schwärzliche Färbung an. Leewärts wurde der Himmel noch klarer, heller und weißer als zuvor.

Jedes Antlitz hatte, wie mir schien, den Blick von dem Leichnam auf den Brettern abgewendet und sah nach dem schwarzen Wolkendach, das Furien über unsere Häupter zogen. Der Steuermann schaute auf, blätterte um, las in leierndem Ton hastig weiter und übersprang einzelne Stellen des Textes. Ich hörte die Meldeglocke des Kapitäns im Maschinenraum ertönen. Kurz darauf hob das gebrochene Pochen der Maschinen, das eine Weile ausgesetzt hatte, wieder an.

„Oh, machen Sie weiter", flüsterte Midborough.

Dann erklang ein Lärm wie von zehntausend kleinen Kesselpauken, und ich sah, wie der Steuermann, das Gebetbuch in der Hand, den beiden Männern, die neben dem Leichnam standen, heftige Zeichen machte. Die Worte der Totenmesse waren nicht mehr zu verstehen. Das Verdeck neigte sich zu einer emporsteigenden Woge unheimlich blaugrünen Wassers hinunter, der arme, verhüllte Körper, der noch vor kurzem ein lebender Mensch gewesen war, begann zu gleiten und erreichte gerade in dem Augenblick die glasige Wasserfläche, da die Bordwände sich wieder hoben und ihn meinem Blick entzogen. Der Steuermann, der langsam himmelwärts stieg, fuhr fort, das Schlußgebet zu lesen, alle anderen jedoch hatten sich im Gefühl dringender praktischer Pflichten abgewandt.

Wie Peitschenhiebe begann der Hagel niederzusausen. Ich eilte nach dem nächsten Fallreep, und während ich lief, schlug ein Donner gleich einem Pistolenschuß an mein Ohr. Flüchtig sah ich den Steuermann, der, barhaupt, das Gebetbuch immer noch geöffnet in der Hand, gleich einem Betrunkenen taumelte, dann glitt ich wider Willen die Leiter hinunter und ging oder kletterte vielmehr den Durchgang entlang.

§ 10
Der Sturm

Ich war nunmehr bis zu einem gewissen Ausmaße gegen die Unbilden des Ozeans abgehärtet, und meine neuerlichen Erfahrungen, obgleich unangenehm genug, waren von keiner so heftigen Niedergeschlagenheit begleitet wie die früheren. Meine Übelkeit war mehr körperlicher als seelischer Art, und ich erinnere mich vieler Vorgänge in der richtigen Reihenfolge.

Und durch alle meine Erinnerungen hindurch tobte der Kapitän in immer heftigerer Wut.

Es ist sonderbar: jetzt erst, als er sich am tollsten gebärdete, begann ich den Mann zu begreifen. Zumindest ist das in meiner Erinnerung so, in Wirklichkeit mag mir das Verständnis für ihn erst später gekommen sein. Am Anfang hatte ich in diesem Menschen nichts als abstoßende Roheit gesehen. Sein wildes, verzweiflungsvolles Bemühen, inmitten eines unbeugsamen Weltalls seinen Willen durchzusetzen, trat erst klar zu Tage, als er der endgültigen Niederlage entgegentaumelte. Gleich mir war er voll der Erwartungen, voll großer, wenn auch unbestimmter Wünsche ins Leben getreten, hatte eine Würde und Bedeutung erhofft, die ihm beständig versagt blieben. Wieviel Befriedigung, welche hohe Stellung hatte er sich nicht in jungen Jahren versprochen, welche Erfolge hatte er nicht insgeheim ersehnt! Und unerbittlich hatte ihn das Schicksal einem untergeordneten Dienst zur See entgegengetrieben, hatte ihn zum reizbaren Kommandanten einer Mannschaft von ebenfalls enttäuschten und noch grausamer unterdrückten Mitgeschöpfen gemacht und zum Herrn eines alten Dampfers, dessen er sich schämte. Denn es war klar, daß er sein Schiff haßte; am liebsten hätte er es stranden lassen. Er haßte die Schiffseigner dafür, daß sie ihn angestellt hatten, und würde sie noch mehr gehaßt haben, wenn sie ihn nicht angestellt hätten. Und er haßte seine Aufgabe, Uhren, Nähmaschinen und Konfektionskleidung nach Brasilien, Kaffee, Zucker, Zigaretten und Baumwolle nach Argentinien zu bringen und von da mit einem Rest noch ungelöschter britischer Waren und verschiedenen anderen, unterwegs eingeladenen, in den Pazifik weiterzufahren. Wenn man von der Entfernung und der Gefahr absah, war er wenig mehr als ein Laufbursche; indessen stolzierten andere Männer auf dem Lande umher, waren angesehen und einflußreich und genossen das Leben. Und selbst die niedrige Aufgabe, die ihm zuteil geworden war, fiel ihm schwer, er bemühte sich verzweifelt, eine Art Würde aufrechtzuerhalten. Er wollte wenigstens in seinem zeitweiligen Herrschaftsgebiet König sein. Und die Matrosen wollten ihm nicht gehorchen. Ein hohnlächelnder, unnützer junger Kerl verspottete ihn am Eßtisch! Die Maschinen kümmerten sich nicht um ihn. Das Wetter mißachtete seine Prognosen. Zum Teufel mit ihnen allen! Mit allem und jedem! Oh! Zum Teufel mit ihnen!

Das Wetter machte sich über ihn lächerlich. Er hatte damit gerechnet, daß er Buenos Aires erreichen würde, ehe es umschlug. Er hatte den Ingenieur einen Narren geheißen und die Abreise aus Rio gewagt. Und nun war, mindestens zwei Tagereisen von Buenos Aires entfernt, der Wettersturz gekommen.

Das Dasein war diesem Manne unerträglich geworden, und er befand sich in jenen Tagen der höchsten Enttäuschung in einer wahren Raserei des Hasses, einer Wildkatze im Netz vergleichbar.

Im Streit mit dem Ingenieur kam er den Mittelgang herunter. „Ich sagte Ihnen, daß es nicht zu verantworten ist", bemerkte der Ingenieur. „Die Reparatur hätte in Rio vorgenommen werden sollen."

Der Kapitän begann mit dem Sturm draußen um die

Wette zu toben. Er fluchte schreiend und hob die geballten Fäuste gen Himmel. Der Ingenieur antwortete mit einem Achselzucken und einer Grimasse.

Ich versuchte, zur Seite zu treten, doch ein Ruck des Schiffes ließ mich ihm in den Weg taumeln. Teuflische Wut leuchtete in seinem Angesicht auf, er schlug nach mir und stieß mich gegen eine Tür aus Teakholz. Ich war starr vor Staunen und völlig hilflos. Solche Majestät wohnt dem Beherrscher eines Schiffes inne, daß ich keinen Versuch machte, zurückzuschlagen, und als die beiden durch eine Tür der Achterhütte verschwunden waren, kämpfte ich mich zu meiner Kabine weiter.

Und nun begann das Schiff aufs neue unterzutauchen, sich emporzubäumen und sich dann wieder in die immer steileren Wogen zu rammen. Nach einiger Zeit – ich weiß nicht, wie lange – ertönte eine metallische Erschütterung, ein Knirschen und Klirren: es besagte, daß die Maschine erledigt war. Das Ereignis bedeutete kaum einen Schock. Soviel ich weiß, gab es keine Erregung; man nahm das Unheil mit stoischer Ruhe als etwas längst Erwartetes hin. Die ganze Mannschaft hatte es vorausgesehen. Das Erstaunliche war gewesen, daß die Katastrophe so lange auf sich warten ließ. Es war erstaunlich gewesen, daß wir immerhin einige Zeit hatten weiterfahren, durch das Chaos der Elemente, zu dem der Ozean geworden war, hatten steuern können.

Ich sah den Ingenieur mit nassem, erschöpftem, aber immer noch ausdruckslosem Gesicht, wie er sich, von einem Halt zum andern, nach seiner Kabine zurückkämpfte. Seine Arbeit war zu Ende. Alle Arbeit war zu Ende, es blieb nichts mehr zu tun übrig, als zu pumpen und das erbarmungslose Eindringen des Wassers nach Möglichkeit zu verhindern. Die Art unserer Bewegung hatte sich nach dem Bruch der Maschinen sofort geändert. Wir rollten und tanzten weit mehr, aber mit geringerer

Anstrengung und Vibration. Wir legten uns seitwärts auf die Wellen. Ein kurzer Aufschub, wie ihn eine Besatzung genießt, die die Waffen gestreckt hat und ein Gemetzel erwartet, war alles, was wir hoffen konnten. Das Schiff war ein hilflos treibendes Wrack geworden, der Gnade der Wogen ausgeliefert, und sie legten wenig Gnade an den Tag. Sie schienen entschlossen, es seitlich, wenn nicht der Länge nach, umzukippen. Wir leisteten keinen Widerstand. Wir trotzten den Wogen nicht mehr. Sie schlugen gegen das Schiff und ergossen sich darüber hinweg, so daß es in den Kabinen stockdunkel wurde. Wir waren gezähmt. Sie hoben es wieder in das Licht des Tages empor, um es aufs neue unter brüllendem Tosen in Abgründe hinunterzuschleudern.

Ich wagte mich am nächsten Morgen aus meiner Kabine, um zu sehen, ob ich vielleicht irgend etwas zu essen bekommen könnte, traf Rudge, der in derselben Absicht unterwegs war, und wechselte schreiend einige Worte mit ihm. Drang Wasser ein? Anscheinend nur wenig, abgesehen von den schäumenden Wellen, die darüber hinwegspülten und in Kaskaden die Fallreeps hinunterstürzten. Damit könnten wir fertig werden, meinte er, wenn nur die Panzerung standhält.

Es bleibt uns nichts anderes zu tun übrig, als durchzuhalten. Die drahtlose Telegraphie war damals noch nicht üblich, und so gab es kein Mittel, durch das wir in unserer Not Hilfe hätten herbeirufen können. Wenn nicht und solange nicht irgendein Schiff zufällig auf uns stoßen und uns zu Hilfe kommen sollte, so waren wir ein dahintreibendes Wrack. Oder bis der Sturm seine Wut an uns gestillt hat und uns an eine Küste wirft. Oder bis wir sinken. Wenn keine Hilfe kommt, müssen wir uns vom Sturm treiben lassen, solange er anhält, und sobald er nachläßt, von den Wogen. Sagte Rudge.

Der Koch hatte wie durch ein Wunder das Feuer

entzündet und aus Gemüse, Fleischextrakt, Brot und dergleichen mehr eine Art Suppe gebraut, die schmackhaft und herzerfrischend war. Sie roch köstlich nach Zwiebeln. Die Leute hatten sich durch die Wogen, die über Deck spülten, hindurchgekämpft, um an diesem Genuß teilzunehmen. Wir tranken fast alle aus einer gemeinsamen Tasse, taumelten gegeneinander, sagten „Hu-ah!" und „Halt, halt!" und achteten auf keinerlei Etikette. Doch als plötzlich der Kapitän in wasserüberströmtem Ölrock erschien, die hellen Augenbrauen grau vor Salz, das Gesicht, indem er sich am Türpfosten festhielt, eine starre Maske der Wut, trat jedermann zur Seite, zwei Matrosen verließen die Kombüse, um sich nach ihrem Quartier zurückzukämpfen, und Vett brachte ihm eine Tasse für seinen alleinigen Gebrauch.

Keiner redete ihn an, und er fluchte knurrend vor sich hin. Ich hielt mich, während ich an einem Stückchen harten Zwiebacks knabberte, in seiner Nähe und konnte einige Worte verstehen. „Wir laufen in Buenos Aires ein", sagte er. „Wir laufen in Buenos Aires ein. Oder beim Allmächtigen Gott . . .!"

„Gott der Allmächtige hat uns in der Hand", flüsterte der Ingenieur unhörbar.

„Die Schweine haben nichts zu tun, wie?" knurrte der Kapitän vor sich hin, während seine bösen kleinen Augen durch die Wimpern hindurch nach uns blickten. „Wartet nur, wenn der Wind sich legt!"

Vier oder fünf Tage lang legte sich der Wind jedoch nicht – ich weiß aus gutem Grund nicht genau, wie lange er anhielt. Wir fristeten unser Leben, in unsere Kabinen eingeschlossen oder die Gänge entlangtaumelnd; von Zeit zu Zeit sprangen wir verzweifelt von einer Stelle zur andern, über schlüpfrige Bretter, bis zu den Knien, ja manchmal bis zur Hüfte in Wogen und Gischt. Wir wurden dahin und dorthin geworfen und schlugen uns

Schrammen und Beulen. Einmal meinte ich, ich hätte mir etliche Rippen eingedrückt, und verbrachte vielleicht eine halbe Stunde damit, mich abzutasten und versuchsweise tief Atem zu holen. Dann und wann wiederholte der Koch sein Wunder und versorgte uns mit etwas Warmem, meist aber nur mit Kaffee. Zwischendurch lebten wir von der Hoffnung. Wir machten verzweifelte Versuche, durch zischende Wasserwogen hindurch zur Kombüse zu gelangen. Etliche Male kehrte ich unterwegs wieder um. Ich blickte auf eine etwa zehn Meter lange Strecke des von Wogen überspülten Verdecks, die immer wieder unter der schäumenden Gischt verschwand, zählte die spärlichen Stützpunkte, die sich mir boten, wog die Gefahr ab und ging in meine Kabine zurück. Ich eroberte mir eine kleine Dose mit Keksen und nahm sie in meine Kabine mit, doch litt ich arg unter Durst. Meine Lippen waren bloß durch das Atmen voll Salz. Ich mag mir das zum Teil nur eingebildet haben, jedenfalls machte ich mir Gedanken darüber. Vermutlich wurde jeder an Bord mehr oder weniger von Hunger gequält, war durchnäßt, geschwächt und von Schrammen und Wunden bedeckt, während die Wogen Jagd auf uns machten und das Schiff uns auszuspeien versuchte. Ich sah, wie ein Matrose sich voll Verzweiflung das schief liegende Deck hinuntergleiten ließ, ein anderer aber packte ihn am Rockkragen, hielt ihn, an einen Pfosten geklammert, fest und brachte ihn in Sicherheit, als das Schiff sich wieder senkte.

Und ich sah etwas, was mir niemand glauben wird. Ich sah einen großen Hai an Bord kommen. Eine Woge, hoch und spitz wie die Jungfrau, stieg an der einen Seite empor, türmte sich zischend vor Haß als ein olivengrüner Berg neben dem Schiffe auf, während der Wind eine strömende Wassermähne von ihrem Rande abriß, und fiel dann mit aller Wucht auf das Verdeck herunter. Ich stand, ein wenig geschützt und mit den Armen festgeklammert, in der Nähe der Brücke. Es schien mir unmöglich, daß diese Woge das Schiff nicht entzweibrechen und uns in die Tiefe drücken würde. Die Fluten rauschten um meine Knöchel und meine Beine hinauf, fast in der Art eines freundlich angriffslustigen Terriers. Alles vor mir, das Vorderdeck und die geschlossene Pforte zur Back ausgenommen, war unter einem zischenden Wogengischt verborgen, dann tauchte das Hauptverdeck langsam wieder auf, wild wirbelnder weißer Schaum bedeckte es, und plötzlich sah ich etwas leewärts rollen, es krümmte sich zu einem Bogen, streckte sich wieder, schnappte voll Wut mit einem riesenhaften Maul: es war ein großer, weißbäuchiger Fisch. Das Tier war weitaus größer als ein Mensch. Es schlug und wand sich und ließ eine Spur von Schleim hinter sich, die der Wind hinwegfegte. Es blutete an der Bauchseite. Das Schiff schien diesen neuen Gast einen Augenblick lang voll Verwunderung zu betrachten, dann rollte es ihn und die wirbelnde Gischt, mit der er gekommen war, durch eine entschlossene Bewegung über die Steuerbord-Reling, gewissermaßen als gäbe es Dinge, die selbst ein schwer beschädigter Ozeanfrachter nicht zu ertragen gewillt ist.

Ich habe das ganz gewiß mit eigenen Augen gesehen.

§ 11
Meuterei und Mord

Während der ganzen Dauer des Sturmes wechselte ich nicht eines meiner nassen Kleidungsstücke. Ich verbrachte viele Stunden in eine Art Ballen aus meinen Bettdecken und einem Plaid eingehüllt. Ich erinnere mich nicht an das geringste Nachlassen des Sturmes. Für mich wurde er nicht allmählich schwächer, sondern hörte plötzlich auf. Ich erwachte aus einem Zustande zwischen Schlaf und völliger

Bewußtlosigkeit und entdeckte, daß der Sturm vorüber war. Wie lange ich bewußtlos gelegen haben mag, weiß ich nicht.

Ich versuchte, mich aufzusetzen, und merkte, daß mit meiner Koje etwas Unbegreifliches geschehen war. Es schaukelte und schwankte nicht mehr in horizontaler Lage, sondern bildete zusammen mit der Wand meiner Kabine einen V-förmigen Trog, in welchem ich lag. Ich war sehr schwach, elend, durstig und hilflos, fühlte mich aber trotzdem verpflichtet, diese Neuanordnung meiner Koordinaten zu ergründen. Ich hielt mich am Träger meiner Öllampe, die ebenfalls schief hing, fest und blickte aus dem Kajütenfenster: die See, eine ruhige blaue See, stand ebenfalls schräge. Oder wenn sie nicht schräge war, dann war es alles andere. Meine Kabine stand andauernd und unbeweglich schief.

Ich war erstaunt. Es mag seltsam erscheinen, daß ich noch staunen konnte, nachdem mir der Sturm so übel mitgespielt, ja mich völlig überwältigt hatte. Offenbar war mein armes Gehirn so ermüdet, daß es keinen Grund für dieses bewegungslose Schiefstehen aller Dinge in meiner Kajüte zu ersinnen vermochte. Ich kletterte aus meiner Koje und öffnete die Tür, um zu sehen, ob der Gang auch schief war. Er war es. Ich schleppte mich langsam weiter, kam auf Deck und merkte, daß das ganze Schiff schräge stand. Nunmehr begriff mein trüber und geschwächter Verstand, was geschehen war. Der blaue Horizont war, das erkannte ich, in bester Ordnung, war ehrlich horizontal. Das Schiff aber stand mit dem Vorderteil abwärts, während das Heck emporragte. Es hatte offenbar vorne Wasser gezogen und sich bis zum vorderen Schott gefüllt. Wahrscheinlich war auch ein Teil der Ladung verrutscht, denn es hatte deutlich Schlagseite nach Backbord. Ich legte, indem ich nachdachte, die Hand an die Stirn und fühlte, daß sie schmerzhaft wund war. Irgendwie hatte ich einen Schlag vor den Kopf bekommen, doch erfuhr ich niemals, auf welche Art das geschehen war. Wahrscheinlich war ich in meiner Kabine umhergeschleudert worden. Ich dürfte eine recht lange Zeit in einer Betäubung oder in einer tiefen Erschöpfung gelegen haben.

Drei oder vier Möwen kreisten über uns. Eine davon war weit größer als die anderen und schien, ohne die Flügel zu bewegen, unendlich hoch emporsteigen zu können. Sie flog hin und her, gleichsam als sei sie ein wartender Abgesandter. Eine oder zwei andere hatten sich auf dem hochstehenden Hinterdeck niedergelassen. Ich erinnerte mich nicht, jemals zuvor Möwen an Bord gesehen zu haben, und es beschlich mich – seltsames Vorgefühl – die Furcht, daß das Schiff am Ende verlassen sein könnte. Dann hörte ich vorne ein emsiges Hämmern und war beruhigt. Ich machte mich auf die Suche nach dem Hämmerer.

Ich stieß alsbald auf die gesamte Besatzung des Schiffes – zumindest schien mir, daß es so gut wie die gesamte Besatzung sei. Sie befand sich in einer äußerst seltsamen Gruppierung auf dem Hauptverdeck vor der Brücke. Die Matrosen standen nahezu alle in zwei dichtgedrängten Gruppen zu meiner Linken. Das Rasieren war aus der Mode gekommen, und so sahen die Leute recht übel aus. Einer hatte den Unterarm mit blutigen Lappen umwickelt. Zwei oder drei aßen, die anderen kauerten oder standen herum. Alle blickten wachsam um sich. Rechts lag eines der Schiffsboote kieloben auf dem Verdeck, und der Zimmermann arbeitete in ergebener Haltung an den Bodenplanken. Ein Junge half ihm. Der Ingenieur saß rittlings, seinen Revolver in der Hand, auf dem Kiel des Bootes, hinter ihm stand Rudge, an den Bootsrumpf gelehnt. Der Steuermann, ebenfalls mit einem Revolver versehen, und Midborough, der in möglichst unauffälliger Weise eine Axt in der Hand hielt, kehrten mir den Rücken zu, wendeten sich aber heftig um, als sie mein Kommen bemerkten. Alle blickten mich wie etwas Vergessenes an, dessen man plötzlich gedenkt.

„O Gott!“ rief der Ingenieur. „Da tauchen *Sie* auch wieder auf!“

Ich konnte nicht antworten. Ich tat einen Schritt vorwärts, faßte nach einem eisernen Geländer, glitt zu Boden und setzte mich hin. Ich fühlte mich – sonderbar. „Ich bin schwach“, sagte ich.

„Oh! – Gebt ihm etwas zu essen“, sagte Midborough. „Seht ihr denn nicht, daß er fast fertig ist?“

Es ging eine verhaltene Bewegung durch die Leute. Jemand reichte mir ein Stück harten Zwieback und etwas Dosenfleisch. Ja, das mochte zum Teil die Ursache meiner Schwäche sein, ging es mir durch den Kopf. Ich nahm einen Bissen und merkte, daß dem so war. Ich aß die ganze Portion auf und trank auch einen Schluck Kaffee. Langsam erholte ich mich und begann um mich zu blicken.

Über mir ertönte eine Stimme:

„Er geht mit der Mannschaft.“

Ich sah auf und erblickte den Kapitän unmittelbar über mir, denn infolge der Neigung des Schiffes hing die Brücke vornüber. Auch der Kapitän hielt, wie ich bemerkte, einen schußbereiten Revolver in der Hand. Die vier oder fünf Tage alten rötlichen Bartstoppeln in seinem Gesicht ließen ihn nicht hübscher aussehen.

„Schon gut“, sagte der große, dunkelhaarige Mensch, den ich für den Bootsmann hielt. „Der gehört in *euer* Boot.“

„Wir können ihn nicht brauchen“, sagte der Kapitän.

„Ihr werdet ihn wohl trotzdem behalten müssen. Es ist zwecklos, darüber zu streiten.“

„Er ist unser Passagier“, sagte der Ingenieur in resigniertem Tone, und der Steuermann neben ihm nickte mit dem Kopf.

„Ich verstehe von all dem kein Wort“, sagte ich.

„Die Boote sind alle zertrümmert, das eine ausgenommen, das die Leute da drüben ausgesetzt haben“, erklärte Midborough. „Die Mannschaft hat es sich in den Kopf gesetzt, mit diesem Boot aufs weite Meer hinauszufahren. Als die Leute gegen Steuerbord Land sahen, vermochte nichts sie zu halten. Sie verstehen? Der Alte aber entdeckte, was sie planten, und gebot ihnen Einhalt. Und so sind sie vorläufig noch da. Was sollten wir ohne sie anfangen? Der Zimmermann, Gott segne ihn, hat freundlich eingewilligt, uns dieses kleine Boot zurechtzumachen, ehe er abgeht. Netterweise ist ihm das nachträglich noch eingefallen. So stehen die Dinge.“

Nun begriff ich die Bedeutung der drei Revolver.

„Sowie einer versucht, da drüben über die Reling zu springen, schießen wir“, sagte der Ingenieur zu mir und der Mannschaft.

„Und der Zimmermann fährt in *unserem* Boot“, sagte der Steuermann, „um zu beweisen, daß er Vertrauen zu seiner Arbeit hat.“

„Das ist noch nicht endgültig entschieden“, meinte der große, dunkelhaarige Mann.

„Doch“, erwiderte der Ingenieur.

„Wir werden den Zimmermann vielleicht da drüben brauchen.“

„Die Zimmerei ist eine verdammt nützliche Kunst“, meinte der Ingenieur, ohne die letzte Bemerkung zu bestreiten. „Man kann sich kaum vorstellen, was so ein Zimmermann alles zu leisten vermag. Es ließen sich Bücher darüber schreiben.“

Die Leute murrten; einige drängten sich zu einer kleinen Gruppe zusammen und begannen in dumpfem Flüsterton miteinander zu sprechen.

„Wo ist das Land?“ fragte ich den Zweiten Offizier. „Ich kann es nicht sehen.“

Midborough starrte auf den Horizont. „Das Schiff dreht sich immerfort im Kreise“, sagte er. „Warten Sie einmal, wo ist die Sonne? Es liegt im Westen, unter der Sonne.“

„Es ist ganz sicher dort“, sagte der Koch. „Nur, wann wir endlich in Teufels Namen dahin losfahren werden, weiß ich nicht. Beeil dich, Jimmy.“

„Halt ’s Maul“, erwiderte der Zimmermann. „Glaubst du vielleicht, ich trödle hier herum?“

„Die Sonne geht unter.“

„Damit wenigstens habe ich nichts zu tun.“

Ganz allmählich enthüllte sich mir mit der Drehung des Schiffes der westliche Himmel gleich einem Panorama hinter den Köpfen der Matrosen. Er war klar und golden über dem bleifarbenen Wasser, und ehe die Sonnenstrahlen mir blendend in die Augen fielen, sah ich die blasse, grauviolette Silhouette einer Küste, schwach, aber ganz deutlich, mit Bergen und einem, wie mir schien, von einer Rauchwolke gekrönten Gipfel. Gleich darauf traf das goldrote Feuer der Sonne selbst meinen Blick, und alles andere verschmolz in der Glut.

„Wie sollen wir in der Dunkelheit diese Küste erreichen?“ sagte eine Stimme.

„Fahr westwärts, junger Mann, fahr westwärts“, zitierte der belesene Ingenieur. Er zeigte mit seinem Revolver nach links. „Ganz Patagonien liegt dort wie eine Mauer. Ihr könnt es nicht verfehlen. Hunderte und Hunderte Meilen hin erstreckt es sich. Ergreift Besitz, von was ihr wollt.“

„Wir könnten jetzt schon die Hälfte des Wegs zurückgelegt haben“, sagte die Stimme.

„Selbstsüchtiges Schwein“, erwiderte der Ingenieur.

„Noch eine halbe Stunde“, ließ sich der Zimmermann vernehmen, „und ich bin mit meiner Arbeit fertig. Das Boot muß nun umgedreht werden. Wie machen wir das?“

„Mr. Gibbs“, sagte der Kapitän zum Steuermann. „Sagen Sie Mr. Midborough, er möge Mr. Blettsworthy mit sich nehmen und unsere Vorräte aus der Kombüse holen. Wir vier werden die Leute bewachen. Zwei von euch – nicht mehr als zwei, verstanden? – helfen dem Zimmermann. Dutchy und noch einer. Dutchy ist geschickt und harmlos. Ich hab euch alle im Auge, vergeßt das nicht."

Dann fiel ihm noch etwas ein. „Wir werden einige Lichter brauchen, Mr. Midborough; es wird bald dunkel werden. Das Verdeck muß beleuchtet sein. Schaffen Sie einige Laternen herbei. Die Sache hier darf sich nicht in der Dunkelheit abspielen."

Der Mann mit dem verbundenen Arm spuckte aus und fluchte ingrimmig. „Wir brauchen *keine* Laternen", sagte er dann.

„Laß gut sein", meinte einer seiner Freunde und stieß ein unechtes Lachen aus.

Nachdem wir alles, was in der Küche zu finden gewesen war, auf der Seite aufgestapelt hatten, wo das Boot ins Wasser gelassen werden sollte, begab ich mich mit Midborough in den Vorratsraum des Schiffes. Dort hatten die Matrosen schon recht rücksichtslos geplündert. „Besser zuviel als zuwenig", sagte Midborough, indem er mir die Arme mit Zwieback belud. Während wir so beschäftigt waren, ging die Sonne unter, und das blaue Zwielicht verwandelte sich alsbald in nächtliches Dunkel. Die Leute wurden unter den beiden Laternen, die Midborough über ihren Köpfen aufgehängt hatte, zu schwarzen Gestalten. Den Kapitän sah man gar nicht mehr. „So", sagte der Zimmermann und trat von dem Boot weg. „Nun könnt ihr euren Kram verstauen."

„Halt!" schrie der Kapitän mit scharfer Stimme, als ein Mann an der Bordwand sich erhob.

„Du altes Schwein", rief eine schrille Stimme, „wenn du eine Schlägerei haben willst, dann . . ."

Die Drohung wurde nicht zu Ende gesprochen und

blieb unbeachtet.

„Wir wollen den Zimmermann haben", erklärte die Stimme des Bootsmannes.

„Tot oder lebendig?" fragte der Ingenieur höflich.

Die Männer murrten.

„Laßt unser Boot ins Wasser", sagte der Kapitän, „und schafft die Sachen hinein."

Etliche Leute faßten an, und man hörte das kleine Boot auf das Wasser klatschen. Dann vernahm ich, wie Kasten, Dosen und andere Gepäckstücke hineingeworfen wurden. Ich half mit, bis das Verdeck leer war. Rudge packte unten im Boot. „Es bleibt verflucht wenig Platz übrig", rief er.

Plötzlich ertönte ein Schlag, ein Krach und das Klirren zerbrochenen Glases. Die beiden Laternen, die die Leute beleuchtet hatten, waren gleichzeitig zertrümmert worden. „Komm, Jimmy!" rief eine Stimme dem Zimmermann zu. „Komm hier herüber!"

„Nein, du bleibst hier!" hörte ich den Ingenieur rufen, und er feuerte quer über das Verdeck ins Dunkle hinein – ohne jemanden zu treffen, wie ich glaube. Die Leute hasteten zu ihrem Boot hinunter.

„Blettsworthy!" ertönte es erstaunlicherweise von oben. „Ist Blettsworthy da?"

Ich gehorchte dem Ruf und ging zur Leiter zurück, die zum Deck hinaufführte. Der Kapitän kam schnell und leise wie eine große Katze herunter, und ehe ich seine feindselige Absicht erkannte, hatte er mich beim Kragen gepackt und mich rücklings durch die offene Tür in Vetts kleine Speisekammer gestoßen. Ich war im Augenblick zu verblüfft, um Widerstand zu leisten. Ich hörte, wie er nach dem Schlüssel der Tür tastete und sprang zu spät vorwärts. Er schlug mir mit dem Revolver ins Gesicht, und während ich wieder zurücktaumelte, hörte ich ihn mit bitterstem Haß wiederholen: „Da, iß deine Suppe! *Iß* deine Suppe!"

Dann schlug die Tür zu, und ich war eingeschlossen.

Der Schlag hatte mich betäubt. Ich erholte mich nur langsam und tastete in meinem Gesicht nach der Quelle des Blutes, das mir über die Lippen rieselte. Ich hörte, wie die Stimme des Kapitäns jemandem antwortete: „Das geht in Ordnung! Er ist im großen Boot!" Ich tastete in der Dunkelheit die Türe ab, als ob ich sie irgendwie hätte öffnen können. Zu spät erst kam mir der Gedanke, zu klopfen oder zu rufen. Doch wäre ich auch früher wohl kaum gehört worden. Denn draußen geschah etwas, ich weiß nicht, was, wodurch die Aufmerksamkeit aller gefesselt wurde. Ich glaube, daß der Kapitän auf das Boot der Mannschaft feuerte. Er mag das einfach nur aus Haß gegen seine Leute getan haben oder auch in der Absicht, meine Hilferufe zu übertönen. Möglicherweise wurden die Schüsse auch herausgefordert. Vielleicht auch hat der Ingenieur und nicht der Kapitän gefeuert. Jedenfalls hörte ich drei Schüsse, Rufe und ein klatschendes Geräusch im Wasser. Dann kam das regelmäßige Schlagen der Ruder, und der Tumult ließ nach. Offenbar gelangten die Leute aus dem Bereich der Wut des Kapitäns.

Stille fiel über mich wie Vorhänge, die lautlos zusammengezogen werden. Ich horchte noch einige Zeit, doch war nichts mehr zu hören als der leise Ton des Wassers, das gegen die Seitenwand des Schiffes schlug.

§ 12

Verlassen des Schiffes

Erst als der Morgen dämmerte, gelang es mir, mich aus der kleinen Kabine zu befreien.

In der Dunkelheit die Tür oder das Fenster gewaltsam zu öffnen, ging über meine Kräfte. Am Morgen aber entdeckte ich eine kleine Schublade, in der Vett verschiedene Werkzeuge aufbewahrt hatte, und mit Hilfe eines Stemmeisens und eines Hammers – ein Schraubenzieher war nicht vorhanden – gelang es mir, das Schloß loszubekommen. Ich hatte den größten Teil der Nacht in nutzloser Wut gegen den Kapitän verbracht, und nun schien alles, was ich tat, gegen ihn gerichtet zu sein. Ich mußte leben, um ihn zur Strecke zu bringen und anzuklagen. Als ich in Vetts Speisekammer nach einer Brechstange gesucht hatte, mit der ich die Tür hätte aufbrechen können, hatte ich unter anderem seine Branntweinflasche gefunden, ferner etwas Trinkwasser, verschiedene Dosen mit Käse, Zwieback oder Sardinen, etliche Schachteln mit Datteln und Feigen und ähnliche ergänzende Lebensmittelvorräte; auch war da ein ganzer Stoß Streichholzschachteln, eine geputzte Lampe, und so weiter, alles sorgfältig gegen Bruch verstaut. Es kam mir in den Sinn, daß mich der Kapitän in ein noch unangenehmeres Gefängnis hätte stoßen können. Sobald ich die Tür bezwungen hatte und mich frei fühlte, aß ich etwas und ging mit einer Handvoll Datteln hinaus; die wollte ich verzehren, während ich meine Lage erforschte.

Ich hoffte zur Küste zu treiben und der Spur meines Feindes alsbald folgen zu können, allerdings weiß ich nicht, was ich ihm und seinen Begleitern tun sollte, falls ich sie irgendwo an der Küste von Patagonien finden sollte. Ich begab mich zur Brücke. Das Deck schien ein wenig steiler als am Vortage, es neigte sich noch etwas mehr gegen Backbord, doch war ich, soweit ich das beurteilen konnte, dem Sinken noch nicht näher. Ich ging in das Deckhaus hinter dem ohnmächtigen Steuerrad und dem schiefstehenden Kompaß hinauf, einen geheiligten Ort, den zu betreten mir bisher verboten gewesen war, und fand verschiedene Karten und schematische Darstellungen des Schiffes sowie ein Messinginstrument, das in die tiefste Ecke gerutscht war. Voll Sorge hielt ich vor allem nach

Land Ausschau. Es war verschwunden. Ich stellte mich, den Rücken gegen Sonnenaufgang gewendet, und suchte die lange, harte, dunkelblaue Grenzlinie des westlichen Meeres ab. Die Küste, die ich am Abend vorher so deutlich gesehen hatte, war unsichtbar. Ich kletterte auf das Dach des Deckhauses, um einen noch weiteren Gesichtskreis zu bekommen. Keinerlei Zeichen von Land, auch kein Fleck, der ein Boot hätte sein können, war zu entdecken. Ich redete mir ein, daß Dunst oder irgendein Blendwerk der Atmosphäre mir das Land verberge, in Wirklichkeit aber war der Horizont völlig scharf und klar wie ein Lehrsatz des Euklid. Vielleicht trieb die *Golden Lion* parallel zur Küste, und wir waren gestern an irgendeinem vorspringenden Landstrich vorbeigekommen. Nun mochte irgendeine große Bucht die Küstenlinie hinter die Erdkrümmung verlegt haben. Sie würde wiederkehren. Ganz gewiß würde sie wiederkehren.

Doch obgleich ich mich auf solche Art zu trösten versuchte, enttäuschte und bedrückte mich der Anblick dieses uferlosen Meereskreises aufs heftigste. Ein Gefühl der Hilflosigkeit überkam mich mit einem Schlage. Mein Plan, mit Hilfe eines roh zurechtgezimmerten Floßes sofort an Land zu gelangen, war offenkundig undurchführbar. Ein Floß, das ich hätte herstellen können, würde nur für eine ganz kurze Strecke tauglich gewesen sein.

Ich gab also den Gedanken an eine sofortige Verfolgung des Kapitäns auf. Ihm war die Lage von vornherein so klar gewesen, wie sie mir erst jetzt allmählich wurde. Es war nicht abzusehen, wie lange ich auf dem Wrack würde bleiben müssen. In bedrückter Stimmung machte ich mich daran, das Schiff, soweit es über Wasser war, zu erforschen. Zu meiner Zufriedenheit erkannte ich alsbald, daß ich in bezug auf Nahrungsmittel keine Sorge zu haben brauchte. Die vorhandenen Vorräte würden gewiß so lange reichen, wie das Schiff sich über Wasser halten konnte und das

Schiff würde, so sagte ich mir, Widerstand leisten, bis ein Wetterumschlag kam, ja es mochte sogar einem gewissen Ausmaß von schlechtem Wetter standhalten. Das Leck, so groß es sein mochte, befand sich am Vorderteil, und das Schott war in Ordnung. In der Küche gab es Brennmaterial, ich konnte also sogar kochen. Ich hatte rohe Kartoffeln, einen kleinen Rest frischen Gemüses, getrocknete Zwiebeln und Büchsenfleisch. Bei meinen Forschungen gelangte ich auch in die Kapitänskajüte. Ich trat ein und setzte mich auf die Kissen seines Korbstuhles, um zu überlegen, was ich zunächst zu tun hätte und wie ich mit ihm abrechnen könnte.

Ich würde entweder an Land getrieben oder aufgefunden werden. Es gab aber auch noch andere, weniger angenehme Möglichkeiten. Deshalb mochte es nützlich sein, einen Bericht über meinen Fall niederzuschreiben und ihn einer Flasche anzuvertrauen. Oder sogar mehrere Berichte für mehrere Flaschen herzustellen. Ich blickte mich in der Kabine nach Papier und Tinte um, und ein Interesse an der Frage, welches Licht die verlassenen Besitztümer des Kapitäns auf seinen Charakter werfen mochten, erwachte in mir. Er las offenbar wenig, doch besaß er – von sinnlichem Verlangen gequälter armer Teufel! – eine kleine Sammlung pornographischer Photographien und einzelne Seiten sowie ganze Nummern französischer und spanischer Zeitungen von unanständiger Art. Über manchen der letztgenannten mußte er aufmerksam gebrütet haben, denn er hatte sie mit kräftigen Bleistiftzeichen bekritzelt. In meinen Studententagen würde mich dieser Fund aufs heftigste angewidert haben, inzwischen hatte ich aber gelernt, welch ungeheure Stürme der Körper zu brauen vermag, und die Entdeckung, daß mein Feind von schwelender Begierde gequält wurde, milderte im Grunde meinen Groll über den häßlichen Verrat, den er an mir verübt hatte. Wenn der Mann auch halb geistesgestört war, so zeigte sich mir seine Verrücktheit nunmehr doch als verwandt mit den normalen Nöten geistig Gesunder. Er hatte mich von allem Anfang an verabscheut. Warum hatte er mich verabscheut? Hatte ich ihm irgendwie Anlaß zu diesem Gefühl gegeben? Ähnelte ich vielleicht irgend jemandem? Hatte ich ihn an ein unangenehmes Erlebnis erinnert? Schließlich gab ich das Rätselraten auf. Ich legte seine Bilder in die Lade zurück und setzte mich hin, um zu schreiben. „Ich heiße Arnold Blettsworthy" – ich erwähnte kurz, was zur Feststellung meiner Identität nötig sein konnte. Ich gab an, wann ich London verlassen hatte, und fügte die Daten und andere Einzelheiten meiner Reise hinzu. „Einige Tage nach unserer Abfahrt aus Rio brach die Maschine zusammen, das Schiff war nicht mehr zu steuern und wurde vorne leck." So weit, so gut. Nun das Wesentliche der Geschichte: „Eine gewisse Abneigung gegen mich auf seiten des Kapitäns entwickelte sich zu gegenseitiger Feindschaft", schrieb ich und stockte dann. Ich rief mir die Umstände der Übeltat des Kapitäns sowie verschiedene besondere Wesenszüge meiner Gefährten ins Gedächtnis zurück. Wie schmutzig meine Hände waren, bemerkte ich mit plötzlichem Schreck.

Ich ging in meine eigene Kajüte zurück und untersuchte auf dem Weg dahin die meiner früheren Gefährten. Der Ingenieur hatte einen geheimen Vorrat an Zigarren gehabt, ich zündete mir eine an und fand sie sehr angenehm. Inmitten der sonderbaren Sammlung alter, abgegriffener Bücher in seiner Kajüte – manche hatten nicht einmal einen Einband – entdeckte ich ein wohlgeordnetes Bündel von Drucksorten verschiedenen Datums, auf welchen die neunte Auflage der Encyclopaedia Britannica zu verschiedenen Subskriptionsbedingungen angeboten wurde. Neben die Preise hatte der Ingenieur mit Bleistift etliche Berechnungen hingeschrieben, offenbar hatte er die Absicht gehabt, das Schiff und mich mit diesem riesigen Vorrat an

Wissen zu beschweren. Die Behausung des Steuermanns verriet einen Geist gewöhnlicherer Art. Dort fand sich eine Bibel, etliche Schachteln mit Papierkragen, mehrere sehr häßlich gerahmte Photoporträts und eine Photographie, die ein Haus mit Garten zeigte. Auf der letztgenannten stand: „Letzte Teilzahlung zu leisten am . . ." Es folgte ein Datum. Rudge hatte seine Photographien mitgenommen, das Bemerkenswerteste unter seinen zurückgelassenen Besitztümern war eine kleine Sammlung buntbemalten Spielzeugs, das er offenbar für ein Kind daheim eingekauft hatte. Midborough schien sich nachdrücklich mit dem Gedanken an die gesundheitlichen Gefahren beschäftigt zu haben, die einem in einem Seehafen drohen. Plötzlich überkam mich das Gefühl, daß ich auf unerlaubte Art den Privatangelegenheiten anderer nachspürte, und ich begab mich in meine eigene Kabine.

Dort wusch ich mir die Hände und mein von Schmutz und Blut bedecktes Gesicht; erfrischt durch diese Reinigung, rasierte ich mich und zog einen sauberen und ordentlich geplätteten Anzug an, der für Besuche an Land bestimmt war. Daraufhin war mir besser als seit vielen Tagen, ich fühlte mich wie Arnold Blettsworthy und nicht wie ein schmutziges Leidensbündel. Ich empfand sogar etwas wie Genugtuung darüber, daß ich tatsächlich Herr über das Schiff war und tun und lassen konnte, was mir beliebte. Ich begab mich in die Kapitänskajüte zurück, um meinen Bericht fertigzuschreiben, und begann dann mit der Reinschrift. Nach einiger Zeit jedoch war mir der Geruch des Kapitäns in dem kleinen Raum zu stark. Überdies wurde mir bewußt, daß ich sehr müde und schläfrig war; so ließ ich mein Schriftstück unbeendet und begab mich auf die Suche nach einem Platz, wo ich mich hinlegen konnte. Ich hatte nach so vielen Tagen des Durchnäßtseins auch ein starkes Verlangen, mich zu sonnen. Ich brachte etliches Bettzeug aus einer der Kajüten auf das Oberdeck hinter dem Schornstein und legte mich nieder. Infolge der kreisenden Bewegung des Schiffes schien die Sonne in einer flachen Spirale am Himmel emporzusteigen, und ich stellte fest, daß mir an diesem Platz die meiste Wärme zuteil würde. Der Schatten des Schornsteins bewegte sich, während ich lag, kaum merkbar über mich hinweg, und ich sank alsbald in tiefen Schlaf.

Ich erwachte mit einem Ruck und mit dem seltsamen Gefühl, daß sich der Kapitän in nächster Nähe in einem Boote befinde und die Versenkung des Schiffes anordne. Mit dieser Vorstellung war der Eindruck verbunden, daß die Vögel verschwunden seien und ich mich immer weiter vom Land entferne. Ich hatte offenbar geträumt. Die Sonne stand tief am Himmel. Ich erhob mich und streckte meine Glieder. Das Deck, auf dem ich mich befand, stand am höchsten über Wasser, und ich beschloß, mir noch etliche Decken zu holen und die Nacht hier zu verbringen.

Ich ging auf die Brücke und dann auf das Vorderdeck hinunter, um das Treiben des Schiffes zu beobachten. Ich erinnere mich, daß ich ziemlich lange vorne verweilte und mich unangenehmer Schlußfolgerungen zu erwehren versuchte. Das Schiff war ganz gewiß tiefer unter Wasser als vorher und schaukelte nunmehr leise. Das Wasser ging über die ganze Breite des Vorderdecks, so daß ich, wenn ich mich nach der Back hätte begeben wollen, zu waten gezwungen gewesen wäre. Ich hatte das bisher nicht bemerkt, oder es war zuvor noch nicht so gewesen. Da das Schiff schaukelte, ergoß sich Wasser in die Luke und floß dann träge wieder heraus, ganz als ob es sich da zu Hause fühle. Ich stieg die Kajüttreppe im Mittelschiff hinab; unten war es dunkel und einsam. Ich blickte in den hinteren Maschinenraum: in seiner Tiefe schimmerte Wasser. Es dämmerte schon, ehe ich daran dachte, mir Vetts Laterne und Streichhölzer für die Nacht zu holen. Als es in der sternenklaren Nacht kalt wurde und ich mir noch etliche Decken holen mußte, war mir die Laterne sehr nützlich. Die dünne Wasserschicht quer über dem Vorderdeck beunruhigte mich, ich konnte nicht recht schlafen, sondern starrte, die brennende Laterne neben mir, zu den Sternen empor.

§ 13
Betrachtungen eines Schiffbrüchigen

Erst in der Nacht begann ich mir darüber klar zu werden, wie verzweifelt meine Lage war.

Ich hatte mich nicht etwa bis dahin gegen die Erkenntnis gewehrt, daß ich vollkommen von der Welt abgeschnitten war. Ich war einfach nicht imstande gewesen, diese Tatsache zu begreifen. Im Banne von Gewohnheit und allerlei Assoziationen, hatte ich nicht erfaßt, wie sehr ich hilflos war. Ich hatte mich bisher wie einer betragen, der wenn auch unter zahlreichen Schwierigkeiten, einen andern wegen versuchten Mordes anzuklagen gedenkt. Bei Tageslicht schien alles rings um mich auf dieses Ziel hinzuweisen. Nun dämmerte mir die Erkenntnis auf, daß ich, praktisch betrachtet, bereits ermordet war und meine Anklage niemals vorbringen könnte.

Welche Aussichten hatte ich, in die Welt der Menschen zurückzukehren? Ich überlegte diese Frage mit hellsichtigem Schrecken. Ich lebte, atmete, hatte Nahrung zu mir genommen und fühlte mich körperlich wohler als an den Tagen zuvor, doch vermochte das an meiner völligen Losgelöstheit von der Welt nichts zu ändern. Ich war in Wirklichkeit bereits so weit von den allgemeinen Fahrnissen des Lebens entfernt, als hätte ich unseren Planeten verlassen. Ich wußte nicht ganz genau, wo ich mich befand, doch war ich jedenfalls weit südlich von Bahia Blanca, dem letzten argentinischen Frachthafen. Die Aussicht, daß ein Küstendampfer auf mich stoßen würde, war unendlich gering. Und für Fahrzeuge, die das Kap Horn umschiffen, befand ich mich ohne Zweifel viel zu weit westlich. Es wäre ein Wunder, sagte ich mir, wenn man mich auffände, ehe schlechtes Wetter hereinbrach und mich vernichtete. Und vernichten würde es mich ganz gewiß. Selbst wenn kein weiteres Leck entstand und das Schott nicht brach, so konnte doch ein stärkerer Seegang den Mittelteil des Schiffes, der tief im Wasser lag, binnen kurzem überschwemmen.

Infolge des Interesses an meiner Lage hörte mein Feind, der Kapitän, eine Zeitlang auf, meine Gedanken zu beherrschen. Ich nahm die Tatsache, daß ich von der Menschheit abgeschnitten war, in einer Art und Weise abgeschnitten war, die zu meinem Tode führen mußte, gelassen hin. Trotzdem war ich mir bewußt, daß ich diese Tatsache nicht wirklich begriff. Ich überdachte meine Lage ganz genau so, als ob ich sie jemandem schildern wollte. Vielleicht vermag der menschliche Geist die totale Isolation nicht zu begreifen. Vielleicht ist es, wie manche Leute heute zu glauben beginnen, wahr, daß wir ohne eine zwar unmerkliche, aber doch vorhandene Bewegung des Mundes und der Stimmbänder nicht denken können, und wenn wir sprechen, zumindest eines Phantoms außerhalb unseres Ich bedürfen. Einsames Denken ist ohne Zweifel möglich, aber es kann nicht eigentlich als solches formuliert werden.

Ich begann mit mir selbst zu sprechen, und konnte dabei ein seltsames Gefühl nicht loswerden, daß zwei deutlich voneinander unterschiedene Personen, ein Sprecher und ein Hörer, in mir vorhanden waren.

„Was ist nun eigentlich“, sagte ich mit lauter Stimme, „dieses Etwas, das man Leben nennt? Dieses Etwas, das so rätselhaft in Wärme und Dunkelheit anhebt und hier, wie auch in manchem anderen Fall, auf solche Art enden soll!

Es ist wohl seltsam, daß ich hier im Wasser treibe und binnen kurzem ertrinken werde; warum aber seltsam? Ich sehe nicht ein, warum ich es als seltsam empfinden sollte, wenn mir doch überhaupt jeder äußere Maßstab fehlt, nach dem ich es beurteilen könnte. Wahrscheinlich scheint es mir seltsam, weil man ein anderes als das wirkliche Leben zu erwarten mich lehrte. Dafür hatte ich jedoch nicht den geringsten Grund. Um uns im kindlichen Alter ruhig zu halten und uns freundlich, artig und zutraulich zu machen, gibt man uns allerlei, das Leben betreffende Versicherungen, die völlig ungerechtfertigt sind, und wenn wir später erkennen, wie es in Wahrheit mit diesen Versicherungen steht, haben wir uns schon zu weit vom rein Menschlichen entfernt, um den Betrug zu entlarven. Mich lehrte man, daß ich, wenn ich mich nur ehrlich, tätig und hilfsbereit verhielte, belohnt werden würde, und zwar durch Vergnügungen, Glück, Sicherheit und eine stetige, ja sogar zunehmende Zufriedenheit mit dem Lauf der Welt. Und wohin bin ich in Wirklichkeit gelangt?! Wenn man meine hohen Erwartungen in Betracht zieht, hat es den Anschein, als sei ich das Opfer eines schlechten Scherzes geworden. Und jetzt, da ich, wenn auch vielleicht zum letzten Mal, gesättigt und die köstliche Luft atmend, hier ruhe, kann ich über den Streich, den man mir gespielt hat, sogar lachen."

Das ungefähr sagte ich meinem Zuhörer, er aber antwortete nicht.

„Ein Scherz?" wiederholte ich und überlegte.

„Und wenn es kein Scherz ist, was in aller Welt ist es dann? Was soll das Ganze bedeuten? Wenn nicht einmal irgend jemand oder irgend etwas über den ungeheuerlichen Schwindel zu lachen vermag?"

Mein Gehirn lag eine Weile brach, dann zog ich die Schlußfolgerungen meines neuen Gesichtspunktes.

„Aber der Schwindel", hob ich wieder zu sprechen an,

„ist unser Werk. Wir sind selbst schuld daran. Die Natur der Dinge hat uns weder etwas versprochen noch uns betrogen. Wir haben sie ganz einfach mißverstanden. Dieses Sterbebett auf einem sinkenden Schiff ist einzig und allein die Folge übergroßer Zuversicht. Das Schicksal ist allezeit schwerer und härter gewesen, als einzusehen uns beliebt hat. Das Leben ist ein törichteres und weichlicheres Kind, als seine Herkunft rechtfertigt. Unachtsam fällt es hin. Welches Recht hat es, darüber zu klagen, daß sein Jammergeschrei unbeachtet bleibt?"

Auf zehntausend vergeudete Pollenkörner kommt ein einziges, das einen Blütenstempel befruchtet; warum sollte es dem Menschen anders ergehen?

So weit führte mich meine Philosophie in jener Nacht. Ich glaube mich zu erinnern, daß ich, auf meinen Decken kauernd, über die Verwandtschaft des Menschen mit dem Pollenkorn nachdachte. Weithin über die ganze Erde sind die nutzlos vergeudeten Pollenkörner verstreut, sind still, werden sich trübe ihres Schicksals bewußt, erkennen es jedoch zu spät, um es zu verkünden. Die Welt, die sie achtlos irgendwohin geworfen hat, schreitet weiter, ihrer Bestimmung entgegen. Den Rest meiner Meditation habe ich entweder vergessen, oder ich habe mich im Verlangen nach einer bequemeren Lage ausgestreckt und bin eingeschlafen.

§ 14
Der geduldige Gefährte

Am nächsten Morgen war mein Geist von der Philosophie wieder zu dem Kapitän herabgestiegen. Ich erwachte ziemlich mißmutig, und meine Laune wurde durch die Schwierigkeiten, die das Kaffeekochen mir bereitete, nicht gebessert. Der Kapitän, schwor ich, sollte dafür büßen. Nach dem Frühstück entwickelte ich eine emsige Tätigkeit: ich stellte drei Reinschriften meines Berichtes her, suchte Wein- und Essigflaschen mit guten Korken – Bierflaschen mit eingeschliffenem Glasstöpsel schienen mir nicht sicher genug – und verschloß meine Anklagen. Dann begab ich mich an Bord und warf die Flaschen möglichst weit hinaus ins Meer. Eine nach der anderen verschwand im Wasser, tauchte wieder auf und schwamm dann fast aufrecht mit ruckweisen Bewegungen. Und blieb, wo sie war! Ich erinnere mich deutlich an den Verdruß, den ich darüber empfand, daß diese Botschaften sich nicht sofort und rasch auf den Weg nach dem zivilisierten Norden machten. Offenbar hatte ich mir vorgestellt, daß dergleichen der Fall sein würde. Sie blieben jedoch an ihrem Platz und trieben die ganze Zeit, die ich mich noch an Bord des Wracks befinden sollte, mit mir dahin, wobei sie allmählich näher herankamen, bis sie sich dicht am Schiffsrumpf befanden.

Ich war unzufrieden. Und noch etwas anderes beschäftigte alsbald meine Einbildungskraft: Als die dritte Flasche klatschend untergetaucht war, bemerkte ich einen kurzen Augenblick lang die dunkle Linie eines schimmernden, leicht gebogenen und mit einer Längsflosse versehenen Rückens im Wasser. Irgend etwas – ein Haifisch meiner bestimmten Überzeugung nach – war herbeigekommen, um nachzusehen, was ins Wasser gefallen war.

Nun hatte ich mich eigentlich mit dem Gedanken ausgesöhnt, daß ich, wenn auch nicht sofort, so doch binnen kurzem untergehen und ertrinken würde. Ich hatte mir aber vorgestellt, daß der Tod in den Fluten würdevoll sein werde. Die Möglichkeit, im Wasser einen hoffnungslosen Kampf mit einem Hai bestehen zu müssen, schien mir weit weniger annehmbar. Ja, dieser Gedanke war mir geradezu abscheulich. Er veranlaßte mich, einige Zeit hindurch das Schicksal des Ertrinkens völlig von mir zu weisen und aufs neue die schwindende Überzeugung in mir zu nähren, schließlich doch irgendwie aufgefunden zu werden. Vorläufig aber beobachtete ich ununterbrochen und angsterfüllt die Fluten rings um mich, um weitere Spuren eines Hais auszumachen.

Es wurde mir klar, daß ich eine krankhafte Abneigung gegen Haifische hatte. Wie manche Leute gegen Katzen. Seit mir das Vorhandensein eines oder mehrerer solcher Tiere in nächster Nähe zu Bewußtsein gekommen war, konnte ich meine Gedanken nicht mehr von ihnen abwenden. Ich muß mich ihretwegen arg gequält haben, denn am Nachmittage opferte ich einen ganzen Kohlkopf, um mich zu vergewissern, daß ich mich geirrt hatte. Ich glaubte hinter dem Schiff etwas Dunkles im Wasser lauern zu sehen, da holte ich jenen Kohlkopf – es war ein Rotkohl von der Sorte, die man gewöhnlich in Essig einmacht – und warf ihn, so weit ich konnte, gegen den Schatten. Ich muß hinuntergegangen sein, um den Kohlkopf zu holen, obgleich ich mich daran nicht erinnere.

Der Schatten bewegte sich beim Aufklatschen des Kohls, verschwand und erschien dann wieder, indem er sich spiralenartig umdrehte. Er zeigte einen schimmernden weißen Bauch, als er meinen Kohlkopf erhaschte. Die dem Hai eigentümliche Art des Zuschnappens von unten her war nicht zu verkennen.

Meine Probe war zugleich überzeugend und äußerst unzufriedenstellend gewesen.

§ 15
Die unchristlichen Sterne

Um meine Gedanken von den Haien abzulenken, wandte ich sie wieder dem Kapitän zu und überlegte, wie ich ihm schließlich entgegentreten würde. Ich malte mir eine Reihe von Begegnungen aus, in Städten, vor Gericht, auf öden Inseln und an unwirtlichen Küsten. „Hier also sehen wir einander endlich wieder!" Und als das mich nicht mehr zu fesseln vermochte, weil ich im Unterbewußtsein die Unwahrscheinlichkeit eines solchen Zusammentreffens fühlte, zwang ich mich zu langen philosophischen und religiösen Erörterungen: ich saß da, dachte angestrengt nach und rief mich zur Ordnung, wenn die Tatsache, daß das Zimmer, in dem die Diskussion geführt wurde, sozusagen mit Haifischen und Kapitänen tapeziert war, meine Aufmerksamkeit abzulenken begann.

Ich fuhr fort, die Gerechtigkeit meines Schicksals zu analysieren. Ich verallgemeinerte, indem ich mich nicht nur fragte, ob mein eigenes Los, sondern auch ob das der ganzen Menschheit gerecht sei. Die großen Erwartungen, die meine Jünglingsjahre erfüllt hatten, schienen mir nicht nur durch die der Jugend natürlichen Voraussetzungen begründet, sondern auch durch die mannigfachen religiösen Hoffnungen und Glaubenssätze, mit deren Hilfe die Menschheit dahin gebracht worden ist, ihrem Schicksal die Stirn zu bieten. Während meiner Studententage hatte mich eine zufällige Anspielung im Laufe eines Gespräches dazu veranlaßt, Winwood Reades „Martyrdom of Man" zu lesen, und ich fand nun, daß mir die Hauptumrisse dieses düsteren Buches noch lebendig im Gedächtnis waren. Ich sah die Priester eine Religion nach der andern gleich Schleiern vor die rauhe Wirklichkeit der Dinge ziehen; ich sah den immer wieder bankrotten und immer wieder erneuten Handel mit Hoffnungen. Ich dachte an die lange Reihe meiner Ahnen, die sich, zahllos, durch die Zeitalter hindurch zu diesem seltsamen Finale hindurchkämpften, zu diesem Ende über den lauernden Gewässern unter einer versengenden Sonne und kalten, kreisenden Sternen, das mir nunmehr als ein Symbol des endlichen Schicksals der ganzen Menschheit erschien. Nun, ich zumindest war in keinem Wahn mehr befangen und würde ohne Illusionen sterben.

Ich versuchte, mir den Glauben meiner Kinderzeit ins Gedächtnis zurückzurufen, und fragte mich, ob er mir je wirklich etwas gegolten habe. Weit stärker war die stillschweigende Zuversicht der Jugend gewesen. Die allgemeine, natürliche Religion der Menschheit, ja der gesamten belebten Welt, ist in dem einfachen Glaubenssatz verkörpert: „Es ist alles in Ordnung", bis ein Schlag, eine Reihe von Schlägen kommt und diesen Glauben zerstört. Und dann, fragte ich mich, was bleibt dann übrig?

Soweit die Spezies in Betracht kommt, braucht nichts übrig zu bleiben. Das Leben kann stets aufs neue beginnen. Geburt und Tod sind Anfang und Ende seines Verlaufs; es gleicht einem betrügerischen Geschäftsmann, der sich nur dadurch über Wasser zu halten vermag, daß er seine offenen Rechnungen zerstört.

Ich war nichts weiter als eine Verbindlichkeit, der nicht nachgekommen wird, ein geprellter Gläubiger, eine nicht anerkannte Schuld.

Ich dachte an die meteorgleiche Laufbahn des Christentums, dieses letzten unter den westlichen Schleiern vor der Wirklichkeit, betrachtete diese Religion, die so umfassend ist und unendlich in ihren Versprechungen, so neu in der Geschichte der Menschheit, so vorherrschend in der Welt, in der ich erzogen worden war; ich erkannte ihren Wert als eines Glaubensbekenntnisses des Trostes. Gewiß hatte sie Trost gebracht. Gewiß hatte sie die Zuversicht gestärkt. In

Millionen von Seelen hatte sie ohne Zweifel Lebensgewohnheiten der Zuversicht aufgebaut. Wie weit aber hatte sie gegen verheerende Krankheiten standgehalten und gegen die großen Tragödien des Daseins, die Myriaden menschlicher Wesen vernichten, so daß nur einige wenige Überlebende die Geschichte der Zerstörung erzählen können? Der glückliche Überlebende schildert naturgemäß die helle Seite der Tragödie. Er ist gnädig verschont worden. Das Samenkorn, das auf steinigen Boden fällt, erzählt keine Geschichte. Waren die Zeitalter des Glaubens wirklich auch Zeitalter des Mutes gewesen? In Oxford hatte ich einen kühnen Lästerer das Christentum ein Betäubungsmittel nennen gehört. Können wir aber, so fragte ich nun, auch für die Betäubung jener bürgen, die besiegt sterben? Und ist das Christentum wirklich ein so besonders tröstendes und stärkendes Glaubensbekenntnis? Wie steht es mit den andern, stolzeren und heldenhafteren Lehren, die vor dem Kreuz kamen? Mit dem Stoiker und seiner Seele? Und während ich, von dieser unbestimmten Anklage gegen die Lehren meines Onkels erfüllt, in meinem schlecht ausgerüsteten Hirn nach irgendeinem Wertmaß suchte, tauchte ein absonderlicher Gedanke in mir auf und ließ mich in eine neue Richtung blicken. Es war ein außergewöhnlicher und zugleich überraschender Gedanke. Er kam so sehr als eine Entdeckung über mich, daß ich mich seiner ganz klar und deutlich erinnere. Vielleicht ist er die originellste Betrachtung, die ich jemals angestellt habe.

Ich starrte zum Kreuz des Südens empor, das mich so sehr enttäuscht hatte: mit der Drehung des Schiffes glitt es langsam immer wieder über mein Gesichtsfeld. „Man hätte", murrte ich, „wahrhaftig ein besseres Kreuz finden können als dieses." Und dann überkam mich meine erstaunliche Entdeckung. Ich setzte mich auf und starrte auf das riesige Sternengewölbe. Das Kreuz des Südens! Dieses einzige armselige kleine Sternenbild, das unter all der Herrlichkeit des Himmels dem Christentume übriggeblieben war! So jung war das Christentum, daß die Sterne des Firmaments noch heidnischen und persischen Göttern huldigten. Das Christentum hatte den Himmel niemals erobert, ebensowenig übrigens die Wochentage und Monate. Heiter und unerschüttert herrschten da noch die alten Götter.

Wie wundersam aber, daß es niemals zu einer christlichen Eroberung der Himmel gekommen war! Die Wunden, die Nägel waren da; der heilige Strom, die Plejaden, einer Dornenkrone so ähnlich, und Orion, so recht der Menschensohn, der in Pracht und Herrlichkeit wiederkehrt. Die Planeten glichen leuchtenden Zeugen und Heiligen, und der Polarstern war das Wort, das alle Dinge veränderte. Verwunderung darüber erfüllt mich, daß das Christentum niemals die Muße und den Frieden gefunden hatte, den Himmel umzutaufen.

Ich war so verliebt in meine absonderliche Idee, daß ich den Verlust meines Glaubens vergaß und den größten Teil der Nacht mit der Bekehrung der Sternbilder zum Christentum verbrachte. Ich war noch nicht zu Ende damit, als einer nach dem andern in den wiederkehrenden Tag versank. Sie erloschen nicht plötzlich. Sie verblaßten. Ich blickte um mich, um eine kurz zuvor gemachte Beobachtung zu überprüfen, doch der Stern, den ich suchte, war in den Tag hinein verschwunden. Ich hatte ein Gefühl, als ob ich die Hand nach einem Treppengeländer ausgestreckt hätte, das plötzlich nicht mehr vorhanden war.

„Genau so", dachte ich, indem ich meine fromme Aufgabe plötzlich im Stiche ließ, „zerfließt auch der Glaube an die christliche Lehre zu nichts und verschwindet. In meiner Generation. Orion wird niemals mehr der Menschensohn werden, der in Pracht und Herrlichkeit wiederkehrt, und Jupiter und Saturn werden da droben noch herrschen, wenn die flüchtigen Verwicklungen unserer Dreifaltigkeit längst vergessen sind.“

Solcher Art waren die Gedanken, die mich überkamen, als ich verlassen und verzweifelt auf dem südlichen Meer trieb.

§ 16
Haie und Gespenster

Doch als Tag um Tag meines einsamen Daseins verstrich, fiel es mir immer schwerer, mich gegen schreckliche Vorahnungen und entsetzliche Träume zu wehren. Meine Träume waren schlimmer als meine Gedanken bei Tag und es kam eine Zeit, da ich mich um der schrecklichen Vorstellungen willen, die das Grenzland des Schlummers bevölkerten, wach zu erhalten versuchte. Das Gefühl, daß das Schiff unter mir versinke, wurde immer bedrückender. Anfänglich hatte ich den Untergang des Schiffes als eine unabwendbare, aber nicht unmittelbar bevorstehende Tatsache angesehen; nun aber hatte ich den Eindruck, daß es unablässig sinke. Ich träumte wiederholt vom Schiffsraum – von einem ungeheuer finsteren und lärmenden Schiffsraum – und so lebhaft von Wasser, das durch die Schotte drang, daß ich mir auch in wachem Zustand einbildete, ich müsse das gesehen haben. Ein dutzendmal am Tage stellte ich die Höhe des Wassers durch Zeichen am Vorderdeck fest. Dann vergaß ich, wann ich die Zeichen gemacht hatte, und schwankte zwischen Entsetzen und Beruhigung, während ich mich zu erinnern versuchte, welches von zweien das frühere war. Die Furcht, das Schiff werde während meines Schlummers untergehen, wurde immer stärker. Wann immer ich einschlafen wollte, schien es mir, als ob das ganze Schiff in die Tiefe gleite, und mit einem schmerzlichen Ruck wurde ich wieder völlig wach und klar.

Ein Traum brachte mich immerhin darauf, wie ich schließlich eine Begegnung mit einem Hai würde vermeiden können. Dieser Traum ist mir heute noch lebhafter in Erinnerung als alles andere, einige wirkliche Erlebnisse ausgenommen.

Er nahm die Form eines langen Wortwechsels mit einem Hai an, und, der unerforschlichen Eigenart von Träumen gemäß, war der Hai nicht nur ein Hai, sondern auch der Kapitän. Während dieses Traumes saß ich fast bis zur Taille im Wasser, was ohne Zweifel auf die Tatsache zurückzuführen ist, daß mir meine Decken von den Beinen gerutscht waren, so daß diese der kalten Nachtluft ausgesetzt wurden. Der Hai, der eine riesige weiße Weste mit rotem Uhrband trug, kam herbei und fragte mich, wann wir uns zum Mittagessen treffen wollen. „Wer wird dabei der Wirt sein", sagte ich, „und wer der Gast?" Der Hai hatte keine höflichen Umgangsformen, sondern sprach mit beleidigender Offenheit. „Ich werde dich verschlingen, ehe du ertrinkst. Mein Schlund ist eine Sackgasse, wer hineingerät, kommt nicht wieder heraus." Ich teilte dem Hai mit, daß er meinen Onkel, den ehrwürdigen Rupert Blettsworthy, Pfarrer von Harrow Hoeward, wohl niemals kennengelernt habe, sonst würde er wissen, daß man auch die unangenehmste Pflicht höflich erfüllen könne. „Warum kritisierst du, ehe du Bescheid weißt?" meinte der Hai. „Eine gewisse Grobheit ist sehr oft mit einem guten Herzen gepaart. Vielleicht wird die Sache gar nicht so schlimm. Das Verschlucktwerden wird dich vom Ertrinken ablenken, das Ertrinken vom Verschlucktwerden. Und da ich auch zuschnappen werde, wird die rasche Folge dieser verschiedenen aufregenden Ereignisse dich so verwirren, daß du kaum einen Schmerz empfinden wirst."

Ich sagte ihm, daß ich von diesen technischen Einzelheiten lieber nichts hören wolle. Er sei, wie die Dinge nun einmal lägen, ohne Zweifel sehr im Vorteil. Doch fände ich die ungestüme Art, in der er auf seinen Ansprüchen bestehe, außerordentlich ungezogen. Ich hätte schon als Kind von meinem Onkel gelernt, daß man essen und dabei doch taktvoll und höflich Herr der Situation bleiben könne.

Doch der Hai ließ sich nicht zurechtweisen. Dergleichen, sagte er, tauge nicht für die See, und die See sei schließlich und endlich doch der Mittelpunkt des Lebens. Wer nicht in der See gelebt habe, wisse nichts vom Leben. Es sei nicht Sache des Landes, der See Lebensart beibringen zu wollen. Eine gewisse Anzahl von Geschöpfen sei aufs Festland hinausgekrabbelt, doch hätten sie sich damit, so erklärte er, nur vom tätigen Leben zurückgezogen. Man könne sie zuweilen sehen, wie sie voll Bedauern aufs Meer zurückblickten. Sie kröchen auf dem Lande umher. Die Luft mache sie schwer und träge. Sie seien nicht besser als Krabben und dergleichen Tiere, die sich zwischen den Felsen verbergen. Im Meere aber sei das Leben in seinen tüchtigsten Formen kühn, frei und kraftvoll, das müsse jedermann zugeben. Ich säße auf meinem Verdeck und gäbe widerwillig eine meiner luftigen Illusionen nach der andern auf, nähme ohne Ende Abschied von dem nichtigen Leben auf dem Festlande, er aber habe Gott sei Dank weder Lungen noch Illusionen. Welchen Wert hätten Hoffnung und Furcht, alle Wünsche des Menschenherzens, seine Träume von Opfermut und Ruhm, nach zwei Minuten im Schlunde der Wirklichkeit? Denn *er* sei wirklich! „Komm für zwei Minuten ins Meer", sagte der Hai, „und lern die Wirklichkeit kennen." „Komm hier herauf", erwiderte ich, „und ich will ein Haifischsteak zum Abendbrot essen."

„Schließlich werde doch ich das Spiel gewinnen", schnauzte mich der Hai heftig an. Denn der bloße Gedanke, daß er gefressen werden könnte, reizte diesen gierigen Fresser.

Und dann hatte ich meinen Einfall.

„Ganz und gar nicht!" sagte ich. „Du hast eines vergessen. Du armer, zuschnappender alter Sack voll Eingeweiden hast ja niemals gelernt, wie man ein Schiff baut und besitzt nur sehr unklare Vorstellungen von Kajüten. Sobald dieses alte Wrack auf Grund zu sinken beginnt, begebe ich mich in meine Kabine und schließe mich ein. Verstanden? Und geh in all meiner menschlichen Würde neben dir unter! Du kannst dir die Nase gegen die Bretter stoßen und machen, was du willst, der saftige Bissen entgeht dir. Ich sinke hinunter – hinunter in die Tiefen, in die du, armer Gefangener des Meeres, ebensowenig hinabzutauchen vermagst, wie du in die Luft emporsteigen kannst."

„Ach! Das ist aber *schäbig* von dir!" rief der Hai. „Was hast du schon davon? Es ist die reine Verschwendung!"

„Wenn einer Haie eben nicht leiden kann ..." sagte ich.

Darüber geriet er in Wut und versuchte, mit dem Rücken zu mir, auf mich loszuspringen, ganz in der Art, wie ich jenen anderen Hai auf das Vorderdeck hatte springen sehen. Ich packte ihn und wir rangen heftig miteinander, bis ich erwachte und entdeckte, daß ich auf Tod und Leben mit meiner Matratze kämpfte.

Doch als ich zur Besinnung kam, war es mir ganz klar, daß ich fortan in meiner Kabine schlafen und bereit sein müsse, dahin zu eilen, sobald das Schiff unterzusinken drohe. Selbst als ich bereits völlig wach war, lachte ich noch voll des Triumphes über meinen Einfall.

Das war einer meiner angenehmeren und – wenn man so sagen kann – gesünderen Träume.

Ich hatte deren andere, wie ich wohl weiß, doch ist mein Gedächtnis bemüht, die Erinnerung an sie auszumerzen. Und von solchen Träumen gelangte ich unter dem steten Druck der Furcht sehr bald zu den Wachträumen des Deliriums. Doch auch über diese haben sich zum größten Teil Schleier gebreitet, so daß alle diese späteren Erinnerungen etwas Unbestimmtes und Unklares haben.

Einmal, dessen entsinne ich mich, eilte ich mit einer kleinen Axt in der Hand von einer Seite des Schiffes nach der anderen, bemüht, irgendwo den riesigen Polypen zu erblicken, dessen Antlitz dem des Kapitäns glich, denn ich bildete mir ein, daß er seine fast unsichtbaren Fangarme langsam aber stetig um das Schiff breite, sich festsauge und daran sei, mich in die Tiefe zu ziehen. Schließlich stieß ich auf einen Fangarm und zerhackte ihn in Stücke. Nachher schien er bloß ein ausgefasertes Seil zu sein. Und in der Nacht glaubte ich, im Schornstein den Kapitän zu erkennen, der in dieser Verkleidung an Bord geblieben war, um sich über den Untergang des Schiffes zu vergewissern. Furcht und Haß packten mich, ich griff den Schornstein wutentbrannt mit meiner Axt an und schlug so lange zu, bis er über Bord stürzte und das ohnehin schon mit Wasser gefüllte und überlastete Schiff von seinem schwankenden Gewicht befreit war.

§ 17
Die Insel Rampole kommt an Bord

Meine Erinnerung an das Erscheinen der Wilden an Bord des Schiffes ist sehr dunkel. Sie dürften während meiner Bewußtlosigkeit gekommen sein.

Ich lag auf dem Hinterdeck und erblickte zwei von ihnen, die neben mir standen und mich betrachteten. Sie waren nackt und von braungelber Farbe; ihre außerordentlich harten Gesichter waren häßlich tätowiert, das schwarze Haar war straff zurückgespannt. Sie stützten sich auf lange

Speere und starrten mich mit ausdruckslosen Augen an. Beide kauten langsam und ununterbrochen mit ihren kräftigen Kiefern.

Einige Augenblicke lang starrte auch ich sie blinzelnd an; dann rieb ich mir die Augen, denn ich dachte, sie seien der letzte Rest eines spukhaften Traumes und würden alsbald verschwinden. Als ich jedoch bemerkte, daß sie leibhaftig da waren, packte ich die Axt, die neben mir lag, und sprang auf, um mich zu verteidigen.

Doch einer von ihnen faßte mich am Handgelenk, und vereint überwältigten sie mich ohne die geringste Mühe.

DAS DRITTE KAPITEL

schildert, wie Mr. Blettsworthy unter die Wilden der Insel Rampole gerät; seine ersten Eindrücke von ihren Sitten und Gebräuchen. Wie er das Megatherium, das Riesenfaultier, sieht, das auf der Insel Rampole noch heute lebt; dessen außergewöhnliche Naturgeschichte. Was er von der Religion der Bewohner der Insel Rampole sowie von deren Ehen und Gesetzen erfährt. Wie er ihnen von den Errungenschaften der Zivilisation erzählt, und wie Krieg auf der Insel Rampole ausbricht.

INHALT DES DRITTEN KAPITELS

§ 1. Die unheilvolle Landung
§ 2. Der heilige Irre
§ 3. Das böse Volk
§ 4. Ein Gespräch mit den fünf Weisen
§ 5. Die düsteren Megatherien
§ 6. Die Leute im oberen Tal
§ 7. Die Liebe auf der Insel Rampole
§ 8. Die Kriegstrommeln schlagen
§ 9. Die Höhle und das Mädchen
§ 10. Flüchtlinge

DAS DRITTE KAPITEL

§ 1
Die unheilvolle Landung

Es liegt mir sehr daran, meine Abenteuer auf der Insel Rampole in der Reihenfolge zu erzählen, in der sie sich ereigneten und heute noch in meinem Bewußtsein leben. Leider wird aber infolge einer geistigen Verwirrung, die über mich gekommen war, meine Erzählung da und dort dunkle Stellen und eine gewisse Zusammenhanglosigkeit aufweisen. Selbst die zeitliche Abfolge der Ereignisse wird vielleicht nicht stimmen. Darauf möchte ich den Leser ganz offen aufmerksam machen. Ich befand mich im Zustande des Deliriums, als die Wilden mich ergriffen, und habe wohl einige Zeit hindurch an einer beträchtlichen Geistesgestörtheit gelitten. Ihrer Meinung nach war ich völlig irrsinnig.

In einer Hinsicht war das ein Glück für mich, denn jene Wilden, die verstockte und überzeugte Kannibalen sind und einander in beharrlicher Grausamkeit verzehren, meinen abergläubisch, daß das Fleisch eines Irrsinnigen tabu sei und demjenigen, der es ißt, den Tod bringe. Überdies hegen sie, wie alle unaufgeklärten Menschen der ganzen Welt, Ehrfurcht vor dem Wahnsinnigen. Der Wahnsinn gilt ihnen als eine besondere Auszeichnung, die ihre Große Göttin einem Menschen verleiht. Daher gewährten mir diese Menschenfresser Nahrung und Obdach und überdies ein Ausmaß an Freiheit, wie man es mir in einem höher entwickelten Gemeinwesen wahrscheinlich versagt hätte.

Da ich meine Erinnerungen nur bruchstückweise erzählen kann, so daß sie flüchtigen Blicken in ein da und dort geöffnetes Buch gleichen mögen, wird so manches, was ich berichte, dem Leser vielleicht unglaubhaft erscheinen. Er würde wahrscheinlich eine detaillierte und fortlaufende Schilderung vorziehen, die folgerichtig von Montag morgen bis Samstag abend reicht. Ich auch. Gewiß würde er den großen Teil einer so ausführlichen Erzählung überspringen, und hätte dabei dennoch das beruhigende Gefühl, daß alles da ist. Wie die Dinge liegen, muß ich meinerseits manches überspringen. Und gebe zu, daß ich sogar seinerzeit nicht das Gefühl hatte, als sei alles da. Schon zu Beginn meiner Gefangenschaft hegte ich Zweifel.

Ich bin von der Wirklichkeit jener beiden Wilden, mit denen ich rang, lebhaft überzeugt, ja, ich kann mich sogar an den Geruch des ranzigen Öls erinnern, mit dem ihre außerordentlich harten Körper gesalbt waren; noch deutlicher ist mir in Erinnerung, wie unangenehm die Rippen des langen Kanus, in das man mich legte, gegen meinen Körper drückten: der Gedanke daran verursacht mir noch heute ein schmerzhaftes Gefühl im Rücken. Ich wurde zwischen eine Menge frisch gefangener Fische geworfen, die zum größten Teil noch lebendig waren und sich unter und neben mir umherwanden, so daß ich schließlich voll silbriger Schuppen war. Netze hingen girlandengleich an der Seitenwand des Bootes. Und ich weiß noch genau, daß die Wilden auf mich traten und über mich hinwegschritten, als sie mit einer Anzahl auf dem Schiffe erbeuteter Dinge in das Kanu zurückkehrten. Meine Erinnerung weist zahlreiche Füße, Schienbeine, Knie und gelbbraune Körper auf, perspektivisch von unten gesehen. Es waren außerordentlich unhygienische Menschen. Ich erinnere mich auch lebhaft daran, wie wir zur Küste paddelten, und habe den Rhythmus der bräunlichschwarzen Ruder noch deutlich im Ohr.

Es war eine Steilküste aus einem nicht völlig undurchsichtigen Felsgestein. Ich weiß nicht, was für eine Art von Gestein es war, und obgleich ich seither in Museen danach gesucht habe, um den Namen zu erfahren, habe ich nie etwas dergleichen entdecken können. Es glich halb durchsichtigem, bläulichrotem Glas, wies jedoch große Flecken von heller rötlicher Färbung auf, die ins Rosafarbene spielten. Überdies hatte es undurchsichtige, weiße Adern, die an Alabaster erinnerten. Das Licht drang in dieses Mineral ein und wurde von innen zurückgestrahlt, so wie Edelsteine Licht eindringen lassen und zurückstrahlen. Seine Schönheit fiel mir auf, obgleich ich gefesselt und von Furcht erfüllt war.

Wir fuhren dicht an das Ufer heran und gelangten alsbald in eine Art Fjord, der sich zwischen Klippen hindurchwand. Etwa hundert Meter vom Eingang entfernt, stand, als Wache gleichsam, ein seltsames Naturgebilde: ein vorspringender Felsblock von der Gestalt einer Frau mit starrblickenden Augen und offenem Munde; eine abgesplitterte Felsspitze ragte über den Kopf empor, gleich einem erhobenen Arm und einer Hand, die eine Keule schwingt; die Augen waren weiß umrahmt worden, die Schrecklichkeit des Mundes wurde durch eine Malerei in Weiß und Rot bestärkt, die an Zähne und hervorsickerndes Blut denken ließ. Streng und häßlich leuchtete es in der Morgensonne. Es war, wie ich später erfahren sollte, die Große Göttin, die ihre Sklaven willkommen hieß. Die Wilden hielten vor ihr an und hoben die Ruder zum Gruß in die Höhe. Der erste Ruderer hielt einen Fisch empor, und zwar einen besonders großen. Ein anderer Wilder beugte sich zu mir zurück und hob meinen Kopf an den Haaren hoch, als ob er mich der Gottheit vorstellen wollte; dann ließ er mich wieder unter die übrige Beute zurückfallen.

Als diese Zeremonie beendet war, fuhren wir weiter, und nach einer Weile kam ein kleiner Sandstrand am Fuß einiger hoher Klippen in Sicht, auf dem sich eine erwartungsvolle Menge drängte. Unser Steuermann stieß ein Geheul aus, entfernte Stimmen antworteten ihm.

All das ist mir, ich wiederhole es, völlig klar in Erinnerung, ebenso das Gehege aus dornigen Pfählen, in das ich binnen kurzem gesetzt wurde. Und doch schwebt über diesen Erinnerungen etwas – es ist zu ungreifbar, um es auch nur einen Schatten zu nennen –, gleichsam eine Trübung des Lichtes, die das Ganze nicht vollkommen glaubhaft erscheinen läßt. Schon damals war ich verwirrt und ungläubig. Ich konnte trotz meiner vornehmen Oxforder Erziehung genug Geographie, um zu wissen, daß die Patagonier riesengroße Menschen von gelblicher Hautfarbe sind, aber ich wußte auch, daß sie meist vereinzelt umherwandern und in Zelten aus Tierhäuten leben, während wir uns hier einem recht ansehnlichen Dorfe näherten. Und noch nie hatte ich von halb durchsichtigen Klippen an jener Küste gehört, auch von keiner so üppigen Vegetation, wie sie sich hier zeigte. Ich glaubte, daß ich durch die Lektüre meiner Knabenjahre doch wohl über alle wilden Barbarenstämme unterrichtet sein müsse, die sich bis auf den heutigen Tag gegen die Zivilisation sträuben. Der Ort, an dem ich mich befand – es handelte sich, wie ich später entdeckte, um eine Insel und nicht um das amerikanische Festland – paßte nicht zu meinen geographischen und ethnographischen Kenntnissen und wird sich vermutlich auch mit dem Wissen und den vorgefaßten Meinungen des Lesers nicht in Einklang bringen lassen.

Ich kann nichts anderes tun, als das, was ich sah und erlebte, schlicht und offen erzählen. Alles schien überaus wirklich und stimmte dabei doch nicht mit dem überein, was mir bisher als Wirklichkeit gegolten hatte. Zerschlagen, gefesselt, auf dem Boden eines Kanus hingestreckt, von dem häßlichen, kauenden Steuermann bewacht, beobachtete ich das Muskelspiel auf den Rücken der Ruderer vor mir und konnte nicht glauben, daß ich träumte: trotzdem vermochte ich mir nicht vorzustellen, daß dies noch die Welt sei, auf der auch London liegt, und das Land, aus dem ich gekommen war. Hatte eine plötzliche Verrenkung der Zeit und des Raumes mich und mein Wrack in ein anderes Zeitalter oder auf einen anderen Planeten versetzt? Oder war der gewundene Wasserlauf ein Fluß gleich dem Styx und die Menschen rings um mich jene Ruderer, die die Seelen nach ihrem letzten Schiffbruch an das Gestade einer anderen Welt führen?

Kann einer, der noch nicht gestorben ist wissen, was der Tod ist?

War dieser Alptraum der Tod?

§ 2
Der heilige Irre

Wenn ich tot war, so bestand guter Grund dafür, anzunehmen, daß ich sehr bald nochmals würde sterben müssen. Als ich aus dem Kanu gehoben und der Menge zu eingehender Besichtigung übergeben wurde, erfüllte mich ihr Betragen mit den schlimmsten Befürchtungen. Ich kann nicht beschreiben, wie eingehend sie mich besichtigte. Ich versuchte, eine würdige Haltung zu bewahren, doch ihre Wißbegierde schenkte meiner Haltung nicht die geringste Aufmerksamkeit.

Ein Mann schien eine Art Herrschaft über meine Peiniger auszuüben. Eine Weile ließ er die übelriechende Schar gewähren, dann winkte er sie zur Seite und teilte Püffe und Schläge an alle aus, die ihn zu behindern geneigt schienen. Er war runzelig, untersetzt und bucklig, und auf dem Kopfe trug er eine Art zylinderartige Krone aus einem großen getrockneten und zusammengerollten Blatt. Seine Stimme war laut und schnarrend, seine außerordentlich langen Arme kraftvoll und behaart. Der massive Unterkiefer stand vor, der Mund war riesengroß. Er schien der Menge ihre Gier vorzuwerfen. Auf seinen Befehl hin wurde ich in den erwähnten Käfig gesperrt. Ich versuchte durch Zeichen Fragen an ihn zu stellen, doch er beachtete meine Bemühungen, mich mit ihm zu verständigen, ebensowenig wie ein Fleischer auf das Blöken eines Schafes in seinem Hofe hört.

Mein Käfig war eine oben offene Palisade aus starken Pfählen, die Dornen von einer Größe trugen, wie ich sie nie zuvor gesehen hatte; sie waren durch zähe, faserige Schlingpflanzen miteinander verbunden. Er war etwa zehn Schritt im Quadrat groß. Der einzige Einrichtungsgegenstand war ein Schemel aus demselben harten schwärzlichbraunen Holz wie das Kanu. Der Fußboden bestand aus festgestampfter Erde und zeigte die Spuren früherer Gefangener. Ein kürbisförmiges Gefäß mit Wasser wurde neben das Bänkchen auf den Fußboden gestellt, überdies warf man mir noch einige mehlige Wurzeln vor, und dann wurde ich allein gelassen; ein Wilder mit einem langen Speer blieb als Wache vor der Tür. Doch die Menge oder zumindest die jüngeren Frauen und Kinder bildeten einen Kreis um meinen Käfig und guckten zwischen den Pfählen zu mir herein. Anfänglich schwatzten sie ohne Unterlaß und stießen einander heimlich an; die geringste meiner Bewegungen schuf eine neue Aufregung, die sich in Kichern und Lachen äußerte. Nach einiger Zeit aber beruhigten sie sich und starrten schweigend zwischen den Pfählen hindurch. Etliche gingen fort, doch blieben noch immer so viele zurück, daß mein Gefängnis von Augen und halb geöffneten roten Mündern umgeben war. Wohin ich mich auch wandte, überall begegnete ich dem gleichen unbeweglich starren Blick glänzender Augen. Von dem unbestimmten Gefühle des Selbstschutzes getrieben, saß ich zusammengekauert auf der niedrigen Bank und bedeckte das Gesicht mit den Händen. Sehr bald wurde es Nacht in der engen Schlucht. Selbst nach Einbruch der Dunkelheit verweilten meine Beobachter noch an der Palisade. Ich hörte, wie sie sich in Gruppen flüsternd entfernten; schließlich wurde es still.

„Mein Gott!“ frage ich mich, „wie soll ich weiter leben?“

Dann gab ich wiederum eine meiner Illusionen auf. „Wir leben gar nicht aus eigenem Antrieb“, sagte ich mir. „Meine Frage ist Unsinn. Es liegt gar nicht an uns. Wir versuchen nur, uns einzureden, daß wir unser Leben in der Hand haben. In Wirklichkeit werden wir hilflos aus dem Heute in das Morgen hineingestoßen, ob wir nun weiterleben wollen oder nicht. So wird es auch mir ergehen. Und was wird morgen geschehen?“

Ich versuchte, an hohe und ernste Dinge zu denken, denn ich war überzeugt, daß dies die letzte Nacht meines Lebens sein würde. Doch war ich zu müde, um an hohe und ernste Dinge zu denken. Ich dachte nur an die hellen Augen, die mich beobachteten, und die schlimmen Befürchtungen, die ihr Blick in mir erweckte. Und schließlich schlief ich ein . . .

Bis hierher ist mir alles völlig klar.

Dann aber senkt sich ein Nebel über meine Erinnerungen herab.

Es ist möglich, daß ich mit mir selbst zu sprechen oder zu faseln oder auch zu singen begann. Vielleicht tat ich sogar noch sonderbarere Dinge. Ganz unbewußt tat ich, was das Beste für mich war. Wenn ich angestrengt nachdenke, erinnere ich mich unklar an ein Verhör in einer großen, schwach erleuchteten Höhle zu Füßen eines Holzstandbildes der Großen Göttin. Alte, glatzköpfige Männer machen unverständliche Gebärden zu mir hin. Ich fühle mich getrieben, ihre seltsamen Gesten zu erwidern. Später liege ich nackt und gefesselt im Sonnenschein, während Frauen mir das Fleisch versengen und verbrühen. Danach vollziehen sie ungeheuerliche Riten, denn man stellt zwei Gefäße vor mich hin, das eine mit Boganußmilch, das andere mit Blut gefüllt. Es ist von folgenschwerer Bedeutung, welches der beiden Gefäße ich wählen werde. Ich sitze gleich einem Buddha da und denke nach. Ich wähle das Blut, und unter Zeichen der Freundschaft und der Freude veranlaßt man mich, es zu trinken. Die Pflanzenmilch wird verächtlich weggeschüttet. Der alte Mann mit der zylinderförmigen Kopfbedeckung spielt bei all diesen Anlässen eine führende Rolle.

Dann gehe ich als ein freier Mann im Dorfe umher. Die Kinder betrachten mich stets mit Ehrfurcht. Lange Zeit vergeht, eine Fülle von Geschehnissen ist mir nicht mehr richtig in Erinnerung. Ich kann das meiste, was die Wilden zu mir sagen, verstehen und vermag auch, mich ihnen verständlich zu machen. Ich trage das rauhhaarige Fell eines jungen Riesenfaultiers, mein Hals ragt aus seinem Halse hervor, und seine Hirnschale bedeckt mein Haupt. Ein Bündel gekrümmter Klauen hängt mir über die Brust herab. Es gibt noch Riesenfaultiere auf der Insel Rampole. Ich habe bereits eine kleine Herde dieser grotesken Ungeheuer im Hügelland oberhalb der Klippen weiden gesehen. Sie verlassen ihre Jungen, so daß die meisten sterben; die Wilden ziehen ihnen dann die Haut ab. Ich trage einen Stab aus hartem, dunklem Holz, der mit unzüchtigem Schnitzwerk bedeckt und mit Perlmutter und Haifischzähnen geziert ist. Es kommt mir in den Sinn, daß meine Oxforder Freunde höchst überrascht wären, wenn sie mich in dieser Gewandung erblickten. Bei diesem Gedanken scheint etwas in meinem Hirn zu knacken, und mein Erinnerungsvermögen beginnt sich zu regen. Ich *war* Arnold Blettsworthy. Was bin ich nun? Was ist aus mir geworden? Ich bin der heilige Irre des Stammes. Ich vermag unversehens Orakelsprüche von mir zu geben. Ich habe prophetische Gaben. Und was noch besser ist: wenn ich wohlgenährt und gesund bin, gedeiht der Stamm; geht es mir schlecht, so verläßt ihn das Glück. Man hat mir inmitten der besten Wohnstätten des Dorfes eine Hütte gebaut und sie mit Menschenschädeln und Beinknochen des Riesenfaultieres geschmückt. Ich bekomme schmackhaftes Essen, frage aber nie, welcher Art das zarte Fleisch ist, das man mir vorsetzt – es erinnert an Schweinefleisch. In der Regel genieße ich nur vegetarische Kost. Im Augenblick herrscht allgemeine Unruhe, weil ich keine Frau nehmen will. Ich will keine, sie müßte sich denn waschen, und die hiesige Sprache kennt kein Wort dafür. Die Wilden scheinen nicht imstande, auch nur den Gedanken daran zu erfassen oder ihn aus meinen Gebärden zu erraten. Eine der für mich ausgewählten Bräute ist bereits aufs Meer hinausgebracht und bei dem mißverständlichen Versuch, meine Wünsche zu erfüllen, ertränkt worden.

So wurde ich mir meiner selbst wieder bewußt, und die Eindrücke, die ich unter den Wilden gewonnen, die Kenntnisse und Ideen, die ich bei ihnen erworben hatte, fanden einen Zusammenhang mit meiner eigentlichen Persönlichkeit.

Die Vergangenheit trat mir plötzlich vor Augen – aus dem Nichts heraus. Unter einem Himmel, den ein Hauch des Heimwehs blaß erscheinen ließ, wurde alles klar und deutlich erkennbar. Ich erinnerte mich Oxfords als eines lieblichen, sauberen und angenehmen Städtchens, in dem ich eine harmlose und hoffnungsfrohe Jugendzeit verbracht hatte. Es erschien mir nun als eine Stätte ungetrübter Heiterkeit. Ich sah das große Tor des Lattmeer College vor mir, so wie ich es im Mondenschein bewundert hatte, als ich eines Abends aus der Wohnung eines Kameraden im

Christ Church College heimkehrte, wo wir ein gewichtiges Gespräch über die großen Dinge geführt hatten, die es auf der Welt zu tun gebe, ein Gespräch über den schöpferischen Geist Oxfords – der so ganz anders ist als der harte Materialismus in Cambridge – über Rhodes, über die Bürde der weißen Rasse, über die Wesensart der Engländer und ähnliche bedeutsame Themen. Es war ein ferner Schrei des einstigen Blettsworthy an das seltsame Geschöpf, das, mit einem Felle bekleidet, einherschritt, einen Tierschädel auf dem Kopfe trug und, einen widerlich verzierten Stab in der Hand, die „alles reinigende Nuß" kaute und nach dem vorgeschriebenen Brauche von Zeit zu Zeit ausspuckte.

Was geschah mit mir? Was tat ich an diesem Ort?

Vor mir breitete sich die schmutzige Dorfstraße aus, in der einige Hennen pickend umherliefen. Die Hütten standen unregelmäßig zu beiden Seiten des breiten Pfades, jede wies einen kleinen, von dornigem Pfahlwerk umfriedeten Hof auf. Weiter oben in der Straße schritt eine nackte gelbe Frau: die hängenden Brüste verrieten, daß sie bereits Mutter war; sie trug ein Tongefäß auf dem Kopf und blieb stehen, um mich zu betrachten, ehe sie ins Haus ging. Sie hatte Wasser von der oberen Quelle geholt. Zu meiner Rechten und vor mir, sowie auch zur Linken an der anderen Seite des rasch dahinströmenden Baches ragten Klippen empor. Denn es gehörte zu der seltsamen Eigenart dieser Leute, daß sie sich in einem Land des angenehmen und wohltuenden Sonnenscheins in einer Schlucht angesiedelt hatten, durch die nur selten ein Windstoß fegte, so daß fast immer ein übelriechender Dunst über ihr lag. Auf Felsvorsprüngen zur Rechten standen die Hütten der mächtigeren Stammesmitglieder und einige wenige verkrüppelte Bäume. Ein Pfad wand sich den Abhang der Klippen empor zur sonnenbeschienenen Vegetation des weiten freien Hügellandes.

Ich ging mit schweren Schritten. Ich hatte mir eine Art

chronischer Malaria zugezogen, und meinen Bewegungen fehlte die unbewußte Leichtigkeit meiner Oxforder Tage. Es gab eine Menge ansteckender Krankheiten unter diesen Leuten. Fast alle litten deutlich erkennbar an Katarrhen, Fieber, Erkrankungen des Blutes, Grind, Krätzen, Ungeziefern und dergleichen mehr. Sie waren von Natur aus kräftige Menschen, aber infolge ihrer unsauberen Gewohnheiten und ihrer launenhaften Sorglosigkeit von allen möglichen Infektionen heimgesucht. Der Tierschädel auf meinem Kopfe drückte mich, und das schlecht zubereitete Fell, das ich trug, roch nach Verwesung – es war schlecht präpariert; steif und schwer, scheuerte es mich wund und ermüdete mich. Warum ertrug ich dergleichen? Wie tief war ich gesunken?

Ich blieb stehen, segnete die Frau durch ein Zeichen mit der Hand und betrachtete das schmutzige Bild, das sich mir ringsum bot. Schließlich starrte ich meine Finger an. Sie waren äußerst unsauber, doch trotz des Schmutzes, der ihnen anhaftete, glaubte ich zu erkennen, daß sie größer und gelber waren als in meinen Oxforder Tagen. Sie sahen nunmehr fast ganz so aus wie die Hände der Wilden.

Ich faßte nach dem schmutzigen Tierschädel, der mir vor Wochen, Monaten oder Jahren auf den Kopf gestülpt worden war. War auch ich ein Wilder geworden?

Ich war auf dem Wege nach dem oberen Speisehaus, um mit Chit, dem Wahrsager, Ardam, dem Krieger, der einen Muschelsplitter durch die Nase trug, und mit drei alten Männern zu essen. Gott allein wußte, was mir dort vorgesetzt wurde; ich hatte übrigens an jenem Tage keinen Appetit. Wie weit war es mit mir gekommen? Warum hatte ich mich darein gefunden, das zu sein, was ich war?

Angestrengtes Nachdenken ließ die Erinnerung an jene erste Nacht in der Pfahlwerkumfriedung in mir wach werden.

Furcht!

Meine Seele war von Furcht vor den Schrecken des Todes erfüllt gewesen, und als ich zu erkennen begann, daß ich nicht sterben mußte, war ich bereit gewesen, mich allem und jedem zu unterwerfen, was man mir aufzuzwingen beliebte. Gewisse Dinge wurden, wie ich bemerkt hatte, von mir erwartet. Wie bereitwillig hatte ich diese Erwartungen erfüllt! Im letzten Augenblicke meiner Prüfung hatte ich mich von der Milch abgewandt und das Blut gewählt. Diese Wahl hatte mir das Leben gerettet, aber ich hatte dabei nicht nur meinen Magen, sondern auch mein Herz und mein Hirn verleugnet. Und nun ging ich in dieser Gewandung umher und machte getreulich die Grußgebärden, die Chit mich gelehrt hatte. Ich wagte es nicht, den nur halb gesäuberten Tierschädel von meinem Haupte zu nehmen oder das stinkende Fell, das ich trug, abzulegen. Ich wagte es nicht, meinen abscheulichen Stab zu zerbrechen und ins Feuer zu werfen. Ich wagte es nicht. Ich wagte es nicht. Ich blickte empor: über den dunklen Klippen schimmerte das tiefe Blau des Himmels, welches den höchsten Zacken leuchtenden Glanz verlieh. „Aus tiefer Not schrei ich zu dir, o Herr!“ rief ich – aber nicht allzu laut, denn ich wollte nicht, daß Leute aus ihren Hütten gerannt kämen.

Aus dem breiten Streifen blauen Lichtes war keine Antwort zu hören. In meinem Herzen aber ertönte es kühl und klar: „Wirf alles von dir und sieh, was geschieht.“

Ich zögerte. Ein Zittern ergriff mich, und alles Blut strömte mir zum Herzen zurück. Ich seufzte. „Ich bin krank“, sagte ich und setzte widerwillig den Weg zum Speisehaus fort, wo ich mit Chit, Ardam und den drei alten Männern essen sollte.

Vielleicht, überlegte ich, sind mir mein Rang und mein Ansehen hier zu einem weisen Zweck verliehen worden. Vielleicht darf ich meine Stellung nicht voreilig aufgeben. Wir Blettsworthys stehen für die sanftere Zivilisation, für die Zivilisation unendlichen Taktes. Wenn ich zu diesen Menschen spreche, ihre Einbildungskraft erwecke, ihren Ideenkreis erweitere, kann es mir unvermerkt gelingen, ihnen ein gut Teil ihrer grausamen und schmutzigen Gepflogenheiten abzugewöhnen. Wenn ich ihnen aber nach so viel Ergebung plötzlich Trotz biete, wohin kann es führen als zum Kochtopf?

Dennoch sollte ich etwas tun. Bisher war ich so unentschlossen gewesen, daß ich garnichts getan hatte.

Zwischen den verkrüppelten Bäumen droben ertönte der Klang einer Trommel, die zum Essen rief. Es war eine Trommel aus Menschenhaut, die, geschickt gehandhabt, nach der Meinung der Wilden das Knurren im Eingeweide eines hungrigen Megatheriums getreu wiederzugeben vermocte. Ich beschleunigte meine Schritte, denn ich durfte nicht zu spät zu Tische kommen.

§ 3

Das böse Volk

Ich bin meiner Veranlagung nach nicht wißbegierig. Wenn der äußere Anschein der Dinge mir gefällt, sehe ich keinen Grund dafür, ihn zu stören; und wenn er nicht viel verspricht, warum sollte ich dann tiefer schürfen? Ich besitze keine der Eigenschaften, die ein erfolgreicher Forscher oder Wissenschaftler haben muß. Und auch Genauigkeit fehlt mir – in hohem Maße. Ich weiß zum Beispiel bis auf den heutigen Tag nicht, ob die Bewohner der Insel Rampole dolichozephal oder brachyzephal sind; meiner Meinung nach halten ihre Schädel die Mitte zwischen den beiden Extremen. Ebenso unbestimmt sind meine Ansichten über ihren -Totemismus, ihren Animismus, ihre Tabus und sonstige Gebräuche, die bei ihnen herrschen. Ich weiß auch nicht, ob ihre Sprache, die ich sprechen und verstehen lernte, als agglutinierend, isolierend, monosyllabisch, flektierend oder wie immer der richtige Ausdruck heißen mag, zu gelten hat. Wenn ich sie Sprachforschern vorspreche, verlieren sie die Geduld. Die Wilden, unter die ich geraten war, erschienen mir schmutzig, gierig, faul, von versteckter Geilheit erfüllt, innerlich furchtsam, unaufrichtig, dumm, sehr gelb, eigensinnig und reizbar, äußerst hart, verstockt und grausam. Mit dieser Aufzählung ihrer Eigenschaften muß sich der Ethnologe zufriedengeben – oder auch nicht, wie er glaubt.

Meiner erzwungenen Gleichgültigkeit kam der Umstand entgegen, daß diese Menschen von Natur aus zu Heimlichkeit und Falschheit neigten. Die meisten Leser werden vermutlich bei Wilden eine eine gewisse rohe Offenheit erwarten, doch haben mir Fachgelehrte gesagt, daß die Dinge in barbarischen Gemeinwesen niemals so liegen. Das Leben der Wilden mit seinen zahlreichen Tabus, seinem Okkultismus und Fetischismus, seinen vielfältigen Riten, ist komplizierter als die Zivilisation. Die Gedankengänge der Wilden sind nicht nur wirr, sondern in noch höherem Maße verschlungen; ihr Geist wird durch unsinnige Klassifikationen auf falsche Wege gelenkt und von Symbolen, Metaphern, Metonymien und kunstvollen Verfälschungen behindert; der zivilisierte Mensch dagegen denkt einfach und klar. Dasselbe gilt von primitiven Gesetzen, Gebräuchen und Einrichtungen; auch hier herrscht stets eine unvernünftige Ausschmückung und Unaufrichtigkeit. Zivilisation bedeutet Vereinfachung. Meine eigenen Erfahrungen bestätigen diese Ansicht durchaus. Ich habe auf der Insel Rampole niemals eine offene Meinung gehört. Man sprach einander nicht einmal direkt an. Der wirkliche Name eines Menschen wurde geheimgehalten. Man gebrauchte Ehrennamen und sprach in der dritten Person. Selbst viele Dinge durften nicht mit ihrem eigentlichen

Namen genannt werden. Man bezeichnete sie mit Hilfe komplizierter Umschreibungen. Das ist, wie ich von Ethnologen gehört habe, bei wilden Völkerstämmen allgemein üblich. Alles, was diese Inselbewohner sagten, hatte daher eine von ihren Worten ein wenig abweichende Bedeutung, und alles, was sie unternahmen, verrichteten sie so, als ob sie eigentlich etwas anderes täten. Infolgedessen lebte ich in einer ständigen Furcht vor Mißverständnissen, durch die ich zu Schaden kommen konnte, und zu Zeiten wurde meine Sehnsucht nach der einfachen Klarheit, die in Oxford geherrscht hatte, nahezu unerträglich.

Obgleich ich zum Beispiel jene Inselbewohner als Kannibalen bezeichnet habe, durfte man niemals eine Anspielung auf die Tatsache machen, daß sie, von Fischen, Ratten, Mäusen und ähnlichem Kleingetier abgesehen, nur Menschenfleisch verzehrten. Das Fleisch des Faultiers war tabu; insbesondere das des Riesenfaultiers galt als äußerst schädlich. Fisch gab es im Übermaß. Es gab so häufig Fisch, daß man seiner überdrüssig wurde; zuweilen steigerte sich dieser Überdruß zu Widerwillen. Ich weiß nur zu gut, wie sehr es einen nach gutem Fleisch gelüsten kann. Dieses Verlangen setzte sich trotz unglaublicher Hindernisse durch. Doch Menschenfleisch wurde niemals als solches bezeichnet; man nannte es die Gabe der Freundin, und jede nähere Frage nach der Freundin oder ihrer Gabe wäre als ungeheuerlicher Mangel an Zartgefühl betrachtet worden. Merkwürdigerweise und völlig im Gegensatz zu den Gebräuchen aller anderen wilden Völkerstämme, herrschte die Ansicht, daß nur im Krieg ein menschliches Wesen vorsätzlich getötet werden dürfe. Es gab jedoch einen sehr strengen Komment und jede noch so kleine Verletzung der zahllosen Tabus, die geringste Außerachtlassung der rituellen Gebräuche, Neuerungen im Benehmen, jedwedes unerwartete Vorgehen, ja, selbst Trägheit oder die Unfähigkeit, eine zugewiesene Aufgabe durchzuführen, wurde durch einen Schlag auf den Kopf bestraft, der unter dem Namen Verweis bekannt war. Da dieser Verweis von einem mächtigen Wilden erteilt wurde, und zwar vermittels einer zwei Zentner schweren und mit Haifischzähnen besetzten Keule aus Hartholz, war er fast immer tödlich; der Leichnam des Zurechtgewiesenen mußte sodann „versöhnt" werden. Der Skalp, die Knochen und die weniger appetitlichen Eingeweide des Hingeschiedenen wurden auf den Hochaltar der Großen Göttin gelegt, wo sie vertrockneten und vermoderten – infolgedessen fand ich dieses Heiligtum außerordentlich widerwärtig; der Rest des Leichnams galt als nicht mehr dem ursprünglichen Eigentümer gehörig und wurde als Gabe der Freundin zwecks Verteilung unter das Volk auf einen Seitenaltar gelegt. Da die Fülle der Gaben der Freundin sämtlichen Überlebenden zugute kam, hielt jedermann die Augen offen, um den geringsten Verstoß gegen die Wohlanständigkeit im Gemeinwesen zu bemerken, und das sichtbare Niveau der Moral und des Betragens war, nach den herrschenden Maßen gemessen, infolgedessen recht hoch. Unglücklicherweise legten diese Maße weder auf Reinlichkeit noch auf Güte oder Wahrhaftigkeit irgendwelchen Wert.

Eine mindestens ebenso große Verschwiegenheit wurde in bezug auf das sexuelle Leben des Stammes geübt. Alles in dieser Hinsicht Wesentliche wurde streng geheimgehalten; es herrschte Polygamie; die erste Frau hatte den Vorrang vor den Nebenfrauen; doch wurden der Paarung der jungen Leute riesenhafte Schwierigkeiten entgegengesetzt, und die Zeremonien der ersten Vereinigung waren langwierig und widerwärtig. Der Ehekandidat mußte etliche harte Proben bestehen und schließlich einen bestimmten Strohhalm aus einem Bündel in der Hand des Wahrsagers ziehen; überdies mußte er sich den für den Bau einer Hütte bestehenden Bedingungen unterwerfen. Infolge dieser Hindernisse und der Vielweiberei der Älteren blieb ein ansehnlicher Teil des Stammes gezwungenermaßen offiziell unbeweibt und litt unter einer haarsträubenden Ernährungsweise und unsauberen Gepflogenheiten, sowie unter der unermüdlichen Wachsamkeit von Freunden und Nachbarn, die stets nach einem Fehltritt Ausschau hielten, der zum Hochaltar der Großen Göttin und zu den Kochtöpfen führen konnte. Eine Hütte und eine oder mehrere Frauen gehörten zusammen, und aus diesem Grunde allein schon war meine Stellung zweideutig. Denn ich hatte eine Hütte, die ich in einer geradezu krankhaften Weise sauber hielt und mit keinem der heiratsfähigen Mädchen des Gemeinwesens teilen wollte.

In Anbetracht dessen, was ich sonst alles in meiner Erniedrigung über mich hatte ergehen lassen, mag der Leser es verwunderlich finden, daß ich in dieser einen Hinsicht so wählerisch blieb. Doch würde er seine Meinung wahrscheinlich ändern, wenn er eines jener jungen Mädchen zu Gesicht bekommen und ihren Geruch verspüren könnte. Sie benützten ein aus Fischleber hergestelltes Öl, um ihre dunklen Haare glänzender zu machen; ihre Gesichter waren mit seltsamen Mustern bemalt, und zwar bedienten sie sich dazu rötlichen und gelben Ockers; eine spärliche Bekleidung, die hauptsächlich aus verschiedenen Gürteln, Halsschnüren, Armbändern, Fußspangen und Nasenpfropfen bestand, sollte das Wohlgefallen des Liebhabers erregen. Jeder zweite Zahn wurde geschwärzt oder mit krapproter Farbe bemalt, und sämtliche Mädchen kauten ohne Unterlaß die „alles reinigende Nuß“. Doch so machtvoll vermag sinnliches Verlangen auf die Einbildungskraft einzuwirken, daß mir manche dieser ölig glänzenden Gestalten zuweilen im Feuerschein oder im Mondlicht nicht völlig reizlos erschienen.

Mitunter wurden um ein Freudenfeuer vor der Hütte der Großen Göttin Tänze abgehalten; man trug dann ihr

Bildnis heraus und stellte es auf einen erhöhten Platz, so daß es die Szene beherrschte. Manchmal wurde auch das scheue kleine Baumfaultier, von dem ich noch einiges erzählen werde, oder eines seiner Jungen herbeigebracht und verschönte das Fest, indem es auf einer rot gefärbten Stange auf und ab kletterte. Jünglinge und Mädchen stellten sich zur Schau und tanzten miteinander. Eine strenge Etikette herrschte bei diesen Festen, und die älteren Stammesmitglieder hielten eifrig Wacht: unterlag einer der Jungen den Verlockungen dieser Zusammenkünfte, so wurde er unauffällig aus der Menge weggeholt und erhielt unter mißbilligenden Worten und Gebärden seiner Freunde und Verwandten den Verweis. Fortan wäre es unzart gewesen, von ihm zu sprechen. Auf solche Weise wurden die niedrigeren Gelüste der Gemeinschaft unter der Maske oberflächlicher Fröhlichkeit verborgen.

Doch dies war nur eines der Mittel, durch die man für die niedrigen Bedürfnisse des Stammes Sorge trug. Eine Unzahl anderer Fallen erwartete den, der unaufmerksam oder widerspenstig war oder Pech hatte, und damit wurde eine ständige Klasse geschaffen, die dem Behagen und der Ernährung der oberen Reihen in der sozialen Pyramide zu dienen hatte. Es bestand zum Beispiel ein strenges Tabu auf jeden Kletterversuch, ja selbst das Gespräch darüber, wie man in den Sonnenschein des Hügellandes oberhalb der Klippen hinaufgelangen könnte, war verboten. In der Schlucht wurden diese Menschen geboren, und hier blieben sie bis zum Tode – von einigen Ausnahmen sowie von denen abgesehen, die als Fischer aufs Meer hinausfuhren. Die Schlucht war ein langes, enges Tal, dessen Breite zwischen etwa hundert Metern und drei Meilen an der breitesten Stelle schwankte; oberhalb gewisser Stromschnellen und eines großen Wasserfalles lag die Grenze, hinter der mörderische Feinde lauerten. Das Oberland galt als eine Wüstenei, in der dem gewöhnlichen Menschenwesen unberechenbare Gefahren und unermeßliche Übel drohten. Nur Männer, die mit außerordentlichen Zauberkräften begabt waren, konnten dort hinaufsteigen. Das Licht, der Streifen lebendigen Grüns waren heimtückische Versuchungen, die man aus seiner Rede und seinen Gedanken verbannen mußte. Davon zu sprechen oder unzuverlässigen Ohren auch nur ein Wort darüber zuzuflüstern, hieß, sich der Gefahr des Verweises aussetzen. Und dieser Zwang wurde aufs nachdrücklichste aufrecht erhalten. Ich bin überzeugt, daß ein Großteil der Stammesmitglieder von der Wiege bis zum Kochtopfe schritt, ohne von der Möglichkeit einer anderen Lebensweise auch nur zu träumen.

Nach dieser Erläuterung wird der Leser verstehen, warum sich jene Menschen durch eine dumpfe und gedrückte Konvention in ihrer Rede wie in ihrem Tun auszeichneten; auch daß eine gewisse ausdruckslose Trauer auf vielen der jüngeren Gesichter lag und ihre natürliche Häßlichkeit milderte, wird er begreifen. Das Leben des gemeinen Mannes war über alle Maßen eintönig und öde. Es wurde zu einem traurigen Paradoxon. Das ganze Geschöpf wurde von der Notwendigkeit, sich am Leben zu erhalten, so sehr in Anspruch genommen, daß ihm weder Mut noch Kraft übrig blieben, mit dem Dasein etwas anzufangen. Selbst an Festtagen lauerten die Leute vorsichtig daheim in ihren Hütten, denn sie fürchteten die frohe Erregung, die vor dem Fall kommt. Ich war vor allem durch die Einschränkung ihrer Bewegungsfreiheit betroffen, denn ich war an eine Zivilisation gewöhnt, in der jeder – oder zumindest jeder, der über die dazu nötigen Mittel verfügt – die ganze Erde bereisen kann. Nach einiger Überlegung wurde mir jedoch klar, daß ähnliche Beschränkungen das gewöhnliche Los der Menschheit gewesen sind, seit das menschliche Zusammenleben begann, und daß die Bedeutung der Grenzen erst vor verhältnismäßig kurzer

Zeit nachgelassen hat. Selbst in der hellen Welt der Gegenwart wachsen die Anziehungskraft der Heimat und die Sehnsucht nach ihr mit der Entfernung, und kein Rückreisebillett in der Tasche zu haben, gilt den meisten Menschen als Unglückssymbol. Trotz der verantwortungslosen Freiheit des Wahnsinns konnte ich es nur gegen beträchtlichen Widerstand durchsetzen, daß ich mich schließlich einer Expedition zum Klippenrand anschließen durfte, um dort die Riesenfaultiere auf der Weide zu beobachten und eine bessere Vorstellung von dem seltsamen Land zu gewinnen, in das das Schicksal mich geführt hatte.

Doch von den Riesenfaultieren der Hochebene, die mitunter sogar in die Schlucht herunterstolperten, von ihren ganz außergewöhnlichen biologischen Eigenschaften und von gewissen seltsamen Vorstellungen des Aberglaubens, die man mit ihnen verband, will ich später berichten. Ebenso will ich erst später von den Kriegen der Wilden erzählen, sowie von dem Handel, den sie mit ihren Nachbarn schluchtaufwärts trieben, und auch von dem kleinen, weißen Baumfaultier, das sich durch hohes Alter und Fruchtbarkeit auszeichnete und als Vater des Stammes galt. Ich bin von meiner Geschichte ein wenig abgeirrt, um kurz die Lebensweise des Stammes zu beschreiben.

Ich war daran zu erzählen, wie ich aus einer mir nicht mehr ganz klaren Befangenheit erwachte und zum Bewußtsein meiner selbst zurückfand, als ich aufbrach, um mit Chit, dem Wahrsager, Ardam, dem Krieger, und den drei kahlköpfigen Alten, die Recht sprachen und die Traditionen des Dorfes aufrecht erhielten, ein Mahl einzunehmen.

§ 4
Ein Gespräch mit den fünf Weisen

Obgleich ich durch das Zugeständnis eine häßliche Charakterveranlagung an den Tag lege, will ich bekennen, daß ich die fünf Weisen, mit denen ich essen sollte, allesamt verabscheute. Ich hatte sie stets für widerwärtig, schrecklich und äußerst gefährlich gehalten, und nun, da ich wieder ganz klar wußte, daß ich Arnold Blettsworthy war, mich an die Helle und den ganzen Reichtum der freien Zivilisation erinnerte, aus der ich in diese Umgebung geraten war, und erkannte, daß nur die Furcht mich veranlaßt hatte, die Lebensweise der Wilden anzunehmen, mischten sich mit einem Male Empörung und Groll in den Haß und die Abneigung, die ich bisher verborgen hatte. Ich dünkte mich an jenem Morgen himmelhoch erhaben über die schmutzige Gesellschaft im Speisehaus und betrat es mit einem völlig neuen Gefühl der Selbstbehauptung.

Das Speisehaus war eine runde Hütte, die sich rings um eine kreisförmige Steinplatte erhob; die Wölbung des Daches war dadurch entstanden, daß man die langen, biegsamen Schilfrohre, aus denen die Hütte bestand, in der Mitte zusammengebogen hatte; die Wand war mit einem Fries aus Menschenschädeln geschmückt, dem charakteristischen Merkmal aller bedeutenden Gebäude. Durch den Umstand, daß die Steinplatte, die uns als Eßtisch diente, rund war, wurde die Frage aus der Welt geschafft, welcher der ringsum Hockenden die bedeutendste Persönlichkeit sei. Die auffallendste und dabei am wenigsten widerliche Gestalt von den fünfen war ohne Zweifel Chit, der gewöhnlich „die Auslegung“ oder „das Licht“ genannt wurde. Wie bereits gesagt, war er untersetzt, runzlig und bucklig und trug ein großes, zu einer Rolle zusammengedrehtes Blatt als Kopfschmuck. Er war einer der braunsten

Inselbewohner, hatte einen überaus großen Kopf und dunkle, stark glänzende Augen, die verstohlen beobachteten. Aus ihnen sprach eine auf der Insel ungewöhnliche Klugheit, eine wachsame Klugheit. Er saß jetzt, die Hände auf die Knie gelegt, auf seinen Hinterbacken und betrachtete prüfend mein Gesicht, als ich eintrat.

In seinem Verhalten zu mir lag etwas wie Eigentumsrecht, was mich reizte, obwohl ich ihm tatsächlich mein Leben verdankte. Er war derjenige gewesen, der mich als wahnsinnig erklärt und bestimmt hatte, daß der Verweis mich nicht treffen dürfe. Unter seiner Anweisung war ich zum heiligen Irren gemacht worden. Ihm oblag es, meine Absonderlichkeiten zu beobachten und auszulegen; er stellte fest, welche Omen sich aus meinem Verhalten ergaben. Gelegentlich deutet er mir an, was ich zu tun hätte. Es bestand in dieser Hinsicht ein stillschweigendes Einvernehmen zwischen uns.

Einen starken Gegensatz zu seinem aufmerksamen Gesicht bildete das unbewegliche Antlitz des Kriegers Ardam, der „die Ehre des Stammes“ genannt wurde. Es hatte die unter den Militärs aller Völker verbreitete Eigenart, daß es, selbst von vorne gesehen, einem Profil glich, so losgelöst und ausdruckslos war es. Durch seine Nase war eine große Muschel gebohrt, Haifischzähne schmückten die Ohrläppchen, und oberhalb seiner großen, vorstehenden und glasigen Augen zeigten sich durch Schnitte und andere Mittel künstlich aufgeworfene Fleischwülste. Das Haar hatte er sich zu rotgefärbten Hörnern zusammengedreht, die Fleischwülste und geheimnisvollen Tätowierungen auf seiner nackten Brust waren zwecks größerer Auffälligkeit mit gelbem Ocker und Holzkohle umrahmt. Lange, magere Hände umschlossen die knochigen Knie, die Beine waren ordentlich und stramm verkreuzt, und in Erwartung seines Mahls saugte er geräuschvoll an den Zähnen.

Die drei kahlköpfigen Alten waren die Richter des

Stammes. Der eine hatte eine riesige, plattgedrückte Nase und spiralförmige Tätowierungen auf den Wangen; der zweite sah aus, als ob eine völlig eingetrocknete Haut über einen Totenschädel gezogen worden wäre, und die Zähne hatte er sich kokett abwechselnd rot und schwarz bemalt, wie es die Frauen zu tun pflegten; der dritte, dessen Wangen ebenfalls tätowiert waren, jedoch in konzentrischen Kreisen, befand sich in einem mehr flüssigen Zustand des Verfalls: er blinzelte, geiferte, und schwitzte. Im Alter waren ihm über das ganze Gesicht hin verstreute Haarbüschel gewachsen. Infolge meiner verspäteten Ankunft maßen mich alle drei mit feindseligen Blicken. Ich hatte die Absicht gehabt, mein widerwärtiges Gewand abzuwerfen und sofort ein offenes Wort mit den fünfen zu sprechen: bei ihrem Anblick gab ich mein Vorhaben auf. Ich machte die vorgeschriebenen Gebärden der Begrüßung und zwang meine nur allzu zivilisierten Beine in eine hockende Stellung zur Rechten Chits.

Ardam klatschte laut in die Hände, zwei bemalte und geölte junge Mädchen erschienen und stellten eine längliche Schüssel aus Holz, die einem breiten Kanu glich, auf den Tisch. Sie enthielt unser Mahl.

Wir fielen nicht sogleich darüber her. Das verbot die Etikette. Wir griffen mit der rechten Hand in die Schüssel, erfaßten einen saftig aussehenden Brocken und warteten, indem wir einander mit einer Miene heiterer Freundlichkeit anblickten. Wir müssen wie drei Paare von Boxern ausgesehen haben, die im Begriffe sind, in den Clinch zu gehen.

Dann, als würden wir im gleichen Augenblicke allesamt von derselben Eingebung erfaßt, machte sich jeder daran, den gewählten Brocken in den Mund seines Gegners zu schieben. Damit gaben wir kund, daß wir selbstlos seine Freude höher achteten als die eigene. Ich hatte die Gewohnheit, ein möglichst knorpeliges Stück auszusuchen und nicht so sehr nach dem Munde, als vielmehr nach dem Auge meines Nebenmannes zu zielen; überdies biß ich tüchtig in die Finger, die sich mit dem mir dargereichten Leckerbissen zu weit vorwagten. An jenem Tage aber erhaschte Chit meinen Brocken mit der Geschicklichkeit eines Flußpferds in einem zoologischen Garten, und seine Finger kamen heil davon; er wischte sie quer über mein Gesicht hin fein säuberlich ab. Ich taumelte nach hinten, fand aber das Gleichgewicht alsbald wieder. „Hooo", entfuhr es mir. Wir verzehrten unsere Brocken mit schmatzendem Wohlbehagen und unter beifälligem Grunzen, und kauten etwas länger daran, als unbedingt nötig gewesen wäre.

„Die Freundin hat uns vom Allerbesten gegeben", sagte der Alte mit dem Totenschädel, als er den Mund leer hatte. Wir anderen wiederholten diese dankbaren Worte, und nachdem wir so der guten Sitte Genüge getan hatten, machte sich jeder daran, möglichst viel vom Rest des Gerichtes zu erhaschen. Ich beteiligte mich an jenem Tage nicht sehr lebhaft an dem Wettstreit, denn ich beschränkte mich vorwiegend auf die Wurzeln und Blätter, mit denen das Gericht garniert war.

Solange die Schluckgeräusche nicht den Anzeichen einer angenehmen Gesättigtheit Platz machten, verbot die gute Sitte jede Ablenkung der Aufmerksamkeit durch ein Gespräch; wenn sich aber die Schüssel zu leeren begann und ein oder zwei Kürbisflaschen voll der gegorenen Boganußmilch ausgetrunken waren, zeigte sich bei allen Anwesenden die Neigung zu sprechen. Dies war der Augenblick, da der Geist des Stammes rege wurde. Man tauschte Ideen aus und spielte mit ihnen. Und ich konnte bei diesen Anlässen über mancherlei Aufschluß gewinnen. An jenem Tage aber, an dem ich mich auf mich selbst besonnen hatte, war ich mehr dazu geneigt, Mitteilungen zu machen, als meinen Genossen zu lauschen.

Der Augenblick des Gespräches kam, sobald der Alte mit der eingetrockneten Haut das Mahl in aller Form beendet hatte. Ihm oblag es, „Dank der Freundin" zu sagen und seine Befriedigung über die Güte des Essens durch ein Rülpsen zu bekräftigen.

„Dank der Freundin", wiederholten wir und taten desgleichen.

„Heil dem weisen kleinen Baumfaultier, dem Patriarchen und Beherrscher unseres Stammes! Möge es in aller Ewigkeit auf dem Baume des Lebens umherklettern."

Denn man hatte diesen Geschöpfen auf einem von Sträuchern bewachsenen Felsvorsprung, in halber Höhe der Klippen, zwischen den Zweigen einiger Bäume eine Art Käfig gebaut, und es bestand die seltsame Ansicht, daß diese harmlosen kleinen Tiere über dem Schicksal des Stammes walteten. Die meisten gewöhnlichen Leute glaubten daran unbedingt. Chit, Ardam und die Alten galten bloß als Minister, und jene seltsamen Lieblinge des Stammes flüsterten ihnen angeblich Weisheit ein. Ohne Zweifel war jener sonderbare Glaube das Überbleibsel einer sehr alten, nunmehr aber im Verschwinden begriffenen Tieranbetung, doch ist es mir infolge meiner geringen Forschungsgabe niemals gelungen, Näheres über seinen Ursprung zu erfahren. Als einziges Gegenstück dazu in der zivilisierten Welt fiel mir die heilige Herrschaft des Mikado vor der Modernisierung Japans ein. In der Praxis befreite diese Lehre Chit und seine Genossen von der Verantwortung für Bevorzugungen, Verfolgungen und Tyranneien aller Art. Sie behaupteten, das kleine Baumfaultier habe ihnen dies und das zugeflüstert, und sofort war das instinktive Anhänglichkeitsgefühl des Stammes wach. Chit und seine Freunde herrschten über den gemeinen Mann und fraßen ihn auf: da war es immerhin ein Trost, sich einzubilden, daß die kleinen Faultiere ihrerseits über Chit und seine Freunde herrschten.

Ich wiederholte den üblichen Wunsch, daß der Baum des Lebens niemals der Schar parasitischer kleiner Herren ledig sein möge, die auf ihm herumkletterten.

„Und nun . . .“ hob ich daraufhin an, während mein Herz verzweifelt klopfte, und mit geheuchelter Ungezwungenheit legte ich den faulenden Tierschädel ab, der mich so lange aufs Hirn gedrückt hatte.

„Ich finde es hier in der Schlucht sehr heiß“, sagte ich. „Als ich hier heraufstieg, sah ich den Sonnenschein droben auf dem Hügelland, und da erinnerte ich mich plötzlich der großen Welt, aus der ich zu euch gekommen bin, und dachte daran, wie weit, wie frei und wie reich an Hoffnung sie ist. Ich habe euch noch nie von ihr erzählt. Nun aber will ich es tun.“ Und ich warf das schmutzige alte Fell ab, das mich umhüllte, und saß nun als ein hellhäutiger Weißer unter diesen braunen Menschen, die so seltsam herausgeputzt und mit Ehrenzeichen bedeckt waren.

Die drei Alten brachen gleichzeitig in ein Schreckensgeschrei aus. Drei Finger zeigten auf mich. „Seht!“ riefen sie. „Was tut er?“

Der Krieger wies nicht mit dem Finger auf mich, doch wurde er krebsrot, und seine vorstehenden Augen betrachteten mich mit einem Ausdruck zornigen Staunens. Er hätte gewiß etwas über meine absichtliche Ungehörigkeit gesagt, wäre ihm ein vernünftiger Satz eingefallen. Doch er war mehr ein Mann der Tat als des Wortes.

Chit beruhigte seine erschreckten Gefährten durch eine Handbewegung.

„Dies ist keine Sünde“, sagte er. „Wir sind uns ja darüber einig, daß‘ der heilige Irre unseres Stammes gar nicht sündigen kann. Dies ist ein bedeutsames Geschehnis. Der Geist der Göttin ist über ihm. Laßt ihn tun und sagen, was er muß, wenn es euch auch erschreckt. Dann werden wir –“, er meinte sich selbst „die Bedeutung dessen, was er gesagt und getan hat, erkennen können.“

Ardam knurrte zweifelnd.

Ich dankte Gott in meinem Herzen, daß der Mut mich nicht verließ.

„Als ich heute hierher kam, erhabene und edle Brüder", sagte ich, „sah ich den blauen Himmel. Und da wurde ein Vorhang weggezogen, und mein Geist blickte zurück auf die Stadt, in der ich einst die Weisheit der Menschen studierte. Es war eine liebliche und angenehme Stadt. Jeden Tag hörte man dort von neuen Dingen und neuen Hoffnungen. Dort habe ich gelernt, daß die Menschen nicht alle Zeit in engen Tälern und Schluchten bleiben, sondern in die freie Weite hinauswandern sollen, daß sie aus der Schwäche und der Beschränktheit ihrer unglücklicheren Gefährten keinen Nutzen ziehen dürfen, und daß sie nicht unter steter Furcht und stetem Zwange leben müssen."

„Das ist Wahnsinn", sagte der Alte mit den tätowierten Wangen und begann, sich die Zähne mit einem Gupadorn zu säubern.

„Selbstverständlich ist das Wahnsinn", bestätigte Chit, ohne den Blick von meinem Gesichte abzuwenden. „Wir wissen ja, daß er wahnsinnig ist. Aber es hat Bedeutung. Erzähle uns mehr von dem Lande, aus dem du kamst."

„Von der Welt", verbesserte ich.

„Von der Welt", stimmte er zu.

„Sein Wahnsinn hat Methode", sagte der Alte über seinen Zahnstocher hinweg. „Solche Worte verdienen den Verweis, ob er nun verrückt ist oder bei Verstand."

Ardam schlug sich zustimmend auf den Schenkel.

Doch nun wurde ich mir darüber klar, wie sehr Chit seine Gefährten an Klugheit überragte. „Erzähl uns mehr von dieser deiner Welt", forderte er mich auf, und ich sah eine lebhafte Wißbegier in seinen Augen leuchten.

Der sabbernde alte Mann lallte eine Bemerkung. „Jedermann weiß doch, daß er aus dem Meer gekommen ist.

Deine Weisheit hat uns das gelehrt. Die Sonne schien auf faulenden Unrat und zeugte ihn. Es gibt keine andere Welt als die, in der wir leben. Wie *könnte* es eine andere geben?"

„Das ist wahr", sagte Chit. „Trotzdem wollen wir das Märchen, das er uns zu erzählen hat, anhören."

„Ihn anhören!" schnaubte Ardam. „Meinem Rat nach sollte man etwas anderes mit ihm tun. Überlaßt ihn mir, und ihr sollt von seiner besseren Welt nichts mehr hören."

„Das hat Zeit", meinte Chit überredend, indes seine Augen mich zu beruhigen suchten.

„Die Länder, aus denen ich gekommen bin, breiten sich weit und frei unter der Sonne aus."

„Und die Leute laufen darin auf dem Kopf umher!" sagte der Alte mit dem Totenschädel und war überwältigt von seinem eigenen Witz.

„Wird ein Verweis erteilt, so kostet er nicht das Leben. Die Menschen verzehren einander nicht, sondern nähren sich gleich Brüdern von Speisen und Getränken, die sie sich gemeinsam beschaffen."

„Schmähliche Lästerung!" schrie der Sabberer. „Was soll das heißen: einander verzehren? *Wer* verzehrt irgend jemanden?"

„Es ist vollkommen blödsinnig", meinte der Häßlichste von den dreien.

Chit lächelte über meine unglaubliche Behauptung und wiegte den Kopf langsam von einer Seite zur andern. „Und ist genug für alle da?" fragte er, um mich zu weiteren Mitteilungen zu ermuntern.

„Genug für alle."

„Doch wenn sich die Menschen vermehren, dann ist wohl nicht mehr genug für alle da?"

„Je mehr Münder, desto mehr Hände. Das Land breitet sich weithin aus, und die Sonne scheint. Bisher – jawohl – bisher ist immer genug für alle dagewesen."

Daran hielt ich mit allem Nachdruck fest. Für diese

Wilden mußte ich die Tatsachen ein wenig vereinfachen. Verwickelte Einzelheiten hätten sie nicht verstanden.

So stimmte ich ganz unvorbereitet einen Lobgesang auf die Zivilisation an und pries, was sie der Menschheit geschenkt habe und noch schenken könne, wobei ich das eine mit dem anderen vielleicht ein wenig inniger vermengte, als die Tatsachen rechtfertigen. Indem ich mich, so weit ich konnte, dem Verständnis meiner Zuhörer anpaßte, entwarf ich ihnen ein lebhaftes und hoffnungsfrohes Bild eines modernen Gemeinwesens, wie ich es meiner Erziehung nach sah. Ich betonte, welche praktischen Vorteile die hohe Moral mit sich bringe, die durch gerechte Gesetze und eine gute Erziehung geschaffen wird. Ich verbreitete mich über die Mildtätigkeit, die gütige Nachricht und die Hilfsbereitschaft notleidenden Mitbürgern gegenüber, soweit es solche gebe.

Ich war überrascht und erfreut, als ich entdeckte, daß viel vom Optimismus und der sittlichen Inbrunst meines Onkels in meiner Rede auftauchte, denn ich hatte befürchtet, daß all das für immer von mir abgefallen sei. Der Klang meiner Stimme erfüllte mich mit Befriedigung; meine Lust zu sprechen steigerte sich, und ich setzte meine Darlegungen mit wachsender Zuversicht fort.

Insbesondere sprach ich von der Sauberkeit und der Gesundheit des zivilisierten Lebens, von dem Glück und der Fülle des Daseins in einem Gemeinwesen, in dem jeder dazu erzogen werde, seinem Nachbarn zu vertrauen, und vom Reichtum an Gütern und Bedarfsgegenständen, den unsere hochentwickelte Zusammenarbeit allen nutzbar machte. Ich sprach von elektrischer Beleuchtung und Kraftübertragung, von öffentlichen Verkehrsmitteln und von der Überwachung der Fabriken. Ich beschrieb einen Ausflug an die See und ein Fußballmatch in so rosigen Ausdrücken, daß ich schließlich selbst in ein Entzücken über diese Volksbelustigungen geriet, das mir bisher fremd gewesen war. Ich skizzierte unsere demokratischen Einrichtungen und schilderte die Dienste der Presse. Ich stellte unsere menschenfreundliche konstitutionelle Monarchie der abergläubischen Anbetung einer Brut untergeordneter Tiere entgegen und unsere Landeskirche, die, wie ich sagte, umfassend genug sei, um die verschiedensten Glaubensbekenntnisse in sich zu schließen, den blutbefleckten Riten der Göttin. Meine Schilderung Oxfords glich einem Gemälde Athens aus der Hand eines victorianischen Künstlers, und was ich von der Bodleyanischen Bibliothek erzählte, hätte man für eine Beschreibung des göttlichen Gehirnes halten können.

Je mehr ich mich für meinen Gegenstand erwärmte, desto weniger beachtete ich die kahlen Alten und den Kriegsherrn; sie verschwammen im Nebel, und nur der dicht neben mir sitzende Chit blieb deutlich sichtbar: er lauschte mir mit kluger Miene, stellte von Zeit zu Zeit sehr treffende Fragen und betrachtete mich prüfend, wenn ich ihm nicht sofort Rede stehen konnte.

„Gibt es auch Soldaten?" fragte Ardam plötzlich, aus dem Nebel auftauchend, der ihn verhüllt hatte.

„Es gibt Soldaten", sagte ich, „Männer von Ehre, deren einziges Ziel es ist, den Frieden aufrechtzuerhalten. Denn es herrscht die Überzeugung in unserer Welt, daß wir aufs beste für den Krieg gerüstet sein müssen, wenn wir den Frieden sichern wollen."

„Aha!" sagte Ardam, und seine Miene verlor an Feindseligkeit.

Doch als ich weitersprach, hörte mir bald nur mehr Chit zu. Eine Verwandlung schien über ihn zu kommen. Er blieb so häßlich wie immer, doch seine seltsame Kopfbedeckung wurde weniger störend, und ein Hauch von Eleganz veredelte sein kluges Gesicht.

Er lauschte, er nickte mit dem Kopfe, er befragte mich mit zunehmendem Zweifel. Seine Einwürfe verrieten in immer geringerem Maß die hochtrabende Beschränktheit des Wilden. Plötzlich schnitt er meine Darlegung ab.

„Du weißt selbst", sagte er, „daß du lügst."

Ich hielt inne.

„Ich begreife nicht", fuhr er fort, „weshalb du auf solche Art von einer unmöglichen Welt erzählst."

„Unmöglich!"

„Es gibt keine solche Welt", sagte Chit. „Es hat nie eine solche gegeben und kann keine solche geben, denn die Menschen sind nicht dafür gemacht."

Ich blickte um mich, und das starre Antlitz des Soldaten wie auch die häßlichen, grausamen und blöden Gesichter der drei Weisen schienen wieder klar umrissen und ganz nahe. Chit warf einen Seitenblick auf sie, ehe er weitersprach. „Du bist ein Träumer, ein irrsinniger Träumer, und du schreitest in einem Traum durchs Leben." Mit einer Handbewegung schob er die Zivilisation beiseite. „Die wirkliche Welt ist hier und jetzt, die einzig wirkliche Welt. Erkenne sie als das, was sie ist."

Und plötzlich geriet etwas in meinem Herzen ins Wanken, und ich zweifelte selbst an vielem, was ich gesagt hatte.

§ 5

Die düsteren Megatherien

Die Naturgeschichte des Riesenfaultiers, auch *Megatherium Americanum* genannt, die ich von den Bewohnern der Insel Rampole erfuhr und nach eigenen Beobachtungen zusammenstückelte, erscheint, das muß ich zugeben, kaum glaubhaft. Merkwürdigerweise lassen jedoch zwei mir bekannte Biologen meine Angaben in weit höherem Maße gelten, als so manche andere, zu einem Urteil weit weniger befähigte Leute, denen ich von den Riesenfaultieren erzählt habe. Der folgende Abschnitt meines Buches soll aber keineswegs ein Beitrag zur Wissenschaft sein. Ich schildere ihn als das, was er ist, nämlich als einen notwendigen Teil meiner außerordentlichen Erlebnisse. Soweit ich in Betracht komme, sind die darin gemachten Angaben jedenfalls wahr, und für mich bleiben sie wahr, wenngleich ich in bezug auf so manches andere zu der Erkenntnis gekommen bin, daß ich mich wohl geirrt habe. Was die Einzelheiten anbelangt, vermag ich keinerlei Nachweis zu führen; ich könnte auch dem mildesten Kreuzverhör nicht standhalten, das darf der Leser nicht vergessen. Trotzdem sind einige meiner Eindrücke überwältigend, selbst Einzelheiten: die riesige Flanke des Tieres mit den langen, schmutzigen, groben, gelblich-grauen Haaren, in denen flechtenartige Kräuter und Schwämme hafteten, die Tatzen, die über Steine und Wurzeln dahinkrabbelten, und der eigentümlich dumpfe Geruch. Ich bin fest davon überzeugt, daß ich jenen Tieren begegnete, wenn auch vielleicht auf eine andere Art oder unter anderen Umständen, als mein trügerisches Gedächtnis mich jetzt glauben macht.

Unglücklicherweise kann ich mich nicht darauf besinnen, wie mein Ausflug in das Hochland zustande kam, noch wie wir von der Schlucht heraufkletterten. Doch bin ich mir bei all den Eindrücken, die mein Gedächtnis bewahrt hat, der Anwesenheit Chits und des angsterfüllten Jungen bewußt, den wir als Träger auf diese Expedition mit uns nahmen.

Die wesentlichen Tatsachen über die Riesenfaultiere sind dem Leser wahrscheinlich geläufig. In den Tagen vor dem Mammut, dem Mastodon, dem Säbelzahnlöwen und ähnlichen Ungeheuern lebten sie in großer Zahl auf der Erde, und zwar gab es sowohl europäische als auch amerikanische Abarten. Doch ist jede Spielart lange vor dem Erscheinen des Menschen verschwunden, ausgenommen in Südamerika. In Südamerika, das auch der letzte Zufluchtsort der verschiedenen Kletter- oder Baumfaultiere ist, erhielt sich eine Abart von der Größe des heutigen Elefanten bis in gar nicht sehr weit zurückliegende Zeiten hinein, und zwar hauptsächlich in der Wildnis Südpatagoniens und der Tierra del Fuego; und auf der Insel Rampole lebt diese Abart heute noch, wenn mein Zeugnis Geltung hat. In jedem bedeutenderen naturhistorischen Museum kann man das mehr oder weniger eindrucksvoll zusammengebaute Skelett eines Riesenfaultieres sehen. Diese Skelette sind nicht im eigentlichen Sinne des Wortes *Fossilien;* sie sind nicht versteinert wie die wirklichen Fossilien, zum Beispiel die Überreste der weit älteren Dinosaurier; sie sind echte Knochen, wie auch das Skelett eines Pferdes oder einer Kuh aus richtigen, frischen Knochen besteht. Es sind in der Tat so frische Skelettüberreste von Megatherien aufgefunden worden, daß wir sogar behaarte Hautteile und den Knochen anhaftende Knorpeln besitzen. Einige der aufgefundenen Knochen sind offenkundig von Menschenhänden bearbeitet worden. Doch trotz besonderer Expeditionen in die genannten öden Landstriche hat man kein lebendes Riesenfaultier entdecken können.

Die Insel Rampole ist bisher von der Forschung übergangen worden, obgleich ihre hoch emporragenden Landmassen zu Entdeckungszügen einzuladen scheinen. Sie ist auf den Landkarten ein nichtssagender Fleck und in unserer Geographie ein bloßer Name. Ich glaube nicht, daß außer mir irgendein Weißer jemals in ihre Schluchten eingedrungen ist oder ihre Bewohner von Angesicht zu Angesicht gesehen hat. Beschützt durch abergläubische Tabus und durch andere Umstände begünstigt, haben sich dort einige hundert jener schwerfälligen Bewohner der prähistorischen Welt am Leben erhalten. Viele von ihnen müssen außerordentlich alt sein, denn, wie beim Karpfen, manchen Papageienarten und einigen anderen Geschöpfen, scheint auch bei ihnen der Lebensdauer keine natürliche Grenze gesetzt. Es gibt keine fleischfressenden Tiere, die ihnen nachstellen; und die Menschen jagen sie nicht. Chit sagte mir, daß nicht nur der Genuß ihres Fleisches, sondern auch der Geruch ihres verwesenden Leichnams den sicheren Tod bedeute. Doch diese Behauptung mag übertrieben sein. Ich habe sie nicht auf die Probe gestellt.

Zu allererst aber will ich die Landschaft beschreiben, die sich unseren Blicken bot, als wir aus der Schlucht auftauchten, denn ihr charakteristisches Gepräge steht in engem Zusammenhang mit den Gepflogenheiten jener Urtiere. Immer wieder hatte ich aus dem Tal nach den Gipfeln der Klippen emporgeblickt und mir dabei eine übertriebene Vorstellung vom Reichtum der Vegetation gebildet, die ich dort oben im Sonnenschein finden würde; doch schon bei meinem ersten flüchtigen Vorstoß in das Hügelland war mir ein eigentümlich beschädigtes und verkümmertes Aussehen der Bäume und Pflanzen aufgefallen. Bei dieser zweiten und ausgedehnteren Exkursion – wir wanderten fünf oder sechs Tage umher – konnte ich die Erläuterungen Chits besser begreifen und wurde mir darüber klar, was geschehen war. Die Megatherien leben ausschließlich von frischen Schößlingen und knospenden Pflanzen. Langsam bewegen sie sich über das Hügelland hin, suchen die Bäume nach neuen Trieben ab und vertilgen jede schwellende Knospe. Infolgedessen ist jeder Baum und jeder Strauch ohne Ausnahme verkrüppelt und verkümmert. Die weiten Ebenen weisen keinerlei Graswuchs auf, von einigen Stellen abgesehen, wo stachelige oder dornige Pflanzen einige Halme vor dem Zerstörer beschützt haben. Die Megatherien vernichten alle Blumen, die sie zu Gesicht bekommen. Sie verzehren Vogeleier, wobei sie die Nester zermalmen, und führen gegen alle rührigen kleinen Tiere auf eine zwar träge, aber dabei erstaunlich erfolgreiche Art und Weise Krieg. Sie bewegen sich offenkundig so langsam fort, daß sie ihre Opfer sehr oft überraschen, auch dürften sie auf viele kleinere Lebewesen eine Art Hypnose ausüben.

Sie richten sich nicht auf den Beinen empor, wie die meisten Säugetiere, sondern schieben ihren Körper mehr wie Reptilien fort. Wir wanderten einige Zeit umher, ohne auf welche zu stoßen, obgleich wir sehr bald eine Spur entdeckten, die so aussah, als ob man einen riesigen Sack mit altem Eisen über den Erdboden geschleppt hätte. Über der Spur schwebte ein Geruch, daß man hätte denken können, der älteste und schmutzigste Müllwagen sei hier vor kurzem vorbeigekommen, und Chit ermahnte mich, vorsichtig zu gehen und mich vor den Zecken und anderen unangenehmen Parasiten zu hüten, die das Tier hinterlassen haben mochte. Gegen Sonnenuntergang bekamen wir das erste Ungeheuer zu Gesicht. Das war bedauerlich, denn es ist unklug, in der Nähe eines Riesenfaultieres zu lagern – sie sind arglistig und fürchten das Feuer nicht. Doch mein Verlangen, das Ungetüm aus nächster Nähe zu sehen, war so groß, daß wir trotz des Gewinsels und der leise gemurmelten Proteste unseres Trägers eine Weile vorsichtig hinter ihm herpirschten, bis wir schließlich seine Spur verließen.

Durch Museumsbesuche und rekonstruierende Bilder hat der Leser wahrscheinlich eine Vorstellung von diesem Geschöpf gewonnen; er weiß, daß Rumpf, Schwanz und Hinterbeine riesig sind und die weitaus größere Hälfte des Kopfes aus dem Unterkiefer besteht. Doch auf all den phantasievollen Rekonstruktionen, die mir je zu Gesicht gekommen sind, sieht das Megatherium viel zu gewöhnlich aus, gleicht viel zu sehr einem wohlgepflegten Tier aus einer Menagerie, in Wirklichkeit aber habe ich es niemals die bei Zeichnern so beliebte Stellung einnehmen sehen, die es stolz emporgerichtet wie einen Tischredner zeigt, während die langen Klauen der Vorderfüße einen Baum umfassen. Es richtet sich wohl auf, doch stützt es sich dabei, zurückgelehnt, auf seinen Schwanz, und die Vorderpfoten hängen über den Bauch herunter. Auch schreitet es nicht in der Art eines Bären, wie manche der Skelettersteller angenommen haben. Diese Fachleute scheinen nicht gemerkt zu haben, wie unbequem die Tatzen dabei auf den Boden zu stehen kommen. Die Gangart des Megatheriums ist tatsächlich anders als die irgendeines mir bekannten Tieres. Es geht auf jenen Teilen seiner Hinterbeine, die dem Ellbogen und dem Unterarm des Menschen entsprechen, während die Vorderpfoten vorne lose herabbaumeln; den Kopf hält es tief und gewöhnlich auf eine Seite geneigt, und der Steiß ragt weit höher empor als irgendein anderer Körperteil, so daß es dahinzukriechen scheint. Es befindet sich fast in der Stellung, die ein Orientale auf seinem Gebetteppich einnimmt. Überdies ist die Partie rings um die Unterlippe viel fleischiger, das Maul viel schnauzenartiger als die Zeichner meinen; es hat ein riesiges, weit vorgeschobenes, sabberndes, rosafarbiges Maul, Lippe und Nase gehen ineinander über, sind mit Borsten versehen, und die Augen sind sehr klein und rosa umrandet. Die Unterlippe kann es wie eine Kohlenschaufel vorschieben. Es kann hören, wie ich weiß, doch habe ich keine Ohren bemerkt und kann sie deshalb nicht beschreiben. Seine Haut ist von einem häßlichen Rosa, wird aber zumeist durch lange, grobe Haare, die man fast als Federkiele bezeichnen könnte, verborgen; diese Haare haben die Farbe alten Dachstrohs, und es wimmelte in ihnen nicht nur von mannigfachem Ungeziefer einschließlich der größten schwarzen Zecken, die ich jemals gesehen habe, sondern sie sind auch von einer schleimigen Schicht grünlicher Algen und Flechten bedeckt, die in schweren Massen über Flanken und Schwanz herabhängen. Am Steiß und Schwanz befindet sich richtiges Erdreich; ich habe

Unkraut darauf wachsen sehen, einmal sogar eine kleine weiße Blume. Der ganze Körper riecht nach faulendem Seegras und Abtrittsdünger, und der Atem – sein Hauch traf mich bei einem furchteinflößenden Anlaß – verbreitet einen merkwürdig süßlichen Gestank. Gewöhnlich bewegt sich das Tier ruckweise weiter und grunzt dabei in sich hinein; der Vorderkörper wird emporgehoben und vorgestreckt, dann folgen Lenden und Hinterbeine mit einer ein wenig komisch wirkenden Ängstlichkeit, darauf kommt wieder der Vorderkörper an die Reihe und so weiter. Doch kann es sich, wie ich noch erfahren sollte, auch mit raschen Sprüngen fortbewegen. Das Geschöpf blickt mit eigentümlich schnuppernden Bewegungen seiner biegsamen Schnauze um sich, gelegentlich öffnet es das Maul und läßt ein Geräusch ertönen, das an das Blöken eines angsterfüllten Kalbes erinnert, jedoch lauter und anhaltender ist.

Solcher Art war das Tier, das ich im Zwielicht inmitten der verstümmelten Bäume und Sträucher des Hochlandes erblickte. Es schien unsere Anwesenheit nicht zu merken, obgleich wir ziemlich nahe an seiner Flanke standen. Ich war fasziniert von diesem phantastischen Gebilde der Natur und wäre wohl bis nach Einbruch der Dunkelheit in seiner Nähe geblieben, um zu beobachten, wie es dahinkroch und weidete, wenn der Junge mich nicht immer wieder an den Ellbogen getippt und mahnende Worte Chits mich nicht daran erinnert hätten, daß wir uns einen Lagerplatz suchen müßten, ehe die Nacht hereinbrach.

Mir schien es zu diesem Zeitpunkt noch nicht so wichtig wie den anderen, daß wir außerhalb der Reichweite der Megatherien kampierten. Das Tier, das wir beobachteten, schien unaufmerksam und geradezu rührend friedfertig. Doch als wir ein wenig später auf frische Spuren stießen, bestand Chit darauf, daß wir bis lange nach Einbruch der Dunkelheit uns durchs Dickicht schlugen, ehe wir halt machten. Wir wählten eine sandige kleine

Lichtung in der Nähe eines Baches; in der Nähe gab es Mengen von Moos, woraus wir uns Streu für unser Nachtlager bereiten konnten. Ich hatte meine gewohnte Tierhaut als Decke mit, meinen offiziellen Kopfputz jedoch hatte ich unten im Tale gelassen. Mit trockenem Holz entzündeten wir ein Feuer und bereiteten uns ein aus Wurzeln bestehendes Mal. Der Junge hatte einen Kochtopf mitgebracht, den er auf die heiße Asche setzte. Ich hatte mir aus der auf dem Wrack gemachten Beute einige Schachteln Streichhölzer gesichert, ehe die Wilden sich über deren Gebrauch klar geworden waren, hatte sie aufbewahrt und benützte diesen Schatz nun, was den Jungen mit Entsetzen und Bewunderung erfüllte. Wir aßen. Der Mond ging auf, die Nacht war ziemlich warm, und eine Zeitlang hockten wir am Feuer und unterhielten uns, während mich der Junge, von einer ungewohnten Ehrfurcht erfüllt, mit weit aufgerissenen Augen beobachtete.

Naturgemäß begannen Chit und ich von den Megatherien zu reden.

„Was können sie eigentlich einem Menschen tun?“ fragte ich.

Chit sagte, sie könnten sich aufrichten, sich mit ihrem ganzen Gewicht auf ihn fallen lassen, ihn zermalmen, ihn mit den Klauen fassen und ihm Haut und Fleisch in Streifen abreißen. Auch bringe es Unglück, sie sich zu Feinden zu machen. Ihre Bosheit sei grenzenlos. Und sie seien unendlich alt und sehr hinterlistig. Und giftig.

„Wieso sehen wir keine Jungen?“

„Es gibt heutzutage nur sehr wenige Junge. Außerdem gehen sie ein.“

Ich war erstaunt. Er versicherte mir, daß alle jungen Megatherien stürben. Auf diese Weise gelangten wir in den Besitz ihrer Felle und Knochen.

Ich stellte einige weitere Fragen, und seine Antworten

waren so unglaublich, daß ich ihn seine Behauptungen wiederholen ließ. Wenn alle Jungen der Megatherien stürben, dann würde es eines Tages keine Megatherien mehr geben, meinte ich. Doch der Geist des Wilden war nicht gewohnt, auf solche Art in die Zukunft zu blicken. Warum sie stürben? Die Megatherien zögen ihre Jungen nicht auf; sie seien zu alt dazu. Der Instinkt in ihnen sei erloschen. Sie hätten einen Widerwillen gegen alles Junge. Es würden heutzutage nur sehr wenige, wenn überhaupt irgendwelche geboren. Ich blinzelte, denn der Rauch des Feuers tat mir in den Augen weh, und blickte in das häßliche Angesicht meines Gefährten. Das breite, rot beleuchtete Antlitz unter dem lächerlichen Kopfputz war völlig ernst. Ich verlangte Aufklärung über einige naheliegende Fragen. Es sei schwer, sagte er, das Geschlecht eines Megatheriums zu bestimmen, auch wisse man von keinerlei Brunst oder Liebesspiel unter ihnen. Er seinerseits glaube, daß sie heute alle Weibchen seien und nur trächtig würden, wenn man sie aus ihren Lebensgewohnheiten reiße und in Schrecken versetze. Dann würden sie trächtig, erklärte er, doch sie bereuten es. Einst, vor langer Zeit, müsse es einige wenige Männchen gegeben haben, er wisse es nicht. Es sei ihm auch zu gleichgültig, um darüber Vermutungen anzustellen.

„Ja, aber . . .?" fragte ich, von ungläubigem Staunen erfüllt.

„Dieses Land gehört ihnen. Sie fressen. Sie sonnen sich. Sie haben genügend Nahrung, für Zuwachs aber würde das Vorhandene nicht genügen. Warum sollten sie jemals sterben? Sie werden nicht gejagt. Sie werden nicht gegessen. Nichts Lebendiges wagt es, sie zu jagen oder zu essen, weil ihr Blut giftig ist. Sie sind da und bleiben da. Ein Teil deiner Verrücktheit, Irrer, ist, daß du immerfort von diesem deinem Fortschritt redest. Gibt es keine Megatherien in deiner Welt? – In jener Welt, die ohne Unterlaß fortschreitet? Gibt es nichts in deiner Welt, was sich weder fortpflanzen noch sterben will?"

„Nichts", sagte ich und verfiel in Nachdenken.

„Kein Lebewesen", verbesserte ich.

Er betrachtete mich eine Weile und lächelte dabei auf seine skeptische Art. Wäre er nicht so offenkundig ein Wilder gewesen, so hätte ich meinen können, er habe den Grund dieses Vorbehaltes erraten. Er hielt den Kopf ein wenig zur Seite geneigt, sein Buckel ragte empor, und seine riesigen Hände ruhten auf seinen Knien. Der Junge beobachtete unsere Gesichter, von der Unbegreiflichkeit des Gesprächs überwältigt.

„Wir wollen schlafen", sagte Chit schließlich, erhob sich, um seine Glieder zu strecken, und legte sich gähnend nieder. Der Junge schürte auf eine gebieterische Handbewegung hin das Feuer. Ich blieb sitzen, starrte in den rauchigen Feuerschein und beobachtete, wie die rastlos emporzüngelnden Flammen sich einen Weg durch die trockenen Blätter und Zweige bahnten. Eine Zeitlang beobachtete mich Chit, dann schien er zu einem abschließenden Urteil über mich gekommen und schlief gleich darauf ein.

Ich war erfüllt von der Entdeckung, daß ich das Leben und die Natur eben erst zu begreifen begann. Die Geschichte der Megatherien rückte gewisse sonderbare Tatsachen in meiner Welt in ein neues Licht und ließ sie mich klarer erkennen – Tatsachen, die sozusagen seit langem auf der Schwelle meines Erkenntnisvermögens saßen und auf den Augenblick warteten, da meine Aufmerksamkeit rege werden würde. Nun drangen sie ein und ließen sich nieder. Ich war in der Idee eines riesenhaften Kampfes ums Dasein großgezogen worden, eines allgemeinen, erbarmungslosen Wettbewerbes, der jedes Geschöpf und jede Spezies kräftig, lebensvoll und tüchtig erhält. Wenn man sich die Sache jedoch genauer überlegt, so führen nur sehr wenige

Lebewesen einen Kampf ums Dasein und kaum irgendeines ist wirklich kräftig, lebensvoll und tüchtig. Daß alle Lebewesen so seien, war ein wesentlicher Teil meiner Verblendung gewesen. Ich hatte mir eingebildet, daß eine Spezies, sowie sie veränderten Bedingungen gegenübergestellt wird, ans Werk geht, sich ebenfalls verändert und Formen hervorbringt, die den neuen Bedingungen aufs beste angepaßt sind, so daß zahlreiche Individuen den Lebenskampf bestehen; ferner, daß nichts die Spezies besiegen kann, als eine andere, mit ihr wetteifernde, die sich den neuen Umständen noch besser und rascher angepaßt hat, so daß sie in noch zahlreicheren Exemplaren am Leben bleibt. In Wirklichkeit hingegen benimmt sich eine Spezies unter veränderten Bedingungen wie ein stammelnder Idiot, dem man eine zu schwierige Frage stellt, sie tut die seltsamsten und zwecklosesten Dinge; und eine fruchtbare Fortpflanzung ist nur eine unter Myriaden von möglichen Wirkungen der veränderten Umstände. Ich mußte erst noch lernen, daß die meisten der wunderbaren Blumen, die so erstaunlich dafür ausgerüstet sind, von diesem oder jenem bestimmten Schmetterling befruchtet zu werden, niemals auf diese Art zur Befruchtung gelangen. Ein Vogel hat den Schmetterling inzwischen ausgerottet. Ich mußte erst noch erkennen, daß das Überleben des Tauglichsten nicht halb so auffällig ist wie die Langsamkeit der Anpassung. Ich wußte damals noch nicht – inzwischen habe ich es gelernt – daß alle Waldanemonen eines Frühlings im nördlichen England ihre Blüten umsonst tragen. Keine Same erscheint, ja selbst in Südengland ist er spärlich. Es gibt zahllose in die Augen springende Beispiele für solch eine zwecklose „Evolution“. Ebenso mußte ich mir erst darüber klar werden, daß eine so siegreiche Spezies wie der Mensch sich mitunter nur durchsetzt, um seinen Wohnsitz in eine Wüstenei zu verwandeln. Er verbrennt und fällt die Bäume, die sein Dasein schützen, er bringt

Ziegen mit sich, die Arabien kahl fressen, bis es zu einer Wüste wird, und nun ist er daran, den Stickstoff der Luft in Düngemittel und Sprengstoffe zu verwandeln, so daß er binnen kurzem vielleicht nicht mehr atmen können wird. Da mir all dies noch nicht ins Bewußtsein gedrungen war, erschienen mir diese plumpen Ungetüme, die über das Hochland der Insel Rampole herrschten, als eine biologische Ungeheuerlichkeit.

Ich saß, von der Glut des Feuers und vom Mondenlicht beschienen, und zählte mir die erstaunlichen Lehrsätze, die mein Hirn zu erfassen begann, an den Fingern her.

Erstens: Tiergattungen erhalten sich nicht notwendigerweise dadurch am Leben, daß sie flinker, kräftiger oder klüger sind als andere. Ein Geschöpf, das träge einherkriecht und Knospen und Triebe zerstört, die, zur Entfaltung gelangt, einer Unzahl von aktiveren und regsameren Gattungen als Nahrung gedient hätten, macht das Dasein dieser anderen Gattungen unmöglich. Tiere können sich durch Zerstörung am Leben erhalten. Sie können sich auch dadurch am Leben erhalten, daß sie irgendeine Krankheit, die anderen Gattungen den Garaus macht, in einer gemilderten Form in sich tragen. Sie haben es nicht nötig, eine tatkräftigere Gattung zu übertrumpfen oder zu besiegen. Sie können sie ausrotten, indem sie das Land kahl fressen oder mit Gestank erfüllen.

Dann zweitens: Eine andauernde Fortpflanzung ist nicht nötig, um die Gattung am Leben zu erhalten. Sie erhält sich am Leben, indem sie da ist und da bleibt, nicht indem sie sich vermehrt. Die Lebenskraft dieser Megatherien wurde nur in geringem Maß durch Fortpflanzung verschwendet; sie verblieb anstatt dessen im Individuum, so daß die Prozesse der Gewebeabnützung und des Verfalls, die das Leben der meisten höheren Kreaturen verzehren, ihnen nichts oder wenig anzuhaben vermochten. Seit langer Zeit hatten sie sich weder durch Fortpflanzung noch durch Verjüngung erhalten. Sie fraßen das Futter der Jungen und erfreuten sich einer saturnischen Herrschaft über ihr Gebiet. Und die Natur führte mir diese Klumpen zwecklosen Fleisches mit genau derselben Gleichgültigkeit vor Augen, mit der sie mir auch den Zaunkönig oder die Rose oder ein lachendes Kind zeigt.

Ferner drittens: Ein Tier kann andere Geschöpfe überleben und dann doch selbst zugrunde gehen. Der Kampf ums Dasein kann zu einem Triumph von Arten führen, die zwar lebensuntauglich, wohl aber in größtem Maß schädlich sind. In der Natur ist ein zeitweises Überleben des Faulenden und Absterbenden möglich. Diese Megatherien, die weite Landstriche Südamerikas zu Wüsteneien gemacht haben, sind verschwunden oder verschwinden – selbst auf der Insel Rampole hört dann und wann eines von ihnen auf umherzukriechen, liegt erschlafft da und beginnt alsbald aufzuschwellen und in Fäulnis überzugehen. So daß also die Evolution keineswegs stets ein Aufstieg zu immer reicherem Leben ist: sie kann vielmehr in eine Sackgasse geraten und, wie der Fall der Megatherien deutlich zeigt, zu einem tödlichen Ende führen.

So also stand es in Wirklichkeit um jene lebendige, kraftvolle und stärkende Evolution, die zwar hart mit uns verfährt, aber angeblich unser Bestes will. Auf sie – wie auf so vieles andere auch – hatte ich unter der tapferen Kanzel und am heiteren Tisch meines Oheims bauen gelernt. Nun sah ich sie plötzlich mit dieser außerordentlichen geistigen Helle, zu der man gelangt, wenn man am späten Abend im Freien sitzt und die halbgaren Wurzeln unbekannter Gewächse verzehrt. Ich sah sie plötzlich so, wie man die Dinge sieht, wenn man inmitten mondbeschienenen Buschwerks an einem rauchenden Feuer hockt und bei dem Plätschern eines Bächleins und dem Schnarchen eines Wilden seinen Gedanken nachhängt.

Als Chit mich fragte, ob es denn in jener hellen Welt

der Zivilisation, die ich immer wieder seiner schmutzigen Schlucht entgegenstellte, nichts gebe, was sich weder fortpflanzen noch sterben wolle, da hatte ich erst „nichts“ geantwortet, dann aber „kein Lebewesen“ gesagt. Ein Gedanke war mir in jenem Augenblick durchs Hirn gezuckt, der nun mit überwältigender Kraft wiederkehrte, der Gedanke nämlich, daß die Gesetze und Institutionen der Menschen ganz ebenso in den Bereich biologischer Prozesse gehören, wie das Dasein irgendeines Lebewesens. Und mit einem jener Sprünge, mit denen unser Denken zuweilen über weite Abgründe des Belanglosen hinwegsetzt, gelangte ich zu dem Einfall, daß Staaten, Organisationen, Einrichtungen und Institutionen sich ebensowenig fortpflanzen und ebensowenig eines natürlichen Todes sterben, auch ebensowenig Lust zu sterben haben, wie diese Megatherien. Ein Strom von Gedanken entfloß nun dem Felsen, an den in jenem Augenblick geschlagen worden war. Und auf diesen Strom ging all die trübe Trostlosigkeit der Nacht über, die mich umgab. Meine zivilisierte Welt, die bei Tageslicht, wenn ich zu Chit sprach, so sicher und glorreich von einer sozialen Errungenschaft zur anderen fortschritt, erschien mir nun, da Chit schnarchend lag, hoffnungslos von jeder Möglichkeit abgeschnitten, zu Frieden, Eintracht und Sicherheit zu gelangen.

Ich rief den Geist meines Onkels an. „Der Mensch“, sagte ich, „ist kein Tier, die Analogie ist falsch, und das Schicksal dieser aussterbenden Spezies hat nichts mit seiner Bestimmung zu tun. Diese Insel Rampole und meine große Welt sind nicht dasselbe. Denn meine Welt hat eine Seele. Einen Willen.“

Und gleichsam, um meinen Worten Nachdruck zu verleihen, stand ich leise auf, ging zu dem Vorrat an trockenem Holz hinüber und gab dem Feuer neue Nahrung.

Der Mensch erfaßt seine Probleme und baut immer

wieder neu.

Ich ließ mich darüber auf ein Scheingespräch mit dem bewußtlosen Chit ein.

Hier kämpfe man tatsächlich ohne alle Hoffnung, hier seien die Aussichten erbärmlich schlecht. Selbst diese Ungeheuer würden schließlich inmitten der Verwüstung, die sie angerichtet, zugrunde gehen. Hier habe es den Anschein, als ob der Wettlauf nicht vom Schnellfüßigen, die Schlacht nicht vom Starken gewonnen werden. Das Bestehende, das hartnäckig Hemmende trage hier den Sieg davon – indem es den Weg versperre und nicht von der Stelle rücke. Soviel gestand ich Chit zu. Hier werde der schließliche, verspätete Tod jener Ungeheuer keinen Ausgleich bedeuten, keine Entschädigung für die Knospen, die sie vertilgt, für all die Hoffnungen, die Verheißungen und die neuen Anfänge, die sie erwürgt, erstickt und vernichtet hatten. Vielleicht würden sie sogar die armen Stämme in den Schluchten überleben, die nicht das Herz hatten, hier herauf zu steigen, ihnen den Garaus zu machen und von dem Erdboden und dem Sonnenschein Besitz zu ergreifen. Sehr wahr. Doch diese Insel hier sei nicht die Welt. Der Mensch, der wirkliche Mensch – wie ich ihn zu kennen glaube – erfasse seine Probleme und baue immer wieder neu. Vielleicht werde er hierher kommen. Und dann werde er sich hier ganz anders an die Arbeit machen als Chits armselige Inselländer.

Ich mochte wohl eingedöst sein. Jedenfalls geriet mein Geist in jenen Zustand des zusammenhanglosen Denkens zwischen Wachen und Schlafen, in welchem nahezu unmerkliche Unterschiede zu riesigen Abgründen werden und andererseits durchaus voneinander geschiedene Dinge den Anschein engster Analogie und logischer Verbundenheit gewinnen. Es ist sonderbar, wie klar mein Gedächtnis jene doch nur schattenhaften Gedankenbilder bewahrt hat. Vielleicht haben die erschreckenden Geschehnisse, welche jene schlaftrunkenen Überlegungen jählings abgeschnitten haben, dazu gedient, sie meinem Erinnerungsvermögen so deutlich einzuprägen. In meiner Phantasie waren Institutionen und Megatherien völlig miteinander vermengt und verschmolzen worden, und ich war daran, eine große Jagd zu organisieren, durch die die Welt von den plumpen Vermächtnissen, der Vergangenheit gesäubert werden sollte. Die Welt sollte neu geboren werden. Denn der Mensch, der wirkliche Mensch, vermag aus seinen Mißerfolgen zu lernen. Die Vergangenheit sollte liquidiert werden wie ein Geschäft, das man mit einem anderen fusioniert und umgestaltet. So reagierte ich offenbar auf den Anblick jener riesigen, uralten Geschöpfe, die sich weder fortpflanzen noch sterben wollten. Ich glaube mich an eine Konferenz zivilisierter Persönlichkeiten zu erinnern – ein bekehrter Chit lag dabei als einziger Zuschauer auf einem Mooshaufen – und wir besprachen ein Programm, ein Programm zur freiwilligen Liquidation der organisierten Christenheit. Dies sollte das Vorspiel zu einer unfaßbaren Neuordnung sein, zu einer religiösen Verjüngung, die alle Welt glücklich und kraftvoll machen würde. „Um den guten Willen", murmelte ich, „und andere noch verfügbare Aktiva wie Glauben, Hoffnung und Nächstenliebe zu realisieren . . ."

Ein lautes, schnarrendes Blöken und ein Krachen im Unterholz rissen mich aus meinen Phantasien. Ich sprang auf, und als ich in das dunkle Dickicht starrte, wurde ich einer riesenhaften Masse gewahr. Sie hob sich gegen das Mondlicht ab und bewegte sich auf mich zu. In den kleinen Augen spiegelte sich der Schein des Feuers wider; sie leuchteten als zwei rote Flecken inmitten der vordringenden Schwärze. Das Ungeheuer näherte sich in raschen Sprüngen. Es blieb mir nichts anderes übrig, als mich ins Buschwerk zu stürzen. Rasch weckte ich meine Gefährten. Der Junge war wach, wie ich merkte, und sprang bei meiner Berührung mit einem Schrei in die Höhe. Offenbar hatte er furchterfüllt dagelegen und lange vor mir geahnt, was kommen werde. Er schoß davon wie eine aufgestöberte Ratte. Chit rüttelte ich mitten im Schnarchen aus dem Schlafe. „Lauf!" sagte ich. „Lauf!" und ging ihm mit gutem Beispiel voran.

Wir liefen in verschiedene Richtungen.

Zu Chits Glück hatte es das Ungeheuer auf mich abgesehen. Ich sprang über den Bach und schlug die Richtung ein, in der das dschungelartige Gehölz etwas weniger dicht schien. Als ich dahinstolperte, schlugen mir Zweige ins Gesicht, zerrissen mich Dornen. Ich konnte den heißen Atem meines Verfolgers auf meinem nackten Rücken spüren. Bald entdeckte ich, daß die Entfernung zwischen der schweren dahinspringenden Masse und mir sich verringerte, und ich beschleunigte mein Tempo. Jetzt sollte ich erkennen lernen, wie schnell ein Megatherium sich fortzubewegen vermag, wenn es auf Beute aus ist. Ein noch riesenhafteres Geschöpf schien den ungeheuren Körper emporzuheben und gegen mich zu schleudern, ihn dann sofort wieder aufzuheben und aufs neue zu schleudern. Angestrengt lauschte ich im Laufen dem krachenden Rhythmus, der mir folgte, und auf einer Strecke von zweihundert Metern oder mehr gewann ich kaum einen Meter Vorsprung. Nach jedem Sprung schien sich während einiger Sekunden der Abstand zu vergrößern, dann kam ein neuer Satz, und die Bestie war wieder dicht hinter mir zu Boden gestürzt.

Zuerst lief ich wie bewußtlos. Bald jedoch konnte ich Gräser und Büsche sehr klar und deutlich unterscheiden und sah, daß mein Schatten vor mir über die verkrüppelten Baumstämme und Zweige hinlief; da kam mir zu Bewußtsein, daß ich den emporsteigenden Mond im Rücken hatte und infolgedessen den Blicken des Ungeheuers völlig ausgesetzt war. Das allein war ein Grund, zu wenden und in die entgegengesetzte Richtung zu laufen; überdies nahm ich an, daß sich das schwerfällige Ungeheuer nur in einem recht weiten Bogen herumdrehen können würde. Also beschloß ich, eine neue Richtung vom Lichte weg einzuschlagen, sowie sich mir irgendeine Deckung böte. Doch eben, als ich um mich blickte, um das Terrain zu prüfen, trat ich ins Leere und stürzte.

Ich stürzte ein gutes Stück hinab. Ich war in ein steiles Bachbett geraten, das ich nicht bemerkt hatte, und lag nun, halb betäubt von einem üblen Schmerz im Kinnbakken, mit dem ich heftig gegen einen Felsblock gestoßen war. Dann verschwand das Stück blauen Himmels über mir, und das Megatherium taumelte zu mir herunter. Wenn es mich erreichte, war es um mich geschehen. Doch es gelangte nicht bis zu mir herab, weil die Felsspalte ziemlich eng war. Es war gleich mir ganz unerwartet in diesen Abgrund gestolpert.

„Nun rasch eine andere Richtung einschlagen", sagte ich mir und krabbelte, so hurtig ich konnte, den steinigen Abhang hinauf. Ich weiß nicht, ob das Tier immer noch darauf aus war, meiner habhaft zu werden, oder ob es sich jetzt nur mehr aus der Felsspalte befreien wollte, in die wir beide gepurzelt waren; ich halte jedoch das letztere für das Wahrscheinlichere.

Ich kletterte etwa zwanzig Meter empor, bis ich aus dem Abgrund heraus war, kroch dann nach einer herrlich dunklen Stelle und lag ganz still. Selbst in dieser Entfernung konnte ich den fauligen Geruch des Tieres spüren. Es keuchte, grunzte, gab abscheuliche Geräusche von sich. Ich sah und hörte, wie es sich den Abhang hinauf arbeitete; ich beobachtete seine Bewegungen auf das genaueste.

Es grunzte und schnaufte und kratzte mit seinen Klauen an den Felsen. Das Bachbett gefiel ihm nicht. Seine erste Sorge war, sich da herauszuarbeiten und wieder auf verläßlichen Boden zu gelangen. Dann richtete es sich auf seinem Hinterteil empor, bewegte den plumpen Kopf nach allen Seiten und schien nach mir Ausschau zu halten. Es war schwärzlich-grau im Mondenschein und riesig, weit größer als der größte Elefant.

Ich fühlte ein loses Felsstück unter meiner Hand, widerstand aber dem verrückten Verlangen, aufzustehen und den Felsblock nach meinem Feinde zu schleudern. „Warte", sagte ich mir.

Und das Warten hatte Erfolg. Daß es mich nicht mehr sah, besänftigte die dumme Bosheit des Ungeheuers. Ich war unter die Erde getrieben worden, meine Macht war gebrochen, der Ehre war genug getan. Eine Weile brüllte die Bestie, dann wurde sie still und schien mit sich zu Rate zu gehen. Schließlich ließ sie sich in ihre seltsame kriechende Stellung zurückfallen, schob sich einige zwanzig Meter weit über den Boden dahin, horchte, richtete sich auf, brüllte, machte etliche schwerfällige Sprünge und entfernte sich dann allmählich, indem sie immer wieder innehielt und sich aufrichtete und darauf ihren Weg wieder fortsetzte. Was in dem kleinen Gehirn – das Gehirn eines Megatheriums ist kaum größer als das eines Kaninchens – vorgegangen sein mag, weiß ich nicht. Vielleicht war ich bereits vergessen. Die Geräusche, die das Untier machte, wurden schwächer. Schließlich gingen seine Bewegungen völlig im Raunen der Nacht ringsum unter.

Doch es dauerte lange, bis ich endlich in den Mondenschein hinauskroch, und meine eitlen Phantasien von einer Erneuerung der Kirchen und Institutionen, und einer Umgestaltung der zivilisierten Welt unter allgemeinem Zusammenwirken waren angesichts der rauhen Wirklichkeit verflogen.

§ 6

Die Leute im oberen Tal

Vor Tagesanbruch wurde mir so bitter kalt, daß ich wieder zum Bach hinabkletterte, einige meiner kostbaren Streichhölzer opferte und in einem geschützten Winkel zwischen den Felsen ein Feuer entfachte. Das Bächlein, das zu meinen Füßen rieselte, bot einen erfrischenden Trunk, ich deckte mich mit einer Schicht aus trockenem Moos zu, das ich von einem Felsen herabkratzte, und lag zusammengekauert und vor Kälte zitternd da, bis es so hell wurde, daß ich zu unserem Lagerplatz zurückkehren konnte. Dieser war kaum einen halben Kilometer entfernt, und ich fand ihn ganz leicht, indem ich mich an die Spur des Megatheriums hielt. Meine beiden Gefährten waren schon da; sie hockten am Boden und kochten Wurzeln in der neu entfachten Asche unseres gestrigen Feuers. Keiner von den beiden hatte so weit laufen müssen wie ich. Der Kochtopf war glücklicherweise heil geblieben, und der Junge hatte etliche Ufablätter gefunden, aus denen er einen stärkenden Absud bereitete.

Chit war sichtlich erleichtert, als er mich erblickte.

„Kann es laufen oder nicht?“ fragte er.

Ich bejahte durch Gebärden und Grimassen.

Das schmutzige Untier war genau über mein offizielles Fell hinweggestolpert; so mußte ich es im Bach waschen. Dann besprachen Chit und ich unseren Plan für den Tag. Die Lust, das Hochland zu erforschen, war mir wohl ein wenig vergangen, doch wollte ich auch noch nicht wieder in die Schlucht zurückkehren. Und Chit schien noch mehr als ich geneigt, weiter zu gehen. Es dämmerte mir die Erkenntnis auf, daß der Bucklige mit den wachsamen Augen, als er diese Expedition ermöglicht hatte, von anderen Absichten geleitet worden war, als bloß von der, eine Laune des heiligen Irren zu befriedigen. Wie immer hatte ich ihm als Vorwand gedient. Zu einem Zwecke, der mir nur ganz allmählich klar wurde, wollte er das Land kennen lernen und gewisse Wege ausfindig machen. Südlich lag eine Hügelkette, ein zerklüftetes Gewirr grauer Felsen, die wie verwitterter Kalkstein aussahen und so steil und kahl zu sein versprachen, daß sie wohl kein Megatherium anlockten; dorthin lenkten wir mit aller Vorsicht unsere Schritte. Wir stießen auf fast ein Dutzend weidender Bestien und mußten einen weiten Bogen machen. Denn es wäre außerordentlich gefährlich gewesen, zwischen sie zu geraten. Wir waren sorgfältig darauf bedacht, ihrer Witterung zu entgehen.

Der Junge unterhielt uns, indem er sich für seine Angst vom vorigen Abend durch einen übermütig spottlustigen Tanz rächte: er vollführte recht respektlose Gebärden und ahmte ein angreifendes Megatherium ziemlich gut nach. Von seinen Einfällen hingerissen, stolperte er über den Kochtopf, und fast hätte er ihn mitsamt unserem Vorrat an Wurzeln zertrampelt.

Die Kalksteinfelsen hielten mehr, als sie aus der Ferne versprochen hatten. Sie wiesen eine Unmenge von Spalten und Klippen auf, die den großen Tieren unzugänglich waren; Bäume und Sträucher gab es nur wenige auf ihnen, so gingen wir das Unterholz entlang, aus dem sie sich erhoben, kampierten und trugen vor Einbruch der Dunkelheit einen tüchtigen Haufen aus Streu und dürren Zweigen zusammen. Der Junge verschwand für eine halbe Stunde und kehrte mit einer großen grauen Eidechse zurück, die von der Schnauze bis zum Schwanzansatz einen halben Meter lang war; sie gab eine erfreuliche Zutat zu unserer Wurzelbrühe ab. Ich saß in ungewöhnlich zufriedener Stimmung am Feuer, beobachtete den aufgehenden Mond und empfand Lust zu rauchen. Aber auf der Insel Rampole wird nicht geraucht.

Eine Woge ungewohnter Freundlichkeit für meine Gefährten durchströmte mich. Ich versuchte, ihnen Theater und Varietés zu beschreiben, sowie überhaupt die fröhliche Laune, die um die Abendzeit in den vornehmen Stadtvierteln Londons herrscht. Ich sang ihnen „Ta-ra-ta-bum-di-jeh" vor und andere beliebte Lieder, die ich mehr oder weniger in Erinnerung hatte. Auf den Jungen machte namentlich „Ta-ra-ta-bum-di-jeh" großen Eindruck; er begann, mit wildem Entzücken den Takt zu schlagen, was den Kochtopf aufs neue in Gefahr brachte.

Am nächsten Tage bekam ich eine Ahnung von Chits eigentlichen Absichten. Es wurde mir klar, daß er den oberen Teil der Schlucht suchte, um Einblick in sie zu gewinnen und die Lage der Siedlung des uns benachbarten Stammes auszukundschaften. Er gab das auf meine vorsichtigen Fragen hin zu. Er dachte an gewisse Möglichkeiten, die weit über das Verständnis der anderen Weisen hinausgingen. Er dachte, daß es binnen kurzem zu einem Krieg mit jenen Nachbarn kommen könnte. Es hatte wegen eines Mädchens Streit gegeben, und der Handel zwischen den beiden Stämmen vollzog sich auch nicht reibungslos. Krieg bedeutete für die Wilden nichts weiter als ziemlich zwecklose Scharmützel in der Schlucht. Chit aber war durch irgend etwas – vielleicht durch meine Reden oder durch einen Traum – auf den Gedanken gekommen, daß man über das verbotene Hochland hinweg Krieg führen könnte. Der Stamm, der den Unternehmungsgeist und den Mut besaß, das als erster zu tun, mußte die Gegenpartei niederzwingen. Chit versuchte also, sich zu orientieren und sich über die Bedingungen klar zu werden, unter denen ein solcher Vorstoß von oben her möglich war. „Aber bei alledem heißt es klettern", meinte ich, „und schon der Gedanke daran verstößt ja gegen das Gesetz."

„Wenn *sie* es aber wagen", sagte er in breitem Flüsterton und fügte hinzu: „Wir dürfen nicht darauf warten, daß sie es wagen . . .“

Gegen Mittag des dritten Tages gelangten wir über eine kahle, von der Sonne versengte Masse von Blöcken und Zinnen aus Kalkstein wieder zur Schlucht zurück. Wir stießen ganz plötzlich auf sie. Sie kündigte sich durch den Donner eines Wasserfalles an, und gleich darauf befanden wir uns auf einem großen Felsvorsprung: Zu unserer Rechten lag ein breites ovales Tal, auf dessen Grunde sich ein bogenförmig verlaufender Fluß zeigte, zur Linken eine tiefe Kluft, in welche sich die Gewässer ergossen und dampfend und schäumend verschwanden. Sie fielen gegen unser Dorf hinab und schienen in ihrem sprühenden Absturz die Kluft ganz auszufüllen; es war schwer, sich vorzustellen, daß da unten irgendwelche Pfade die beiden Gemeinwesen miteinander verbanden, doch gab es solche, wie wir wohl wußten. Noch schwerer vorstellbar war die Tatsache, daß wir zweieinhalb Tage über das Massiv gewandert waren, um uns schließlich wenige Meilen von der Stelle entfernt zu befinden, an der wir aus der Schlucht herausgeklettert waren, und daß das Echo dieses Wasserfalls, dessen Donner uns in den Ohren brauste, die wohlbekannten Klippen entlang widerhallte und schließlich zwischen dem Gewirr von Felsen und Bäumen am oberen Ende unseres Dorfes erstarb. Die Landschaft war so kühn und schön wie nur irgendeine, die ich je auf der Insel Rampole gesehen hatte; besonders in ihren vertikalen Dimensionen hatte sie etwas Gigantisches, so daß selbst die größten Baumgruppen unendlich klein erschienen. Das Tal zur Rechten war breiter und flacher als unser Teil der Schlucht und weitaus reicher bewaldet. Lange grüne Abhänge zogen sich verhältnismäßig sachte hinab. Über ihnen traten rötliche Felsmassen zutage und bildeten einen überhängenden Wall von Klippen, der diese reiche Vegetation offenbar vor Angriffen der Megatherien schützte. In der Ferne überragte ein riesiger Felsblock das Ganze: Er bestand aus demselben durchsichtigen Gestein, das den Ausgang der Schlucht zum Meer hin schmückte, und erglänzte nun wundersam in den Strahlen der Nachmittagssonne. Angesichts dieser stillen Größe glichen wir drei winzigen Insekten.

„Ah!" sagte Chit wie einer, der sein Ziel erreicht hat, und ließ sich auf einen Felsblock nieder. Der Junge und ich folgten seinem Beispiel. Tief unter uns lag das Dorf. Inmitten der weiten Pracht der Felsenlandschaft und der Atmosphäre sah es wie ein Häufchen kleiner Pilze aus.

Eine Zeitlang saßen wir schweigend da. Der Wohnort dieser Leute des oberen Tals war wohl dem unsrigen außerordentlich ähnlich. Die Dächer hatten dieselbe Form; die Hütten lagen ebenso verstreut und waren von den gleichen kleinen Einfriedungen umgeben. Wir waren zu weit entfernt, um irgendeinen der Einwohner deutlich sehen zu können. Doch waren sie ohne Zweifel ebenso häßlich, gelb und schmutzig wie wir selbst, zeigten dieselben Tätowierungen und dieselben Verunstaltungen obendrein. Selbst in Zeiten des Friedens hatten wir nur wenig Verkehr mit ihnen. Der Handel vollzog sich, indem man die Waren auf gewisse geheiligte Felsplatten legte, die sich dicht am Wasserfall, aber gerade noch außerhalb seines Sprühregens befanden. Wir gaben frische und getrocknete Fische zum Tausch, große Austernmuscheln mit Perlmutter, Haifischhäute und Haifischzähne und erhielten dafür Kaunüsse, die nur bei den Nachbarn wuchsen, Töpfe, Tonklumpen, Hartholz und getrocknete Früchte. Gelegentlich kam es zu Zurufen und Begrüßungen. Die anderen verstanden unsere Sprache bis zu einem gewissen Grad, wir die ihre ebenfalls, und ich hatte gehört, daß es allen Tabus zum Trotz im Unterholz am Wasserfall und längs der Stromschnellen zuweilen verstohlene Liebesabenteuer gewaltsamer Art zwischen den jungen Leuten beider Stämme gab. Es hieß, daß die Nebenfrauen unserer verheirateten Männer nur allzu bereit seien, ihren Herren und Gebietern Lasten zu den Wasserfällen zu tragen; man pflegte sie mit Anspielungen auf diese Bereitwilligkeit zu necken. Begegnungen am Wasserfalle führten mitunter zu einem Frauenraub, und dann entstand Streit.

Ein schwelender Zwist bestand auch betreffs des Tauschhandels. Wir unten fanden, daß wir nicht genug Hartholz für unsere Fische bekämen. Unsere kahlköpfigen Weisen murrten beständig darüber, daß wir alle Fische des Meeres für einige wenige Töpfe und ein paar Ladungen Töpferton hingäben. Sie forderten für unsere Leute Zutritt zu einer dicht oberhalb der Wasserfälle gelegenen Talmulde, die Tonerde aufwies; dort sollten sie sich den Töpferton selbst holen, überdies sollten sie nach Belieben Hartholz fällen dürfen. Und die Bewohner des oberen Tals wollten einige Kanus in dem Becken unterhalb der Wasserfälle halten dürfen, damit sie selbst aufs Meer hinausfahren und fischen könnten. Sie vertraten die Ansicht, daß nicht genügend Hartholz nachwachsen werde, wenn man es zu fällen beginne. Immer wieder klagten sie darüber, daß sie für all ihre Nüsse, ihr Holz und ihren Ton so gut wie nichts von uns bekämen. Diese Mitteilungen wurden über die schäumenden und brüllenden Wassermassen hinweg herüber und hinüber gerufen und bildeten ein ständiges Gesprächsthema am runden Tisch der Weisen.

Immer wieder schlug Ardam, der Krieger, auf den Tisch und sagte: „Nehmen."

Chit verfiel daraufhin gewöhnlich in Nachdenken. „Als ich ein häßlicher kleiner Junge war", pflegte er zu sagen, „versuchten wir einmal, uns zu nehmen, was wir brauchten. Viele Männer wurden getötet, und die Göttin beschenkte uns mit reichen Gaben. Unsere Mädchen wurden übermütig und lärmten. Trotzdem wurde späterhin wieder alles wie zuvor."

„Ihr habt nicht hart genug zugeschlagen", meinte

Ardam. „Auch ich war damals noch ein kleiner Junge."

„In der zivilisierten Welt, aus der ich komme", hob ich an und hörte den häßlichsten von den drei Alten in lautes Stöhnen ausbrechen. Ich hatte England in den ahnungslosen Tagen vor dem großen Kriege verlassen, und so muß man mir verzeihen, wenn ich behauptete, daß Europa sich eines sicheren Friedens erfreue und durch liberale Verträge und vernünftige Abmachungen zusammengehalten werde. Ich erzählte von unseren Handelsabkommen und schiedsrichterlichen Vereinbarungen und erklärte meinen Zuhörern, wie wir uns, wenn nichts anderes mehr helfen wolle, an den Gerichtshof in Haag zu wenden pflegten oder eine europäische Konferenz zur Besprechung der Lage einberiefen. Es bestehe, so setzte ich ihnen auseinander, ein sogenanntes europäisches Konzert, das immer mehr zu einem Konzert der ganzen Welt werde.

„*Deiner* Welt", meinte der skeptische Chit.

„Der großen Welt."

„Einer unmöglichen Welt."

„Sie ist durchaus möglich", entgegnete ich. „Wenn ich euch nur die Erfahrungen übermitteln könnte, die unser blutbeflecktes Europa allmählich gewonnen hat, sodaß ihr verstehen könntet, was Einigkeit bedeutet! Wenn ihr nur von dem unseligen Streit mit euren Brüdern oberhalb der Wasserfälle lassen wolltet."

„*Brüder!*" rief Ardam unendlich angewidert.

„Ihr könntet aus diesem dunklen und engen Gefängnis, das euch zur Wohnstätte dient, entkommen und euch im Sonnenscheine und auf dem fruchtbaren Boden des offenen Landes droben niederlassen. Mit Hilfe von Wurfspießen, Speeren und Fallgruben könntet ihr den Megatherien den Garaus machen."

„Bald wird er *uns* den Garaus machen", höhnte der sabbernde Alte und spielte mit der Reihe abgenagter Handgelenkknochen, die er vor sich auf dem Tische zurecht gelegt hatte.

„Ihr könntet die stinkenden Leichname zu den Klippen schleppen und sie ins Meer werfen, und dann könntet ihr dort oben pflügen und ernten und euch Hütten bauen."

„Viel Glück beim Pflügen, wenn du vorher ein Megatherium angerührt hast", sagte der Kahlkopf mit den tätowierten Wangen.

„Große Wälder würden dort oben wachsen, mannigfache Früchte und liebliche Blumen. Alle hätten Nahrung in Fülle. Und alle wären glücklich!"

„Bei den Schenkelknochen der Allerheiligsten!" fluchte Ardam. „Könnte der heilige Irre nicht in einem Hause für sich allein essen?"

„Ich bitte euch, laßt ihn weitersprechen", sagte Chit. „Seine Rede enthält Omen."

„Versucht einmal den Verweis auf diesem Schädel voll der Omen", grunzte der Häßlichste von den dreien. „Dann bekommt ihr sie alle auf einmal, und wir können ohne seine Predigten essen."

„Was für Omen enthält sein Gerede denn?" fragte Ardam.

„Omen des Krieges", sagte Chit.

„Omen des Friedens", sagte ich.

„Einer neuen Art von Krieg. Laßt ihn weitersprechen. Er weiß nicht, was er sagt."

„Wir brauchen keine neue Art von Krieg", sagte Ardam. „Und wenn ich gegessen habe, möchte ich schlafen. Fluch und Verdammnis über sein Omen!"

Viele derartige Gespräche hatten rings um den runden Tisch im Speisehaus der Weisen stattgefunden, sobald die Gaben der Freundin verzehrt waren. Sie kamen mir wieder in den Sinn, während wir dort oben in jener ungeheuren Weite saßen und nach unseren Feinden und Rivalen hinabspähten, drei kleinen Ameisen vergleichbar, die den fernen Bau eines fremden Ameisenvolkes auskundschaften wollen. Ich überlegte, wie sonderbar es sei, daß Chit, der doch so klug war, eine Beilegung des sinnlosen Streites zwischen den kläglichen zwei Siedlungen in der Schlucht für ganz unmöglich hielt. Dieser Gedanke war ihm nicht beizubringen. Sein Geist war an die Vorstellung des Krieges gebunden, so wie nach Kant unser Begriffsvermögen an die Vorstellung von Zeit und Raum gebunden ist. Für ihn war der Krieg etwas Unvermeidliches im menschlichen Leben, eine unerläßliche Form des Denkens. Vernünftige Menschen, die diese uralte Neigung besiegen wollten, konnte er sich nicht vorstellen.

Wir verbrachten drei Tage damit, den kürzesten und besten Weg von unserem Teil der Schlucht über das Kalksteinplateau nach dem oberen Dorfe ausfindig zu machen; es mußte ein Weg sein, der am Rande ziemlich dichten Buschwerks hinlief und infolgedessen nicht so leicht von umherstreifenden Megatherien blockiert werden konnte.

Und als wir den Großteil der Fragen klargestellt hatten, stiegen wir wieder in das schattige Tal hinab, aus dem wir gekommen waren. „Große Orakel sind mir zuteil geworden“, sagte Chit, als wir uns wieder in der schmutzigen Straße zwischen unseren elenden Hütten befanden.

§ 7

Die Liebe auf der Insel Rampole

Wir sprachen von Krieg, doch lange Zeit hindurch kam keiner, und mir schien es oft, als ob überhaupt keiner kommen könne. Ich fand mich immer mehr mit der Lebensweise eines heiligen Irren unter den Eingeborenen der Insel Rampole ab. Ich langweilte mich, ich war unglücklich, ich machte mir zeitweilig schwere Vorwürfe, während welcher meine Seele sich gegen die Nahrung empörte, die ich aß, und gegen die systematische Bedrükkung anderer menschlicher Wesen, die nötig schien, damit ich ein erbärmliches Dasein fristen könne; dann aber führte mich das träge Gebot des Morgens und des Abends, des Hungers, des Schlafes und anderer kleinlicher Bedürfnisse wieder zu den allgemeinen Gepflogenheiten zurück. Mit Chit verband mich eine gewisse Kameradschaft, und ich orakelte weiter, wie es von mir erwartet wurde. Und ich redete mir ein, daß ich mich gegen das Leben, das ich führte, auf meine Art auflehnte, indem ich immer wieder vom Hügelland sprach.

Seltsame Phantasien befielen mich in jenen Tagen, die ich nur schwer beschreiben kann. Ich habe bereits von der Durchsichtigkeit gesprochen, die mir an einem Großteil des Felsgesteins aufgefallen war, aus dem unsere Klippen bestanden; und mitunter hatte ich den Eindruck, als ob diese Durchsichtigkeit sich auch auf vieles andere rings um mich erstrecke. Zuweilen erhob ich den Blick zu den Felswänden, die über mir emporragten, und es hatte den Anschein, daß sie von Fenstern durchbrochen seien und seltsame Vorrichtungen sowie Inschriften in feurigen Buchstaben trügen; doch wenn ich ein zweites Mal hinsah, erkannte ich, daß es Facetten und Unebenheiten des Felsens waren, die von den Strahlen der untergehenden Sonne getroffen wurden. Manchmal glaubte ich auch, Pflastersteine unter meinen Füßen zu fühlen und das Surren eines in nächster Nähe vorbeifahrenden Straßenbahnwagens sowie das warnende Läuten seiner Glocke zu hören. Doch da war ich nur zufällig auf eine Felsplatte getreten, und die Geräusche erwiesen sich als das Schwirren eines Käfers, der von einem Haufen von Fischeingeweiden zum anderen flog, und als die Hammerschläge eines Wilden, der einen alten Nagel aus dem Wrack zu einem Angelhaken zurechthämmerte.

Wenn ich von den geselligen Zusammenkünften oder den Annehmlichkeiten des zivilisierten Lebens sprach, hatte ich zuweilen das Gefühl, als hätte ich mich eben noch zwischen den Menschen und den Dingen bewegt, die ich schilderte. Oder ich erwachte mit dem Zweifel, ob ich nicht jemand ganz anderer sei als der heilige Irre mit seinem Tierschädel und seinem Fell. Solche Phasen der Verwirrung waren vom Schmerz heftigsten Heimwehs begleitet. Ich wies die Zweifel von mir und klammerte mich an die Tatsache, daß ich mich noch immer auf der Insel Rampole befand. „Das ist die Insel Rampole", sagte ich mir immer wieder. „Das ist die Insel Rampole. Quält mich nicht mit Träumen."

Zu Anfang meiner Knechtschaft auf der Insel Rampole waren mir die Tage unendlich lang erschienen, nun aber, da mich die Gleichgültigkeit der Gewöhnung überkam, wurden sie kürzer, und schließlich vergingen sie sehr schnell. Ich hoffte nicht mehr auf einen Befreier und glaubte auch bald nicht mehr daran, daß mein langes Gerede über Zivilisation und Fortschritt irgendeine nennenswerte Veränderung in das dumpfe Einerlei des Lebens bringen werde, das die Menschen hier führten. Erst als der Aufruhr, mit dem ein Krieg barbarischer Völker anhebt, mir in die Ohren dröhnte und mich mit Plagen und Qualen bedrohte, erwachte ich wieder zu wirklicher Aktivität. Bis dahin war mein vornehmster Lebenszweck der Widerstand gegen die fortgesetzten Bemühungen Ardams und des Weisen mit dem Totenschädel, mich mit einer der Töchter des Stammes zu verheiraten und ihr Zutritt in die Zurückgezogenheit meiner Hütte einzuräumen: dadurch sollte ich auf das Niveau eines gewöhnlichen Sterblichen herabgedrückt werden. In diesem Widerstand fand ich bei Chit Unterstützung. Es war für ihn fast ebenso wichtig wie für mich selbst, daß mein Ansehen als heiliger Irrer durch nichts herabgemindert werde.

Nur ganz allmählich wurde ich mir darüber klar, wie sehr wir einer vom anderen abhängig waren. Ein heiliger Irrer war unerläßlich für seine einflußreiche Rolle im Stamme. Ich war nur der letzte und geeignetste in einer langen Reihe von Trägern des Schädels und des Felles, deren angeblicher Deuter und Lenker er gewesen war. Und ich war vielleicht unersetzlich. Ohne heiligen Irren war er nichts weiter als der Bewahrer und Ausleger der Stammesüberlieferungen, und alle seine Behauptungen und Ratschläge bedurften der Genehmigung der übrigen Ältesten. Doch nur er allein konnte den Äußerungen und Einfällen des heiligen Irren Omen und Fingerzeige entnehmen, und meine Äußerungen und Einfälle gewährten ihm einen weiteren Spielraum, als er je zuvor gehabt hatte. Die besonderen Umstände meiner Ankunft, meine weiße Hautfarbe, mein europäischer Körperbau und die Absonderlichkeit meiner Ideen und Impulse verliehen mir eine Bedeutung, die keiner der früheren heiligen Irren besessen hatte.

Seit meiner Rückkehr in die zivilisierte Welt habe ich Nachforschungen über die Rolle angestellt, die der Verrückte im Leben der Wilden spielt. Ich hatte geglaubt, daß der heilige Irre der Insel Rampole anderswo nicht seinesgleichen habe, doch dies ist durchaus nicht der Fall; ich habe vielmehr in Erfahrung gebracht, daß dergleichen absonderliche Gestalten allenthalben zu finden sind und sozusagen ein *bewegendes* Element unter den mannigfachen Möglichkeiten zur Wahrung des Gleichgewichts im Leben des barbarischen Gemeinwesens bilden. Mit ihrer Hilfe wird es möglich, kleine Keile in das festgefügte Mosaik der Gewohnheiten und des Herkommens zu treiben. In manchen Teilen der Welt sind sie die Vertrauten der Medizinmänner; in anderen wirken sie selbst als Zauberer und Propheten und treiben inmitten des vertrauten Alltags ihr unheimliches Wesen. Einer der Anthropologen des Smithsonian Institute in Washington hat eine zusammenfassende Abhandlung über diesen Gegenstand geschrieben. Ich glaube, sie heißt „The Eccentric Individual in Primitive Society". An Frazers wohlbekanntes Werk „The Golden Bough" anknüpfend, bringt er die heiligen Irren Patagoniens – denn anscheinend sind sie auch auf dem Festland bekannt – mit der weitverbreiteten Verehrung der Opferkönige in Zusammenhang. Er verbindet den Kult des Wahnsinnigen nicht nur mit Zauberern, sondern auch mit gewissen führenden Gestalten bei den Saturnalien der Alten und mit den Narren und ähnlichen bevorrechteten Phantasten des Mittelalters. Hier befindet er sich, wie man mir sagt, auf verläßlicherem Boden. Schließlich geht er auf eine sehr einleuchtende Art zum genialen Menschen der heutigen Zeit über, spricht von der Behandlung, die diesem widerfährt, und seinem Vorrecht, erstaunliche Neuerungen anzuregen und sich der Verantwortung in weitgehendem Maße zu entziehen. Ohne Zweifel, sagt er, haben exzentrische Menschen zu allen Zeiten anderen als Werkzeug gedient, die besonnener und vorsichtiger als sie waren, sich jedoch, wenn auch auf ihre besondere Art, ebenfalls gegen die bestehende Ordnung auflehnten. Es ist interessant, daß mein Leben in jener düsteren und dumpfen Schlucht Zusammenhänge mit so bedeutsamen Erscheinungen der Soziologie aufweist. Ich stelle das hier fest, mache aber den Leser aufs neue darauf aufmerksam, daß mein Buch die Geschichte eines persönlichen Abenteuers und kein Beitrag zur Wissenschaft ist.

Mein Vorgänger im Amt war ein atavistischer Idiot gewesen und an Überfütterung zugrunde gegangen, und in den Tagen vor meinem Erscheinen dürfte Chit ein trübes und untergeordnetes Dasein geführt haben. Wenn die kahlköpfigen Alten ihm widersprachen, konnte er er auf keinerlei Omen hinweisen. Das Althergebrachte herrschte unumschränkt. Er hatte versucht, einen jungen Mann, dessen einzige wirkliche Abnormität in einem schielenden

Blick bestand, mit dem Glanze unberechenbaren Schwachsinns zu umgeben, doch war sein Plan völlig mißlungen. Aus einer zum Teil unverständlichen Geschichte, die der sabbernde Alte eines Tages vorbrachte, reimte ich mir zusammen, daß alle Ansprüche auf Wahnsinn und Unantastbarkeit alsbald für nichtig befunden wurden und Chits Schützling, der Gotteslästerung geziehen, seine kurze Laufbahn unter dem Verweis beendete. Der unglückliche Wahnsinnsanwärter war von seiner Frau verraten worden. Er hatte behauptet, daß ihn Zustände der Entrücktheit und des Hellsehens befielen, während welcher die Große Göttin ihn durch besondere Gunstbezeigungen ehre, und in einem Augenblicke eifersüchtigen Ärgers darüber, daß sie bei diesen göttlichen Offenbarungen keinerlei Rolle spielte, hatte seine Frau seinen Betrug entlarvt.

„Chit hätte darüber beinahe selber zu schielen angefangen", quiekte der Alte und erstickte fast vor Lachen bei dem Gedanken an den Spaß, den jene Angelegenheit ihm bereitet hatte.

Chit hatte eine ernste Niederlage erlitten; er konnte keinen neuen Geisteskranken zur Stelle schaffen. Es gab wohl zwei oder drei Bucklige im Dorfe und ein taubstummes Mädchen, aber sie waren allesamt aufreizend vernünftig und sittsam. Nichts vermochte sie zu einem auffälligen Benehmen zu veranlassen. Die vier Weisen hatten einer glücklichen Zukunft entgegengeblickt, in der keine neuerlichen Offenbarungen ihre Herrschaft beeinträchtigen würden; Chits Einfluß war immer geringer geworden, sein schließliches Ende durch den Verweis schien unvermeidlich. Da hatte der Zufall oder der Himmel mich gesandt, um ihn wieder zu Ehren zu bringen. Ich schien so sonderbar und erstaunlich, daß selbst meine Verleumder von allem, was er von mir behauptete, fast überzeugt waren. Meine Verrücktheit ging über ihr Begriffsvermögen hinaus. Sie waren wütend darüber, daß Chit mit einem

Schlage wieder zu entscheidender Macht gelangt war, doch blieben sie ängstlich und vorsichtig in ihren Versuchen, mich aus dem Weg zu räumen. Das gewöhnliche Volk glaubte unbedingt, daß ich völlig wahnsinnig sei.

Meine Feinde gaben sich daher bei ihren Angriffen auf mich den Anschein der Besorgnis; sie behaupteten, nichts liege ihnen mehr am Herzen als mein Wohlergehen und mein Ansehen. Die Möglichkeit, daß eine Gattin mich zugrunde richte, war durch einen glücklichen Präzedenzfall durchaus gegeben. Es betrübe sie, mich traurig und einsam zu wissen, sagten sie, während sie selbst ein so reiches und zufriedenes Leben führten. Ein so begabtes und wertvolles Geschöpf sollte stets eine Frau und reizende Dienerinnen um sich haben, reich mit Haifischzähnen und Perlmutter geschmückt, bunt bemalt und von Fischöl triefend. Sie glaubten so fest an die zerstörende Kraft der Ehe, daß sie ihre Vorschläge auch auf meinen Bundesgenossen ausdehnten. Chit sei ebenfalls ein einsamer Mann, behaupteten sie, der zu enthaltsam lebe; er hatte zwei Frauen, und beide hatten sich infolge eines sonderbaren Mißgeschicks die Zungenspitze abgebissen, so daß sie wortlos und verschwiegen ihren häuslichen Pflichten nachgingen. Auch er würde glücklicher sein und ein schicklicheres Leben führen, wenn er gleich den anderen bedeutenden und einflußreichen Männern einen Harem fröhlich plaudernder Dienerinnen besäße. Was sei sonst der Grund für sein Schweigen und seine Geheimnistuerei?

Nun muß ich gestehen, daß ich in dieser Hinsicht nicht nur von äußeren, sondern auch von inneren Feinden angegriffen wurde. Wie die meisten Menschen von reger Phantasie und starker Empfindsamkeit wurde ich zuweilen von einem Sturm körperlichen Verlangens erfaßt und zuweilen auch von einem Gefühl der Einsamkeit gequält, in dem mich jeder auch noch so grobe Widerhall getröstet hätte; und meine religiösen Überzeugungen, die mir vielleicht eine Stütze hätten sein können, waren, wie bereits gesagt, durch mein Unglück aufs schwerste erschüttert worden. So gab es Tage und Stunden, da diese Barbarenfrauen aus den Tiefen meines eigenen gequälten Wesens einen Zauber stahlen, um ihre fettig glänzenden Leiber damit zu schmücken, Stunden, da die falschen Versprechungen eines Lächelns oder auch nur ein ruhiger Blick mein Herz in stürmische Bewegung versetzten. Was ich mir rückblickend am schwersten vorwerfe, ist die Tatsache, daß ich unter diesen Insulanern in so geringem Maße die Haltung eines höheren Wesens bewahrte. Immer wieder mußte ich mich zurückhalten, um nicht nach dem schlechtesten und schmutzigsten Köder zu schnappen, und manchmal nützte alle Zurückhaltung nichts.

Die Gefühle der Geschlechter füreinander waren auf der Insel Rampole weit roher, grausamer und unredlicher, als ich mir während meiner Jugendtage in Wiltshire jemals hätte vorstellen können. Ihre Beziehungen zueinander waren unendlich verwickelter. Ich wurde von diesen Insulanerinnen ebenso heftig zurückgestoßen wie angezogen, und durch die Art und Weise, wie ich selbst reagierte, aufgeklärt, entdeckte ich bei den meisten männlichen Wilden rings um mich ein ganz ähnliches Schwanken zwischen Begierde und Widerwillen. In der reinen und zivilisierten Welt, aus der das Schicksal mich gerissen hatte, war Liebe gewöhnlich etwas Schönes und Anmutiges und brachte reiches Glück. Das Mißgeschick meines ersten Liebeserlebnisses und die dunklen Kräfte in meinem Wesen, die dabei enthüllt wurden, waren mir stets als ungeheuerlich und durchaus außergewöhnlich erschienen. In der Regel entwickelten sich in jener besseren Welt eine erfreuliche Neigung und Kameradschaft allmählich zu einem gleichwertigen gegenseitigen Verlangen, und aus der Erfüllung dieser Begierde entstand ein Zusammenleben voll des Vertrauens, der Hilfsbereitschaft und Selbstaufopferung. Diese Insulaner aber waren wild, gierig und mißtrauisch. Sie fürchteten und haßten den Trieb, der sie zueinander hinzog.

Infolge der Schwierigkeiten, die der Errichtung oder dem Erwerb einer eigenen Hütte entgegenstanden, sowie in Anbetracht der mannigfachen Tabus, die ich niemals völlig verstehen lernte, kam es nur selten zu einer wirklich freien Liebeswahl. Der Mann fand sich zu den Frauen im allgemeinen hingezogen, wurde aber einer oder zwei bestimmten in die Arme getrieben; und für die Mädchen war die Freiheit der Wahl noch geringer als für die Männer. Die besten Mädchen fielen, sie mochten wollen oder nicht, den Weisen zu, ferner den Häuptlingen, Henkern, Leitern des rituellen Lebens, Steuermännern der Kanus, Netzeknüpfern, Erbauern der Hütten, Hütern der Moral und anderen Führern des Stammes. Wie überall, wohin das Licht des Christentums niemals gedrungen ist, herrschte Polygamie. Je höher der Beschützer eines Mädchens in jener Hierarchie stand, desto sicherer fühlte sie sich, von seiner Ungnade abgesehen, vor dem Verweis. Sie schwankte zwischen dem natürlichen Verlangen nach einem liebevollen und tapferen, wenn auch von Öl triefenden Jüngling und den praktischen Vorteilen, die das Ansehen irgendeines tätowierten Alten ihr bot. Der Gedanke an den Verweis hielt sie davor zurück, sich irgendwelche Freiheiten gegen den Jüngling zu erlauben, doch eine schleichende Unzufriedenheit ihres Herzens erfüllte sie mit dem Wunsche, ihren ältlichen Eroberer von Trübsal und Krankheit heimgesucht zu sehen.

Das Erlebnis der Liebe war daher auf der Insel niemals so frei und so schön, wie es unter den Bedingungen der Zivilisation sein kann. Es war von Unaufrichtigkeit durchsetzt, von widerwilliger Hingabe und halber Befriedigung vergiftet. Der Liebhaber zweifelte an den Beweggründen, die ihm die Geliebte in die Arme geführt hatten, und sie war wachsam darauf bedacht, sich den vollen Lohn ihrer Hingabe zu sichern. All das durchschaute ich klar. Bei den Festen im Fackelscheine drängte sich mitunter eine keuchende junge Schöne an mich heran, geschmeidig und schlüpfrig vor Öl, glänzend von schimmernder Perlmutter, jeder Reiz ihres Körpers durch helles Scharlachrot erhöht; doch wenn ich ihr in die Augen blickte, entdeckte ich nichts als Furcht, Widerwillen und den Zwang von Umständen, gegen die sie nicht ankonnte. Dann streifte mein Blick nach dem Podium unter der roten Kletterstange des kleinen Baumfaultiers hinüber, und ich bemerkte, wie Ardam und einer der Alten dort die Köpfe zusammensteckten und die Wirkung ihres Köders beobachteten.

Ich beantwortete die stumme Frage des Mädchens mit einem Lächeln der entschlossenen Ablehnung, und unwillkürlich wandte sie den Blick nach dem Podium hinüber, um zu erfahren, was sie weiter zu tun habe.

Dieser Kampf, meine keusche Lebensweise aufrecht zu erhalten, hatte ein sonderbares Nebenergebnis: Ich aß keinen Fisch mehr und verdoppelte mein Bemühen um die Sauberkeit und den Wohlgeruch meines Körpers. Es war klar, daß mir eine Hauptwaffe gegen diese unaufhörliche Bedrängnis entwunden würde, wenn sich meine Nase an den Geruch des ranzigen Fischöls gewöhnte.

§ 8

Die Kriegstrommeln schlagen

Jahrelang schwebte der Krieg über der Schlucht, gleich Wolken, die sich über den Bergen sammeln, sich zerstreuen und aufs neue zusammenballen; schließlich kam er sehr rasch. Mit einem Schlage verbannte er jedes andere

Gesprächsthema vom runden Tisch der Weisen, und Kriegstänze und Kriegsgesänge traten an die Stelle der Feste im Fackelschein vor dem Heiligtum der großen Göttin. Die Leute aus dem oberen Tal begannen letztlich mit den Aggressionen. Anstatt mit Kaunüssen, Holz und Ton hatten sie unsere letzte Gabe – eine, wenn ich nicht irre, recht spärliche Anzahl von Fischen – mit Dingen und Symbolen sehr beleidigender Art abgegolten. Entrüstet und gekränkt hatten unsere Leute noch gröber geantwortet, doch die Ehre der ersten Beleidigung verblieb dem Feinde, und das schmerzte tief.

Sobald der Krieg erklärt war, wurde Ardam dem Gesetz und der Gewohnheit wie auch der Notwendigkeit entsprechend zum obersten Gebieter des Stammes. Er schien zugleich auch an körperlicher Größe zu wachsen. Er legte einen neuen Staat an, trieb sich zwei Muschelstücke unterhalb des Nasenzierats in die Oberlippe, färbte sich die Nase scharlachrot, brachte sich über den Augenbrauen je eine neue große Schnittwunde bei und stellte bei den Mahlzeiten zwei reichgeschmückte Wachen neben sich, die Zapfen in der Nase stecken hatten, gestutzte Ohren zeigten, das Haar zu langen roten Hörnern zusammengedreht trugen und lange Speere in der Hand hielten; schließlich nahm er eine ganze Hälfte des runden Tisches für sich in Anspruch, während wir übrigen fünf uns nicht weiter als über je einen Winkel von sechsunddreißig Grad ausbreiten durften. „Es ist Krieg", sagte er schlicht.

Er trug eine ernste Nachdenklichkeit zur Schau, so daß wir anderen nur unter uns sprachen und uns vergeblich an ihn wandten; mitunter jedoch unterbrach er unser Gespräch herrisch. Außerhalb des Eßhauses wurden die großen Kriegstrommeln geschlagen; Gruppen alter Männer lösten einander bei dieser Tätigkeit ab; die Trommeln waren aus der Haut ehemaliger Helden verfertigt und ließen Tag und Nacht ihr dumpfes Rollen ertönen. Beim

Gedanken daran habe ich heute noch den Rhythmus jenes trostlosen Dröhnens in den Ohren. Die Trommler schienen immer wieder einzuschlafen, um alsbald zu neuer Tatkraft zu erwachen. Ardam hatte nunmehr das Recht, zur allgemeinen Sicherheit über sämtliche Frauen und Männer des Stammes sowie über allen Besitz frei zu verfügen. Und zur Vorbereitung der Schläge, die er unseren Feinden zuzufügen gedachte, ließ er zunächst einmal uns seine Hand fühlen.

Alle jungen Männer mußten als Krieger dienen, und um sie für den Kampf zu stählen, wurden sie aufs übelste mißhandelt und verstümmelt: Man stutzte ihnen die Ohren und hackte ihnen ins Fleisch, daß Wülste entstanden; überdies wurde ihnen eine ganz besonders idiotische Gangart mit erhobenem Kinn und herausgestreckter Zunge vorgeschrieben. Auch alle Mädchen des Stammes wurden dem Oberbefehl unseres Kriegsherrn unterstellt und bekamen den Auftrag, den Mut und die Wildheit des kämpfenden Geschlechtes anzufachen. Fast alles wurde rot angemalt – bis uns der Vorrat an Farbe ausging. Jeden zweiten und dritten Tag wurden orgiastische Kriegstänze abgehalten, in denen Gemetzel und Sieg sehr anschaulich zur Darstellung kamen. Oder es fanden Heulversammlungen statt. Diese Zusammenkünfte hatten angeblich den Zweck, den Kampfesmut unserer Leute rege zu erhalten. Inmitten des zornerfüllten Beifalls der Menge erhoben die Weisen und Führer unseres Stammes Klage wider die Laster und Verbrechen unserer Gegner. Jeder Satz des Sprechers wurde durch ein heftiges Geheul bekräftigt, und es war äußerst unklug, sich dabei saumselig zu zeigen.

In den Tiraden unserer Redner kehrten hautpsächlich drei Beschuldigungen immer wieder, unsere Beschwerden gegen die Feinde, ihre schlimmsten Sünden. Die erste dieser drei lautete, daß sie Kannibalen seien. Stets rief dieser Vorwurf die wildeste Empörung hervor. Der Redner beugte sich vor und fragte eindringlich: „Wollt *ihr* in die Kochtöpfe dort oben kommen?“

Ihr zweites Verbrechen bestand darin, daß ihre Körper und Gepflogenheiten unsauber waren. Und das dritte, daß sie sich eine Familie laut quakender Ochsenfrösche hielten und diese als ihre geheimnisvollen Beherrscher betrachteten, ein Umstand, der unseren Leuten unglaublich ekelhaft und entehrend dünkte. Die häßlichen Geräusche, die der alte Ochsenfrosch machte sowie seine platschenden Sprünge dahin und dorthin wurden den leisen Bewegungen und der sanftmütigen Harmlosigkeit unseres eigenen geliebten Stammestieres entgegengestellt. Dann ging der Redner auf praktischere Fragen über und legte dar, daß die Kriegsgefahr nur durch einen siegreichen Abschluß des jetzigen Krieges zu bannen sei; und schließlich verbreitete er sich des längeren über den Reichtum an Kaunüssen, Töpferton und Holz, den wir besitzen würden, sobald wir unsere Feinde völlig niedergerungen hätten. Da die „alles reinigenden Nüsse“ bereits sehr knapp geworden waren, erregte dieser Teil der Rede wütendes Verlangen in uns. Wir nahmen die Holzstückchen, mit denen wir uns über den Mangel an Kaunüssen hinweghalfen, aus dem Mund und heulten alle miteinander aus Leibeskräften; und jeder wachte emsig darüber, daß auch keiner nachlässig im Heulen sei.

Inzwischen machte der Krieg erstaunlich geringe Fortschritte. Wie ich bereits erklärt habe, lag die Grenze in nächster Nähe des großen Wasserfalles, und die Pfade zu beiden Seiten des Kataraktes waren von dornigem Buschwerk überwuchert und dabei steil und eng. Neben ihnen stiegen etwa tausend Fuß hohe Klippen schroff zu dem verbotenen Hügelland empor. Es war eine Stelle, an der ein winziges Trüpplein von Menschen ein Heer sowohl aus der einen wie auch aus der anderen Richtung hätte aufhalten können. Unsere Vorposten waren über die Felsplatte des

Tauschhandels hinaus vorgedrungen und lauerten, zwischen Steinblöcken und Buschwerk verborgen, auf den Feind. Sie waren mit Schlingen und langen Holzstangen bewaffnet. Diese letzteren dienten dazu, einen Gegner vom Pfade weg ins Wasser zu stoßen. Auch hatten die Unseren den Pfad noch ein Stück über ihren Hinterhalt hinaus mit Fallen und Netzen versehen. Die Feinde standen oberhalb des Wasserfalls. Da sie über gutes Holz verfügten, trugen sie lange Bogen, um die wir sie mit gutem Grund beneideten. Ihre Pfeile flogen vierhundert Meter weit in die Schlucht hinunter, und sie waren recht achtbare Schützen.

Auf keiner Seite zeigte sich Lust zu einem Handgemenge. Von Zeit zu Zeit wurde einer unserer Leute, der sich unvorsichtig auf dem Pfade hatte blicken lassen, gefangengenommen, und einmal glitt immerhin einer unserer Gegner auf einem gelockerten Felsstück aus, fiel in den Strom und ertrank. Wir versuchten, einigen von unseren Feinden den Garaus zu machen, indem wir ihnen vergiftete Fische auf den Pfad streuten, doch ist es zweifelhaft, ob wir damit Erfolg hatten. Der Krieg im eigentlichen Kampfgebiet entartete folglich zu bloßem Versteckenspiel und hinterhältigem Morden, wozu unaufhörlich die Kriegstrommeln ertönten und auch das schärfere, kläffende Geräusch der hölzernen Klappern, durch das unsere Feinde Abwechslung in ihr Getrommle brachten. Es war tatsächlich ein Krieg, der nicht vom Fleck rückte, und der größte Teil der aufregenden Ereignisse ging ober- und unterhalb der eigentlichen Front vor sich.

Ich glaube nicht, daß Ardam seine schrecklich herausgeputzte Person jemals den feindlichen Pfeilen aussetzte, im Dorfe aber bestätigte er sich mächtig. Lange vor Anbruch des Tages versammelte er alle unsere wundohrigen Krieger. Nüchtern kamen sie herbeigehumpelt und mußten stundenlang mit hocherhobenem Kinn und herausgestreckter Zunge auf und ab marschieren; wurde einer ohnmächtig, so stieß und stach man ihn so lange, bis er wieder zu sich kam; brach er ein zweites Mal zusammen, so war er reif für den Verweis. Immer wieder wurde das ganze Volk vor dem Heiligtum der Göttin versammelt, um irgendeinem neuen Befehl zu lauschen, den Ardam unserem Herrn, dem kleinen Baumfaultier, unterschob. Einmal hieß es, daß dessen getreue Untertanen, auch wenn sie noch „alles reinigende Nüsse" hätten, diese erst nach Einbruch der Dunkelheit kauen dürften; ein andermal, daß, außer laut ausdrücklichem Befehl aus dem Hauptquartier, niemand senkrechte, sondern nur waagrechte Streifen auf seinen Körper malen dürfte. Überdies wurde eine Art Inquisition errichtet: Sie fahndete nach armen Teufeln, die angeblich mit dem Feinde sympathisierten.

Und nun begann Chit am Tische der Weisen, unter leider nur allzu häufiger Nennung meines Namens, von der Möglichkeit und den Vorteilen eines Flankenangriffs gegen die Feinde über das Hügelland zu sprechen. Da dieser Vorschlag eine stillschweigende Kritik des Stellungskrieges enthielt, fand er bei Ardam keine gute Aufnahme, und Chit verriet soviel Eifer für seine Lieblingsidee und soviel Verachtung für die übliche Kampfesweise, daß Ardams Groll immer heftiger wurde. Im Handumdrehen entwickelte sich der Wortwechsel zu einem lärmenden Streit, und die kahlköpfigen Alten wurden aufgefordert, ihr Urteil abzugeben, waren jedoch sehr abgeneigt, das zu tun.

Mit wachsender Unruhe hörte ich an, wie man Chit fragte, was er und ich im Kriege anderes täten, als den militärischen Machthabern Schwierigkeiten in den Weg zu legen, und wo wir eigentlich gewesen seien, als wir das Jahr zuvor angeblich zwecks Beobachtung der Megatherien einen Streifzug durch das Hügelland unternommen hätten. Mit einem heftigen Faustschlag auf den Tisch verlangte Ardam schließlich zu wissen, woran er an uns sei: hielten wir es mit dem Feinde oder nicht?

Der kahlköpfige Alte mit der verschrumpelten Haut versuchte, ermahnend einzugreifen; der Näselnde näselte „Meine Herren! Meine Herren!“ und schließlich überredete man Ardam, seine Beschuldigungen auf einen ziemlich unbestimmten Vorwurf der Lauheit herabzumildern. Doch hatte er uns einen tüchtigen Schrecken eingejagt. Es war klar, daß wir den Vorschlag eines Angriffs vom Hügelland her fallenlassen mußten und gut daran tun würden, etwas mehr Eifer als bisher an den Tag zu legen. Chit steckte sich zwei Haifischzähne durch die Ohrläppchen und versah das Blatt, das ihm als Kopfputz diente, mit wüsten Malereien; und ich strich meinen Faultierschädel rot an, setzte ihm überdies zwei heftig schielende Augen ein, die ich aus Ton geknetet hatte, und sah darauf, daß ich mein Zepter aus Hartholz stets zur Hand hatte, wo immer ich mich auch befand.

Trotz dieser Bemühungen klagte Ardam, daß wir zu nichts nütze seien. Er forderte, daß ich mir die Ohren abschneiden, die Haut tätowieren und mit Schnittwunden versehen lasse, wie alle anderen jungen Männer auch, und dann mit meinem Tierschädel und meinem Fell geschmückt an die Front geschickt werde, um dort den Feind durch Gebärden einzuschüchtern. Der heilige Irre des Stammes aus dem oberen Tale stand, wie ich hörte, oberhalb des Wasserfalls und schleuderte mit allem Nachdruck Flüche auf uns herunter. Warum könne ich nicht dasselbe tun? Die Bogenschützen träfen nicht immer ihr Ziel. Wir lehnten diese Vorschläge ab, doch fühlten wir uns in immer stärkerem Maße ausgestoßen und gefährdet.

Wir wollten nicht gerne Verdacht erregen, indem wir allein umherstreiften, doch schloß man uns so nachdrücklich von allem, was vorging, aus, daß uns gar nichts anderes übrig blieb, als allein umherzuwandern. Manchmal gingen wir miteinander, aber nur selten, denn wir wollten nicht den Anschein erwecken, als schmiedeten wir Pläne gegen die Weisheit und die Führerschaft Ardams. Während dieser ganzen Phase meiner Geschichte war Chit außerordentlich vorsichtig in allen seinen Äußerungen; nur ein einziges Mal ließ er einen offenkundig verräterischen Gedanken laut werden. Wir schlenderten durch ein Gebiet des Tales, in dem zerbröckeltes Gestein auf große Bergstürze in vergangenen Zeiten hindeutete; nunmehr war es von Buschwerk überwuchert und von Nebenarmen des Flusses durchzogen; da und dort wies es tiefe Wassertümpel auf. Von einer höhergelegenen Stelle konnten wir nach dem fernen Katarakt hinüberblicken. „Ihre Krieger sind höchstwahrscheinlich ebenso dumm wie die unsrigen", murmelte Chit vor sich hin. „Sie wären wohl ebensowenig geneigt, einem vernünftigen Gedanken zu lauschen."

„Alle Krieger sind gleich", fuhr er fort, indem er aus seiner eng begrenzten Erfahrung heraus verallgemeinerte. „Da sitzen wir nun da! Wenn wir über das Hügelland gingen, könnten wir den Krieg in sechs Tagen beenden – und Ardam eine lange Nase drehen."

Wenn ich an die Kriegszeiten auf jener Insel denke, überkommt mich heute noch eine dumpfe Traurigkeit; ich fühle mich aufs neue von meinesgleichen getrennt; ich wandere wieder einsam zwischen umgestürzten Felstrümmern umher, Heimweh nach der zivilisierten Welt erfüllt mich, die Überzeugung, daß ich beobachtet werde und in Gefahr bin, lastet schwer auf mir; und dabei dröhnt mir ohne Unterlaß dieses verteufelte und blödsinnige Getrommel in den Ohren.

„Was habe ich getan?" fragte ich mich. „Was habe ich getan, daß die kurze Spanne meiner Lebenszeit hier in diesem barbarischen Lande nutzlos vergeudet werden soll? Mein bißchen Kraft, meine Wünsche und meine Fähigkeiten wurden mir doch ganz gewiß zu einem besseren Zwecke gegeben, als um hier dem Spiel zwischen Ardam und seinen idiotischen Gefährten zuzusehen! Soll ich in diese Wildnis einander bekriegender Narren verstoßen bleiben, soll ich hier ungehört und sinnlos verkommen, soll das alles sein, was das Leben mir bringt? Soll ich die großen Städte der Welt, die kennenzulernen ich gehofft hatte, niemals sehen, soll ich den Errungenschaften der Menschheit nicht das kleinste Stückchen ehrlicher Arbeit hinzufügen dürfen? Soll ich niemals erfahren, was Liebe und echte Freundschaft ist, soll ich bis an das Ende meiner Tage inmitten von Gesetzen und Gebräuchen, die ich verachte, ein Heuchler bleiben, das Spottbild eines Mannes? Warum bin ich geboren worden, wozu lebe ich?"

Ich ahnte nicht, welch seltsame Wendung mein Schicksal binnen kurzem nehmen sollte.

§ 9

Die Höhle und das Mädchen

Die Felsterrassen, die ich in diesen trüben Monaten einsam zu durchstreifen pflegte, zeigten mit ihren Felstrümmern, Teichen, Sumpfstrichen und wilden Blumen eine eigenartige Schönheit. Es wucherte dort eine üppige Pflanze, die an den in England verbreiteten Sonnentau erinnerte, jedoch viel größer war und viel kräftiger in ihren Klammerbewegungen. Sie bildete an einzelnen feuchten Stellen große Teppiche, und ich wagte es niemals, über die zum Zugriff geöffneten Blätter zu schreiten, die sie so hungrig ausbreitete. Ihre klebrigen, handartigen Blätter fingen nicht nur Fliegen wie der englische Sonnentau, sondern auch Eidechsen, Wassermolche und kleine Vögel. Die zusammengeschrumpften Häute und Knochen solcher Tiere lagen ringsum über den Morast verstreut. Es wuchsen da auch tiefblaue Disteln, die dichte, pyramidenförmige

Massen bildeten, und ein Brombeerstrauch mit riesigen Beeren. Außerdem gab es zahlreiche süßduftende Gräser und Blumen. Überall bildeten hoch emporrragende Klippen den Hintergrund, kahl und hell oder von einem leichten Nebeldunst verschleiert. Wenn während einer kurzen Zeitspanne am Nachmittag die Sonne auf diese Landschaft herabschien, mußte ich immer wieder an ein buntes Gewirr grellfarbiger Seidenstoffe denken, am Fuße eines riesigen gotischen Turmes zusammengebauscht. Und in den tiefen, rings von Buschwerk und Felsen umschlossenen Teichen badete ich zuweilen.

Eines Tages machte ich dort eine Entdeckung, die Chit und mich für einige Zeit in hoffnungsfreudige Tätigkeit versetzen sollte, denn sie schien anfänglich eine zweite Möglichkeit der Beendigung des Krieges zu versprechen.

Es handelte sich um eine riesige Spalte. Ich war mehrere Male an einem trichterförmigen Loch vorbeigegangen, dem ein Bächlein mit glitzerndem Wasser entströmte, hatte jedoch nicht daran gedacht, daß sich mir hier ein Versteck bieten könnte. Eines Nachmittags, als die Drohungen Ardams schwer auf mir lasteten, kam ich wieder an die Stelle und erkannte plötzlich, welche Möglichkeit sich hier bot. Ich kletterte, im Wasser watend, und gelangte in eine Höhle von beträchtlicher Größe. Vorsichtig schritt ich weiter und bemerkte alsbald, daß die Finsternis rings um mich einen großen, luftigen Raum verbarg. Ich blieb mit den Füßen im Wasser, denn so konnte ich unmöglich in einen Abgrund stürzen; wo Wasser floß, mußte auch Grund sein. Ich zündete ein Streichholz an und rief damit einen phantastischen Wirbelsturm erschreckter Fledermäuse hervor, die sich zwischen den Stalaktiten zur Ruhe begeben hatten. Soviel ich inmitten der umherschwirrenden Flügel und Körper sehen konnte, war die Höhle tatsächlich sehr groß und von stalagmitartigen Platten und Säulen erfüllt.

Ich wollte mit meinen Streichhölzern sehr sparsam umgehen und hatte nicht daran gedacht, mir irgend etwas mitzunehmen, was als Fackel hätte dienen können; doch setzte ich meine Forschung im Dunklen fort, indem ich mich der Führung des herabrieselnden Wassers anvertraute; ich wußte, daß es mich durch ein stärkeres Geplätscher vor jedwedem Felsvorsprung oder steilen Abhang warnen würde. Nach einer Weile sah ich in sehr großer Entfernung einen blassen Lichtschein und ging langsam darauf zu. Er drang von oben herab, und als ich mich ihm näherte, dämmerte mir die Erkenntnis auf, daß die Höhle in Wirklichkeit eine riesige Spalte war, die zuzeiten sogar bis zum Sonnenlicht emporreichte. Ihr Boden, das Bachbett, das sachte hinanstieg, glich einer Eisenbahnlinie in hügeligem Terrain, die bald durch Tunnels, bald über Durchstiche hinwegführt. Doch muß dieser Vergleich durch die Feststellung eingeschränkt werden, daß die Höhe im Verhältnis zur Breite der Spalte riesig war. Infolge der zahlreichen Ausbuchtungen und Vorsprünge an den gegeneinander geneigten Felswänden, sah ich kaum den blauen Himmel, und das herabdringende Licht brach sich so unendlich oft, daß es, aller lebendigen Kraft beraubt, dem blassen Schimmer des Mondenscheins glich. Selbst an den hellsten Stellen war alles rings um mich bleich, wenn auch von gespenstischer Klarheit, und Wasser unbekannten Ursprungs tropfte auf die Felswände herab. Das Gestein schien in dem schwachen Lichte alabasterweiß.

Am folgenden Tage zeigte ich Chit meine Entdeckung. Wir stellten Fackeln aus den dornigen Ranken des Buschwerks her und drangen so weit vor, als die Höhlen es uns gestatteten, doch fanden wir weder einen Weg, der zu dem Volk des oberen Tales geführt hätte, noch einen nach dem Hügelland. Wir tappten tagelang umher, denn wir wollten uns nicht eingestehen, daß diese erst so hoffnungsvolle Spalte doch nur eine Sackgasse war. Wir fanden einige sehr interessante Höhlen und überdies eine Menge von Pilzen, die sehr schmackhaft waren; und in den oberen Teilen der Spalte führten uns unsere Bemühungen, emporzuklettern, zu mehreren hochgelegenen Felsvorsprüngen, auf denen es Nester von Seevögeln mit vielen Eiern gab. Wenn wir auch keinen Ausgang nach oben fanden, hatten wir doch ein Versteck entdeckt, das uns sehr nützlich werden konnte, wenn uns der Wahnsinn des Krieges allzu schlimm bedrohen sollte.

Ich weiß nicht mehr, wieviel Zeit zwischen dieser Entdeckung und dem entscheidenden Abenteuer verstrich, das mich aus der Gefangenschaft auf der Insel Rampole befreien sollte. Denn meine Erinnerungen an jene düsteren Kriegstage sind ohne rechte Abfolge sozusagen zu einem Knäuel zusammengeballt. Ich war eines Nachmittags im Mittelteil des geschilderten Gebietes umhergewandert und saß nun auf einem Felsabhang über einem der größten und tiefsten jener einsamen Bergseen. Ich brütete vage und ziellos vor mich hin als einer, der weder eine Beschäftigung hat noch etwas erstrebt. Da wurde ich, zuerst durch ihr Spiegelbild, einer weiblichen Gestalt gewahr: Eines unserer Mädchen ging am jenseitigen Ufer entlang, bis zu den Knien im hohen grünen Gras. Ihr schimmernder, schlanker, gelblicher Körper erregte meine Einbildungskraft. Ich folgte ihren unentschlossenen Bewegungen mit wachsender Anteilnahme.

Ihre Anwesenheit ließ mich an tausend Möglichkeiten, nicht nur der Freude und der Lust, sondern auch der Geselligkeit und der Beruhigung denken. Wie, wenn jenes Geschöpf da drüben sich nicht als übelriechende Wilde erweisen sollte, sondern als ein Mädchen, das auf seltsam wunderbare Weise aus der Welt meiner Jugend und Hoffnung hierhergekommen war! Das Verlangen meiner Seele und meines Körpers konnte selbst so phantastisch unmögliche Einfälle ausspinnen und mit ihnen spielen.

Sie schien nach einer günstigen Stelle am Rande des Wassers gesucht und bald darauf gefunden zu haben. Ein großer Felsblock ragte in den See hinaus, sie schritt bis an dessen vorderste Spitze, stand eine kurze Frist in Gedanken versunken und stürzte sich dann mit emporgehobenen Armen ins Wasser. Ich blieb einen Augenblick lang sitzen, als wäre ich ein Zuschauer in einem Kino, doch dann stürmten all die alten Überlieferungen der Blettsworthys auf mich ein: Ich warf meinen Kopfputz und das Fell, das mich umhüllte, ab und rannte Hals über Kopf zum Wasser hinunter. Ertrinkende muß man retten, selbst wenn man dabei selber ertrinkt; das ist ein heiliges Gebot. Ich hatte solch eine Rettung nie zuvor versucht oder eingeübt, doch sprang ich ins Wasser und schwamm zu dem Mädchen hinüber.

Eine kräftige junge Frau wider ihren Willen aus tiefem Wasser zu ziehen, ist ein äußerst schwieriges und gefährliches Unternehmen. Während ich mit dem ziellos dahintreibenden, aber doch kraftvollen Körper kämpfte, ihn faßte und selbst erfaßt und hinabgezogen wurde, während ich Wasser schluckte, herumgeworfen wurde und Stöße erhielt, versuchte ich angestrengt, mir ins Gedächtnis zurückzurufen, was ich über derartige Rettungsversuche in Büchern gelesen oder gehört hatte. Ich glaubte zu wissen, daß ich sie betäuben müsse, und trachtete, ihr einen Hieb auf den Hinterkopf zu versetzen, doch gelang es mir nur, ihr ins Gesicht zu schlagen. Ihr Körper war eingefettet, so daß ihn nur schwer festhalten konnte, und einige Zeit hindurch bereitete sie mir überflüssige Schwierigkeiten, indem sie mit beiden Händen meinen Fußknöchel umklammerte. Das Wasser verursachte ein sonderbares, donnerartiges Geräusch in meinen Ohren; es klang wie Rufe von Menschenstimmen und das Gezisch plötzlich hervorbrechenden Dampfes. Dann meinte ich, einen Kauz schreien zu hören. Das Phantom eines Bootes, aus dem sich mir zahllose Hände entgegenstreckten, fuhr an mir vorbei. Offenbar setzten bereits die Trugbilder der Erschöpfung ein. Eine Zeitlang war das Ganze kein Rettungsversuch, sondern nur ein zielloser Kampf; dann als ich bereits halb bewußtlos und dem Ertrinken nahe war, berührten meine Füße, indem wir miteinander sanken, den Grund. Wir waren gegen das Ufer getrieben worden und befanden uns in seichtem Wasser. Mit einer letzten verzweifelten Anstrengung machte ich mich von ihr los, stellte mich auf die Füße, spie Wasser wie ein römischer Brunnen, holte tief Atem, faßte sie dann bei einem Arm und zog sie zu mir heran.

Wir standen, die Schultern über Wasser. Sie war wie betäubt, strich sich die nassen schwarzen Haare zurück und sank mir mit erstauntem Blick in die Arme.

„Komm heraus!" stieß ich mit erstickter Stimme hervor und trug sie ans Ufer.

Sie war ohnmächtig geworden. Ich schob sie aus dem Wasser, was mir nicht leicht fiel, denn das Ufer war steil; dann kletterte ich selbst heraus und schleppte sie in einem Übermaß von Eifer noch einige Meter weit durch die süß duftenden Gräser den Abhang hinauf. Ich warf sie wie einen Sack zu Boden und ließ mich neben ihr in eine sitzende Stellung fallen. Ich keuchte, rang nach Atem und war einige Augenblicke lang unfähig, mich zu bewegen. Ich hatte das unbehagliche Gefühl, daß sich die Luft, die ich atmete, in meiner Kehle zu schlammigem Wasser verwandelte. „O Gott!" sagte ich, „in Büchern ist das alles ganz anders."

Seltsamerweise hatte ich den Eindruck, als ob wir gar nicht da seien, wo wir waren, sondern anderswo. Ich rieb mir die Augen und starrte um mich: Da sah ich den grünen Vordergrund wieder, den einsamen See und die palisadenartigen Klippen dahinter. Wasser spie ich hustend aus. Schließlich kam ich wieder zu Atem, und meine

Kräfte kehrten zu mir zurück. Ich überlegte, was ich mit meiner leblosen Gefährtin tun sollte.

Ich kann mich nicht klar darauf besinnen, was ich wirklich tat. Ich glaube mich zu erinnern, daß mir das Wort „Wiederbelebungsversuche" schattenhaft in den Sinn kam, und daß ich Pumpbewegungen mit den Armen versuchte; es waren hübsche Arme; dann klopfte ich ihr, wenn ich nicht irre, die Brust und den Rücken und rieb sie mit Gräsern ein, um den Blutkreislauf wieder in Gang zu bringen. Ihre Haut wurde dadurch vom Fischöl befreit, und plötzlich roch die Luft stark nach Zitronenkraut.

„Laß mich sterben", sagte sie. „Oh, laß mich sterben."

„Unsinn", keuchte ich.

„Sie werden mich wieder fassen!"

„Nein! Der Teufel soll sie holen!" sagte ich. „Ich werde dir helfen."

„Ich will niemanden ins Unglück stürzen. Mit mir ist es aus."

Sie gab mir zu verstehen, daß sie von Ardam verfolgt und mißhandelt worden war. „Ich kann ihn nicht lieben. Ich habe Angst vor ihm. Wie kann ich seinen Wünschen willfahren, wenn ich außer mir bin vor Angst?"

Sie hatte Kratzwunden am Arm und etliche Striemen quer über die Schulter. „Er wird mich töten lassen", sagte sie, und ihr Entsetzen war so deutlich erkennbar, daß ich sie in die Arme nahm und zu einer geschützteren Stelle zwischen Büsche trug. Dort ließ ich sie sehr sanft wieder zu Boden gleiten und setzte mich neben sie. Die belebenden Abreibungen, die ich an ihr vornahm, verwandelten sich allmählich in beruhigende Liebkosungen. Ich sah, daß sie sehr hübsch war.

Sie hatte sich an mich geklammert und schien mich nicht wieder loslassen zu wollen. Aus solcher Nähe gesehen, dünkten mich ihr Angesicht, ihr Hals und ihr Körper herrlich schön. Sie hatte gerade Brauen, sie hatte einen zarten, feingeschwungenen Mund. Plötzlich drang die kurze Nachmittagssonne in die Schlucht herab und tauchte unseren Schlupfwinkel in strahlenden Glanz. Unsere Blicke trafen sich, und stumm versuchte jeder, die Absicht des anderen zu erkennen.

Einmal zuvor im Leben, in der fernen Stadt Oxford, hatte ich diesen Ausdruck in den Augen eines Mädchens gesehen. Doch dieses Mal floh ich nicht vor der Forderung des Augenblicks.

§ 10

Flüchtlinge

So bekam mein Leben einen neuen Sinn. Ich habe meine Geschichte so erzählt, wie sie heute in meiner Erinnerung lebt. Ich habe beschrieben, wie ich aus der Geborgenheit gemeinschaftlichen Lebens heraus in die trostlose Einsamkeit einer wilden und gefährlichen Welt geriet. Dann wendete sich mein Schicksal plötzlich. Es war, als hätte mit jenem Sprung ins Wasser ein neues Leben für mich begonnen.

In einem Wirbel aus Duft und Sonnenschein fand ich Fleisch, das Fleisch von meinem Fleische war, fand ein Herz, das schlug, als schlüge es in meinem Körper, fand Furcht und Gefühle, die ich teilen konnte; ich fand einen lebenden Gefährten, dessen Augen meinen Bewegungen mit inniger Anteilnahme folgten, dessen Gefahren und Hoffnungen auch die meinen waren, dessen Körper auch mir gehörte. Getrennt waren wir zu jenem Bergsee gekommen; wir verließen ihn, eng miteinander verbunden.

Wir hatten die Hilfe, die wir einander gewähren konnten, bitter nötig, denn es drohten uns die schlimmsten Qualen und der Tod. Wena – dies war der Name meiner Gefährtin – gehörte Ardam, und den Gesetzen der Insel gemäß, mußte sie ihm ausgeliefert werden, damit er nach Belieben mit ihr verfahren könne. Auch ich hatte dem Diktator unerträgliche Schmach zugefügt. Wena war für heimliche Flucht oder gemeinsamen Selbstmord, in meiner Seele aber hatte der Besitz dieses Mädchens Zorn und Wildheit entfacht, und ich konnte eine Zeitlang sogar die Möglichkeit eines offenen Kampfes mit dem Kriegsherrn ins Auge fassen. „Nein“, sagte ich, „wir wollen uns nicht verbergen. Du kommst als meine Frau in meine Hütte. Ich bin der heilige Irre, und alles, was ich besitze, ist heilig und unantastbar.“ Ich setzte meinen Kopfputz zurecht, warf meinen Mantel um und schritt, den Stab in der Hand, dem Dorfe zu. Wena folgte mir, von Furcht und Bewunderung überwältigt.

Wir kamen auf den viel begangenen Weg zwischen den Wasserfällen und dem Dorfe und trafen alsbald Chit. Er war entsetzt, als er uns sah. Von einem ganz neuen Stolz erfüllt, teilte ich ihm meine Absichten mit und erklärte ihm die Wandlung, die mein Leben erfahren hatte. Er erhob in tiefster Bestürzung Einspruch. Ardam werde den ganzen Stamm gegen mich hetzen; ich erwiderte, daß ich den ganzen Stamm gegen Ardam hetzen würde. Doch Chit kannte den Stamm besser und flehte mich an, vorsichtig zu sein. „Sie soll sich in meiner Hütte verbergen“, sagte ich.

„Geht gleich hin“, sagte Chit.

Der Stamm hielt vor dem Heiligtum der Göttin eine Heulversammlung ab, und der Weg zu meiner Hütte war menschenleer. Ich höre heute noch, wie die dröhnenden Stimmen der Redner, immer wieder durch gleichmäßig einsetzendes Geheul unterbrochen, von dem höhergelegenen offenen Platz her ertönten, während wir einsam auf dem unteren Pfad des Dorfes dahinschritten. Chit verließ uns, um zur Kriegsversammlung zurückzueilen, um Ardam zu beobachten. „In meine Hütte, in dein Heim“, sagte ich und bog die Schilfgräser vor dem Eingang zurück. In der Dunkelheit meiner Behausung nahm ich sie dann in meine Arme.

Kann ich dergleichen geträumt haben? Kann ich mein Leben mit einem Hirngespinst und einem Traum neu begonnen haben?

Es war ein beglückendes Wunder, sich am einsamsten aller Orte zu befinden und nicht mehr allein zu sein, von einem menschlichen Wesen, das mir gehörte, liebkost und bedient zu werden, zu sehen, wie es meine wohlgeordneten Besitztümer handhabte und ein gemeinsames Mahl bereitete. Doch alsbald kam Chit aus der Versammlung zurück, hastig und erregt. „Sie suchen Ardams verlorengegangenes Mädchen", sagte er. „Es heißt, der Feind habe sie geraubt. Ich bitte dich, geh von hier fort und bring sie in die Höhle, die wir entdeckt haben. Nun, da du sie gefunden hast, warum solltest du nun sterben wollen?"

Er verschwindet. Er ist hinausgeschlüpft, um zu horchen. Gleich darauf erscheint sein breites Gesicht wieder im Eingang der Hütte.

„Unten ist ein Kanu, darin könnt ihr bis zu den Wasserfällen hinauffahren, ehe die Suchenden hierher kommen. Man darf mich hier nicht finden. Später will ich nach euch sehen."

Wir hören, wie er sich durch das Buschwerk hinter der Hütte entfernt. Ich ziehe mein Weib an mich. Ich bin für einen erbitterten Kampf in der Tür meiner Hütte. Sie jedoch nicht. „Ich möchte leben, o mein Gebieter", sagt sie. „So gerne möchte ich nun leben. Laß uns entfliehen, wie Chit uns geraten hat."

Auch ich entdecke, daß ich leben möchte.

Dann klettern wir den steilen Abhang hinter der Hütte zu Chits Kanu hinab. Das Zwielicht wird zur Nacht, das Dorf ist von den rastlosen Fackeln unserer Verfolger erfüllt. Stimmen rufen, Glocken erklingen. Eine schrille

Pfeife dringt durch die Stille. Wir sind im Kanu, und ich habe ein Ruder ergriffen. Plötzlich erstrahlen seltsame Lichter. Riesige grüne Glühkäfer, die aufleuchten und wieder verschwinden, scheinen durch die tiefblaue Dunkelheit, das Rauschen des Wassers erinnert mich an das summende Gewühl einer großen Menschenmenge, die Lichter spiegeln sich verwirrend in der Flut. Eine Zeitlang rudern wir rasch dahin, dann werden wir von einer wirbelnden Stromschnelle aufgehalten, wir bleiben unbeweglich an einer Stelle, schließlich kommen wir wieder vorwärts. Dieser Kampf geht unendlich lange weiter. Allmählich beginnt das Brüllen des großen Kataraktes alle anderen Geräusche zu übertönen. Wir klettern ans Ufer und laufen, tief gebückt, um den Bergsee zu finden und den Tunnel, der in die Bergspalte führt. Etwas schlägt heftig gegen meine Schulter, ich stürze zu Boden. Ein großer Pfeil aus dem oberen Tal hat mich getroffen. Wena entfernt ihn und hilft mir wieder auf die Füße. Sie streicht mir über die Schulter, und ihre Hand ist voll Blut.

„Die Höhle", sage ich, „die Spalte."

Der süße Geruch von Zitronenkraut dringt mir stark in die Nase. Ich sehe einen blauen Streifen des stürmischen Himmels, der sich im Bergsee spiegelt. Weit hinter uns ist noch das Getümmel der Verfolger zu hören.

Doch nun sind wir der Stelle nahe, wo das Wasser aus dem Felsen hervorsprudelt.

Die große Höhle ist kühl, sicher und dunkel; mich aber überkommt eine plötzliche Schwäche. „Bleib mit den Füßen im Bach", sage ich, während ich stolpere und falle.

Meine Füße schleifen im Wasser, sie trägt mich. Dann ist die Kette meiner Erinnerungen unterbrochen, doch muß ich ihr wohl den Weg gewiesen haben. Und nun liege ich auf einer Streu aus süßduftenden Blättern und Zweigen, und sie kauert neben mir und gibt mir aus einer Schüssel zu essen. Es fällt mir durchaus nicht besonders auf, daß sie mich aus einer Schüssel füttert. Es ist heller Tag, und die Höhle gleicht einem bequemen und hübschen Zimmer. Ich habe ein Kissen unter dem Kopf. Unsere Blicke begegnen sich.

„Noch ein bißchen“, sagt sie. „Es tut dir gut.“

Ich nehme noch einen Löffel voll von der Speise und setze mich dann plötzlich auf. Meine Schulter ist verbunden, schmerzhaft und steif.

„Aber wo sind wir?“ frage ich.

„Daheim“, sagt sie. „Und – –“

Sie legt ihre kühle Hand auf meine Stirn. „Ist das Fieber weg? Kennst du mich, Arnold?“

„Du bist Rowena“, antworte ich. „Aber sag' mir, wo bin ich?“

„In Brooklyn Heights . . . Nimm noch einen Löffel.“

„In New York?“

„Gewiß doch – in New York.“

DAS VIERTE KAPITEL

Von der seltsamen Umwandlung, die die Insel Rampole erfährt. Wie Mr. Blettsworthy in die zivilisierte Welt zurückgelangt. Wie er im Weltkrieg für die Zivilisation seinen Mann steht, verwundet wird und fast den Heldentod stirbt. Von Rowena, seiner Frau, und seinen Kindern. Wie er eine Beschäftigung findet; und wie er mit einem alten Freunde ein bedeutsames Gespräch führt. Wobei sich die auf dem Titelblatt versprochenen Betrachtungen über das Leben im allgemeinen ergeben.

INHALT DES VIERTEN KAPITELS

§ 1. Rowena
§ 2. Dr. Minchetts Erklärungen
§ 3. Die Kriegstrommeln rollen aufs neue
§ 4. Die Kriegstrommeln ertönen lauter
§ 5. Mr. Blettsworthy wird gedrillt
§ 6. Krieg über Pimlico
§ 7. Unpassende Gelegenheit
§ 8. Mr. Blettsworthy in der Schlacht
§ 9. Mr. Blettsworthy verliert ein Bein
§ 10. Schmerzen in der Nacht
§ 11. Das freundliche Auge
§ 12. Nach dem Krieg
§ 13. Erinnerung an vergangenes Entsetzen
§ 14. Heiteres Zwischenspiel

DAS VIERTE KAPITEL

§ 1
Rowena

Für eine Weile gab ich es auf und beendete meine Suppe.

Sie legte ihre Hand auf die meine und sagte wieder: „Das Fieber ist weg, nicht wahr?"

Stumm versuchte ich aufzustehen, und stumm half sie mir dabei. Ich blieb am Bettrand sitzen. Ich war verwirrt, denn der Ort, an dem ich mich befand, war ganz gewiß die Höhle, in der sie mich nun seit Wochen pflegte, fütterte und behütete. Und doch war er auch ein Zimmer.

„Was ist denn mit meiner Schulter geschehen?" fragte ich.

„Die hast du dir verletzt, als du von einem Auto umgestoßen wurdest."

„Von einem Auto umgestoßen? Ich bin doch von einem Pfeil getroffen worden."

„Nein. Du wurdest von einer Autodroschke umgestoßen. Du lagst auf der Straße, und ich hob dich auf." Ich fuhr mit den Fingern durchs Haar. Ein neues Rätsel bot sich mir.

„Du bist wie eine zivilisierte Frau gekleidet", sagte ich.

„Warum nicht? Wir können nicht immer nur an die Liebe denken."

„Du bist aber trotzdem die Frau, die ich liebe?"

„Ja. Dessen kannst du ganz sicher sein."

Mein armer, müder Kopf dachte angestrengt nach. „Ich habe dich vor dem Ertrinken gerettet?"

„Im Hudson."

„Im Hudson? Es war unendlich schwer, dich aus dem Wasser zu ziehen ... Aber du warst es wert."

„Mein armer verwirrter Liebster!" und sie küßte meine Hand, wie sie es schon hundertmal zuvor getan hatte, mit einem Gemisch von Hingabe und Schonung.

Ich starrte rings um mich. „Wie das Licht vom Fenster her hier auf die Zimmerdecke fällt. Sie sah immer wie eine große Kalksteinplatte aus. Und die Klippen da draußen, diese hohen grauen Klippen, sie sind in Wirklichkeit große Gebäude!"

Ich hob schnuppernd die Nase. „Irgendwo", sagte ich und meine Augen suchten das Zimmer ab. Auf dem Fensterbrett standen drei Blumentöpfe, in denen, wie ich wußte, Zitronenkraut wuchs.

Ich erhob mich, und sie stützte mich, denn ich stand schwankend auf den Beinen. Wir gingen durch das Zimmer zum Fenster hin, und ich sah hinaus: der Blick, der sich mir bot, war seltsam neu und doch vertraut. Über dem Wasser, auf dem lebhafter Verkehr herrschte, ragten die mächtigen Häusermassen des unteren New York vierschrötig zum Himmel empor; das warme Licht des späten Nachmittags verlieh ihnen etwas Weiches und Ätherisches. Sie hatte den Arm um mich geschlungen und stützte mich liebevoll, während ich hinaussah. „War ich im Delirium?" fragte ich. „Habe ich geträumt?"

Ihr Arm legte sich fester um mich, und sie gab keine Antwort.

„Das ist New York. Selbstverständlich ist das New York."

„Dort ist die Brooklynbrücke."

„Das ist nicht die Insel Rampole?"

Stumm schüttelte sie den Kopf.

„Ich bin hier in meiner zivilisierten Welt."

„O mein lieber Liebster!" flüsterte sie.

„Und die Insel Rampole mit all ihrer barbarischen Grausamkeit und ihrer hoffnungslosen Dummheit war ein Traum, ein phantastischer Traum?“

Doch sie weinte. Vielleicht weinte sie vor Freude darüber, daß meine Wahnvorstellungen von mir wichen.

§ 2

Dr. Minchetts Erklärungen

Ein dünner Schleier des Zweifels schien über die anfängliche Helle meiner neugewonnenen Welt herabzusinken. Ich wandte mich vom Fenster ab, denn ich fühlte, daß ich noch sehr schwach war. Rowena half mir, mich in einen kleinen Lehnstuhl niederzulassen – die eine Laufrolle des Möbelstücks war, wie ich merkte, nicht in Ordnung. „All das Entsetzliche“, sagte ich, „der Krieg, die Grausamkeiten, Ardam, all das war also nichts weiter als ein Traum.“

Sie antwortete nicht. Ihr Gesicht war der Tür zugewandt. Ein Klopfen ertönte – sie hatte offenbar darauf gewartet. „Herein“, rief sie, und es erschien ein Mann, dessen breites braunes Antlitz das Chits, des Wahrsagers, hätte sein können, wenn auch gewaschen, gebürstet und den Forderungen von Brooklyn Heights angepaßt. Er blieb in der Tür stehen und betrachtete uns. Es war Chit und doch auch nicht Chit. Ich wußte, daß er mit Chits wohlbekannter schnarrender Stimme sprechen würde.

Sie wandte sich freudig an ihn: „Es geht ihm viel besser. Wir befinden uns nicht mehr in der Höhle, müssen Sie wissen! Er hat aus dem Fenster gesehen! Er erkennt New York.“

Der untersetzte und breitschultrige Ankömmling trat näher und prüfte mich mit Chits Augen. „Sie befinden sich also in Brooklyn."

„Darüber bin ich mir nicht im klaren."

„Und Sie wissen, wer ich bin?"

„Ich habe Sie Chit genannt."

„Eine Abkürzung für Minchett. Dr. Aloysius G. Minchett, zu Ihren Diensten." Er ging an mir vorbei zum Fenster und blickte hinaus. Er sprach über die Schulter hinweg zu mir – offenbar wollte er mich nicht durch eine zu unmittelbare Anrede aus der Fassung bringen. „Wie oft habe ich Ihnen gesagt, daß das die wirkliche Welt ist! Und wie oft haben Sie geantwortet, es sei die Insel Rampole! Bis ich keine Hoffnung mehr für Sie hatte. Und dann vollbringt diese junge Dame, was weder mir noch sämtlichen übrigen Nervenärzten New Yorks gelingen wollte. Sie bringt Sie zur Vernunft zurück, indem sie sich oberhalb der Palisaden in den Hudson stürzt, gerade als Sie allein am Ufer spazierengingen. Und da seid ihr nun beide – ordentlich bekleidet, wenn ich so sagen darf, und völlig bei Sinnen."

Er hatte sich umgedreht und Rowena zugelächelt, während er die letzten Worte sagte; jetzt blickte er mich an.

„Nun?" sagte er, um mir zu helfen. Mit der Miene eines Mannes, der es durchaus nicht eilig hat, setzte er sich auf die Tischkante.

„Sie müssen meine Verwirrung verzeihen", sagte ich endlich abwägend. „Ich weiß nicht, wie ich hierher kam. Ich möchte wissen, wieso ich hier bin und auf die Insel Manhattan hinüberblicke, während ich mir doch einbildete, ich befände mich fern von aller Welt auf einer ganz anderen, einer südamerikanischen Insel. Mein Hirn spielt mir seltsame Streiche, das weiß ich. Was für einen Streich spielt es mir eben jetzt?"

„Es hört auf, Ihnen Streiche zu spielen", sagte Dr. Minchett.

„Bin ich – anomal gewesen?"

„Das Anomale", sagte Minchett völlig in der Art des Wahrsagers von der Insel, „ist auch nichts anderes als das Normale – nur verzerrt."

„Ging die Abnormität so weit, daß man sie als – Wahnsinn bezeichnen mußte?"

„Es handelte sich nicht um – wie soll ich es sagen? – nicht um eine organische Erkrankung. Ihr Gehirn wies und weist keinerlei krankhafte Veränderungen auf. Aber Ihr Geist ist *außergewöhnlich*. Überempfindlich und mit sich selbst uneins. Und zufälligerweise ist dies mein spezielles Forschungsgebiet. Sie haben mir Gelegenheit zu ganz besonderen Beobachtungen gegeben."

Mein Blick wanderte zur Rowena hinüber. Ihre Miene ermunterte mich, fortzufahren. So wandte ich mich neuerlich mit einer Frage an ihn.

„War ich Ihr heiliger Irrer?"

„Sie befanden sich mehr oder weniger in meiner Obhut."

„Wo aber befand ich mich in Ihrer Obhut?"

„Hier – im Staat New York. Nachdem Sie hierhergebracht worden waren. In Yonkers hauptsächlich. Auf der Klinik Quinn."

„Und die Insel Rampole?"

„Es gibt eine Insel, die so heißt. Sie müssen den Namen gehört haben, als Sie gerettet wurden."

„Und bin ich dort gewesen?"

Möglicherweise sind Sie für etwa eine Stunde an Land gegangen. Mit dem Boot, das Sie von der *Golden Lion* herunterholte."

„Sie sind sicher, daß wir uns hier nicht auf der Insel Rampole befinden?"

„Nein, nein", sagte Rowena, „das hier ist die wirkliche Welt."

Ich wandte mich ihr zu und betrachtete sie. Wie zart sie

war und wie hübsch! „Die zu verlassen du dich nach Kräften bemühtest", sagte ich, indem ich mir die Dinge zusammenzureimen suchte. „Du wolltest dich ertränken. *Warum* wolltest du dich ertränken?"

Sie kam zu mir herüber, setzte sich auf die Armlehne meines Stuhls und zog meinen Kopf an ihre Brust. „Du hast mich gerettet", flüsterte sie. „Du bist ins Wasser gesprungen und hast mich gerettet. Du bist in mein Leben getreten und hast mich in jeder Hinsicht gerettet."

Einen Augenblick lang war mir, als würden mir die Zusammenhänge klar, doch dann merkte ich, daß alles wieder nebelhaft verschwamm. Eine Unzahl von Rätseln verwirrte mich.

Ich wandte mich aufs neue an Dr. Minchett und entschuldigte mich wegen meiner Verworrenheit. Ich bat ihn, mir die Lage genauer zu erklären, und ging dann, da mich plötzlich ein Schwindelgefühl überkam, zum Bett zurück und setzte mich darauf nieder. „Ich bin wohl ein besonderer Fall. Erzählen Sie mir die Geschichte meines Falles. Erzählen Sie mir, wieso ich mit einem Sprunge von der Insel Rampole hierher nach New York gelangt bin."

Er überlegte die Hauptpunkte seines Themas.

„Es ist gut, daß man nun endlich offen mit Ihnen reden kann", bemerkte er. „Ich bin durchaus dafür, daß Ihnen die volle Wahrheit mitgeteilt wird."

Doch er begann nicht sogleich damit. Er schwang sich vom Tisch herunter und schritt im Zimmer auf und ab.

„Nun?" sagte ich schließlich.

„Er muß sich das Ganze erst zurechtlegen", entschuldigte Rowena ihn.

„Wissen Sie noch, daß Sie sich auf dem schiffbrüchigen Dampfer *The Golden Lion* befanden? Erinnern Sie sich daran?"

„Ganz genau. Der Kapitän ließ mich auf dem Wrack zurück, damit ich ertrinke."

„Ließ Sie zurück, damit Sie ertrinken?"

„Er schloß mich in eine Kabine ein, als die Boote abstießen."

„Hm. Das wußte ich gar nicht. Er schloß Sie in eine Kabine ein. Davon müssen Sie mir mehr erzählen. Jedenfalls wurden Sie auf dem Schiff gefunden, und zwar von einem Boot der Jacht *Smithson,* die im südlichen Atlantik und in der Tierra del Fuego verschiedene wissenschaftliche Daten sammelte. Hier hebt *meine* Geschichte an. Zwei unserer Matrosen fanden Sie hinter dem Schornstein schlafend, und als Sie erwachten, schrien Sie und gingen mit einer Axt auf die beiden los. Sie waren – um die Wahrheit zu gestehen – völlig verrückt."

„Aber ...", sagte ich und fügte dann hinzu: „Fahren Sie fort."

„Als wissenschaftlicher Fund betrachtet, waren Sie für die *Smithson* ein wenig groß und unhandlich."

„Warten Sie einen Augenblick", sagte ich. „Wie lange ist das her?"

Er rechnete nach. „Fast fünf Jahre."

„Mein Gott!" sagte ich, und Rowena drückte mir mitfühlend die Hand.

Dr. Minchett sprach weiter. „Sie waren, gelinde gesagt, ein sehr unbequemer Fund. Der Leiter unserer Expedition übergab Sie meiner Obhut, da ich von Beruf Psychiater bin, und ich tat für Sie, was mir unter den gegebenen Umständen nur irgend möglich war. Sie müssen wissen, daß ich mich als Ethnologe auf dem Schiff befand. Ich hatte allerlei Schwierigkeiten hinter mir und habe die Reise vorwiegend in der Absicht unternommen, mich zu erholen. Ich kannte den Leiter ..."

Er überlegte. Offenbar wählte er seine Mitteilungen aus einer reichen Fülle von Material.

„Ich hatte alle Hände voll mit Ihnen zu tun", sagte er ...

„Man brachte Sie zunächst in eine Bucht der Insel Rampole – mehr haben Sie von diesem Ort niemals zu Gesicht bekommen. Sie behaupteten, daß man Sie aus Ihrer Welt gerissen habe und daß wir allesamt blutrünstige Wilde und bemalte Kannibalen seien. Schließlich kamen Sie an Bord der *Smithson*, und ich wurde damit betraut, Sie zu besänftigen oder wenn nötig, in eine Kabine einzuschließen. Aufgrund meines Berufes hatte ich von allem Anfang an Interesse an Ihnen. Ich gelangte alsbald zu der Ansicht, daß Sie in physischer Hinsicht keineswegs krank waren; ich meine, Ihre Zellen und Gewebe waren völlig in Ordnung. Offenbar hatten Sie irgendwelche bösen Erlebnisse gehabt und litten immer noch unter heftiger Angst. Überdies war Ihr Denkvermögen in Verwirrung geraten. Hätte ich getan, was man auf der *Smithson* von mir forderte, das heißt, Sie in eine Kabine eingeschlossen, um Sie darin toben zu lassen, so würde Ihnen das, glaube ich, den Rest gegeben haben. Der bloße Anblick einer Kabine erfüllte Sie mit Entsetzen. Erinnern Sie sich daran?"

Ich dachte angestrengt nach. „Nein."

Ich zögerte und wiederholte weniger bestimmt: „Nei–ein."

Eine dunkle Erinnerung tauchte in mir auf: irgendwo hatte ich mühsam versucht, aus einer Kabine herauszukommen. Doch das war auf der *Golden Lion* gewesen.

„Man mußte Ihnen Ihren Willen lassen", setzte Minchett fort. „Und Sie waren nicht beliebt. Die ganze Menschheit galt Ihnen als eine Schar von schmutzigen Wilden, und . . . Nun ja, Sie waren nicht gerade taktvoll. Wenn ich nicht gewesen wäre, hätte man Sie wohl irgendwo unterwegs abgesetzt; ich aber erklärte, daß Sie nicht einfach nur ein sehr beschwerliches Menschenwesen, sondern auch ein höchst interessantes wissenschaftliches Versuchsobjekt seien, und das hob Ihr Ansehen. So behielt man Sie bis zur Heimkehr an Bord. Ich wollte Sie zwecks eingehenden Studiums in das Frederick Quinn Institute in Yonkers mitnehmen. In Europa hat man kaum noch eine Ahnung davon, wieviel Tüchtiges wir hier auf dem Gebiete der Beobachtung und der experimentellen Behandlung von Geisteskranken leisten. Wir bekommen eine Fülle verschiedenartiger Typen zu Gesicht. Die Einwanderungsbehörden bereiteten mir Schwierigkeiten, ebenso Ihr ehemaliger Vormund in London, aber ich bin mit beiden so leidlich fertig geworden und habe Sie seither unter meiner Obhut gehabt, und zwar anfänglich in Yonkers und dann hier in New York. Ihr Vormund ist ein anständiger Kerl. In seinem Auftrag kamen Leute, um nach Ihnen zu sehen, und als er sich über unser Verfahren klar wurde, ließ er mir freie Hand – und bezahlte mich. ist alles in Ordnung. Sie haben etliche Erbschaften gemacht und befinden sich in recht guten Verhältnissen. Ich habe über alles aufs beste Buch geführt. Es kostete mich zwei Jahre, bis ich mit der Ansicht durchdrang, daß Sie weder sich noch anderen gefährlich seien; schließlich durften Sie unter meiner Bürgschaft die Klinik verlassen und eine eigene Wohnung beziehen."

„Diese hier?"

„In diese sind Sie übersiedelt, seit Sie sich mit *ihr* zusammengetan haben."

„Das ist *meine* Wohnung", flüsterte Rowena. „Du hast sie dir für mich genommen und deine eigene aufgegeben."

Ich dachte nach. „Das ist alles schön und gut. Warum aber erinnere ich mich an all das nicht?"

„An manches erinnern Sie sich wohl, wenn auch auf andere Art und Weise. Sie sind meiner festen Überzeugung nach ein typisches Beispiel für krankhaftes Wachträumen."

Er wartete auf meine Aufforderung, fortzufahren; nach einer kurzen Pause merkte ich das und tat, was von mir erwartet wurde.

Er blieb, die Hände in den Hosentaschen, vor mir stehen

und wurde – um mich seiner eigenen Ausdrucksweise zu bedienen – ein typisches Beispiel für einen Universitätsprofessor. „Sie verstehen", hob er an, griff mit der linken Hand in die Luft und begann aufs neue: „Die Sache verhält sich so."

Doch ich will das mühselige Machwerk seiner Darlegung nicht in allen Einzelheiten wiedergeben. Wer muß, möge unter dem Universitätsprofessor leiden. Das ist ein Buch. Seine Theorie oder seine Erklärung, wie immer man es nennen will, fußte auf der Idee, daß unsere Wahrnehmung der äußeren Tatsachen niemals exakt und unkritisch ist. Wir filtern unsere Eindrücke und gestalten sie um, ehe sie unser Gehirn erreichen. Selbst der phantasieloseste unter uns gibt sich Täuschungen hin; diese Abschwächung der äußeren Dinge dient zu seinem Schutze und hebt seine Zuversicht. Jeder Mensch trifft andauernd eine Auswahl unter seinen Eindrücken und ist nach Kräften bemüht, solche, die demütigend oder unangenehm werden könnten, von sich fernzuhalten. Noch lange Zeit nach ihrer Wahrnehmung fahren wir fort, die Geschehnisse umzugestalten, wir revidieren sie gewissermaßen. Was ein Mensch vom gestrigen Tag in seinem Gedächtnis bewahrt, ist nicht, was er in diesem oder jenem Augenblick des gestrigen Tages tatsächlich sah oder empfand. Es ist retuschiert und gesäubert worden, er hat es so lange zurechtgestutzt, bis es seinem Behagen und seiner Eigenliebe taugte. Phantasievolle Menschen und Leute, denen während der Kinder- und Jugendzeit jede rauhere Berührung mit der Wirklichkeit erspart geblieben ist, können im besten Glauben die Welt auf ganz erstaunliche Art mißdeuten, können sie völlig falsch sehen, sie sozusagen in ein Maskenkostüm hüllen.

In dieser Hinsicht nun, erklärte er, indem er mit einer freundschaftlichen und halb entschuldigenden Miene dicht an mich herantrat, sei ich so ganz besonders interessant. Es war zu nett von ihm, daß er immer wieder betonte, wie außerordentlich interessant ich sei. Ob ich nicht schon von sogenannten gespaltenen Personen gehört hätte, fragte er mich, von der Tatsache, daß in ein und demselben Gehirn zwei oder sogar noch mehr Assoziationssysteme nebeneinander und so unabhängig voneinander existieren könnten, daß es den Anschein habe, als teilten sich zwei verschiedene Wesen in den Besitz eines einzigen Kopfes. Ich gab zu, daß ich von solchen Fällen schon gehört hatte. Heutzutage hat wohl jedermann schon davon gehört. Dies sei meine Krankheit, erklärte er. Die Hauptpersönlichkeit in mir sei bei ihrem ersten Kampf mit dem Leben aufs schlimmste verwundet und verletzt worden; infolgedessen habe sie zu der Fiktion Zuflucht genommen, daß solche Härte und Brutalität, wie ihr begegnet waren, nur in einem fernen und abgelegenen Erdenwinkel vorkommen könnten. Hartnäckig habe sie sich an die Idee geklammert, daß die Welt der schönen Täuschungen, die ihr verlorengegangen war, immer noch existiere, und zwar als die große, zivilisierte Welt, die ich zu meinem Unheil verlassen hatte, in die ich jedoch alsbald zurückzukehren hoffte.

Ich überlegte diese Sätze und ließ sie mir mehrere Male wiederholen. Mit Vorbehalt stimmte ich ihnen zu.

In dieser trostreichen Träumerei hätte ich während der letzten viereinhalb Jahre vorwiegend gelebt, sagte Minchett, während eine untergeordnete praktische Persönlichkeit in mir, die zu übersehen ich aufs sorgfältigste bedacht gewesen sei, meine Schritte gelenkt habe, Hindernissen aus dem Wege gegangen sei, Mahlzeiten eingenommen, ja wenn nötig sogar geschäftliche Dinge erledigt habe. Diese armselige untergeordnete Person, dieses werktätige Selbst, sei zwar in Gedanken versunken umhergegangen, habe aber trotzdem vernünftig gehandelt – wenn auch langsam. Es habe die Zeitungen gelesen; habe zuweilen ganz alltägliche Gespräche geführt; sei aber die ganze Zeit über nichts weiter gewesen als ein losgelöster Teil, ein Holzhauer und Wasserschöpfer im Dienste des faselnden Hauptkomplexes meines Gehirns. Die Eindrücke, die es gesammelt habe, seien sofort wieder vergessen worden. Der mich beherrschende Traum habe mit dieser Seite meines Lebens nichts zu tun haben wollen, und wenn er schon einmal von daher stammende Suggestionen aufgegriffen habe, so seien diese von Grund auf umgestaltet worden. „Bis zu einem gewissen Grad verhalten wir uns alle so", sagte Minchett. „Das Interessante an Ihnen ist, daß Sie sich hartnäckig, andauernd und vollkommen so verhalten."

„Ja – ja, das ist sehr einleuchtend", sagte ich, „aber – hören Sie, Dr. Minchett, die Insel Rampole hatte einen bestimmten Geruch, ja einen bestimmten Geschmack für mich. Ich habe das Landschaftsbild so deutlich vor mir gesehen wie die abgenützten Stellen dieses Teppichs hier. Welches negative, die Wirklichkeit zurückweisende Erinnerungsvermögen hätte hervorbringen können, was ich gesehen habe, Klippen und Berge, Feste und emsiges Getriebe – und Megatherien? Ich bin Megatherien nachgepirscht, und eines verfolgte mich. War mir dicht auf den Fersen. Megatherien – riesige Bodenfaultiere. Ich glaube nicht, daß ich jemals auch nur etwas von ihnen gehört hatte, ehe ich Schiffbruch erlitt."

„Das ist nicht schwer zu erklären", sagte der Doktor. „Die *Smithson* war auf der Suche nach Megatherien. Es war dies der wesentlichste Teil unserer Aufgabe. Wenn es noch irgendwo ein lebendiges Megatherium gab, wollten wir seiner vor den Engländern habhaft werden. Das ganze Schiff war auf Megatherien versessen. Wir sprachen ohne Unterlaß von ihnen. Unser Zoologe und unser Speläologe redeten überhaupt von nichts anderem. Sie zeigten Ihnen Zeichnungen. Sie hatten den Schädel eines jungen Faultiers, außerdem auch Teile eines Fells und Exkremente. Und jetzt erinnere ich mich: Eines Tages trugen Sie eine wundersame Abhandlung über die Gepflogenheiten und die Fortpflanzung der Faultiere vor! Es war eine erstaunliche Geschichte! Ganz seltsames Zeug. Sie meinen Megatherien gesehen zu haben."

„Gab es keine auf der Insel Rampole?"

„Wir haben keins zu Gesicht bekommen."

Ich war starr.

„Sie vermengen Träume mit Ihren Erinnerungen. Das kommt viel häufiger vor, als man gemeinhin weiß."

Ich stützte den Kopf in beide Hände, dann richtete ich mich wieder auf.

„Ich ermüde Sie doch nicht?" fragte er.

„Ich lausche Ihnen mit größter Aufmerksamkeit", antwortete ich, „doch ist manches nicht leicht zu verstehen."

„Ich gebe Ihnen in einer halben Stunde die Resultate von vier oder mehr Jahren der geduldigen Beobachtung bekannt."

„Chit", sagte ich, „war allezeit ein geduldiger Beobachter ... Ich möchte bloß wissen, wo ich seinen sonderbaren Kopfputz hergenommen habe?"

Der Doktor wußte nichts von jenem Kopfputz und überging meine Frage. Er war zu sehr mit dem Bericht über seine Beobachtungen beschäftigt. „Sehr fesselnd war es, die Fäden Ihrer Persönlichkeit zu entwirren."

„Es freut mich, daß Sie Spaß daran hatten", meinte ich.

Er begann wieder auf und ab zu gehen. „Ich entdeckte zum Beispiel, daß Sie sehr gemischter Abstammung sind; Engländer auf der einen Seite, auf der anderen Syrier, Portugiese und Eingeborener der Kanarischen Inseln. In der Kindheit erfuhr Ihr Leben eine völlige Wandlung. Nach einer leidenschaftlichen Kindheit in Madeira kam eine gesunde Knabenzeit in Wiltshire, und zwischen den beiden Erfahrungsreihen bestand kaum irgendein Zusammenhang. Selbst Ihre Sprache wurde eine andere. Sie verloren jede Beziehung zu Madeira, jawohl. – Aber – etwas Heftiges, Stürmisches, Eigenbrötlerisches, Zähes und Pessimistisches blieb unter Ihrem englischen Selbst verborgen, formlos und unbestimmt, nach außen hin vergessen. Gab es in Ihrem – Ihrem Traum von der Insel Rampole – ich verlege mich aufs Raten – eine üppige subtropische Vegetation?"

„Die Bäume und Pflanzen", überlegte ich, „waren prächtig. Die Berge steil und schön."

„Die wirkliche Insel Rampole ist wüst und öde", erklärte er.

Ich wandte den Blick zu Rowena hinüber.

„Er ist sehr klug gewesen", sagte sie.

„Er ist sehr klug", stimmte ich zu.

„Wir haben das Ganze so oft durchgesprochen", meinte Dr. Minchett.

Ich starrte auf meine Knie, die in einer verblichenen, hellblauen Pyjamahose steckten, und auf meine bloßen Füße. Ich tastete nach Rowenas Hand, ergriff sie und drückte sie. Ich blickte auf die Töpfe mit Zitronenkraut und dann auf das offene Fenster.

„Sie sind sehr klug", sagte ich, „und alles hier scheint sehr wirklich. Aber auch die Insel Rampole kommt mir sehr wirklich vor. Immer noch. Die Speisen, die ich dort vorgesetzt bekam. Die Speisen, die aus Menschenfleisch bereitet waren. Und das wüste Geheul und der Krieg. Sagen Sie mir, wie bekomme ich hier in dieser Welt zu essen, wie lebe ich hier? Gibt es hier keine Gaben der Freundin? Und was war das für ein Krieg, dieser irrsinnige und schreckliche Krieg, der schließlich alles andere verdrängte? Was war dieses ganze Kriegsgetümmel? Das Getrommle und das Geheul. War das nichts? Und warum hast du dich, meine Liebste, ins Wasser gestürzt? Hier stimmen Traum und Wirklichkeit überein. Das wird weder von ihm noch von dir als Traum hingestellt, und ich habe auch nicht das Gefühl, daß es nur ein Traum gewesen wäre."

„Nein", sagte er und brach wieder ab. „Das hat – eine reale Grundlage."

„Und der Krieg?" sagte ich. „Der Krieg?"

„Liebster! Liebster!" murmelte Rowena, als ob sie etwas zu unterdrücken suche, was sie nicht begriff.

„Sie befand sich in einer bösen Lage", sagte der Doktor zögernd. „Sie hatte kein Geld."

„Und Ardam, der Krieger?"

Er antwortete erst nach einer langen Pause, was seine Mitteilung nur um so eindrucksvoller machte.

„Fast die ganze Welt", sagte er, „– die wirkliche Welt – befindet sich im Kriegszustand."

„Ah! Nun beginne ich zu verstehen", sagte ich. „Nun gewinnen meine Erinnerungen Zusammenhang."

„Ja", stimmte der Doktor zu. „Wir leben in einer großen, in einer tragischen Zeit. Und Sie können sich nun endlich aufraffen, um der wirklichen Welt ins Auge zu blicken."

„Das ist die wirkliche Welt?"

„Gewiß."

„Die wirkliche Welt", wiederholte ich, erhob mich und blickte nach dem Fenster hinüber, das die hohen, wilden Gebäude der mächtigsten unter allen lebenden Städten umrahmte; rot ragten sie im Licht des Sonnenunterganges empor, und zehntausend Fenster flammten hell im Widerschein der Glut.

„Ich beginne zu verstehen", sagte ich.

Minchett wartete mit prüfendem Blick auf meine nächsten Worte.

„Dies ist die wirkliche Welt, ich gebe es zu." Ein Ausdruck der Erleichterung zeigte sich auf seinem Gesicht. „Ich sehe aber", fuhr ich fort, „auch die Insel Rampole – hier und in diesem Augenblick! Denn, Doktor, was war die Insel Rampole schließlich? Nichts anderes als die wirkliche Welt, die sich drohend hinter dem Nebel meiner Illusionen erhob."

§ 3

Die Kriegstrommeln rollen aufs neue

Es ist wohl erstaunlich, daß ich meine Frau niemals eingehend über ihre Erlebnisse vor dem Selbstmordversuch befragt habe, der uns zusammenführte. Zu einer instinktiven Abneigung auf meiner Seite kam ihr eigener Widerwille, Einzelheiten zu erzählen. Es gibt Seiten im Buch unserer Taten, die wir nicht gelassen anhören werden, wenn der Engel des Gerichts sie dereinst vorliest. Wird es dir, lieber Leser, nicht ebenso ergehen? Wer von uns hätte in seinem Leben keine schmähliche Zeit zu verzeichnen, da er die Herrschaft über sich selbst verlor und seine Schwäche erkennen mußte?

Meine Frau, die so lieb ist, so tüchtig und so überaus tapfer, aber auch so unklug zuweilen und manchmal streitsüchtig und eigensinnig, stammt aus der kleinen Stadt Allan Lane in Georgia. Sie lief von zu Hause weg. Ihre Mutter war eine der ärmsten Everetts Georgias, ihr Vater aber war ein Nisbet. Ihre Eltern zogen sie auf eine schlichte, altmodisch protestantische Art und Weise auf, fühlten sich aber schließlich dazu überredet, sie in das Reid College in Cappard eintreten zu lassen. Eine unersättliche Wißbegier war in ihr, und sie las ohne Unterlaß. Sie las alles, was ihr in die Finger kam, und wurde ein aufrührerisches Geschöpf. Sie war außerordentlich begabt, und das geistige Leben in Cappard stand auf keiner sehr hohen Stufe. Diese Tatsache zusammen mit der südländischen Ritterlichkeit ließen sie zu einer übertriebenen Vorstellung von ihrer Macht über Menschen und Dinge gelangen.

Teils um den Folgen eines mutwilligen Streiches zu entgehen, teils um sich die Welt zu erobern, brannte sie nach New York durch; ein junger Advokat aus Manhattan, der die finanziellen Schwierigkeiten des Reid College zu ordnen berufen worden war, half ihr bei der Flucht. Er hatte bei aller äußerlich zur Schau getragenen Bescheidenheit recht fortschrittliche Ansichten, und seine Beziehungen zu Rowena zeichneten sich anfänglich mehr durch unbekümmerte Romantik als durch Besonnenheit aus. In New York aber änderte er seine Haltung und ließ sie ihre Kämpfe allein ausfechten. Sie war mit den Manuskripten etlicher Erzählungen und eines ersten Romanes bewaffnet, Arbeiten, die in der wohlwollenden Atmosphäre Georgias besser schienen als so manches, was da täglich veröffentlicht wurde. Ich will dem empfindsamen Leser keineswegs dadurch entgegenkommen, daß ich behaupte, Rowena sei im Grunde doch ein „braves“ Mädchen gewesen. Sie war ebenso selbstsüchtig wie die meisten Menschen, ebenso gierig und ebenso eitel. Ganz wie ein Mann aus seiner Stärke, versuchte sie, aus ihrer temperamentvollen Schönheit Vorteile zu ziehen – und sie war sehr hübsch und sehr temperamentvoll. Ich bezweifle, daß sie ihren Advokaten jemals wirklich liebte, und sie war viel zu stolz, um sich an ihn zu hängen, als er sich von ihr abwandte. Wenn ich nicht irre, verstand er es so einzurichten, daß der Bruch schließlich mit allem Nachdruck von ihrer Seite ausging.

Ihr Bestreben, die Menschen ihren eigenen Zwecken dienstbar zu machen, brachte sie alsbald in einen Konflikt mit einem hohen Polizeibeamten – wer New York kennt, wird seinen Namen erraten, und wer es nicht kennt, dem würde er doch nichts sagen. Ihre armseligen kleinen Intrigen versetzten ihn in eine wahre Wut böswilliger Eifersucht, und er verfolgte sie mit all seinem Einfluß und all seiner Macht. Im letzten Stadium dieser Verfolgung schien ihr ein Sprung ins Wasser der beste Ausweg.

Wahrscheinlich wird meine Frau von vielen als eine leichtfertige und unselige kleine Abenteurerin angesehen werden, ich aber kann dieses Urteil nicht gelten lassen, denn ich weiß, daß es nicht richtig ist. Aber angenommen, daß sie etwas von einer Abenteurerin an sich hatte, so war sie doch auch etwas anderes und weit Besseres. Ich weiß, wieviel Schönes, wieviel Mut und wieviel Zärtlichkeit noch in ihr lebten, während ihr Körper mit den grauen Wasserwirbeln kämpfte. Ich könnte eine lange Geschichte davon erzählen, wie sich diese Anlagen ihres Wesens glücklich entfaltet haben. Und ich kann über die Reihe häßlicher Geschehnisse in ihrer „romantischen" Zeit, die heute nichts mehr bedeuten, hinwegblicken und das braunhäutige Kind sehen, das im südlichen Sonnenschein spielte, fröhlich und von gesundem Tatendrang erfüllt; ich kann mir die Heranwachsende vorstellen, die den Kopf von morgens bis abends über ein Buch gebeugt hielt, das junge Mädchen, das, auf einem Stuhl kniend, aufs neue die wunderbaren Entdeckungen niederschrieb, die jeder angehende Schriftsteller macht, das seinen ersten Sarkasmus und seinen ersten Begeisterungsausbruch in Worte kleidete. Ich begreife ihre Hoffnung auf Erfolg und gesellschaftlichen Triumph, ihren Traum von einem einsichtsvollen und ergebenen Prinzgemahl, der ihren Ruhm schließlich teilen sollte. Doch zu ihrem größten Erstaunen erlebte sie einen Mißerfolg um den anderen; all ihre Hoffnungen und ihr Stolz wurden nicht eigentlich besiegt, sondern vielmehr achtlos beiseite gestoßen.

Es war ein einsames, zerbrochenes und verfolgtes Geschöpf, das ich aus dem Wasser zog. Doch verborgen und unberührt, schlummerte in ihm auch jener unerschöpfliche Schatz von Dankbarkeit, besitzgieriger Liebe, Treue und Zärtlichkeit, den ich alsbald entdecken sollte. Sie dünkte mich von allem Anfang an hübsch, und immer wieder entdeckte ich neue Reize in ihrem feinen und ausdrucksvollen Gesicht. In ihrem geliebten Gesicht.

Sie gab sich mir in leidenschaftlicher Dankbarkeit hin und nahm mich in ihr Leben auf, nachdem sie sich über den seltsamen Traumzustand klargeworden war, in dem ich mich befand. Denn es ist die höchste Aufgabe des Liebenden, zwischen das geliebte Wesen und die rauhe Wirklichkeit zu treten. Ein klein wenig Schutz vor der Wirklichkeit tat uns beiden not. Minchett erkannte den Segen unserer Beziehung und war vorurteilslos genug, mich zu dem Menschen gehen zu lassen, dem allein es gelungen war, die immer härter werdende Rinde der Zurückgezogenheit, die mich umschloß, zu durchbrechen. Wir gaben einander das Leben zurück.

Lange Zeit hindurch wollte sie nicht heiraten. Sie sei eine „zerbrochene Tonscherbe", sagte sie, eine Wendung, die sie irgendeinem Buch über gefallene und unglückliche Frauen entnommen hatte; sie wolle mich nur bei sich behalten und betreuen und pflegen, bis ich wieder ein normales Leben führen könne und sie nicht mehr brauche. Dann werde sie verschwinden, und ich könne ein „braves" Mädchen heiraten.

Das normale Leben war in jenen Tagen sehr anomal, und ich wurde mir alsbald darüber klar, daß die mir zufallende Abweichung vom Normalen in der Rolle eines britischen Soldaten im Weltkrieg bestehen würde. Die Kriegstrommeln, die in meinen Träumen von Klippen und Gießbach immer lauter gerollt hatten, erdröhnten noch heftiger, als ich erwachte.

Ohne Zweifel hatte ich über den Ausbruch des großen Krieges angestrengt nachgedacht und seine rasche Entwicklung von Tag zu Tag beobachtet, doch waren meine Erinnerungen an jene Zeit verdrängt oder zu Einzelheiten meines Tagtraumes umgestaltet worden. Mein Geisteszustand unterstützte meine Abneigung, mich zu stellen, und die meisten jener einsamen Wanderungen, während welcher mir meine wachsende Trennung von der mit dem Krieg befaßten Menge rings um mich zu Bewußtsein kam, hatte ich in Wirklichkeit längs der Palisaden am Hudson und im Riverside Park unternommen.

Nun aber, da ich für geistig gesund erklärt werden konnte, wurde die Frage meines Abtransportes aus den Vereinigten Staaten und meines Eintritts in das britische Heer aktuell und dringend. Umsichtig und klar setzte mir Minchett die Einzelheiten meiner Lage auseinander. Er und ich saßen beisammen, während Rowena uns Tee bereitete, und wir besprachen zu dritt, was ich zu tun hätte, falls meine Genesung sich als dauernd erweisen sollte.

„Ich würde Sie sehr gerne hierbehalten", sagte Minchett, „und einige Zeit hindurch könnte ich Ihnen auch die nötigen Zeugnisse ausstellen. Doch wir sind eine reizbare Nation, und wenn Amerika in den Krieg eintritt, wird die Sachlage eine andere werden."

„Eines will ich sobald als möglich tun: nämlich Rowena heiraten."

„Nein", sagte sie, indem sie, den Wasserkessel in der erhobenen Hand, vor der Teekanne innehielt.

„Wenn du mich nicht heiratest, läßt du mich im Stich", sagte ich.

„Diesem Nein werden wir schon noch beikommen", meinte Minchett.

„Wie wollen Sie denn das machen?" fragte sie.

„Ich werde *Sie* verschreiben. Wie eine Medizin. Ich werde eine Gattin als notwendige Therapie erklären."

„Ich werde sofort wieder den Verstand verlieren, wenn du mich verläßt", sagte ich.

„Welchen Sinn hat es zu heiraten, wenn du einrücken mußt?"

„Nichts kann mir etwas anhaben, wenn ich daran denke, daß ich zu dir zurückkehren werde."

„Zurückkehren", wiederholte sie und sann über der Bedeutung des Wortes.

Sie hielt den Kessel immer noch zögernd in der Hand. Schließlich stellte sie ihn auf den Ofen zurück. Dann schritt sie einer Schlafwandlerin gleich durchs Zimmer und blieb dicht vor uns stehen. Sie begann, sich darüber klarzuwerden, was mit uns an diesem Nachmittag geschehen war. Langsam sank sie zwischen uns in die Knie. Sie legte eine Hand auf mein Knie und sprach zu Minchett.

„Fast eine Stunde lang bin ich glücklich gewesen, Doktor. Gerade eine Stunde lang. Weil er zur Vernunft gekommen war. Jetzt aber sehe ich, wie dumm es ist, jemals glücklich zu sein. So glücklich war ich. Alle Männer der Welt müssen in diesen Krieg ziehen. Oh! . . . Bleib verrückt, mein Liebster! Das ist der einzige Ausweg für uns. Sorgen Sie dafür, daß er verrückt bleibt, Doktor! Ich will ihn nicht heiraten. Ich will nicht, daß er vernünftig ist und mich heiraten kann. Ich will unser bisheriges Leben weiterführen. Ich habe ihn geheilt, um ihn zu töten. Ich lasse ihn einfach nicht von mir fort . . . Kehr zu deinem Traum zurück, Arnold, zu unserer Höhle auf der Insel Rampole. Wirklich, schau hinaus! Felsen und Steine, ich schwöre es dir! Sie haben nur eine sonderbare Ähnlichkeit mit Häusern. Und wir wollen uns vor den Soldaten verstecken und immer hierbleiben. Bis wir von hier für immer fort und in die zivilisierte Welt hinauskönnen, in jenes weite Land, von dem du immer gesprochen hast. Erinnerst du dich an das weite freie Land? Im Sonnenschein. Solange wollen wir hier warten – miteinander . . . Hier . . . Geduldig . . . Es hat keine Eile."

§ 4

Die Kriegstrommeln ertönen lauter

Ich weiß nicht, ob es klug oder dumm, ob recht oder unrecht war, nach Europa zurückzukehren, um am Kriege teilzunehmen. Ich erzähle meine Geschichte und fälle weder über mich noch die Welt ein Urteil. Die Dinge kamen an mich heran, und ich handelte. Eben jene Rowena, die mich anflehte, nicht in den Krieg zu ziehen, hatte das Wunder vollbracht, das mir die Teilnahme am Krieg zu einem selbstverständlichen Gebot machte.

Ich stand immer noch unter ärztlicher Beobachtung, wie Dr. Minchett sich ausdrückte, als der alte Ferndyke, der Familienanwalt und mein entfernter Vetter mütterlicherseits, in New York erschien. Er war als Mitglied einer Kommission herübergekommen, die sich mit den finanziellen Angelegenheiten der Alliierten zu befassen hatte. Als meinem Kurator war es ihm die erste unter seinen inoffiziellen Pflichten, mich aufzusuchen. Minchett brachte ihn nach Brooklyn, damit er mit eigenen Augen sehe, wie es um mich stand, und der alte Herr behandelte Rowena mit ernster Höflichkeit, legte in der gegebenen Situation das größte Zartgefühl an den Tag und sprach vom Krieg nur im Zusammenhang mit finanziellen Fragen. Der wirkliche Kampf galt ihm offenbar als ein zu unzartes und rohes Gesprächsthema. Er äußerte große Bewunderung über die Aussicht, die wir von unserer Wohnung aus hatten.

„Werden sie Arnold nehmen?“ fragte Rowena, als er am Fenster stand.

„O nein, nein!“ sagte Mr. Ferndyke. „Wie können sie ihn denn nehmen? Und selbst wenn er dienen will . . .“

„Er will nicht“, sagte Rowena.

„Selbst wenn er dienen *will*“, wiederholte Mr. Ferndyke,

indem er ihr über seine Brille hinweg einen sanft vorwurfsvollen Blick zuwarf, „wird die ganze Geschichte wahrscheinlich vorüber sein, ehe man ihn ausgebildet, ausgerüstet und hinausgeschickt hat.“

„Er wird nicht dienen“, sagte Rowena.

„Wozu diese Frage aufwerfen? Unter gewissen Umständen könnte es sehr nützlich sein, wenn er sich den Anschein gibt, als wollte er dienen.“

„Ich will ihn nicht verlieren.“

„Das würden Sie ja auch nicht“, sagte Mr. Ferndyke.

Gegen Ende seines Besuches wandte er sich ganz nebenhin mit der Bitte an mich, ihn in die Stadt zu seinem Hotel zu begleiten. Er habe allerlei mit mir zu besprechen, auch seien verschiedene Papiere zu unterzeichnen; wir würden das alles in etwa einer Stunde erledigt haben, und wenn dann Miss – Miss –

„Sie wird Mrs. Blettsworthy genannt“, sagte ich, „denn das wird sie binnen kurzem sein.“

„Ich beglückwünsche meinen Klienten“, sagte Mr. Ferndyke und schüttelte ihr die Hand.

„*Er* behauptet das“, entschuldigte sie sich.

„Wenn die zukünftige Mrs. Blettsworthy zum Abendessen nachkommen will . . . Ein ganz einfaches Abendessen, Mrs. Blettsworthy. Durchaus keine feierliche Angelegenheit.“

So fuhr ich mit ihm in die Stadt. Dr. Minchett wollte in die William Street: wir setzten ihn unterwegs ab.

„Es ist eine Freude, Sie wiederhergestellt zu sehen“, sagte Mr. Ferndyke. „Als ich Sie das letztemal sah, da . . .“

Sein Zartgefühl ließ ihn eine Pause machen.

„Da nannten Sie mich einen kahlköpfigen Alten und sagten, Sie würden sich von mir nicht unterkriegen lassen. Bin ich so kahlköpfig?“ Er lächelte mir durch seine Brille zu. „Doch all das können wir nun wohl vergessen . . .“

Als wir uns in seinem Hotelsalon befanden, äußerte er

seine Freude aufs neue. „Unser letztes vernünftiges Gespräch miteinander fand in London statt, ehe Sie diese Reise antraten, die wir uns so schön ausgedacht hatten, die aber dann so unselig endete. Welch ein Jammer, daß Sie auf dem Wrack zurückgeblieben sind . . .“

„Sind denn die Mannschaft und der Kapitän davongekommen?“

Er erzählte mir, daß sie nach großen Schwierigkeiten in Bahia landeten, und ich meinerseits berichtete ihm von dem Versuch des Kapitäns, mich zu ermorden. „O pfui, pfui!“ rief Mr. Ferndyke, und mit dem Instinkt eines Advokaten überlegte er eine Weile, ob man dem Frevler dieses fünf Jahre zurückliegende Verbrechen nicht heimzahlen könnte. Er wies auf das Fehlen von Beweismaterial hin – die Mannschaft zerstreut, bei den meisten wahrscheinlich nur eine unklare Erinnerung an Einzelheiten. „Nichts zu machen“, meinte er zusammenfassend und schüttelte den Kopf.

„Und das“, sagte er plötzlich, „bringt mich auf die sehr dringliche Frage, was Sie tun sollen.“

„Am Krieg teilnehmen“, sagte ich.

„Am Krieg teilnehmen“, wiederholte er. „Sie dürfen schließlich nicht vergessen, daß Sie einen sehr guten englischen Namen tragen.“

„Ich will heiraten und dadurch Rowena gewisse Vorteile sichern.“

Mr. Ferndyke lehnte sich zurück und dachte nach. „Ich glaube, ich bin immer der Meinung gewesen – und der Krieg hat an dieser meiner Meinung kaum etwas geändert –, daß die Briten der wesentlichste Teil der Menschheit sind; und einige Familien wie die Ihrige, nicht nur englische, sondern auch schottische Familien, die besonnen und ehrenhaft von Generation zu Generation schreiten, sind meiner Meinung nach der wesentlichste Teil Großbritanniens. Man sagt das zwar unseren Verbündeten nicht, aber hier unter uns kann man sich wohl ein wenig freier äußern. Ohne Zweifel ist auch hier ein gut Teil unserer besten Charakterzüge vertreten – ich schließe Amerika keineswegs aus . . . Doch diese junge Dame?"

„Sie stammt aus einer guten südländischen Familie."

„Ihre Vergangenheit ist nicht sehr – glücklich gewesen."

„Um so glücklicher möchte ich ihre Zukunft gestalten."

Sein Gesicht nahm den Ausdruck liberalster Gesinnung an. „Ich gebe zu, daß etliche Heiraten in der Familie Blettsworthy von einem gewissen Mut Zeugnis abgelegt haben. Das Geschlecht der Blettsworthy hat stets Mut bewiesen. Mitunter mag dem Mut ein wenig Schwäche beigemengt gewesen sein, aber mutig sind die Blettsworthys immer gewesen."

„Mich hat der Mut das eine oder andere Mal kläglich verlassen. Gerade dessen schäme ich mich am meisten."

Er schob in der mir so wohlbekannten Weise seine Brille zurecht.

„Ich sah, wie ein Schiffsjunge aufs schlimmste mißhandelt wurde. Und sagte nichts."

„Wahrscheinlich wußten Sie nicht, was Sie sagen sollten. Betrachten Sie es einmal von dieser Seite. Doch wie ich höre, sind Sie als ein echter Blettsworthy, ohne zu überlegen, ins Wasser gesprungen, um dieses Mädchen zu retten. Und ich gebe zu, daß mir Ihre Handlungsweise in dieser ganzen Angelegenheit sehr gefällt. Das Mädchen scheint von gutem Schrot und Korn. Sie hat die sanfte Stimme einer Dame. Die Frauen hier drüben haben so oft schrille Stimmen – haben Sie das nicht schon bemerkt? Sie mag Pech angegriffen haben, doch ich merke nicht, daß sie sich besudelt hätte. Ihre Art, sich zu bewegen, gefällt mir. Ich glaube, die Art, wie eine Frau sich bewegt, ist mitunter von größerer Bedeutung, als die Dinge, die sie getan oder unterlassen haben mag. Sie hat wahrscheinlich ein liebevolles Herz, und wenn ich, als ein alter, umsichtiger Mann, nicht irre, fehlt es ihr nicht an eigenem Willen.“

„Ja“, meinte ich überlegend. „Ja, das stimmt.“

„So viele anziehende Frauen haben einen stark ausgeprägten Willen. Sehr viele. Doch ich sehe keinen Grund, warum sie nicht, sobald der Krieg vorüber ist, nach England hinüberkommen und ihren Platz im Kreise der Familie Blettsworthy einnehmen sollte. Das heißt, wenn Sie, mein Bester, jetzt tun, was die gegenwärtige Lage von einem Blettsworthy fordert. Und nicht nur um Ihrer selbst, sondern mehr noch um Ihrer Frau willen müssen Sie jetzt ein Blettsworthy sein.“

Er hielt inne, und seine durch die Brille vergrößerten Augen blickten mich fragend an.

„Dieser Krieg“, sagte ich, anstatt zu antworten, „ist außerordentlich dumm. Häßlich und ungeheuerlich auf beiden Seiten.“

„Das ist wohl richtig. Aber doch nicht ganz . . .“

Mr. Ferndyke schien einen in seinem Innern wohnenden Partner zu Rate zu ziehen.

„Ich möchte“, sagte er, „die ganze Angelegenheit einmal – wie soll ich es nennen? – *philosophisch* betrachten. Sie sagen, dieser Krieg sei dumm. Ich stimme dem zu. Er wäre zu verhindern gewesen; man hätte ihn abwenden können, wahrscheinlich. Wenn der Stand der Dinge ein anderer gewesen wäre. Doch da er kein anderer war, mußte der Krieg kommen. Er ist nicht durch eine einzige große Dummheit, sondern durch tausenderlei kleine verursacht worden. Durch Dummheit an allen Ecken und Enden. Niemand scheint mir in dieser Angelegenhet völlig hell, niemand völlig mit Blindheit geschlagen. Wir, Sie und ich, waren in das Netz von Dummheit mit verstrickt und trugen zu dem Unheil bei – wir wissen kaum, wodurch. Oder wir haben zumindest nichts getan, was den Krieg hätte verhindern können. Diese Welt, von all den Fäden der Dummheit umsponnen, hat uns großgezogen, uns in gewisser Weise ernährt, uns zu dem gemacht, was wir sind, und uns Möglichkeiten geboten. Das britische Reich hat uns beschirmt und Zuversicht und Stolz in uns erweckt. Dann stürzte es sich plötzlich zusammen mit ganz Europa in diesen fürchterlichen Krieg. Wir können nun nicht das Schiff mit einemmal verlassen wollen. Das alte Empire befindet sich in einem traurigen Zustand, aber wir können es nicht der Vernichtung preisgeben, solange keinerlei andere Hoffnung in Sicht ist. In der Familie Blettsworthy ist es stets Tradition gewesen, das Unvollkommene gelassen hinzunehmen, es mit hoffnungsvollen Augen zu betrachten und für das Bessere zu kämpfen."

„Aber der Krieg . . .!"

„Es gibt auf unserer Seite Millionen von Menschen, die glauben, daß dieser Krieg dazu dient, den Krieg aus der Welt zu schaffen."

„Und auf der anderen?"

„Vielleicht nicht so viele. Im großen und ganzen glaube ich, daß es nun, da das Unglück einmal geschehen ist, am besten wäre, wenn der Sturm mit einem Zusammenbruch des deutschen Imperialismus endete."

„Und für dieses *im großen und ganzen* muß ich gleich Millionen anderer Menschen alle meine Möglichkeiten aufs Spiel setzen, alle meine Hoffnungen, alles, was schön war in meinem Leben –"

Mr. Ferndyke unterbrach mich mit dem unschuldig berufsmäßigen Ton eines Advokaten, der seine Instruktionen entgegennimmt. „*Was* war so schön in Ihrem Leben?" fragte er und wartete, den Blick auf die gegenüberliegende Wand geheftet.

Es war schwer, das in Worte zu fassen, gleichzeitig aber hatte ich das Gefühl, daß Mr. Ferndyke eine unbillige Frage an mich gerichtet habe.

„Wenn viele und immer mehr Menschen“, sagte Mr. Ferndyke, „die in diesen Krieg eintreten, daran glauben, daß er für alle Zeit dem Krieg ein Ende machen wird, und wenn sie diesen Glauben äußern und ihn anderen übermitteln, dann kann es wirklich der Krieg werden, der dem Krieg ein Ende bereitet.“

„Wir füllen die Gräben auf dem Wege zum Frieden!“

„Wenn sie wirklich gefüllt werden“, sagte er und überließ es mir, seinen Satz zu beenden. „Über die ganze Welt hin sind Blettsworthys für die Sache der Zivilisation gestorben. Unsere Toten sind das Salz der Erde gewesen. Wenn wir sterben, so lebt doch unsere Rasse weiter und die Zivilisation, die uns zu dem gemacht hat, was wir sind und uns stützt. Sie lebt weiter, weil wir für sie sterben. Warum sollten nicht auch *Sie* Ihr Leben hingeben, wenn die Reihe an Sie kommt?“

„Und“, fuhr er fort, indem sein Ton plötzlich mehr an seinen Beruf erinnerte denn je, „das heißt ja noch lange nicht, daß Sie sterben werden.“

Es war nicht leicht, dem alten Herrn zu antworten.

„Ich habe meine Ansicht vorgebracht“, sagte er in die Stille hinein.

„Wenn Sie glauben, daß die Frage, ob die Zivilisation bestehenbleiben oder zugrunde gehen soll, mit diesem Kriege etwas zu tun hat“, meinte ich.

„Ja, das glaube ich, wenn mir auch das Wieso nicht ganz klar ist. Nach diesem Kriege wird es vielleicht weder den Anschein haben, daß etwas erreicht sei, noch wird tatsächlich etwas erreicht sein. Die Verluste an Menschenleben wachsen ins Unermeßliche, ich gebe es zu. Jedermann wird von dem Unheil betroffen. Mein Partner hat seinen einzigen Sohn verloren. Mein einziger Neffe ist schwer verwundet. Einer meiner Nachbarn hat einen Jungen verloren. Es ist schrecklich. Doch es gibt keinen anderen Ausweg. Und wenn die endgültige Abrechnung kommt, wird man entdecken, daß die Welt dem Frieden und der Eintracht ein gutes Stück näher ist. Wenn die Staubwolken sich verzogen haben. Infolge dieses Krieges und durch ihn. Sie wird einen Schritt, einen großen Schritt vorwärts gemacht haben. Ja, das wird sie! Wenn ich das nicht glaubte, wie könnte ich weitermachen? Aber wir müssen weitermachen.“

Er erhob sich. „Welche Wahl bleibt uns?“ fragte er. „Wir können uns nicht abseits vom großen Strom halten. Wir würden unseren Mitmenschen fremd werden . . .“

„Es bleibt uns nichts anderes übrig“, sagte er eindringlich.

Ein Page an der Tür unterbrach unser Gespräch. „Mrs. Blettsworthy“, meldete er.

Rowena trat ein, blieb stehen und betrachtete uns prüfend. Ihr Blick traf den meinen. Sie nickte mit dem Kopfe wie jemand, der eine Erwartung bestätigt findet, und wandte sich langsam von mir zu Ferndyke.

„Sie alter Teufel!“ rief sie. „Ich kann es in seinen Augen lesen. Arnold meldet sich zum Kriegsdienst.“

§ 5

Mr. Blettsworthy wird gedrillt

Ich meldete mich zum Kriegsdienst, aber ich war nicht überzeugt, damit das Richtige zu tun. Ich tat es, von Zweifeln erfüllt und unglücklich. Hätte ich es aber nicht getan, so wäre ich ebensosehr von Zweifeln erfüllt und unglücklich gewesen. Ich war weit weniger als Mr. Ferndyke davon überzeugt, daß dies und jenes zugunsten des Krieges spreche, aber ich sah keine annehmbare Möglichkeit, weiterzuleben, sollte ich nicht am Krieg teilnehmen.

Es war in jenen stürmischen Tagen unmöglich, den Krieg zu übersehen. Er bildete den Rahmen der Wirklichkeit. Er verschluckte die ganze Welt. Wenn man keinen Kriegsdienst leistete, dann mußte man sich gegen all die Millionen stellen, die „ihre Pflicht erfüllten", wie man zu sagen pflegte. Ich besaß die dazu erforderliche Widerstandskraft nicht. Ich hätte der Raserei von Millionen Trotz bieten müssen. Es hätte bedeutet, die Rotation der Erde aufhalten zu wollen. Ohne auch nur über einen Hebebaum zu verfügen, auf den ich die Füße hätte setzen können. Mir jedenfalls, der ich mit keinem Menschen meiner Denkweise in Berührung stand, blieb keine Wahl, als mich zu fügen und mich zu den Waffen zu melden – wenn ich mich nicht als offenkundiger Drückeberger vor Ardams Kundschaftern verstecken wollte.

Der Konflikt in mir wurde dadurch verschärft, daß Rowena sich leidenschaftlich gegen meinen Entschluß wandte. Die unendliche Sanftmut und Selbstlosigkeit ihres Verhaltens gegen mich verschwanden, und ihr Charakter zeigte sich von einer viel kräftigeren Seite. Sie schalt den Krieg, sie schalt Ferndyke, und sie schalt mich voller Verzweiflung. Sie schalt mit einem Reichtum von Argumenten. Sie hatte das Gefühl, daß der gesunde Mensch, den sie aus mir gemacht hatte, ihr gehöre, und mich ihr gegen ihren Willen wegzunehmen, galt ihr als grausamer Raub. Ich war über alle Maßen bekümmert, sie so enttäuscht und böse zu sehen, doch weder sie noch ich vermochten gegen die Kräfte anzukämpfen, die mich ostwärts trieben. Ich beschloß schließlich, sie noch vor unserer Abreise zu heiraten. Ferndyke sollte ihr die Erlaubnis zur Überfahrt nach England erwirken, was in jenen Jahren der Unterseeboote gar nicht leicht war. In England könnte sie sich zur Krankenschwester ausbilden lassen; dabei würde sie sich mir so nahe wie möglich fühlen, ich würde sie während meiner Ausbildung gelegentlich sehen und meine Urlaubszeiten mit ihr verbringen können. Und ich trug Sorge dafür, daß ihr mein Besitz gesichert wurde, falls ich getötet werden sollte.

Ich trat ins Heer ein, und zwar wählte ich ein altehrwürdiges Regiment. Mr. Ferndyke war der Ansicht, daß ich als Offizier dienen müsse, doch ich hätte das als eine zu ausgesprochene Unterstützung des Krieges empfunden; überdies stand, dafür trug ich Sorge, die Geschichte meiner Geistesverfassung hindernd im Wege. Daß ich als gemeiner Soldat diente, dünkte Mr. Ferndyke höchst ungehörig. Es war gegen unsere Tradition. Ich glaube nicht, daß viele Blettsworthys ohne Streifen oder Sterne im Felde standen. Doch wenn ich überhaupt an diesem Kriege teilnahm, dann wollte ich die rauhere Seite kennenlernen. Ich zog die umfassendere Disziplin des Gemeinen vor.

Den Beginn des Krieges mit seinem Sturm leuchtender Begeisterung hatte ich versäumt. Nahezu eine Million Engländer hatte sich freiwillig gemeldet, als der Krieg dem äußeren Anschein nach dazu diente, „den Krieg aus der Welt zu schaffen". All das war vorbei, als ich nach England kam. Schon war den Briten, einem Volke, das bis dahin nicht gewußt hatte, was es heißt, unter Zwang kämpfen zu müssen, die allgemeine Dienstpflicht auferlegt worden. Ein unheldenhaftes Zeitalter war über meine englische Welt hereingebrochen. Das alte Heer war verschwunden, die neuen freiwilligen Armeen zusammengeschmolzen. Die Engländer sind ein erfindungsreiches und kühnes Volk, doch weder Erfindungsgabe noch Kühnheit vermochten zur Geltung zu kommen, wo Ardams Rotte gebot. Die britischen Generale, zu sehr in berufsmäßigen Vorurteilen befangen, zu eigensinnig und zu schwachköpfig, um die Panzer zu benützen, die klügere Menschen ihnen immer wieder eindringlich darboten, hatten Hunderttausende von Menschenleben vergeudet, hatten die tapferen Kämpfer der ersten Kriegsphase zu Scharen hingeopfert, weil sie hofften, sie würden dadurch der Schmach entgehen, sich im Kriegshandwerk von Leuten unterweisen lassen zu müssen, die nicht der Militärkaste angehörten. Sie führten den neuartigen Krieg in der althergebrachten Weise. Die treue Menge gehorchte ihren törichten Befehlen und erkannte zu spät die Früchte dieses Gehorsams. Das Jahr 1916 brachte den Alliierten überall schwere Niederlagen. Über viele Meilen der Front hin lagen unbegrabene Briten und Franzosen in khakifarbenen und hellblauen Schwaden, lagen noch dort, wohin man sie geschickt hatte, um von den deutschen Maschinengewehren niedergemäht zu werden. Später sollte auch ich mühselig über diese Schlachtfelder vordringen und die Scharen unserer unbegrabenen Toten sehen. Viele von ihnen lagen noch da, wie sie gefallen waren, andere in Löchern, in die sie gekrochen waren, um zu sterben, entsetzlich verstümmelt durch ihre Verwundungen, längst in Verwesung übergegangen, grotesk verkrümmt, faulend, von Ratten zerfressen, ausgeraubt, in zerfetzten Uniformen mit umgestülpten Taschen, die Gesichter oder vielmehr das, was einst Gesichter gewesen, aufgeweichte Klumpen, auf denen Fliegen wimmelten, inmitten von zertrümmerter Ausrüstung, Geschossen, Stacheldraht und zersplitterten Bäumen. Niemand wird das Entsetzen dieser Totenfelder jemals zu schildern vermögen. Ich sah einen Toten der Wäsche eines Landstreichers gleich in Lumpen auf einem Drahtverhau hängen. Ich atmete Großbritanniens verwesenden Patriotismus. Mein Gott! Hatten denn unsere intriganten Generale mit den rosigen Gesichtern niemals Träume in der Nacht? Ahnten sie nichts von den unermeßlichen Leiden, die ihre Eifersüchteleien, ihr kleinlicher Berufsdünkel, ihre gewohnheitsmäßige und wohlbeschützte Unwissenheit über jene hochherzigen jungen Burschen brachten, die sich vertrauensvoll in ihre Hände begeben hatten?

Doch durch diese Niederlagen kam Ardam zu seiner allgemeinen Dienstpflicht, die ganze Welt war ihm nun versklavt.

Was war es doch für eine schmutzige Sklaverei!

Beim Gedanken daran kommt mir ein kalter, trüber Morgen in den Sinn, und ich befinde mich wieder in meiner Rekrutentruppe auf dem Exerzierplatz, meinem Feind, dem Ausbilder, gegenüber, der uns abrichtet. Ein irrsinniger Lärm – Rufe, Gebrüll, Geschimpfe, Flüche, das „schneidige" Klatschen von Händen gegen die Ausrüstung und das Trapp, Trapp der Füße – zerschneidet die Luft. Ich habe seiner Meinung nach nicht geradeaus geschaut, und er teilt der Welt mit, daß ich ein dreckiger Bastard sei, ein Schandfleck der Armee, und so weiter und so fort, wobei er seine Tenorstimme zu einem Gekreische steigert und die Hand erhebt, als wolle er mich schlagen, was er jeden Augenblick auch wirklich tun kann.

Er brüllt mir ins Gesicht, daß mir die Ohren gellen. Ich habe nichts getan, wofür ich das verdiente, aber er hat sich diesen Morgen über irgend etwas geärgert.

Wenn ich zurückschlage, werde ich abgeführt und eingesperrt und habe Quälereien durchzumachen, die mich körperlich und geistig zugrunde richten können. Ich habe erlebt, wie das einem Kameraden geschah. Es gibt keine diesem nichtswürdigen Schurken vorgesetzte Behörde, die eine Klage auch nur anhören würde. Ich bin ihm ausgeliefert. So schlägt er also wirklich zu, wie seine Laune es ihm gebietet, und ich muß mich zusammennehmen, damit ich nicht wanke.

Es ist keinerlei Traumelement in dieser schmachvollen Erinnerung enthalten, die mich heute noch mit finsterer Wut erfüllt.

Morgen wird er mich um zwei Shillings anbetteln – eine Drohung hinter seiner Schnorrermiene verbergend. Ich will verflucht sein, überlege ich mir, wenn er die zwei Shillings bekommt, was immer die Folge sein mag.

Die Zeit meiner Ausbildung erfüllte mich mit größter Bitterkeit. Ich weiß nicht, wie weit das Bild Ardams, das ich in mir trage, jenen Wochen der Schmähung und der Demütigung zuzuschreiben ist. Mein sonderbares und so leicht bewegliches Gedächtnis, das nichts unverändert lassen will, das ohne Unterlaß auf der Suche nach einer logischen und tröstlichen Darstellung des Lebens ausschmückt, erfindet und umgestaltet, mag zahllose Eindrücke aus dieser späteren Phase in das visionäre Erleben vor meiner Genesung zurückversetzt haben.

Ich war ein schmählich behandelter Sklave. Unterwürfig mußte ich den niederträchtigsten Zurechtweisungen lauschen, den unflätigsten Schimpfreden, die nicht nur mich selbst besudelten, sondern auch meine Mutter und meine Frau betrafen. Man zwang mir schwere und erniedrigende Arbeit auf – ich sollte, um dieser zu entgehen, meine Verfolger bestechen. Unsäglicher Überdruß bemächtigte sich meiner. Und all das sollte mich mürbe machen, damit ich im Felde draußen einem überflüssigen Tode entgegenzugehen mich nicht weigern würde, sobald irgendein Stümper von einem General, mit seinem veralteten und sinnlosen Kriegsspiel beschäftigt, es sich einfallen ließ, einige Bataillone auszusenden, um das Unmögliche zu versuchen. Und dahin gelangte ich schließlich auch.

Mein Geist glich während jener Tage der militärischen Ausbildung einer Fuge, in der zwei Gedanken einander jagten und sich ineinander verschlangen: „Welch ein Narr bin ich gewesen, daß ich hierher kam“ und „Was hätte ich sonst tun sollen?“ Ich hatte gewußt, daß mir einiges bevorstand, das Ärgste aber, die schmutzige Entwürdigung, die mit der Ausbildung eines Gemeinen verbunden ist, hatte ich nicht vorausgeahnt. Die neue Generation von Zivilisten weiß nichts davon. Ehemalige Soldaten sprechen nicht darüber; es ist zu schmachvoll. Viele Menschen können die Erinnerung daran nicht ertragen und verbannen sie aus ihrem Gemüt.

Eines muß ich jedoch gestehen: während meine Seele auf solche Art niedergetreten wurde, erfuhr auch mein übergroßer und so empfindlicher Egoismus eine Abschwächung und eine Wandlung. Ich erzählte meine Geschichte, ich gebe keine Erläuterungen, und vor allem schmücke ich sie nicht empfindsam aus. So und nicht anders hat sie sich zugetragen.

§ 6

Krieg über Pimlico

„Ich bin immer noch auf der Insel Rampole", sagte ich, „und hier gibt es keinerlei Hoffnung. Jene gerechte und freundliche Welt der Zivilisation, von der ich in meiner Jugend träumte, war ein kindisches Märchenland. In dieser Schlucht müssen wir haßerfüllt leben, von unedlen Nöten getrieben, und in dieser Schlucht werden wir binnen kurzem sterben."

Rowena war halb geneigt, mir zuzustimmen, dann aber kämpfte sie um meinet- und um ihretwillen gegen unsere Verzweiflung an. Es gebe Augenblicke des Sonnenscheins und der Schönheit, behauptete sie, und das sei eine Verheißung, es gebe Strahlen gütigen Lichts in der Dunkelheit, und sie liebe mich mehr als sich selbst. Eine Welt, in der die Liebe gedeihen kann, sei nicht tot.

Liebte sie mich wirklich mehr als sich selbst? Eine Zeitlang war meine Seele hilflos von der ihren abhängig, und wenn diese Frau, die schwach und reizbar war, so leicht mißmutig wurde und dann wieder ein töricht großmütiges Herz zeigte, mich in irgendeiner wesentlichen Hinsicht im Stiche gelassen hätte, wäre ich, glaube ich, völlig zugrunde gegangen. Wenn mein Leben von Schmach, Überanstrengung und ohnmächtigem Zorn erfüllt war, so litt sie unter den anderen und weit schwerer zu ertragenden Qualen der Einsamkeit, des Wartens und der Angst. Sie hatte keinerlei Freunde in Europa, und meine nicht immer allzu entgegenkommenden Verwandten führten ihr die wenigen Menschen zu, die sie kennenlernte. Sie mietete sich in der Nähe des Übungslagers ein, doch wir sahen einander nur selten und heimlich. Denn ich fürchtete, zum Mörder zu werden, wenn ich sie den galanten Frechheiten meiner Gebieter, der Korporale und Gefreiten, aussetzte.

Als ich schließlich dem Reservebataillon in einer Londoner Kaserne zugeteilt wurde, nahm sie eine Wohnung in Pimlico. In London war die Disziplin nicht so streng, und wir sahen einander häufiger. Ich hoffte leidenschaftlich, daß ich nicht nach Frankreich abkommandiert werden würde, ehe sie Mutter wurde.

Wenn ich heute zurückblicke, so waren jene Abende, die wir in Pimlico miteinander verbrachten, sehr schön. Die Straßen Londons waren damals in Anbetracht der deutschen Luftangriffe sehr dunkel; die Häuser wurden unheimlich hoch, alle Größenverhältnisse schienen übertrieben, und über den dunkelblauen Himmel hin spielten ohne Unterlaß Scheinwerfer und geheimnisvoll dahingleitende Sterne. Die Reihen schwärzlichbrauner Häuser mit ihren säulengeschmückten Eingängen waren verdunkelt oder verrieten durch dünne Streifen goldenen Lichts die hinter Vorhängen und Rolläden verborgene Beleuchtung in ihrem Innern. Der Kai, der über den schimmernden schwarzen Fluß hinausragte, war still, man hatte das Gefühl, als warte er beständig darauf, daß das geheimnisvolle Zauberspiel der Scheinwerfer zu einem greifbaren Ergebnis führe, und winzige rote Lampen glitten auf beinahe unsichtbaren Fahrzeugen den Strom hinauf und hinab. Wir begegneten nur wenigen Leuten, manchmal surrte ein Taxi an uns vorbei.

Wir wanderten flüsternd dahin. Sie hing weich und warm an meinem Arm; ihr geliebtes Gesicht war dem meinen ganz nahe, und mein Herz war von Liebe für sie erfüllt.

„Dieser Krieg wird niemals ein Ende nehmen", flüsterte sie.

„Einmal muß er ein Ende nehmen", tröstete ich sie.

Kanonenschüsse verkündeten einen Luftangriff, und wir eilten in ihre Wohnung zurück. Dort saß ich dann und hielt sie in meinen Armen, während die Abwehrgeschütze erdröhnten und die Bomben krachend explodierten. Und ich blieb so lange als möglich, bis es höchste Zeit war, in die Kaserne zurückzukehren. Manchmal richtete ich es durch Schwindel und Bestechung so ein, daß ich die ganze Nacht bei ihr bleiben konnte. Sie war glücklich, wenn ich bei ihr war; ganz allmählich nur wurde ich mir darüber klar, wie sehr sie in der Zwischenzeit unter Angst und Einsamkeit litt.

Bis kurz vor der Geburt des Kindes arbeitete sie in einer Frauenorganisation, die unter der Leitung der Lady Blettsworthy von Uppingminster in den Galerien der Royal Academy Verbandzeug herstellte. Und ihre Zimmerwirtin war zwar unsauber, hatte aber eine gute Seele und war ihr offenkundig zugetan.

Gelegentlich beging ich einen groben Verstoß gegen die Disziplin. Ich eilte zu früher Stunde in ihre Wohnung, badete und zog, was streng verboten war, Zivilkleider an. Daraufhin wagten wir nicht durch die Straßen zu gehen, doch sie holte ein Taxi herbei, und wir fuhren zu einem hübschen und stillen Restaurant in der Wilton Street – es hieß Rinaldos Restaurant, doch weiß ich nicht, ob es noch existiert. Jener Teil von London scheint heute völlig umgebaut zu werden. Dort setzten wir uns in eine Ecke, an einen kleinen Tisch für zwei Personen, den eine Lampe mit rotem Schirm und Blumen zierte, und freuten uns des guten Essens und der hübschen und behaglichen Ausstattung; manchmal konnte ich dort beinahe den Exerzierplatz und sie den Krieg vergessen.

Unser Kind kam wirklich zur Welt, ehe ich abkommandiert wurde. Doch drei Tage nach seiner Geburt wurde mir der Streifen auf die Schulter genäht, der anzeigte, daß ich an die Front mußte. Rowena setzte ihr Kind ohne allzu große Schmerzen in die Welt, doch war sie sehr schwach, und ich besuchte sie zweimal, ehe ich ihr sagte, daß ich fortmüsse. Ich ging zu Ferndyke und traf alle nötigen Vorkehrungen für ihre Wohlfahrt. Ich meldete mich beim Arzt zur Untersuchung für den Felddienst und bekam meine Frontausrüstung. Sie nahm die Nachricht tapfer hin. In ihre Kissen zurückgelehnt, drückte sie mir die Hand. „Liebes", sagte ich, „ich weiß, daß ich zurückkommen werde."

„Ich weiß es auch", sagte sie, „aber ich muß trotzdem weinen, Liebster, weil ich so schwach bin und weil ich dich so sehr liebe."

Es wäre unverantwortlich gewesen, wenn ich sie mit unserem kleinen Sohn in dem dunklen und nebeligen Pimlico zurückgelassen hätte, wo sie den Luftangriffen und allen Nöten einer bombardierten Stadt ausgesetzt war. Ich erwirkte mir einen Urlaub und brachte sie in ein hübsches Bauernhaus, das uns die Frau meines Vetters Romer in der Nähe ihres eigenen Heims in Chalfont ausfindig gemacht hatte. Romer war in Ägypten; auch sie hatte ein kleines Kind, und die beiden Frauen hatten schon beim ersten Zusammentreffen Gefallen aneinander gefunden. Ich war froh, die beiden in nächster Nähe zu wissen, da ich ja doch fortmußte.

Die Zugverbindung war nicht besonders günstig für mich: Ich hatte in London anderthalb Stunden Zeit, ehe ich wieder in den Käfig zurückmußte. Einer plötzlichen Eingebung folgend, ging ich in Rinaldos Restaurant und setzte mich unauffällig in meine alte Ecke. Ein Mann saß da und aß, aber das Restaurant war voll, was als Entschuldigung dafür gelten konnte, daß ich mich auf meinem gewohnten Platze niederließ. Ich war niemals in Uniform dagewesen, doch Rinaldo erkannte mich, grüßte mich mit freundlichem Lächeln und machte keinerlei Bemerkung darüber, daß ich mich plötzlich in einen gemeinen Soldaten verwandelt hatte.

Ich bestellte mir ein Abendbrot von genau derselben Speisenfolge wie ein vor kurzem gemeinsam mit Rowena verzehrtes. Dann erst betrachtete ich mein Gegenüber, das eben an seiner Vorspeise herumstocherte.

§ 7
Unpassende Gelegenheit

Das Erkennen kam ganz langsam. Wo hatte ich diese untersetzte Gestalt, wo diesen viereckigen, rothaarigen Kopf schon gesehen? Und warum bewegte mich der Anblick des Mannes so seltsam?

Er trug eine Marineuniform, jedoch mit wellenförmigen Goldstreifen anstatt der geraden, die den aktiven Marineoffizier kennzeichnen. Er war Offizier in irgendeiner Hilfstruppe der Marine.

Dann gerieten mein Körper und meine Seele in zitternde Erregung. Mein Herz und mein Sinn waren Rowena zugewendet: und da tauchte plötzlich die große Gelegenheit auf, die ich einst – wie unendlich lange war es doch her? – für das höchste Ziel meines Lebens gehalten hatte. Hier, zu der Stunde, die ich den zärtlichsten Gedanken hatte widmen wollen, befiel mich das Gefühl der Rache.

Der Kapitän der *Golden Lion* saß vor mir, saß auf Rowenas Stuhl. Das Hirn schien mir im Schädel zu kreisen. Ehe es nicht sich zu drehen aufhörte, konnte ich weder etwas sagen noch etwas tun.

Der Kapitän schien meine Anwesenheit nicht zu fühlen. Seine Aufmerksamkeit war einem Teller voll Radieschen und etlichen Oliven gewidmet. Dann wandte er sich einer Schüssel Kartoffelsalat zu.

Was sollte ich mit ihm anfangen?

Ich war erstaunt darüber, wie wenig Neigung ich verspürte, überhaupt irgend etwas mit ihm anzufangen. Ich wollte an Rowena denken und nicht an diese uralte Geschichte. Verflucht sei er, daß er mir hier und in diesem Augenblick sein häßliches Gesicht aufdrängt! Und was konnte ich ihm antun? Ich konnte ihn nicht plötzlich töten, indes er hier auf Rowenas Platz saß, an jenem Platz, von dem aus sie mir vor wenigen Wochen mit jedem Blick der dunklen Augen ihre Liebe gestanden hatte. Und doch konnte ich ganz gewiß nicht so treulos gegen meine Vergangenheit sein, daß ich dieses Zusammentreffen ungenützt hätte verstreichen lassen.

Der erste Gang meines Essens war eine Kraftbrühe. Sie kam, während der Kellner die Vorspeise des Kapitäns abräumte. Langsam füllte ich meinen Suppenteller. Seine Suppe, die bald darauf gebracht wurde, war cremig. Ich sah ihm zu, wie er sich in der altbekannten Weise die Serviette in den Halskragen steckte und mit der sommersprossigen Hand den Löffel ergriff. Ein Gedanke kam mir. Hatte er seit den Tagen auf der *Golden Lion* etwas dazugelernt?

Nein! Er aß seine Suppe immer noch mit lautem Schlürfen. Ich ergriff meinen Löffel und folgte seinem Beispiel in getreuer Nachahmung. Die Schattenbilder des ersten Offiziers und des Ingenieurs tauchten fast sichtbar neben uns auf. Er legte den Löffel hin und starrte mich ganz ebenso an wie fünf lange Jahre zuvor. In seinem prüfenden Blick dämmerte es.

Ich mußte ein Lachen unterdrücken – lachen wäre würdelos gewesen. „Ein seltsames Zusammentreffen", sagte ich.

„Verdammt seltsam", sagte er.

„Kennen Sie mich?"

Er überlegte. Seine Erinnerung war offenbar noch unbestimmt. „Ich glaube, ich kenne Sie", räumte er ein, während seine Augen starr in die meinen blickten.

„Sie sollten mich wohl kennen", sagte ich, indem ich auf den Tisch klopfte. „Wenn man bedenkt, daß Sie mich ermordet haben."

„Ah!" sagte er. Er hatte seinen Suppenlöffel wieder ergriffen, doch nun legte er ihn aufs neue hin, wobei er einen großen Fleck auf das Tischtuch machte. „Ja. Jetzt weiß ich, wer Sie sind. Ich habe nicht gedacht, daß ich Ihr Gesicht jemals wiedersehen würde."

„Nun?" sagte ich.

„Sie sind dieser junge Bursche, nicht wahr?"

Ich bemühte mich, eine kalte, harte und drohende Miene zu zeigen. „Der Mann, den Sie ertränkten."

Er zog die Mundwinkel ein und wiegte den Kopf langsam von einer Seite zur anderen. „Nein", sagte er. „Ich glaube nicht an Gespenster. Jedenfalls nicht an Gespenster, die einem nachäffen, wenn man Suppe ißt. Wie sind Sie nur aus der Kajüte entkommen? Sie haben sich wohl in das andere Boot gerettet?"

Ich schüttelte den Kopf.

Nach allen Regeln des Spiels hätte ihn das verwirren und aus der Fassung bringen müssen, doch er blieb völlig gelassen. „Es gibt Burschen", sagte er, „die man unmöglich ertränken kann. Wenn irgend etwas, so hat der Krieg mich das gelehrt."

„Sie haben Ihr Bestes gegeben."

„Ich hatte nun einmal eine Antipathie gegen Sie." Ein

leiser Anflug von Entschuldigung klang aus seinem Ton.

Er lachte grimmig und machte sich wieder an seine Suppe.

„Herrgott!“ sagte er. „Wie übel wurde mir immer, wenn ich Ihr Gesicht bei den Mahlzeiten sah! Übel ist nicht das richtige Wort.“

Ich war bereits völlig fassungslos.

Durch eine liebenswürdige Geste mit seinem Suppenlöffel forderte er mich auf, weiterzuessen. „Einmal will ich es gerne ertragen“, meinte er gnädig und löffelte in aller Seelenruhe seine Suppe aus.

„Sie elender alter Schurke!“ Es war würdelos, daß ich das sagte.

„Nein“, entgegnete er und ließ sich den letzten Löffel schmecken.

Er schob den Suppenteller zurück und wischte sich den Mund ab, indem er die Serviette etliche Male darüber hin und her zog. Als diese Säuberung erledigt war, wandte er sich mit ungewöhnlicher Freundlichkeit aufs neue an mich. „Sie tragen eine Khakiuniform“, sagte er, „wie fast alle Welt. Das Den-Herrn-Spielen ist wohl vorbei? Ich hätte aber gedacht, Mr. Blettsworthy, daß man Sie zu einem Offizier machen würde.“

„Ich wollte es nicht.“

„Jeder nach seinem Geschmack. Und man hat Ihnen bereits Ihr Reisebillett auf die Schulter genäht – das rote Schildchen da.“

„Ich gehe nächste Woche hinüber.“

„Der Schützengraben wäre nichts für mich“, sagte er. „Ich bin froh, daß mir das erspart bleibt.“

Weiß Gott, was aus unserer Situation geworden war. Wir sprachen wie alte Bekannte miteinander, die sich zufällig getroffen haben. Seine Neigung, Vergangenes vergangen sein zu lassen, war überwältigend.

„Was tun *Sie?*“ fragte ich.

„Ich bin auf einem Kaperschiff", sagte er. „Wir machen Jagd auf Unterseeboote und fischen auch Minen. Wir erwischen sie recht gut."

„Und das gefällt Ihnen?"

„Ob mir das gefällt? Nachdem ich ein elender Botenjunge war, der in der ganzen Welt Pakete abzuliefern hatte? Ich *liebe* meine jetzige Beschäftigung. Und meinetwegen braucht dieser Krieg niemals ein Ende zu nehmen – zumindest nicht, solange ich nicht in die Luft geflogen bin . . . Ich könnte Ihnen Dinge erzählen . . . Ich darf aber nicht."

Er entschloß sich, mir doch einiges anzuvertrauen. Er beugte sich über den Tisch vor, ganz nahe an mich heran, und flüsterte heiser: „Vorige Woche haben wir eines erwischt."

Er lehnte sich wieder zurück, lächelte und nickte mit dem Kopfe. Geradezu fröhlich war er geworden. „Es kam bis auf fünfzig Meter an uns heran. Die Kerle hatten uns eine Stunde lang verfolgt, hatten ihr Periskop herausgestreckt und signalisiert. Wir schossen mit einem alten Gewehr auf sie, als ob wir in höchster Verzweiflung wären, und zogen unsere Flagge ein. Sie fuhren zweimal um uns herum, um uns anzugucken, schließlich kamen sie heran. Die Grünschnäbel! Wir sahen aber auch wirklich höchst unschuldig aus. Wir haben ein Geschütz, das mit Segeltuch maskiert ist – das Segeltuch ist genau so angemalt, wie die Schiffsflanken; und es wird nicht aufgerollt oder weggezogen, sondern wir schießen einfach hindurch und machen uns eben dann jedesmal ein neues. So merken die anderen erst dann etwas, wenn sie bereits getroffen sind. Ein kräftiges kleines Stahlgeschoß, das die Panzerung des Bootes durchschlägt, müssen Sie wissen. Herrgott! War der Bursche perplex! Als Herr der Gewässer hatte er dagestanden, hatte seinen Sprachtrichter in der Hand gehalten, um uns Befehle zu erteilen, und im nächsten

Augenblick versank das Boot wie ein Stein glucksend unter ihm, und er zappelte im Wasser. Unser Segeltuch fängt jedesmal Feuer. Das muß gelöscht werden. Die emporschlagenden Flammen verwirrten ihn, er schien nicht zu begreifen, was geschehen war und noch geschehen werde. Möglicherweise dachte er, daß wir irgend etwas in die Luft gesprengt und Feuer gefangen hätten. Selbst als er schon unterging, blickte er noch starr vor Staunen zu uns herüber. Das Wasser stieg bis zu ihm herauf und die Luft aus seinem verdammten Boot gurgelte rings um ihn und warf Blasen. Es war zum Lachen! Seit Jahren habe ich nicht mehr so gelacht."

Nun lachte er zwar nicht mehr, aber er schien außerordentlich zufrieden mit sich.

„Ich könnte Ihnen eine Menge erzählen", fuhr er fort und tat das auch. Von meiner passiven Rolle als Zuhörer abgesehen, war ich ihm völlig gleichgültig.

Er erzählte von den irrsinnigen Tricks und Verrätereien, zu denen der Unterseebootkrieg entartet war. Er legte die Arme auf den Tisch und hielt Messer und Gabel hoch, während er von dieser oder jener köstlichen Einzelheit der wunderbaren Unterseebootabwehr sprach. Und ich erkannte in stärkerem Maße als je zuvor, daß sich die Insel Rampole nunmehr ausgebreitet und die ganze Welt verschluckt hatte. Vor diesem selbstzufriedenen Erguß menschenmörderischer Schlauheit vermochte ich nicht ein Wort für die Zivilisation vorzubringen. Ich saß da und studierte eine Mentalität, deren einzige wirkliche Freude der Triumph war – der rohe männliche Triumph über die Unterwerfung einer Frau, einer käuflichen Frau, oder der Triumph über die tödliche Überlistung eines Gegners. War er oder ich das menschliche Wesen? War ich oder er die Abnormität?

Wir trennten uns vor der Türe des Restaurants mit geheuchelter Herzlichkeit. „Auf Wiedersehen!" sagte er.

„Auf Wiedersehen!“ erwiderte ich.

„Viel Glück!“ wünschte er mir.

„Viel Glück“, sagte auch ich, doch ob ich es ihm oder dem nächsten Torpedoboot wünschte, das er zu überlisten gedachte, ließ ich in meinem Herzen unerforscht.

Ich war so erstaunt über diese sinnwidrige Verkehrung aller meiner Erwartungen, daß ich völlig benommen zu meiner Kaserne ging. Die Grausamkeit der Schöpfung war mir aufs neue zu Bewußtsein gekommen. Dieser Mann hatte mich vor langer Zeit meiner letzten Lebenszuversicht beraubt, hatte meiner Vernunft den phantastischen Traum von der Insel Rampole aufgezwungen und die Erkenntnis des Bösen bewirkt; und nun war er wieder da, gerade in dem Augenblick, da mich die Trennung von all dem, was ich liebte, sanft und weich stimmte, und hatte mir die Gewißheit gegeben, daß selbst die Insel Rampole nur eine milde Karikatur der rauhen Wirklichkeit des Daseins war. Wie fern war der Gott, den mein Onkel heraufbeschworen hatte, um meine Seele in zartem Alter zu trösten! An jenem Abend schien es mir, als ob droben in dem blauen, von schwach schimmernden Sternen bedeckten Himmel, der über den schattenhaften Hausfassaden der Buckingham Palace Road zu sehen war, ein Gott nach dem Ebenbilde des Kapitäns herrsche, ein Gott des tierischen Triumphes und der Unversöhnlichkeit. Einen nachlässigen Schiffsjungen zu Tode prügeln zu lassen, das war durchaus im Geiste dieses Gottes gehandelt. Unter der Herrschaft dieses Gottes, der kein Mitleid kannte, dieses Gottes des Hasses, mußte ich meine Liebste und unser wimmerndes kleines Kind verlassen und mich in jene dunklen Gemetzel auf dem Boden Frankreichs stürzen, die als Schlachten galten.

Und während ich mich langsam und widerwillig meinem Gefängnisse näherte, ertönten plötzlich Alarmschüsse, die einen Luftangriff verkündigten, und fern im Osten erhob sich der wirre Lärm der Abwehrgeschütze, breitete sich aus, umgab mich von allen Seiten und dröhnte mir in den Ohren, bis schließlich Himmel und Erde von bedrohlichen Erschütterungen erfüllt waren.

Wie durch Zauber verschwanden die Menschen von der Straße. Ich aber schritt weiter, ohne mich zu beeilen oder irgendwo Schutz zu suchen, und redete zu irgendeinem unklar vorgestellten Gegner.

„Du wirst mich töten müssen", sagte ich, „denn freiwillig werde ich nicht sterben. Ich werde mich wehren, du Ungeheuer. Ich werde mich wehren bis zum bitteren Ende. Und wenn du meine Rowena noch einmal anrührst – du, der du sie zu Tode gejagt hast – wenn du auch nur einen giftigen Bazillus auf sie oder unser Kind losläßt . . ."

Ich hielt inne, denn ich wußte keine Drohung, und stand, die Faust zu den vom Winde umwehten Sternen emporgehoben.

Drei Stunden zuvor hatte ich, Worte der Liebe flüsternd, in Rowenas Armen gelegen. Es war kaum zu glauben, daß sie in diesem tobenden, krachenden, böswilligen Universum schlafen sollte, die Wimpern vielleicht noch feucht von den Tränen unseres Abschieds, sanft und doch mutig, und unser kleines Kind warm und sicher neben ihr.

§ 8

Mr. Blettsworthy in der Schlacht

Es kam der Tag, da ich meinen letzten unzensurierten Brief an Rowena kritzelte und unsere Abteilung durch die Straßen Londons zum Victoriabahnhof marschierte. Die Musik spielte, und Mädchen und Frauen drängten sich in unsere Reihen. Niemand gab mir das Geleit; doch rings um mich herrschte ein Sturm von Rührung, ich winkte

Fremden zum Abschied zu, erhielt plötzlich einen Kuß von einer unbekannten Frau und stimmte in die Abschiedsrufe meiner Kameraden ein. Dann kamen Kai, Mole, das wie eine Sardinenbüchse vollgepackte Dampfschiff, donnernde Laufbrücken, mühsam dahinrollende Züge, ein Feldlager und der lange Marsch an die Front.

In völlig verdunkelten Zügen – man hatte die Fensterscheiben durch Blechplatten ersetzt – wurden wir hinter der Front umhergeführt; schließlich stiegen wir aus, um bei nieselndem Regen auf einer kahlen Hochebene zu biwakieren und dem dumpf rollenden Toben der Kanonen zu lauschen, denen wir alsbald zum Opfer dargebracht werden sollten. Nun hatte sich also Ardam meiner dennoch bemächtigt. Ich war besiegt, und Ardam schob mich nach Gutdünken in dem irrsinnigen Schachspiel des modernen Krieges umher.

Langsam, aber unvermeidlich stießen wir durch ein Land vor, dessen Verwüstung immer schrecklicher wurde. Wir machten Halt, ruhten aus und rückten aufs neue vor.

Die Bäume, Häuser, Kirchen und Fabriken in diesem Land größter menschlicher Leistungen waren schließlich nur mehr zersplitterte Strünke und Trümmer. Immer wieder waren hier in wahnsinniger Emsigkeit Schutzgräben gebaut und Stacheldrahtverhaue errichtet worden; der Boden war in zunehmendem Maß von den Kratern geplatzter Schrapnelle zerrissen und mit verrostetem und zerschmettertem Kriegsmaterial besät. Durch diese Wüstenei fuhren Munitionszüge und Lastwagen mit Lebensmitteln; kleine Truppenabteilungen zogen ohne Unterlaß hin und her. Wir sahen Ambulanzen, die von den vordersten Gräben kamen, Tragbahren, Verwundete zu Fuß, Gefangene.

Es wurde Halt gemacht, und man verringerte unsere Ausrüstung. Wir sollten an die Front vorgehen.

Bald befanden wir uns in der Gefechtszone und konnten

nun, wenn wir wollten, die mannigfachen kreischenden und winselnden Töne der Geschosse unterscheiden, sowie ihre Bedeutung für uns erkennen lernen. Schrapnelle platzten rings um uns und wirbelten dichte rot-schwarze Rauchsäulen empor, die lange Zeit in sich brodelnd stillzustehen schienen und sich dann allmählich verzogen. Der süßliche Geruch des Gases machte sich bemerkbar, und wir setzten die stickigen Masken auf, die unsere Gesichter unter den Stahlhelmen wie Schweinsschnauzen aussehen ließen. Ein schwirrendes Flugzeug erschien und beschoß uns mit Maschinengewehren. Dicht neben mir wurden zwei Mann getötet, drei andere lagen verwundet auf dem Boden. Einer von ihnen wand sich und schrie abscheulich, und plötzlich, plötzlich erkannte ich, daß ich ihn aus dem Bösen in meinem Herzen heraus haßte. Denn die Grausamkeit des Weltalls war nicht nur rings um mich, sondern auch in mir, und meine Nerven setzten sich zur Wehr.

Wir machten aufs neue halt, um den Schutz der Nacht abzuwarten, dann wurde der Vormarsch zur Front wieder aufgenommen. Die durch die großen Geschütze verursachten Erschütterungen wurden immer heftiger, und fluchend stolperten wir über den zerklüfteten und unsicheren Boden dahin. Einmal kamen wir unvermutet ganz nahe an eine Kanone heran, und ein plötzlicher Schuß dicht neben uns zerriß uns die Ohren. Schrapnelle kamen wohlgezielt auf uns zu, sie fanden uns in der Dunkelheit ebenso leicht wie bei Tageslicht. Roter Feuerschein beleuchtete die entsetzliche Verwüstung ringsum, verriet unsere Stellungen entfernten Maschinengewehren und ließ uns zahllose verkrümmte Tote zu unseren Füßen erkennen.

Wir begaben uns an einen heiß umkämpften Teil der Front. Der Geruch faulender Leichname schlug uns immer häufiger entgegen. Dann kämpften wir uns eine Zeitlang über eine Stelle hinweg, die dicht von unbegrabenen

Feinden und nur flüchtig verscharrten eigenen Leuten bedeckt war.

Ich fiel über einen Leichnam, der von Würmern wimmelte; mein Knie versank in der entsetzlich weichen Masse. An einer Stelle waren wir allesamt gezwungen, auf unsere Toten zu treten. Auf solche Art arbeitete ich mich bis zu einem Graben durch, wo man mir eine Handgranate gab und die Weisung erteilte, zu warten, bis der Hauptmann im Morgengrauen das Zeichen zum Angriff erteilen werde. Inzwischen hockten wir im Schmutz jenes Grabens, aßen Fleisch und Marmelade mit so viel Appetit, als wir aufzubringen vermochten, rauchten Zigaretten, zuckten zusammen, so oft ein Schrapnell heranschwirrte und knallend einschlug, und stellten Betrachtungen über das Dasein an.

„Verglichen mit dem, was hier geschieht", sagte ich mir, „war die Insel Rampole ein vernünftiger Ort – kein Vergleich zu dieser Wirklichkeit."

Und plötzlich überkam es mich mit niederschmetternder Macht, daß ich getötet werden würde. Und Rowena würde ohne mich auf dieser Welt zurückbleiben und aufs neue der ganzen Gemeinheit und Grausamkeit der Menschen ausgesetzt sein. Das war ganz nach dem Wunsch des Kapitäns. Unser zuversichtlicher Glaube, daß ich wohlbehalten heimkehren würde, war die Zuversicht von Narren gewesen.

Ich stand plötzlich auf. „Mein Gott!" sagte ich – völlig unangebracht. „Was tu ich hier? Ich will nach Hause, heraus aus diesem verfluchten Irrsinn. Ich habe Wichtiges zu tun."

Mein Hauptmann war kleiner und sah wie ein Krämer aus. Ein Herr auf Zeit, pflegten wir zu sagen; er war ungefähr im gleichen Alter wie ich und war mir ähnlich. Er hielt einen Revolver in der Hand, ohne damit zu drohen, aber sichtbar. Und er verstand es, mich zurückzuhalten und zu überreden.

„Es ist wohl Irrsinn, alter Junge", sagte er, „aber du mußt ihn über dich ergehen lassen. Der Weg nach Hause führt für uns alle, die wir hier sind, über den Hügel nach Osten. Du bleibst nicht eine Minute am Leben, wenn du versuchst, aus diesem Graben herauszuklettern und zurückzugehen. Es wäre nichts anderes als Selbstmord."

„Schön, dann führen Sie uns aber bald da hinüber", sagte ich und setzte mich wieder hin.

Das Warten schien kein Ende zu nehmen.

„Warum bin ich von Amerika herübergekommen?" wiederholte ich mir.

Er blieb dicht neben mir und studierte seine Armbanduhr.

„Fertig?" fragte er schließlich.

Ich spielte mit der Reservemunition an meinem Patronenriemen.

„Los", sagte er, und wir kletterten alle aus dem Graben. Es war bereits ganz hell, und der östliche Himmel vor uns rötete sich. Die Welt schien sich ins Unermeßliche zu entfalten. Raketen und Kanonenschüsse zerrissen den blauen Horizont vor unseren Blicken, als wir auftauchten. Unsere Schrapnelle wirbelten in der fern verschwommenen Bläue Säulen aus Rauch und Staub empor.

Mühsam bewegten wir uns, auf zerwühltem Boden und schwer beladen, gegen den unsichtbaren Feind hin. Unsere Männer trugen so viel, daß sie keineswegs einer angreifenden Truppe glichen. Gebückt und verzagt taumelten sie vorwärts. Sie bildeten eine Art Muster aus bläulichkhakifarbenen Gestalten, das sich im kalten Morgenlichte endlos wiederholte. Beim Vormarsch zwischen Löchern und Schlamm gerieten sie aus der Ordnung und ballten sich da und dort zu kleinen Gruppen zusammen.

Der kleine Hauptmann mit dem krämerhaften Aussehen, der eine Weile neben mir geblieben war, lief vor und wandte sich an ein Trüppchen. An seinen Gebärden konnte ich merken, daß er bemüht war, die Leute zu verteilen. Einen Augenblick lang sah ich fünf Soldaten, die vorwärts schritten, und einen Offizier mit erhobenem Arm neben ihnen. Dann schien aus dem Nichts etwas auf sie herabzufallen: es flammte mit einem ungeheuren, ohrenbetäubenden Knall blendend empor.

Etwas Nasses traf mich. Die fünf Leute waren verschwunden. Es war nichts mehr zu sehen als eine schwarze Quelle emporwirbelnden Rauches und Staubes. Doch rings um mich lagen blutige Fetzen, Teile von Ausrüstungsgegenständen und zitternde Klumpen zerrissenen Fleisches, die sich einige Zeit noch bewegten, als lebten sie. Entsetzt blieb ich stehen. Die Knie versagten mir. Ich taumelte, dann überkam mich ein Gefühl, als müßte ich erbrechen.

Ich stand auf dem Schlachtfeld, betäubt, schwindlig und schluchzend. Dumpf erinnerte ich mich schließlich des Satzes, den der Hauptmann mir eingeprägt hatte: Der einzige Ausweg führt ostwärts durch die Reihen der Feinde. Ich ging weiter. Ich weiß nicht, wie lange ich weiterging. Ich glaube, daß ich schluchzte, jämmerlich wie ein Kind.

Plötzlich wurden mir die Beine unter dem Körper weggeschlagen, und ich stürzte zu Boden. Es war, als hätte man mir mit einer Eisenstange einen Hieb gegen die Schienbeine versetzt. „Verflucht!“ rief ich, „ich sterbe.“ Und ich fühlte, daß unsere Hoffnungen mich betrogen hatten.

Meine kindische Verzweiflung verwandelte sich in Wut. Gott und das Schicksal verfluchend, rollte ich mich einen Abhang hinunter und entdeckte, daß ich mich nunmehr in einer beckenförmigen Bodenvertiefung befand. Behelmte Köpfe zeigten sich am Rande des Beckens, die Körper der Leute blieben unsichtbar. Es war die Kompanie D; unsere zweite Welle. Sie marschierten vorbei und verschwanden.

Ich habe den Verdacht, daß ich ohnmächtig wurde. Dann kam ich wieder zu Bewußtsein. Offenbar war ich in jenem Loch eben der Schlacht entrückt. Es brauste über meinen Kopf hinweg. Immer wieder flog die Erde am Rande des Beckens in kleinen Häufchen auf. Ich rollte mich auf den Rücken und setzte mich, nachdem ich die Tiefe der schützenden Höhlung sorgfältig abgeschätzt hatte, auf, um meine Wunden zu untersuchen. Die eine Wade blutete, jedoch nicht sehr stark, am anderen Bein war ein Knochen zerschmettert. Und ich war nicht tot.

Ich sann über meine Lage nach. Über mein ganzes Leben.

Für diesen Augenblick war ich Soldat geworden. Das war das Ende meines aktiven Dienstes. Zu diesem Zweck war ich aus Amerika herübergeholt, gedrillt und ausgerüstet worden. Welch eine Narretei! In der Ferne, oberhalb der Schlacht entzündete sich der Himmel im Lichte der emporsteigenden Sonne, und eine kleine Wolkenreihe am Horizont schimmerte in rötlich goldenem Glanz.

Ich hatte anfänglich kaum irgendwelche Schmerzen, abgesehen von einem heftigen Stechen, wenn ich das zerschmetterte Bein bewegte. In meinem Herzen wogte Empörung. Zu diesem Zwecke geboren zu werden! Zu diesem Zwecke zu leben!

Ich wandte mich an das Weltall. „Und du, du Idiot“, sagte ich, „was kommt nun, bevor du mich endgültig fertiggemacht hast?“

§ 9

Mr. Blettsworthy verliert ein Bein

Was zunächst kam, waren eineinhalb Tage der Wut und des Leidens in dem Loch. Ich erinnere mich nur eines kleinen Teiles jener von Durst, Schmerzen und Fieber erfüllten Stunden. Doch weiß ich, daß sie mir endlos erschienen. Ich litt Ewigkeiten hindurch, versank in Teilnahmslosigkeit und erwachte wieder.

Nach einiger Zeit kam ein schwerverwundeter Mann aus der Kompanie D an meine Seite gekrochen. Er hatte einen Schuß in die Schulter bekommen und war dann, während er sich zu irgendeiner geschützten Stelle weiterschleppte, auch noch mehrere Male durch Maschinengewehrfeuer verwundet worden. Mühsam krabbelte er an das Loch heran und ließ sich hineinfallen, denn er war am Ende seiner Kräfte. Er zerrte sich die Gasmaske vom Gesicht und bat um Wasser, war aber zu schwach, um es zu schlucken. Er verblutete langsam. Sein Gesicht war grau und unbeweglich, und er gab keine Antwort, wenn ich zu ihm sprach, sondern flüsterte nur immer wieder mit heiserer Stimme „Was-ser." Sein Rock färbte sich dunkel durch das Blut seiner Wunden. Nach einiger Zeit würgte er ein- oder zweimal, schluchzte und hörte dann auf, sich zu bewegen oder zu sprechen. Er lag regungslos da. Er lag still, mit offenem Munde, ich hörte kein Röcheln, und ich weiß nicht, wann er starb.

Später kam noch einer von den Unsrigen, den ich flüchtig kannte. Er war kaum verwundet. Er taumelte in das Loch herunter, kauerte sich atemlos zusammen und wischte sich übers Gesicht. Eine Weile starrte er den Toten an, dann wandte er sich von ihm ab. „Ein Gemetzel", sagte er. „Die Hälfte unserer Leute sind hin."

Er nannte einige Namen. „Einen einzigen Piefke hab ich gesehen", fügte er hinzu.

Wir zuckten zusammen, als ein Schrapnell in nächster Nähe platzte. Schweigend duckten wir uns eine Weile, als ob es uns noch hätte erreichen können.

„Nach Einbruch der Dunkelheit will ich dir helfen", versprach er mir, als ich ihm gezeigt hatte, welcher Art meine Verwundungen waren. Ich glaube, er war froh, daß er einen Vorwand gefunden hatte, zunächst in dem Versteck zu bleiben und dann zurückzugehen. Theoretisch war er nämlich immer noch verpflichtet, weiter vorzudringen. Er verhielt sich brüderlich gegen mich und half mir recht geschickt, mein zerschmettertes Bein zu verbinden. Doch in der folgenden Nacht hielten die Deutschen das Niemandsland unter so heftigem Geschütz- und Maschinengewehrfeuer, daß wir uns nicht aus unserer Deckung hervorwagten. Er machte einen kleinmütigen Versuch und kehrte wieder zurück.

Wir litten heftig unter Durst. Ich hatte bereits die Hälfte meines Wassers auf die Lippen des Sterbenden geträufelt, der nun tot und erstarrt neben mir lag. Mein lebender Kamerad überlegte, ob er nicht irgendeinem der Toten im Umkreis die Wasserflasche abnehmen könnte, wagte sich aber nicht aus dem Loch heraus.

Die nächstfolgende Nacht brachte eine Kampfpause, und nach gewaltigen Anstrengungen gelangten wir zu dem Schützengraben zurück, aus dem wir zum Angriff vorgegangen waren. Ich konnte keines meiner Beine gebrauchen; wenn ich das nicht zerschmetterte zu biegen versuchte, begann es zu bluten. So schleppte ich mich auf den Armen vorwärts, und so oft ein Feuerschein aufflackerte, hielt ich inne und stellte mich aus Furcht vor irgendeinem achtsamen deutschen Schützen oder Kanonier tot. Mein Kamerad hielt sich dicht neben mir, half mir jedoch hauptsächlich nur durch das Gefühl menschlicher Gesellschaft, das seine Anwesenheit mir gewährte.

Durch einen reinen Zufall langten wir schließlich bei unserm alten Graben an. Ich stürzte kopfüber hinein, ehe ich merkte, daß er da war, und wäre fast für einen Deutschen gehalten und mit dem Bajonett durchbohrt worden. Hier bekamen wir Wasser zu trinken und fanden Beistand. Es waren die Neuner Downshires, die die Reste unserer

Kompanie ablösten.

Am Morgen wurde eine Tragbahre für mich herbeigeholt, und ich begann die trostlose und schmerzerfüllte Reise in eine vernünftigere Welt zurück. Ich biß die Zähne zusammen und dachte an Rowena. Was immer ich zu leiden haben würde, um ihretwillen wollte ich am Leben bleiben. Ich wurde Schützengräben entlang geschleppt, über offenes Terrain getragen und schließlich am Rande einer Straße hingesetzt, um dort einen halben Tag lang auf eine Ambulanz zu warten. Nach endlosen Qualen erreichte ich einen Verbandplatz und wurde dort für die weitere Reise zurechtgeflickt. Dann kam der Krankenwagen, die Sammel- und Abfertigungsstelle für Verwundete, der langsam dahinkriechende, immer wieder stille stehende, rumpelnde Zug, und schließlich gelangte ich in das Lazarett, in dem man mir, keineswegs zu früh, das Bein mit dem zerschmetterten und zersplitterten Knochen am Knie amputierte.

Und dann wurde ich, verkrüppelt und verbraucht, nach England und zu Rowena zurückgeschickt.

§ 10

Schmerzen in der Nacht

Wenn der Körper endlose Stunden daliegt, von Schmerzen in einem Beine gequält, das er nicht mehr besitzt, wenn Wohlbehagen und Schlaf Jahrtausende entfernt scheinen und die Aussicht auf ein Leben als humpelnder Krüppel zu öde, um sie ins Auge zu fassen, dann wandert der Geist in außergewöhnlicher Losgelöstheit durch das weite Weltall, das Gott verlassen hat. Denn nun, so schien es mir, war auch der letzte, verklingende Widerhall der Persönlichkeit meines Oheims in mir erstorben, und ich mußte mich in eine Ordnung der Dinge schicken, in der es, vom Eiter und Gift in meiner Wunde angefangen bis zum höchsten Stern hinauf, für mich weder Wohlwollen noch einen Sinn gab. Ich war nicht allein in dieser meiner Ernüchterung, denn der Glaube ist in der ganzen Welt rings um mich erloschen. Ich gehöre einer Generation an, die niemals wirklich geglaubt hat. Doch haben sich die Umstände verschworen, gerade mir diese Tatsache besonders klar zu machen.

Es gibt keinen gütigen Gott in der weiten Öde des Raumes und der Zeit, keine Menschlichkeit wohnt ihr inne. Darüber sind wir uns anscheinend alle einig.

Und doch gibt es Güte.

Da ist dieses Etwas zwischen Rowena und mir. Es mag wandelbar sein und verschwinden. Das wird nichts an der Tatsache ändern, daß es zwischen uns und um uns gewesen ist. Es war weder sie noch ich. Es hatte nichts mit Sinnengenuß zu tun. Es war besser als wir beide. Es war und ist immer noch die Liebe.

Manchmal gewinnt Geschautes und Gehörtes einen Wert, der es über Schmerz, Grausamkeit, Dummheit, Furcht und kluge Vorsicht emporhebt oder doch emporzuheben scheint. Es gibt Augenblicke der sichtbaren Schönheit, und es gibt etwas in edler Musik, das den Kapitän mit seinen niederträchtigsten und entsetzlichsten Wesenszügen klein und besiegt erscheinen läßt. Selbst ich, armseliges Geschöpf, das ich bin, habe die Welt verwandelt gesehen und kenne erhabene Visionen.

Auch verspüre ich noch keine Neigung zu sterben. Ich bin noch nicht zu Ende mit meinem Mut, und dieser Mut muß ganz gewiß etwas Gutem entstammen, etwas Gutem, wenn auch völlig Unbegreiflichem, einem Etwas, das mein Fassungsvermögen weit überschreitet.

Liebe, Schönheit und Mut. Um ihretwillen ballte ich in den Stunden der schlimmsten Schmerzen die Fäuste und biß die Zähne zusammen. In außergewöhnlicher Losgelöstheit wandert der Geist durch das Weltall während der langen Stunden der Einsamkeit und der Qual. Mit leeren Händen kehrt er schließlich zurück und läßt sich trotzdem nieder, als sei er nicht vergebens fort gewesen.

Werden solche Wanderungen jemals ein anderes Ende nehmen?

§ 11
Das freundliche Auge

Im Genesungsheim bei Rickmansworth bemerkte ich, daß mich ein Auge ohne Unterlaß beobachtete.

Es war ein hellbraunes Auge. Es blickte aus einem Verband hervor, der überdies oben einen mächtigen braunen Haarschopf und unten einen kastanienfarbenen Bart und einen gesprächigen Mund sehen ließ. Auf dieses Auge übte ich offenkundig eine unwiderstehliche Anziehungskraft aus. Der Körper, der es umhertrug, war im selben Krankensaal untergebracht wie ich. Der Mann näherte sich mir bei jeder Gelegenheit und knüpfte immer wieder flüchtige Gespräche mit mir an, indes das Auge mich betrachtete, hell, aber ausdruckslos in seiner Losgelöstheit wie ein Mastlicht. In der Nacht bemerkte ich oft, daß dieser Patient aufrecht im Bette saß und mir seinen verbundenen Kopf zuwendete, so daß das Auge mich über dazwischenliegenden Betten hinweg beobachten konnte.

Ich ließ mich gerne auf Gespräche mit ihm ein. Der Patient gehörte nicht zu unseren schwereren Fällen. Seine Genesung machte wirklich Fortschritte. Ein Schrapnellsplitter hatte ihm die Haut von der Stirne geschält und ein Augenlid weggerissen, wie durch ein Wunder ohne das Auge ernstlich zu beschädigen, das unwesentliche Auge, das jetzt unter dem Verband verborgen war. Binnen kurzem sollte es gesund und munter in die Welt hinausschauen und den durchdringenden Blick seines Kameraden mildern. Sein Besitzer hatte auch einen verbundenen Arm. Seine rechte Hand war auch durch das Schrapnell verletzt worden. Diese Hand war vorläufig nichts weiter als ein chirurgischer Triumph und mochte ihre ehemalige Beweglichkeit niemals wiedergewinnen. Polyphem, wie ich den Mann im stillen nannte, bemühte sich angestrengt, mit der Linken schreiben und zeichnen zu lernen. Er zeigte große Ausdauer. „Und wie herrlich wird es sein", sagte er, „wenn ich mir erst diesen Bart rasieren kann." Er glaubte zuversichtlich, daß wir Kriegsversehrten für den Rest unserer Tage mit Dankbarkeit und Liebe überschüttet würden, doch wollte er, wie er sagte, nicht dauernd in Abhängigkeit von anderen leben. Er hatte, so erfuhr ich, bereits im Feldlazarett mit einem Kameraden die Möglichkeit seiner Teilnahme an der Gründung einer Werbeagentur besprochen. Falls dieser Plan zustande kam, war es sehr wichtig, daß er schreiben und kleine Zeichnungen machen konnte.

Wir sprachen ziemlich viel miteinander, doch zeigte er zu Ende unserer Gespräche stets einen seltsamen Widerwillen, abzubrechen. Nachdem wir unserere Erfahrungen ausgetauscht hatten, sagte er niemals etwas von besonderer Bedeutung, machte mir aber stets den Eindruck, als habe er irgend etwas recht Wichtiges auf dem Herzen.

Eines Tages brachte Rowena, die mich nun häufig besuchte, unseren Kleinen mit. Ich ging an diesem Tag auf Krücken umher. Der Gedanke an eine Prothese, die man mir versprochen hatte, erfüllte mich; sie sollte, wie man mir sagte, kaum zu merken sein. Es sollte ein sehr kostspieliges künstliches Bein sein. So sehr hatte ich mich nunmehr mit meinem Unglück abgefunden, daß ich voll Stolz und triumphierender Freude an diese famose Erfindung aus

Sprungfedern und Kork dachte, die in Wirklichkeit selbstverständlich weit hinter meinen Erwartungen zurückblieb. Ich zeigte Rowena die Zeichnungen davon, die man mir gegeben hatte.

Es war ein glücklicher Nachmittag. Rowena sah hübsch und lieb aus, und unser gesunder und prächtiger kleiner Sohn zumindest wußte noch nichts von Krieg und bösen Schicksalsschlägen, mochte noch jahrelang nichts davon wissen. Er wuchs bereits über das Babyalter hinaus und versuchte sich in freundlichen Reden, die allerdings zumeist nur aus einsilbigen, dafür aber sehr nachdrücklich geäußerten Wörtern bestanden. Er war reizend und beneidenswert. Er war über alle Maßen lieb und komisch. Es hatte den Anschein, als habe er mir meinen Egoismus gestohlen und in seine kleine Person hineingepflanzt. Wir saßen auf der Veranda, und so ungern mochte ich die beiden von mir lassen, daß ich sie, auf meinen Krücken humpelnd, bis an das Gartentor begleitete.

Als ich auf die Veranda zurückkehrte, um verschiedene Bücher und Papiere, die ich dort gelassen hatte, einzusammeln, erwartete mich das Auge. Während des ganzen Besuches hatte sich Polyphem in Sichtweite aufgehalten. „Wer ist das?" hatte Rowena gefragt. „Ein nimmermüder Beobachter", hatte ich erwidert. „Er sammelt alle Krümelchen des Geschehens ein, die der Engel des Gerichts fallen läßt."

„Ich will ihm seine Neugier verzeihen", hatte Rowena gemeint, „wenn sie ihm die böse Zeit verkürzt, die er durchzumachen hat."

Nun, da sie fort war, kam er auf mich zu und bemerkte: „Es tut wohl, Sie so glücklich zu sehen, Blettsworthy."

„Das ist schön von Ihnen", meinte ich anerkennend, denn Teilnahme für einen Glücklichen ist seltener als Mitleid mit einem Unglücklichen.

„Es tut mir wirklich wohl."

„Ich freue mich, wenn ich jemanden wohltun kann."

„Es tut mir tatsächlich wohl", wiederholte er hartnäkkig. „Ich habe nämlich ganz besondere Gründe dafür, Ihnen Gutes zu wünschen."

Ich blickte fragend zu ihm hinüber.

„Ich schulde Ihnen recht viel – in zweierlei Hinsicht."

Gebärde und Tonfall hatten etwas Vertrautes.

„Dreitausend Pfund, von den Zinsen nicht zu reden."

„Lyulph Graves!" sagte ich.

„Ja", entgegnete er und wartete auf meine Antwort.

„Dreitausend Goldpfund und mein goldhaariges Mädchen. Das letzte will ich dir jedenfalls nachsehen."

„Das kannst du auch", meinte Graves mit einer Geste gegen das Gartentor hin, durch das Rowena verschwunden war.

Auch ihm gegenüber empfand ich keine Rachsucht mehr. Ich erkannte, daß ich glücklicher war als er und daß es keinen Sinn gehabt hätte, ihm feindselig zu begegnen.

Ich streckte ihm über meine Krücke hinweg eine Hand entgegen und schüttelte seine Linke. „Wie schrecklich jung ich doch war!" sagte ich.

„Und ich war von Unternehmungsgeist besessen wie vom bösen Feind. Ich habe eine gute Lehre bekommen."

Wir betrachteten einander.

„Und wie sehen wir nun aus!"

„Ja, wie sehen wir nun aus."

„Und was haben wir aus all dem gelernt? Welchen Gewinn haben wir davongetragen?"

Wir standen ein wenig linkisch da, während mir durch die Verkleidung hindurch sein ehemaliges Bild zurückkehrte. Er hatte noch dieselbe Haltung – der militärische Drill hatte daran nichts zu ändern vermocht. In stillschweigender Übereinstimmung setzten wir uns auf der Veranda zu einem Gespräch nieder. Gefangen im Krankenhaus, wie wir waren, mußten wir einander freundschaftlich und vertraulich begegnen oder streiten und einander meiden. Das letzte wäre höchst lästig gewesen.

„Du bist an die Goldküste gegangen?“ fragte ich.

„Ich arbeitete mich bei Crosby und Mitcheson vortrefflich ein“, erwiderte er; „doch dann kam der Krieg und riß uns alle auseinander. Ich hatte kaufmännische Begabung – habe sie noch – und entdeckte, daß es sich selbst im westafrikanischen Dschungel lohnt, Reklame zu machen. Es war etwas Neues für die alte Firma – aber es lohnte sich.“

„Und dann?“

„Ruhr in Saloniki. Propagandatätigkeit in Italien, bis ich wieder ins Feld mußte. Und schließlich wurde ich verwundet – drei Tage vor dem Waffenstillstand.“

Er fuhr fort, berichtete über Einzelheiten seines Kriegsdienstes und über seine Zukunftspläne, und während er sprach, wurde er dem Graves von seinerzeit immer ähnlicher. Ich war erstaunt, daß ich ihn nicht trotz seines Verbandes schon früher erkannt hatte. Seine Tätigkeit in Italien sei ganz besonders wichtig gewesen, erklärte er mir. Er habe allerlei Außergewöhnliches und Nützliches gelernt, was er noch zu verwerten gedenke. Nun sei er voll Ungeduld, aus dem Krankenhaus entlassen zu werden und sich wieder an die Arbeit machen zu können. Man habe ihm gesagt, daß er nicht entstellt sein werde.

Er besaß immer noch die hoffnungsfrohe Zuversicht von seinerzeit. Die Welt schien ihm gerade jetzt voll der günstigen Möglichkeiten; das hatte er immer geglaubt. Er war durchaus für „kräftiges Bemühen“, und das war er immer gewesen. Selbst die Verwüstungen des Krieges schienen ihm ein Anlaß, froh zu sein. „Wir werden unser Land und die ganze Welt neu aufbauen.“ Er schien so unverändert, daß ich voll Verwunderung an die Wandlung dachte, die ich durchgemacht hatte, und ich war verblüfft, als er bemerkte, ich sähe fast ebenso aus wie früher; er habe mich sofort wiedererkannt, als ich in das Krankenhaus kam. „Die Außenseite mag so ziemlich dieselbe sein", meinte ich, „mein Inneres aber ist recht böse mitgenommen worden."

Er hatte bisher nicht gefragt, was mir in der Zwischenzeit widerfahren war; in welchem Regiment ich gedient hatte und welcher Art meine Verwundung war, wußte er schon aus früheren Gesprächen. Eine Zeitlang vermieden wir es beide, unsere Oxforder Tage zu erwähnen. Doch ihm lagen sie im Sinn, und schließlich brachte er das heikle Thema zur Sprache.

„Ich war in Oxford", sagte er, „vor zwei Monaten. Vor meiner letzten Operation."

„Und wie fandest du's?"

„Kleiner. Und mehr aus dem Gleichgewicht geraten, als ich im Falle Oxfords für möglich gehalten hätte. Eine Schar von Nachkriegsstudenten mit gestutzten Schnurrbärten ist da . . . Ich sah deine Olive Slaughter."

„So?"

„Sie ist verheiratet. Ihre Mutter hat immer noch den alten Laden. Olive hat einen Schweineschlächter an der Ecke der Lattmeer Lane geheiratet, und zwar wenige Monate nach – nachdem du Oxford verlassen hast. Vielleicht war das immer ihre Absicht. Es war mehr die Mutter, die es auf dich abgesehen hatte, glaube ich. Aber ich weiß nicht. Jedenfalls hat sie den Schweineschlächter geheiratet. Ein kraushaariger, rotbäckiger Bursche in einer sauberen blauen Schürze, und ein Laden mit Marmorfliesen und rosafarbigen Würsten. Ihr Geschmack war immer einfach, und ich bin überzeugt, daß er sie viel glücklicher gemacht hat, als du oder ich es jemals vermocht hätten. Er nahm sie, wie sie war."

Er hielt inne. Ich lachte. „Das tat ich nicht", sagte ich. „Erzähl weiter. Sie hat also einen Schweineschlächter geheiratet."

„Sie spricht sehr nett darüber. Sooft er ein Schwein schlachtet, erzählte sie mir, müsse sie sich die Ohren zuhalten."

„Du hast mit ihr gesprochen?"

„Gewiß. Sie sitzt im Laden hinter einem Gitter und führt die Kasse. Und sie schien ganz erfreut, mich zu sehen. Keinerlei Groll über – irgend etwas. ‚Viele unserer alten Kunden besuchen mich hier', sagte sie. Und ob ich auch bei ihrer Mutter gewesen sei?"

„Warst du da auch?"

„Nein. Für die Mutter habe ich niemals eine besondere Vorliebe gehabt."

„Hat sie Kinder?"

„Drei oder vier. Sie und ein Onkel haben während des Krieges die Schweineschlächterei geführt, und der Gatte kam des öfteren auf Urlaub heim, schlachtete ein Schwein oder zwei und so weiter. Sehr nett sehen die Kinder aus, Blettsworthy, rotbäckig und goldhaarig. Frisch und appetitlich wie die Würste im Laden. Doch so zartbesaitete hoffnungsvolle kleine Geschöpfe wie dein Kerlchen sind sie nicht."

„Aber sie war ein reizendes Ding, Graves."

„Jetzt ist sie derber. Sie heute zu idealisieren, Blettsworthy, würde dir schwerer fallen."

„Und sie war ganz freundlich?"

„Sie hat auch nach dir gefragt. ‚Ihr Freund', sagte sie, ‚der das Geschäft mit Ihnen aufgemacht hat.'"

„Glaubst du, daß sie ihrem Gatten von uns erzählt hat?"

„Kein Wort. Die Geschichte ist viel zu verwickelt, und ihr Geschmack war immer einfach. Wahrscheinlich hat sie selber niemals begriffen, was mit ihr geschah."

„Sie hat es völlig geheimgehalten?"

„Sie hat es vergessen. Sie hat es vereinfacht und dann vergessen, weil die Erinnerung daran zu unangenehm und verwirrend war. Außer als eine mögliche Quelle des Streits mit ihrem Gatten, hatte das Ganze keinerlei praktische Bedeutung für sie. Wahrscheinlich hatte sie es zum größten Teil aus ihrem Gedächtnis gestrichen, noch ehe du Oxford verlassen hast."

„Ja, ja – es heißt, der Geist verstehe ebenso eine Auswahl zu treffen wie der Magen", meinte ich.

„Das Leben bietet Gemütern wie den unsrigen viel zu viele Erfahrungen", fuhr er fort, „das ist mir völlig klar. Wir alle müssen den größeren Teil der Ladung, die wir aufnehmen könnten, zurückweisen. Eines Tages werden wir uns vielleicht mit Hilfe einer Art Schädeleröffnung das Gehirn größer wachsen lassen können und dann mehr aufnehmen. Alles aufnehmen. Wer weiß? Ich habe mir sagen lassen, daß das künftig durchaus möglich sein wird. Doch wie die Dinge heute liegen, sind die Vereinfacher die wirklich weisen Leute. Wie sie einer war und ist und sein wird. Wenn du die schwierigen Dinge nicht zurückweist, dann mußt du sie deinem Hirn anpassen, mußt sie zurecht stutzen und mit anderem überdecken. Sie schaffen Verwirrung und behindern dich . . . Welchen Zweck hat das? Welchen Nutzen kann es uns bringen? Ich bin im Grunde ein praktischer Mensch, Blettsworthy. Schließlich müssen wir ja doch unseren Weg gehen – welche Last auch immer wir auf der Seele tragen. Was nützt es einem Menschen, wenn er an die ganze Welt denkt und dabei seine eigenen Angelegenheiten aus dem Auge verliert? Und jene größeren Dinge, die Überfracht – was gibt sie uns im besten Falle mehr, als unbestimmte große Wünsche, die schließlich zu Unzufriedenheit und Schwermut führen müssen?"

„Wenn man aber nicht die Art von Gemüt hat, die zurückzuweisen versteht . . .?"

„Ja, ja, ich weiß. Ich gebe zu, daß das dann schwierig ist."

„Wenn man Erkenntnisse sammeln muß und sich

immer wieder dazu getrieben fühlt, alle Fragen ins reine zu bringen . . .? Wenn du dieses und jenes zurückweist, dann wird es dich vielleicht einige Zeit hindurch nicht quälen, aber es bleibt trotzdem da und kann gegen dich wirken oder zumindest ohne dich weiter wirken. Vielleicht ist es gar nicht so völlig ausgeschaltet, wie du annimmst. Eine Kugel hätte den Herrn Schweineschlächter treffen oder eine Bombe mitten in das Kinderzimmer in der Lattmeer Lane fallen können. Du bist an der Goldküste deinen Weg gegangen, doch was wurde aus dem hoffnungsvollen Pfad, als der Krieg kam? Ich war schon vor dem Kriege in schwere Gedanken über das Weltall verstrickt, war verstört und voll der Auflehnung, und du hast, wie du sagst, als ein vernünftiger Vereinfacher über alles Verworrene hinweggesehen . . ."

„So weit ich konnte."

„Und doch ist der Unterschied in unserem Schicksal ein rein zufälliger – ein Augenlid und ein Arm auf der einen, ein Bein auf der anderen Seite."

„Was aber hast *du* vor dem großen Kriege getrieben?"

„Ich bin weit gereist. Ein gutes Stück über deine Goldküste hinaus. Und jedenfalls bin ich mit offenen Augen in den Krieg gezogen."

„Wir wollen nicht über die Vorteile streiten", sagte Graves.

Und daraufhin begann ich, von seinen Fragen unterstützt, einen Bericht über die Insel Rampole und die Abenteuer zu geben, die ich in diesem Buche erzählt habe. Es war vielleicht nicht ganz der Bericht, den ich hier niedergeschrieben habe, denn ich versuchte ja zum ersten Mal, meine Erlebnisse in Worte zu kleiden, und der Leser darf mir glauben, daß das nicht leicht war. Vielleicht hätte ich die Geschichte niemals erzählt, wenn Graves nicht gewesen wäre. Ich hätte sie der Vergangenheit anheimfallen lassen, was gewiß das Schicksal von Millionen anderer solcher Geschichten ist, obgleich die Menschen, die sie erlebten, noch unter uns wandeln.

§ 12
Nach dem Krieg

Ich empfand die Erneuerung meiner Bekanntschaft mit Lyulph Graves als angenehm und anregend. Wir hatten, das wurde mir klar, ein natürliches geistiges Interesse aneinander und infolgedessen Freude an einem regen Gedankenaustausch. Ohne es zu wissen, hatte ich ihn vermißt. Wir waren beide innerlich gewachsen, Erfahrung und Unglück hatten uns gereift, doch waren wir unserer Wesensart nach immer noch Gegensätze und ergänzten einander in vieler Hinsicht, was ja auch unsere frühere Freundschaft gestützt hatte. Ich war ebenso beeinflußbar und unoriginell wie seinerzeit; er war immer noch von dem Glauben an seine außerordentliche praktische Begabung besessen und von einem so wilden Unternehmungsgeist erfüllt wie eh und je. Es war charakteristisch für ihn, daß er sich eine teilweise Entfernung der menschlichen Hirnschale als einen möglichen Eingriff vorstellen konnte, durch den Wille und Verstand des Menschen zu größeren Leistungen befähigt werden sollten; ebenso, daß er seine Erfahrungen im Verkauf von Nähmaschinen an der Goldküste zu Plänen für eine systematische wirtschaftliche Organisation der ganzen Menschheit auszugestalten gedachte. Er war aufs lebhafteste mit Projekten für einen Handelsbetrieb nach neuen Richtlinien beschäftigt, und zwar dachte er nun nicht mehr nur an Bücher, sondern an alle möglichen Erzeugnisse; und ich lernte, während ich ihm lauschte, seine Klugheit aufs neue schätzen, beschloß aber insgeheim, mein eigenes Kapital dem Versuchsstadium eines derartigen Abenteuers nicht anzuvertrauen.

Während meiner letzten Wochen in Rickmansworth machte ich Bekanntschaft mit meinem künstlichen Bein und traf gemeinsam mit Rowena Vorbereitungen für unser Haus in Chislehurst, wo wir noch heute wohnen; die Mußestunden dieser Zeit verbrachte ich in langen Gesprächen mit Graves. Ich entdeckte, daß ich ihm in ganz außerordentlichem Maß mein Inneres offenbaren konnte. Er hatte die Gabe, mich sofort zu verstehen, und dann mit verblüffender Geschwindigkeit das jeweilige Problem von einer anderen Seite her zu beleuchten und Betrachtungen anzustellen, auf die ich allein nie gekommen wäre. Er stimmte im wesentlichen mit mir überein und war doch in vieler Hinsicht ganz anderer Meinung. Die Welt sei die Insel Rampole, ja, das gab er zu, und die Zivilisation ein Traum, doch, ohne auch nur Atem zu schöpfen, ging er daran, mir zu erklären, wie wir diesen Traum in Wirklichkeit verwandeln könnten. Er war ebenso ein Stoiker wie ich, doch hatte ich noch niemals einen so aggressiven Stoizismus wie den seinen gesehen.

Vorläufig befand er sich offenbar in einer recht schlechten finanziellen Lage. Er war von hoffnungsvollen Plänen für die nächste Zukunft erfüllt: sie betrafen die Gründung und Ausgestaltung eines Reklame- und Propagandaunternehmens für Automobile, Luxushotels, Luftverkehr, Konserven, zusammenklappbare Badewannen – der besondere Artikel, dem er sein Organisationstalent zugute kommen lassen wollte, wechselte jeden Tag –; und diese Ideen vermengten sich erfreulicherweise mit Projekten, die durch meinen Pessimismus angeregt worden waren: der Völkerbund sollte völlig umgestaltet, Ardam sollte für alle Zeiten niedergezwungen und in Ketten gelegt werden; auch sollte eine erneute und überzeugende Darlegung religiöser Ideen stattfinden. Er schien gar nicht imstande, daran zu zweifeln, daß man alle Megatherien der Welt nicht nur töten, sondern auch in einer durchaus sanitären Art und Weise beiseiteschaffen könne und daß es ein leichtes sei, all die bösartigen Kapitäne und vertrottelten Alten festzunehmen und ins Gefängnis zu werfen oder zu erschlagen.

Sein Gesicht kam allmählich aus den Bandagen heraus; sie wurden durch einen großen grünen Schirm ersetzt; und den Arm trug er nun in einer einfachen schwarzen Schlinge. Er wurde dem früheren Graves immer ähnlicher, abgesehen davon, daß eine große rote Narbe seiner einst so offenen Stirn etwas Finsteres gab, was in seltsamem Widerspruch zum Optimismus seiner Lippen stand.

Von Zeit zu Zeit half ich ihm mit kleinen Geldbeträgen aus, und er versäumte es niemals, mir diese Darlehen durch einen Empfangsschein zu bestätigen, auf dem er sie zu der größeren Schuld an mich dazuschlug. „Eines schönen Tages, Blettsworthy", pflegte er zu sagen, „wirst du mir eine Quittung über diesen ganzen Betrag aushändigen, zuzüglich viereinhalb Prozent Zinsen bis zum Rückzahlungsdatum. Dann mußt du mir eine Flasche vom besten Champagner spendieren, und wenn wir die miteinander trinken, so wird das der schönste Augenblick meines Lebens sein."

Er hatte nur wenige Verbindungen, an die er sich in jenen schwierigen Tagen des Wiederaufbaues nach dem Kriege hätte halten können. Ich andererseits konnte die Vorteile einer weit verzweigten Familie würdigen lernen. Meine Frau hatte bei Gesellschaften der Lady Blettsworthy – der Verbandzeugmacherin – geglänzt und an Mrs. Romer eine Freundin gewonnen. Romer kam unversehrt und als Oberst zurück; er hatte sich bei dem schließlich erfolgten Vorstoß gegen Damaskus ausgezeichnet und konnte feststellen, daß die Firma Romer & Godden durch die Konjunktur des Krieges nahezu beschämend reich geworden war. Anderen Vettern war es ähnlich ergangen. Die ganze Familie hegte den Wunsch, sich einem verwundeten

Helden gegenüber gut zu benehmen. Meine Verwandten, insbesondere die Blettsworthys in Sussex, hatten mehrere Söhne verloren, und so wurde ich beinahe automatisch einer der stellvertretenden Direktoren in der anderthalb Jahrhunderte alten Wein- und Spirituosenfirma Blettsworthy & Christopher. Die Tage, da englische Familien ihre jüngeren Söhne ins Ausland schicken, sind vorbei. Sie werden daheim benötigt. Mein so vorteilhafter Eintritt ins Geschäftsleben erschien mir ebenso unverdient wie mein einstiges Mißgeschick, und ich versuchte, ihn mit ebensoviel innerem Gleichmut und äußerer Höflichkeit hinzunehmen.

Ich sorgte dafür, daß Graves als Verkaufsagent unserer Firma sein Glück versuchen durfte, und er arbeitete vortrefflich für uns, indem er unsere heute bereits allgemein bekannten Marken Mars, Jupiter und Old Saturn für den Markt vorschlug; es sind das nunmehr überall vertraute Namen, wo man eines kräftigen, guten oder abgelagerten Branntweins bedarf. Graves ist bis auf den heutigen Tag Berater unserer Verkaufsabteilung.

§ 13

Erinnerung an vergangene Entsetzen

Rowena meint, wenn Graves nicht wäre, würde ich die Insel Rampole völlig vergessen. Es gehört zu ihrer Auffassung von unserem Verhältnis, daß sie jenen ganzen Komplex von Erinnerungen und Vorstellungen in mir auszulöschen habe. Der Alltag ist, ich gebe es zu, ein mächtiger Verdunkler belangloser Tatsachen, so mächtig aber, daß er jenen wesentlichen Teil meines Ich verschwinden machen könnte, ist er nicht. Es ist richtig, daß mich immer mehr tägliche Pflichten und Gepflogenheiten in ihren Bann ziehen, die Pflichten und Gepflogenheiten eines neuen Lebensabschnittes, in welchem ich nun bald ein äußerlich zufrieden scheinender Mann mittleren Alters sein werde. Frau und Kinder, das schöne Heim, das wir uns in Chislehurst geschaffen haben, die geschäftliche Tätigkeit, der ich mich widmen muß, wenn wir ein bequemes Auskommen haben wollen, Freunde und Bekannte, Sport und Vergnügungen, all das hält mich in Bann; diese vielfältigen Interessen des Augenblicks nehmen während eines großen und stetig wachsenden Teiles der Tage meine wache Aufmerksamkeit gefangen. Und doch fallen die Schatten der Schlucht immer noch über mich, und die Erinnerung an den Schiffsjungen von der *Golden Lion,* dessen Schmerzensschrei durch die Nacht erklang, an die Toten auf den Schlachtfeldern, an meine Wunden und an meine Verzweiflung will trotz der tröstlichen Gesichertheit unserer neuen Lebensweise nicht verschwinden.

Weit häufiger, als ich eingestehe, verspüre ich den Geruch von Megatherien in der Luft Londons, und immer wieder fühle ich, daß hinter den dünnen Wänden dieser Nachkriegswelt der Kapitän mit unversöhnlicher Grausamkeit am Werke ist. Ich bin weit davon entfernt, die Insel Rampole zu vergessen; es ist vielmehr diese vernünftige Welt, die zuweilen aus meinem Bewußtsein zu verschwinden droht, und ich habe dann alle Mühe, sie festzuhalten. Einmal zumindest mußte ich meine ganze Kraft aufbieten.

Wie nachdrücklich auch die anderen Kriegskrüppel rings um mich den Krieg und das häßliche Antlitz, das das Leben ihnen damals zeigte, aus ihrem Gedächtnis gestrichen haben mögen, ich kann nicht vergessen. Und trotz Rowenas offenkundigem Wunsch bezweifle ich, daß ich vergessen möchte. Wenn irgendein Spezialist für Geisteskrankheiten mir das Anerbieten machte, jede Spur jenes Wachtraumes in mir auszulöschen, wenn er mir versicherte, daß dieses gegenwärtige Leben seine Durchsichtigkeit verlieren und mir als vollkommen wirklich erscheinen würde, wirklich und gesichert, so wie einem jungen Tier sein Dasein sicher scheint – ich bin mir sicher, daß ich dieses Anerbieten ausschlüge. Ich habe gelesen, daß Menschen, die in der Wüste dem Tode nahe waren, oder andere, die als Forscher die unbeschreiblichen Nöte eines arktischen Winters durchgemacht haben, fortan von einem unvernünftigen Verlangen besessen blieben, nach dem Schauplatz ihrer Leiden zurückzukehren. Das Alltagsleben erschien ihnen nichtig, ihre Einbildungskraft war von dem höheren Wert vergangenen Erlebens in Fesseln geschlagen. So ergeht es auch mir. Die Insel Rampole ruft mich auf eine ganz ähnliche Art. Es ist mir, als läge meine eigentliche Aufgabe dort, als lenkte mich das Wohlleben und die Zerstreuungen, die ich genieße, von wesentlichen Dingen ab. Ich darf die Insel Rampole niemals vergessen; ich fühle, daß ich mit ihr abrechnen muß. Solange das nicht geschehen ist, wartet sie auf mich. Zu diesem Zweck wurde mir das Gefühl verliehen; zu diesem Zwecke existiere ich.

Einige Jahre hindurch versuchte ich zwar nach Kräften, mit den Psychiatern zusammenzuarbeiten und jene Traumgeschichte in mir völlig zu unterdrücken, sie vom Hauptstrom meines gegenwärtigen Daseins abzuschneiden, damit sie binnen kurzem stürben. Es hatte den Anschein, als liege in meiner Liebe zu Rowena die Möglichkeit, das Leben neu zu beginnen. Nun aber bin ich mir darüber klar, daß es im Grunde unmöglich ist, das Leben neu zu beginnen. Diese Hoffnung hat uns beide betrogen. Auch Rowena wird von der Vergangenheit verfolgt, wenn auch weniger bewußt als ich. Sie stellt recht hohe Ansprüche an unser jetziges Leben, weil uns ihrem Gefühl nach das Schicksal eine Entschädigung schuldet. Es ist für sie schlimm genug, glaubt sie, daß wir uns mit meinem amputierten Bein abfinden müssen. Wenn ich immer wieder das Leben von seiner schlimmsten Seite sehe, so ist das für sie ein Zeichen der Undankbarkeit.

So liegt die Insel Rampole wie ein Schatten zwischen uns und bewirkt, daß wir einander nicht so vollkommen verstehen und nicht so offen miteinander sind, wie wir es beide wünschten. Ihr gilt meine Besessenheit als etwas durchaus Schlechtes, wovon mich zu befreien ihre Aufgabe ist. Sie begreift nicht, welche Faszination jenem Ideenkomplex anhaftet. Daß es ihr nicht gelungen ist, ihn auszulöschen, empfindet sie als Niederlage. Und deshalb hält sie unter allen meinen Freunden einzig und allein Graves für einen Widersacher. Ihr feiner Instinkt sagt ihr, daß ich mit ihm von Dingen spreche, die ich vor ihr verberge, und sie wird niemals verstehen, daß meine Gespräche mit ihm nicht Erneuerung, sondern Erleichterung bedeuten. Er verdirbt ihr das Bild, das sie sich von unserem Leben macht. Er stellt dessen Unrichtigkeit bloß. Ihm gegenüber sinkt sie unter ihre gewohnte Würde herab. Ihr Bemühen, höflich gegen ihn zu sein, ist nur zu offenkundig. Und hinter seinem Rücken zeigt sich ihre Feindseligkeit unverhüllt.

„Du sagst, daß dieser Mann dich beschwindelt und dir den Glauben an die Menschen geraubt hat", hält sie mir vor, „und doch machst du ihn zu deinem Freund und läßt ihn Geschäfte machen."

„Er macht das sehr gut."

„Das ist auch seine Pflicht", sagt Rowena. „Bedenke doch, wie sehr er dich geschädigt hat!"

Und da ich schweige: „Ich kann die Männer nicht verstehen: was sie hinzunehmen gewillt sind und worin sie unnachgiebig bleiben!"

Der Prozeß Saccos und Vanzettis in Massachusetts, ihre Untersuchung, ihre Berufungen, die endlose Verzögerung des Verfahrens, die neuerliche Untersuchung und die Hinrichtung der beiden versetzten mich in einen lange anhaltenden Zustand wachsender Spannung des Gemüts, der schließlich zu einer Krise führte. Da konnte ich nur mit Graves über meine geheimen Nöte sprechen. Ich will die Geschichte Saccos und Vanzettis hier nicht wiederholen. Jedermann kennt sie. Es ist durchaus möglich, daß die Sache sich in Wirklichkeit nicht so verhielt, wie ich sie sah, doch dieses Buch enthält meine Geschichte, und ich habe nicht zu schildern, was im Court House von Massachusetts, sondern was in meinem Hirn vorging. Ich bin einer der zahlreichen Menschen, die glauben, daß diese beiden an dem Verbrechen, für das sie den Tod erlitten, unschuldig waren, daß man sie voreingenommen und auf eine falsche Anklage hin untersucht hat, und daß die Revision ihres Urteils zu jenen Angelegenheiten gehört, durch die die moralischen und geistigen Werte eines großen Gemeinwesens auf die Probe gestellt werden. Wenn diese meine Meinung irrig ist, so irre ich mit Männern wie Frankfurter aus Harvard und Thompson, dem hervorragenden Juristen, die jede Einzelheit dieses ungeheuerlich langen und verwikkelten Prozesses geprüft haben. Und ich litt über alle Maßen unter der phantasielosen Härte, dem Mangel an Mitgefühl und der Rachsucht gegen „Radikale" und Reformer, welche zahllose wohlhabende und mächtige Leute auf der ganzen Welt an den Tag legten. Die Frage des Rechts oder Unrechts in dem Prozeß ging mir weniger nahe, als die Art und Weise, in der die Leute darüber dachten, sprachen und schrieben. Dies quälte mich in zunehmendem Maße. Es ließ mich nachts nicht schlafen. Gerade in der Nacht wurde es zu etwas Ungeheuerlichem. Das mag unvernünftig gewesen sein, aber ich konnte es nicht ändern.

Während ich die verworrene Entwicklung jenes Rechtsverfahrens grübelnd verfolgte, gewann das Bild der Insel Rampole allmählich wieder Gewalt über mich. Die Durchsichtigkeit der Welt nahm zu. Die hohen Klippen und der Streifen blauen Himmels darüber zeigten sich immer deutlicher hinter den verschwimmenden Umrissen meiner wirklichen Umgebung. Ich saß im Zug nach London hinter meiner Morgenzeitung und lauschte den Bemerkungen meiner Mitreisenden über den Prozeß: Da wurde das Gerassel des Zuges zum Rauschen des Wildbachs in der Schlucht, und ich saß aufs neue an dem runden Tisch des oberen Speisehauses, während die Ältesten ihre Meinung über die Sicherheit des Staates kundgaben.

Ich kämpfte, so gut ich konnte, gegen die Wiederkehr dieser alten Besessenheit. Zwar wollte ich die Insel Rampole nicht vergessen, doch wollte ich auch nicht, daß sie sich mit derartig überzeugender Kraft um mich erhebe und mich aufs neue verschlucke. Ich kannte in England keinen Spezialisten, an den ich mich um brauchbare Hilfe hätte wenden können.

Ich bemühte mich angestrengt, meinen Gemütszustand vor Rowena zu verbergen, denn ich hatte entsetzliche Angst davor, daß sie sich gegen mich wenden könnte. Sie hätte Sacco und Vanzetti als ihre und meine Feinde betrachten können, und hätte sich vielleicht dazu veranlaßt gesehen, mich gegen das Mitgefühl, das die beiden in mir erregten, wie gegen einen schurkischen Angriff zu verteidigen. Wir wären wahrscheinlich in Streit geraten, und sie hätte dabei am Ende jene Härte des Herzens an den Tag gelegt, die Frauen so leicht überkommt, wenn sie ihre Meinung verfechten. Und das hätte ich nicht ertragen können.

Es gelang mir immerhin, meinen Geschäften regelmäßig nachzugehen; ich verlor den Zusammenhang mit dem praktischen Leben nicht. Doch einzuschlafen, irgendwo allein zu sitzen, unbeschäftigt spazierenzugehen, bedeutete, daß ich mich im Nu in jene vertraute Traumschlucht versetzt fühlte. Ich ertappte mich dabei, wie ich laut mit den Inselbewohnern sprach, und konnte mich nur mit größter Mühe in meine wirkliche Umgebung zurückversetzen. Plötzliche Ausrufe entfuhren mir. Ich erschreckte meine Sekretärin mehrere Male, als sie gemeint hatte, ich dächte über geschäftliche Fragen nach.

Die Szenerie der Insel Rampole war noch genau dieselbe wie vor dem Kriege. Chit aber war verschwunden, und ich genoß nicht mehr die Vorrechte eines heiligen Irren. Obgleich der Krieg vorbei war, hatte Ardam große Macht in Händen und beschäftigte sich nunmehr emsig mit der Ausgestaltung der Ideen Chits, die er einst voll Hohn zurückgewiesen hatte. Im nächsten Krieg sollte ein großer Vormarsch über das Hochland stattfinden, und zwar in einer ganz besonders blödsinnigen Ausrüstung, die Ardam erfunden hatte; und das heilige Baumfaultier sollte uns führen. Der Kreis der Ältesten war durch verschiedene Richter und Rechtsgelehrte verstärkt worden; auch einige seltsame Kerle mit starken Backenknochen, die andauernd Zigarrenstummel oder Gummi kauten, waren hinzugekommen. Dieses Mal befand ich mich fortwährend inmitten einer Menschenmenge, der dunkelhäutigen und übelriechenden Menge der Stammesangehörigen, einer dichteren Menge, als ich je zuvor kennengelernt hatte; und ohne Unterlaß versuchte ich über Köpfe und Schultern hinweg die Ereignisse zu beobachten, die sich abspielten. Ich gelangte niemals in den Vordergrund. Und jene beiden, ohne Unterlaß mit dem Tode bedrohten Angeklagten aus Massachusetts erschienen mir in Gestalt zweier armseliger, erfolgloser, Ausflüchte machender Schwärmer, die als wohlfeile und schlecht unterrichtete Missionare von irgendwoher auf die Insel gekommen waren. Meine Phantasie bekleidete sie mit schäbigen Priestergewändern. Sacco blickte verwirrt, düster und mürrisch, Vanzetti aber hatte das milde Gesicht eines Träumers, und seine Augen hingen an dem Rande eines sonnenbeschienenen Rasens zwischen den Klippen und an dem Himmelsstreifen darüber. Ich sah die beiden außerordentlich deutlich. Wenn ich könnte,

könnte ich sie heute noch porträtieren, als hätte ich sie vor mir.

Es war mir, als würden die beiden immerfort, sechs schicksalsschwere Jahre lang, durch jene dichten Mengen feindseliger Menschen dem Verweis und dem Tod entgegengeführt. Wenn keine Eile herrschte, so gab es auch keinen Aufschub. Man rief ihnen Schmähworte zu. Echte Anteilnahme fanden sie kaum, doch stifteten heuchlerische Sympathisanten in Verfolgung eigener Zwecke unter der Menge Unruhe an. Immerfort gingen sie an mir vorbei, der Erteiler des Verweises schritt ihnen, die Keule auf der Schulter, voran, und eine Reihe von Günstlingen Ardams marschierte hinter ihnen her.

„Was haben sie getan?" fragte ich.

Die Antworten waren verschieden, doch der Geist war stets derselbe.

„Sie sind hergekommen, um uns zu lehren, daß diese Schlucht nichts tauge. Sie wollen auf die heiligen Megatherien Jagd machen. Sie wollen uns einreden, daß wir die Gaben der Freundin nicht mehr essen sollen. Wie könnten wir ohne die Gaben der Freundin leben?"

„Aufruhr!" sagte ich, und das Herz krampfte sich mir bei dem Gedanken zusammen, daß ich ihre Schuld teilte. Es sollte also allen, die der Schlucht zu entrinnen strebten, eine Lehre erteilt werden.

„Wir wollen es den Missionaren, die hierherkommen und uns gegen das Leben, das wir führen, aufhetzen, schon zeigen! Schaut euch ihre häßlichen Kleider an! Seht ihre blassen Gesichter! Sie riechen nicht einmal, wie es sich gehört."

Und dann entwickelte meine Phantasie einen grauenhaften Auftritt: Als die beiden endlich hingerichtet wurden, töteten wir sie alle gemeinsam, sie wurden in kleine Stückchen zerrissen und ausgeteilt, und jeder, der sich in ihre Verurteilung gefügt hatte, aß von ihrem Fleische.

„Eßt", sagte eine Stimme, „da ihr sie doch nicht retten konntet!" Solcher Art ist die grausame Übertreibung in Träumen; sie vergrößern Wahrheiten zu Ungeheuerlichkeiten. Ich wurde nach dem offenen Platz vor dem Tempel der Göttin gedrängt, wo man die Ärmsten getötet und in Stücke zerrissen hatte, und der Teil, den man mir reichte, glich genau einem jener zitternden Fleischfetzen – vergeblich bemühe ich mich, sie zu vergessen –, die das platzende Schrapnell über den Erdboden hin verstreute, kurz bevor ich verwundet wurde. „Iß, da du doch in diese Angelegenheit verstrickt bist!" Das Bild wiederholte sich immer und immer wieder. Sehr schnell vollzog sich zuerst die Tötung, doch unendlich währte das grauenhafte Sakrament. Und stets nahm ich daran teil. Jedermann nahm daran teil. Schließlich kam es zu einer Krise meines Gemütszustandes. Mitten in der Nacht rief ich mit lauter Stimme: „Ich will nicht essen! Oh! Ich will nicht essen!" und erwachte.

Ich erhob mich und hopste und tappte in meinem Zimmer umher, denn ich hatte Angst davor, mich wieder hinzulegen und aufs neue in diesen Traum zu verfallen, der kein Ende nahm, stets derselbe war und stets weiterging und immer entsetzlicher wurde. Rowena erschien leise in der Tür.

„Es ist nichts", sagte ich. „Mein Magen scheint nicht ganz in Ordnung."

„Ach, was hast du denn gegessen?"

Was hatte ich im Traume gegessen? Davon wollte ich nicht sprechen.

„Weiß der Himmel." In Eile erfand ich eine Erklärung. „Mein alter Stumpf ist wieder wund."

„Diese Ärzte! Du solltest sie allesamt auf Schadenersatz verklagen."

„Ich bezweifle, ob das dem Stumpf etwas nützen würde."

„Du nimmst es so gelassen."

Ich wandte ihr den Rücken zu und starrte durch das Fenster in die dunkle Nacht hinaus. Sie ahnte nicht, welche Gestalten ich in der Dunkelheit sah. Wieder näherte ich mich dem Tempel der Göttin. Noch einmal kam der Augenblick der Tötung heran. Vanzetti blickte zu mir herüber. So benommen war ich, daß ich zusammenfuhr, als meine Frau zu mir sprach.

„Armer Liebster!"

Ich wandte ihr ein schuldbewußtes Gesicht zu und beobachtete sie, während sie ein Beruhigungsmittel herbeiholte und sich liebevoll um mich bemühte.

Doch binnen kurzem war ich wieder auf und bewegte mich sehr leise und vorsichtig, damit sie nicht aufs neue erwache . . .

Auf solche Art verbrachte ich die Nacht, in der Sacco und Vanzetti starben.

Am nächsten Tage hatte ich eine geschäftliche Zusammenkunft mit Graves und schüttete ihm mein gequältes Herz aus. „Dinge wie dieser Prozeß und diese Hinrichtung geschehen jeden Tag", sagte er. „Das Ereignis ist nicht so ungeheuerlich, wie du meinst. Es ist ebenso natürlich wie die Vernichtung einer Maus, die man mit dem Fuß zertritt. Eine blödsinnige Gesellschaftsordnung verteidigt sich gegen einen wirklichen, wenn auch schwachen Angriff. Du denkst in Metaphern und Traumbildern, die eher verzerren . . . Schließlich weißt du gar nicht so sicher, ob die beiden völlig unschuldig waren. Und nicht alle Menschen waren gegen sie. Das Urteil wurde lange hinausgeschoben, und sie fanden Helfer und Fürsprecher. Wenn Grausamkeit und Vorurteil schließlich den Sieg davontrugen, so geschah es doch erst nach einem langen Kampf. Denk an die gekreuzigten Gladiatoren auf der Via Appia nach dem Sklavenkrieg. Hatten sie irgendeinen Freund? Wer trat für sie ein? Oder komm mit mir in den zoologischen Garten. Wenn du mehr von der Geschichte und von der Natur wüßtest, Blettsworthy, so würden dich die Geschehnisse des Alltags weniger verstören."

Er verwickelte mich in eine Diskussion. Er zwang mich, das wilde Entsetzen meiner Visionen in diskutierbare Sätze zu übertragen. Wir sprachen lange miteinander, und während wir sprachen, nahm die Kraft meiner Halluzination ab. Die folgende Nacht schlief ich, und die Krisis ging vorüber. Ich erwachte am nächsten Morgen traurig, aber vernünftig und sprach mit Rowena mühelos von alltäglichen Dingen.

§ 14
Heiteres Zwischenspiel

Vor kurzem verbrachten Graves und ich einen Abend miteinander.

Er hat in letzter Zeit mit seinen geschäftlichen Unternehmungen Glück gehabt; er schrieb mir und lud mich zum Abendessen ein. Er gewinnt allmählich Bedeutung in der Welt des Nachkriegshandels. Er hat mit verschiedenen neuen Bedarfsartikeln Erfolg gehabt, hat im Rotary Club Einfluß gewonnen und teilt Denkschriften an verschiedene Gruppen von Geschäftsleuten aus, die die Nachkriegsbedingungen studieren und sich ihnen anpassen wollen. Er schreibt Artikel und ist der Verfasser zweier zum Nachdenken anregender, origineller und kluger Bücher über die gegenwärtige Entwicklung der Volkswirtschaft und der Politik; sie sind durchaus ernstgenommen und eingehend besprochen worden. Er ist, glaube ich, der erste, aber meinem Gefühl nach gewiß nicht der letzte, der durch das Schreiben von Annoncen zur Schriftstellerei gelangt. Er ist heute stattlicher als früher, seine Rechte kann die Feder halten und benützen, sein künstlich ersetztes Augenlid gibt seinem Gesichtsausdruck etwas Humorvolles, und die Narbe auf seiner Stirn, die anfänglich feuerrot war, zeigt nun ein immer blasser werdendes Rosa. Den kastanienbraunen Bart hat er sich kürzen lassen. Wie ich von ihm höre, droht der Welt eine Rückkehr zum Bart.

„*Mein lieber Blettsworthy*", schrieb er mir, „*ich sprach vor längerer Zeit mit Dir darüber, daß ich meine gesamte Schuld an Dich zurückzahlen würde. Du hast gelächelt, wie ich mich erinnere. Und Du wirst noch eine Weile weiterlächeln müssen. Ich könnte Dir heute zwei Drittel des Kapitals mühelos zurückerstatten, doch brauche ich das Geld für meine Unternehmungen, es soll dazu helfen, daß ich auch noch die weiteren Tausend und etliches, sowie die Zinsen, die ich Dir schulde, zusammenbringe. Wir müssen zu diesem großen Anlaß Champagner trinken. Ich lade Dich zum Diner im National Liberal Club ein. Zu dieser Jahreszeit wird dort eine Markise über die Terrasse gespannt und Tische werden draußen aufgestellt, und da kann man sitzen und die beleuchteten Straßenbahnwagen vorüberfahren sehen, kann die Lichter bewundern, die durch die Platanen hindurchschimmern, und die Spiegelungen unter der lieben schwärzlichen alten Brücke beobachten – allerlei verteufelte Künstler und andere Leute wollen diese alte Brücke durch irgendeine Ungeheuerlichkeit im modernen Renaissancestil ersetzen, ich aber habe diesbezüglich andere Pläne. Sie muß verschwinden, aber es wäre zu schade, wenn man die Ecke verberlinerte, wie diese Leute es möchten. Die Güte des Essens im National Liberal Club ist ein wenig zweifelhaft, die Bedienung ist eher intim als vornehm zu nennen, für den Champagner aber stehe ich ein. Donnerstag um acht.*

Stets Dein
Lyulph G."

Er sah gut aus und zeigte eine fröhliche Selbstsicherheit. Während er mich begrüßte, musterte er mich mit freundlich prüfendem Blick. „Du bist dabei, über Sacco und

Vanzetti hinwegzukommen", bemerkte er und schritt mir voran zur Terrasse, die ihm sosehr gefiel. Ich fand sie wirklich nett.

„Dieser Club macht mir Spaß", sagte er. „Ich stelle mir gerne vor, wie da die politischen Traditionen der achtziger Jahre auf die Eisenbahnbrücke aus den sechziger Jahren hinausschauten und sich einbildeten, daß sie immer noch an der Spitze des Fortschrittes stünden. Sieh nur, eine Symphonie aus Dunst und sommerlichem Zwielicht, und die Straßenbahnen von gestern sind rührend bemüht, im Vorbeifahren keinen Lärm zu machen. Hast du dir die Leute angeguckt, die rings um uns sitzen? Nichts als Grauköpfe, dunkelhäutige Leute aus dem unwandelbaren Osten, Juden von einer höchst orthodoxen und konservativen Art und das ewig unveränderliche junge Mädchen. Unten im Garten sitzen junge Paare und flüstern – flüstern die uralte und doch immer neue Geschichte."

Er bestand auf Sherry zur Suppe, und er ließ einen ausgezeichneten Deutz & Geldermann aus dem Jahre 1911 bringen.

Seine offenkundige Fröhlichkeit wirkte ansteckend. Meine Laune hob sich. Es geschah nicht zum ersten Male, daß Graves mir gut tat. Er sprach eine Weile von der Verdrängung des Liberalismus, und es gelang ihm, dieses besondere Beispiel dafür, wie hoffnungsvolle Bewegungen sich im Sande verlaufen und zunichte werden, als weniger tragisch denn als aufmunternd und komisch hinzustellen.

„Hier steht dieser Club, ein Banner des Fortschrittes, das vergessen worden ist. Es hat gesagt, was es zu sagen hatte, und steht nun hier wie ein nicht ganz altes, aber auch nicht ganz junges Megatherium, denn es weiß nicht, wie es vom Schauplatz abtreten soll, noch wohin es sich dann begeben könnte."

„Ist der Liberalismus tot?"

„Der Liberalismus nicht. Der ist unsterblich. Ist die

nimmermüde Verwerfung des Bestehenden. Doch die ehrwürdige Partei, ihre Organisation, ihre Parteitraditionen, ihre Gladstonschen Kunstgriffe, ihre John-Bright-Attitüden." Mit einem Blick zum Nebentisch senkte er die Stimme. „All das ist den Lumpensammlern in die Hände geraten. Die haben den Kram mit Naphtha blankgescheuert und bieten nun die armseligen alten Formeln als das Allerneueste und Fortschrittlichste feil. Willst du eine Olive?"

Dann lebe also seiner Meinung nach der Liberalismus noch.

„In dir. Und in mir. In jedem lebenden Geschöpf, das einige Klugheit und Begabung besitzt."

„Wie du doch immer und überall voll Hoffnung bist!"

„Während du weder durch die Dinge hindurch noch über sie hinwegschauen kannst."

„Ich konnte die Insel Rampole hinter den Dingen rings um uns sehen."

„Ich nicht minder. Aber ich sehe auch den Himmel droben."

„Sag mir, Graves, glaubst du, daß die Menschheit jemals aus der Schlucht herausgelangen wird?"

„Wenn unsere Sonne nicht zerplatzt oder auslöscht – wenn nichts mit unserem Planeten zusammenstößt – ja."

Ich schüttelte den Kopf. Er beugte sich über den Tisch vor und blickte mir ernst in die Augen.

„Aber sag mir doch, Blettsworthy, glaubst du denn, daß die Dinge allezeit so bleiben werden, wie sie jetzt sind?"

„Veränderung bedeutet noch nicht Fortschritt. Ist denn das menschliche Leben etwas anderes als eine Melodie mit Variationen?"

Graves antwortete nicht sogleich. Der Kellner stand an unserem Tisch und machte sich mit Schüsseln und Tellern zu schaffen. Die Reste des Spargels verschwanden, und etwas anderes wurde aufgetragen. Ich weiß nicht mehr, was es war.

„Es gibt Dinge, die man nicht mit jedermann besprechen kann“, hob Graves wieder an und ließ diesen Satz nachwirken, ehe er weitersprach. „Du kennst mich recht gut, ein wenig schwach und unbesonnen, was? Nicht ganz und gar verläßlich. Zu Zeiten fast ein Schwindler.“

„Niemals völlig.“

„Ich danke dir für diese Meinung. Da bin ich also, einfältig – das kann ich nicht messen –, eitel, entzückt von meiner eigenen Stimme. Du weißt, daß du ein gefestigterer Mann bist als ich. Aber selbst ein Mensch wie ich sieht gelegentlich mehr als gewöhnlich. Kann zuweilen einem auf festeren Füßen stehenden Mann, wie du einer bist, etwas zu sagen haben.“

„Nenn mich ruhig eine Schlafmütze.“

„Ich nenne dich einen gefestigteren und solideren Mann, als ich einer bin. Aber es fehlt dir mein Unternehmungsgeist. Es fehlt dir Unternehmungsgeist und jedweder Glaube daran. Und ich sage dir, die Welt ist heute voll von Unternehmungsgeist. Er mag verworren, zerfahren, zerrüttet, ziellos sein, aber er ist vorhanden. Und er gelangt allmählich zu klareren Erkenntnissen. Ist nicht mehr so zerfahren wie früher. Es haftet ihm nicht mehr so viel Minderwertiges an. Das Wissen nimmt zu, ein allgemeines Ziel taucht auf, Kräfte wachsen.“

„Du bist ein Werbetexter und wirst bis an das Ende deiner Tage einer sein“, warf ich kurz ein.

„Bist du bibelfest?“ fragte Graves.

„Ich war es einmal.“

„Ein gewisser Mann, der Prediger genannt, besuchte deine Insel Rampole vor etwa zwei Jahrtausenden. Er sagte, daß die Menschen zwar nicht in einer Schlucht, wohl aber in einer Höhle leben, ohne Hoffnung, ohne irgendeinen Ausweg, ohne den Schimmer eines Sternes zu sehen. Eitelkeit der Eitelkeiten, alles war eitel. Heute aber, das mußt selbst du zugeben, sehen wir den Himmel sehr klar. Du erzähltest den kahlköpfigen Ältesten von der Zivilisation, die es geben könnte, und wer den Menschen von etwas Gutem erzählt, das es geben könnte, hat dieses Gute schon halb verwirklicht."

„Wenn ich das glauben könnte!"

„So manches, was sich seit dem Kriege ereignet hat, war ein schwerer Schlag für dich. Das ist eine individuelle Tragödie. Aber . . ." Er überlegte, was er sagen wollte. „Darf ein Mann heutzutage den Wert der Dinge vom Standpunkt des Individuums aus bemessen?"

Er brach ab.

„Ich wollte", bemerkte er beiläufig, „ich käme mir nicht stets so albern vor, wenn ich in Worte zu fassen versuche, was ich wirklich denke und fühle."

„Ich wüßte nicht, warum wir uns nicht mit ernsten Gedanken befassen sollten – wenn uns auch der Bart und die Stirne fehlen, die ernstes Nachdenken rechtfertigen. Sprich weiter, Graves."

„Du und ich", sagte Graves, „mögen Ideen haben, die zu verwirklichen ganz und gar nicht in unserer Macht steht. Doch es mögen stärkere und bessere Männer kommen, die dieselben Gedanken haben. Wo heute ein Strohhalm wirbelt, kann sich morgen eine Windmühle drehen."

„Ja, doch kann ich leider diese stärkeren und besseren Männer nirgends erblicken."

„Ganz recht. Blettsworthy, du und ich mit hundertmal hunderttausend multipliziert, beginnen das zu bewirken, was ein Trüppchen besserer und stärkerer Männer leisten würde."

„Das kann ich nicht völlig gelten lassen. Nein. Es gibt ein gewisses Niveau der Wirksamkeit, und unter diesem ist ein Mann nicht einmal ein beitragender Teil. Er ist gleich Null. Da ist zum Beispiel – laß mich einen Augenblick sprechen, Graves – der Krieg. Doch bevor ich darauf komme, möchte ich dich an unseren kläglichen kleinen Versuch in Oxford erinnern, an die blaue Fassade, die Reihe von Läden, die über die ganze Welt hin Wissen, Denken und Kultur verbreiten sollten."

„Bis auf den heutigen Tag", sagte Graves nachdrücklich, „bin ich überzeugt, daß die Idee gut war."

„Wir haben bankrott gemacht."

„Aus Mangel an Kapital. In finanzieller und in moralischer Hinsicht. Ich war ein habgieriger Schuft und ein verschwenderischer Narr. Widerlich war ich. Trotzdem wird eines Tages irgendein anderer, der ein wenig besser ist als ein gewinnsüchtiger und unreifer junger Kerl, diese alte Idee aufgreifen und etwas Großes aus ihr machen."

„Ich bezweifle", sagte ich, „daß für den großen Fortschritt der Menschheit, der dir als so selbstverständlich gilt, jemals das nötige – moralische wie materielle – Kapital vorhanden sein wird. Da ist im besonderen die Frage des Krieges. Unsere ganze Generation erkannte Ardam gewiß durchaus richtig. Und was haben wir getan, was tun wir, um ihn in Schranken zu halten? Wir haben ein paar schwächliche Pläne entworfen."

„Denen bisher nicht genug Kapital zur Verfügung steht. Und die lauherzige Versuche sind."

„Und wo willst du das notwendige Kapital finden? Der Mensch ist ein Feigling, der sich ohne Unterlaß widerspricht. Siehst du irgendwo einen Hoffnungsschimmer? Hier auf dieser Terrasse essen wir inmitten der Ruinen des viktorianischen Liberalismus. Krethi und Plethi bewirten einander an den Nachbartischen, und doch war der viktorianische Liberalismus zu seiner Zeit etwas Wunderbares. Er befreite die Sklaven, er gab dem Volk ein gewisses Ausmaß an Erziehung; er hielt die Freiheit hoch. Ist etwas Besseres und Stärkeres nach ihm gekommen und an seine Stelle getreten? Gerade um die Frage des verfügbaren

Kapitals geht es in unserem Streit, Graves. Ich denke an das Mißgeschick und die Enttäuschungen meines eigenen Lebens. Manches davon muß ich wohl der Gleichgültigkeit der Natur zuschreiben, die nicht mehr auf den Menschen achtet als ein Bandwurm oder ein herabstürzender Felsen. Die Natur hat mir Gutes und Schlechtes gegeben . . ."

„Die Sterne, die Berge, das Meer und die Blumen", murmelte Graves.

„Den größeren Teil aber meiner Nöte verdanke ich der unheilbaren Unzulänglichkeit des Menschen."

„Warum unheilbar?" flüsterte Graves.

„Er tappt in das Leben hinein, tappt durch das Leben. Er ist grausam, von Zerstörungswut erfüllt, unbarmherzig, dumm, wild und gefährlich, wenn er in Schrecken gerät, neidisch auf alles, was da lebt."

„Es gibt auch Dinge, die ihm zur Ehre gereichen."

„Trotzdem ist das die Bilanz der Rechnung. So ist er immer gewesen. So wird er immer sein."

„Nein", sagte Graves.

„Die gesamte Geschichte beweist, was ich sage."

„Geschichte ist das Studium des Vergangenen und Vergessenen."

Er brach ab und bestellte Kaffee. Als er aufs neue zu sprechen begann, rauchten wir bereits und hatten unsere Stühle von den silbernen Spülnäpfen und den bunten Resten unseres Desserts auf dem Tische ein wenig abgewendet. Wir blickten durch ein Gitterwerk von Ahornblättern und -zweigen in die tiefblaue Weite eines Londoner Juliabends hinaus; blickten auf die donnernde Brücke und die rastlos dahingleitenden Lichter, die an ihrem unteren Rande eine breite schimmernde Kante woben. Eine Zeitlang hatten wir schweigend dagesessen.

„Blettsworthy", sagte er, „du weißt nichts von den großartigen Abenteuern, die der Menschheit in nächster Zukunft bevorstehen."

„Weißt du von ihnen?“

„Ich träume von ihnen – und fühle ihr Herannahen . . .
Du und ich, Blettsworthy, sind Durchschnittsmenschen. In unserem Hirn ist nichts, was sich nicht auch in dem von tausend anderen Leuten fände. Du bist nicht der einzige, der die Insel Rampole besucht hat. Tausende, Millionen vielleicht sind dort gewesen. Du und ich überlegen auf eine recht abstrakte und fruchtlose Art und Weise, wie wir aus der Schlucht herausgelangen könnten. Die Bewegung hat noch keine bestimmte Gestalt angenommen; und Menschen zweiten Ranges, wie wir, zögern unentschlossen, weil uns die Folgerungen, die unser Verstand zieht, mit Furcht erfüllen; doch Hunderttausende müssen ganz ebenso denken und fühlen wie wir. Es ist unsinnig zu glauben, daß es nicht zahlreiche Menschen gebe, die entschlossener sind als du und ich. Sie tasten sich vorwärts; sie schmieden Pläne. Und damit ein Anfang gemacht werde, bedarf es nur des Gefühls, daß so und so viele andere dasselbe wollen.“

„Ja, eben“, sagte ich mit ruhigem Nachdruck.

Graves schien zu überlegen, ob er darauf eine Antwort geben solle, doch gab er keine.

„Der Krieg“, sagte er, „war wirklich ein Krieg, der dem Krieg ein Ende setzen sollte, und er wird ihm ein Ende setzen. Es wird nie mehr, nie wieder einen so riesenhaften und so albernen Krieg geben, wie dieser letzte es war. Wir schleppen den alten Kram noch eine Weile weiter, die alten Regierungen, die alten Einrichtungen. Der Krieg hat sie allesamt bloßgestellt und ihnen ihr Urteil gesprochen, aber wir schleppen sie weiter. Der wirkliche Wiederaufbau der Welt darf nicht hastig erfolgen, und wegen der Wiederaufbauversuche und vorübergehenden Fehlschläge brauchen wir uns keine Sorge zu machen. Der wirkliche Wiederaufbau, Blettsworthy, der *wirkliche* Wiederaufbau, ist im Gange. Er beginnt gerade – so gewiß wie die fortschreitende experimentelle Wissenschaft im siebzehnten Jahrhundert begonnen hat. Wir müssen mit Versuchen beginnen – mit Forschungsarbeiten. Natürlich. Alles beginnt mit Entwürfen und unvollkommenen Vorschlägen. Eile mit Weile, das ist das Richtige. Um die heutigen Zustände von Grund auf zu ändern, bedarf es eines Kostenaufwandes, der den des Krieges weit übertreffen wird; und die Arbeit mag etliche Menschenalter in Anspruch nehmen. Große Propagandafeldzüge. Umfassende Versuche auf dem Gebiete des Erziehungswesens. All das wird kommen. Beobachte doch, was jetzt schon geschieht. Zunächst müssen die Staatsmänner den Mut aufbringen, die Ächtung des Krieges zu fordern. Eine Phrase, sagst du, aber ist es wirklich nur eine Phrase? Wenn ihnen der Gedanke erst geläufig ist und sie auch die große Menge daran gewöhnt haben, dann, Blettsworthy, dann werden sie, schüchtern erst, schließlich aber kühn, den nächsten Schritt besprechen, der zu einer internationalen Kontrolle der gemeinsamen Interessen der Menschheit führt – ohne diese Kontrolle ist nämlich die gesegnete Ächtung des Krieges offenkundig sinnlos. Auf dem Wege dahin bewegen wir uns bereits."

„Aber betrachte doch einmal die Menschen, die wir kennen, und miß sie an der Größe dieser Aufgabe! Bedenk, wie sie miteinander streiten, wie sie betrügen, nichts zustande bringen und das Leben verplempern."

„Die kahlköpfigen Alten, die den Stamm knechten, sterben alle aus. Dem Himmel sei Dank für den Tod. Megatherien können sterben. Wenn man ein wenig nachhilft, können sie sogar ziemlich schnell sterben."

„Und was tritt an ihre Stelle?" fragte ich. „Ähnliche Mißgeburten. Eine neue Variation des Themas menschlicher Nichtigkeit."

Ich blickte zu meinem Gastgeber hinüber. Sein Antlitz betrachtete die alte Eisenbahnbrücke mit heiterer Zuversicht trotz allem, was ich gesagt hatte. Eine Zeitlang hing er stillschweigend seinen Gedanken nach. Dann wandte er sich wieder zu mir.

„Blettsworthy", sagte er, „wir beginnen heute, uns eine Vorstellung, eine schwache Vorstellung davon zu machen, was der Mensch mit der physischen Welt anfangen kann: Flugzeuge, Unterseeboote, drahtlose Telegrafie, die Aufhebung der Entfernung, die moderne Chirurgie, sanitäre Einrichtungen ... Kaum einer von uns hat bisher mehr als eine unklare Ahnung davon, welche Entwicklung Verstand und Triebkräfte des Menschen binnen kurzem nehmen können. Im Verlauf weniger Jahre. Der Unterricht befindet sich noch in einem sehr primitiven Stadium, und unsere Moral und unsere Religion fußen auf Glaubensbekenntnissen, die ein vierzehnjähriger Knabe als sinnwidrig erklären muß. Meinst du, daß das so bleiben wird?"

Ich setzte eine verstockte Miene auf.

„Nimm zum Beispiel uns. Ist auch nur ein Zehntel der Möglichkeiten, die in uns stecken, entwickelt worden? Die Leistungsfähigkeit unseres Erziehungswesens beträgt nicht einmal ein Prozent. Der Rest ist zweckloses Getue, Vernachlässigung und Irreleitung. Welch ein roher, dummer, habgieriger, fauler und zuchtloser Bursche war ich doch, als ich dich in Oxford ins Unheil stürzte! Und mir war die beste Erziehung zuteil geworden, die England zu bieten hat. Nicht einer unter Tausenden hatte solch eine Ausbildung genossen wie ich. Und du ..."

„Auch ich war ein rechter Nichtstuer", sagte ich.

„Was hätte selbst aus zweitklassigem Material, wie du und ich es sind, werden können, wenn wir eine Erziehung genossen hätten, die diesen Namen verdiente, und in einer zivilisierten Welt herangewachsen wären und nicht inmitten einer durch scheinheiliges Gewäsch gemilderten Katzbalgerei. Schon heute breitet sich die sittliche und geistige Erziehung aus. In bezug auf ihr Verhalten haben die

Menschen – ganz gewöhnliche Menschen – heute weit mehr Selbsterkenntnis als irgendeine Generation der Vergangenheit; sie beobachten ihre irrationellen Gemütswallungen, sie mißtrauen ihren Begierden und ihrem Groll, sie lösen ihre Spannungen, und sie sind unendlich freimütiger. Und das ist erst nur der Anfang der Aufklärung und vernünftigen Selbstbeherrschung – anstelle dogmatischer Zucht. Sitten und Gebräuche werden freier, um mit der Ausbreitung der neuen Ideen Schritt zu halten. Man scheint anzunehmen, daß eine Liebesangelegenheit heute noch genau das ist, was sie vor hundert Jahren war. Sie ist durchaus anders. Und der Haß ebenfalls. Im Geschäftsleben sind die Menschen weniger habgierig, mißtrauisch und neidisch. Das Quantum Gehässigkeit pro Kopf der Bevölkerung ist nicht ein Viertel dessen, was es in den Tagen Dickens' und Thackerays war. Lies sie, wenn du mir nicht glaubst. Sieh dir die Aufgeblasenheit und Gemeinheit in einem fünfzig Jahrte alten Band des *Punch* an und halte die Witze von heute dagegen. Und was ich dir schildere, ist eben nur das erste langsame Hinstreben nach einem psychologisch einsichtsvollen Leben. Es sind die allerersten Schritte. In großem Umfang muß die Bewegung erst einsetzen. Du weißt so gut wie ich, daß neunzig Prozent aller Grausamkeit und Niedertracht ihren Grund in Furcht, Argwohn, Unwissenheit, Haß und schlechten Gewohnheiten haben. Jedes dieser Übel ist heilbar, wenn nicht völlig, so doch teilweise. Und wenn die Menschen erst wissen, daß diese Übel heilbar sind, dann werden sie sich auch daran machen, sie zu heilen. Und um sie zu heilen, muß man den Leuten eine klare Vorstellung davon beibringen, wessen sie, zu einem Ganzen zusammengefaßt, fähig sind. Wenn wir in hundert Jahren hierher zurückkehren könnten, glaubst du, daß wir dann dieselbe Art von Menschen sehen würden, die sich heute abend da draußen drängen? Ich glaube es nicht. Wir würden Menschen sehen, die besser gewachsen sind, besser gekleidet, bessere Manieren haben und in ihrem Gehaben weit mehr Zielsicherheit an den Tag legen. Die Leute in den Städten von heutzutage sehen für mein Empfinden stets so aus, als seien sie zufällig zusammengeströmt – so wie Ameisen und Fliegen in eine Küche kommen – auf der Suche nach gelegentlicher Nahrung. Mein lieber Blettsworthy, glaubst du wirklich, daß das" – mit einer Armbewegung deutete er auf London – „ewig dauern wird? Glaubst du auch nur, daß es noch lange dauern wird?"

„Aber wo fängt denn dein neues Zeitalter an?"

„Keine Meile weit von uns entfernt – in etwa tausend Köpfen. Und überall."

„Graves", sagte ich, „du mußt noch ein Buch schreiben und das soll ‚Prospekt der Menschheit' heißen."

Er zerdrückte seinen Zigarrenstummel in dem Aschenbecher, der neben seinem Ellbogen stand. Er schien den Vorschlag zu überlegen. „Warum nicht?"

„Und was unser individuelles Leben anbelangt?" fragte ich.

„Da gibt es nur Stoizismus – schöpferischen Stoizismus. Was könnte es sonst geben? Und er braucht nicht einmal finster zu sein. Gesteh es ein, Blettsworthy, es gibt zahllose schöne und herzbewegende Dinge im Leben, und trotz all unserem Mißgeschick möchtest du keineswegs niemals geboren worden sein."

„Ich bin nicht undankbar. Allein um eines Sommerabends willen wie diesem, lohnt es sich zu leben. Aber ich wünschte, mein vergangenes wie mein gegenwärtiges Dasein hätten mehr Zweck."

„Selbst deine Unzufriedenheit kann ihren Zweck haben. Und schließlich, Blettsworthy, bist du kaum vierzig Jahre alt. Eine große Spanne deines Lebens liegt noch vor dir. Jeder Tag kann Bedeutsames bringen . . . Das individuelle Leben ist nicht alles. Die Menschen haben lange Zeit ihr individuelles Leben überschätzt und sich zuwenig um das Leben der Gesamtheit gekümmert. Das kann sich ändern ohne irgendwelche Veränderung der Natur; es bedeutet bloß einen Richtungswechsel . . . Oh! Ich weiß, du denkst, ich drücke mich bloß um meine persönlichen Probleme herum, indem ich vom allgemeinen Fortschritt der Menschheit spreche. Ich kann dein zweifelndes Lächeln so gut deuten. Du denkst wahrscheinlich, ich sagte mir, daß nicht soviel daran liege, was ich persönlich tu oder wie ich mein Ziel erreiche; gut oder schlecht, ich würde doch mit dem Strom schwimmen. Ich sage mir das aber nicht. Ich fühle durchaus nicht so. Im Gegenteil, indem ich in diesen weiteren Begriffen zu denken versuche, unterdrücke ich alle möglichen niedrigen Triebkräfte in mir. Ich bin anständig geworden oder zumindest anständiger. In der einen oder der anderen kleinen Angelegenheit bin ich in letzter Zeit fast der Großmut nahe gekommen. Unter anderem beabsichtige ich – wie unser gemeinsames Abendbrot hier bezeugen soll –, dir alles zurückzuzahlen, was ich dir schulde."

„Ist denn das nötig? Warum die Zukunft mit den Sünden der Vergangenheit belasten? Ich bin durchaus gewillt, deine gesamte Schuld zu streichen. In Anbetracht dessen, was du und ich einander gelehrt haben."

„Ich werde niemals zufrieden sein, ehe ich dir nicht alles zurückgezahlt habe."

Ich blickte in stummem Zweifel zu ihm hinüber.

„Laß mich um deinetwillen genau sein. Ich werde niemals zufrieden sein, ehe ich nicht überzeugt bin, daß ich dir alles zurückzahlen werde."

Ich lächelte über diese charakteristische Verbesserung, und auch über seine Züge glitt ein Ausdruck der Heiterkeit. „Ich werde dir trotzdem alles zurückzahlen", sagte er. „Du zweifelst immer und überall. Glaube mir – deine Insel Rampole wird vergehen, und ich werde recht behalten."